DER SONNENWÄCHTER

WALDE+GRAF bei METROLIT

EIN DIPTYCHON VON

ROMAN

DER SONNEN-WÄCHTER

Aus dem Amerikanischen von
EGBERT HÖRMANN und UTA GORIDIS
Mit einem Nachwort von MARTIN MEYER

CHARLES HALDEMAN

FÜR RENATE

»Ein Käfig ging einen Vogel suchen.« *Franz Kafka*

Für meinen jungen Freund Stefan Brückmann –
diese Aufrechnung als ein Käfig, der dich finden soll.
IMMANUEL DE BRIS *Paris, Juni* 1955

LINKES PANEEL

SOMMER-SONNENWENDE

Nun gut, Immanuel, ganz wie Sie wollen. Aber vergessen Sie nicht, Landkarte und Kalender mitzubringen – die Handlung wird **deine** *Arbeit sein, Schreiberling. Und wenn dir das Spiel nicht gefällt, lassen Sie es einfach bleiben: Schon möglich, dass es mir sogar noch weniger gefällt als Ihnen.*

Ich weiß, wovon ich spreche: Alle Charaktere in meinem Gesetzesblatt der Erinnerung tragen die gleichen aufgequollenen Masken und erheben mir gegenüber die gleichen gierigen Ansprüche. Sie bedrängen mich schon seit so langer Zeit, dass sie alle gleich aussehen. Und so sind sie mir lieber: Ich kann so tun, als ob sie völlig Fremde wären. (Frage: »Stefan Brückmann, können Sie diese Person identifizieren?« Antwort: »Nur wenn es nicht anders geht.«)

Aber es scheint, dass ich (schwaches, unterwürfiges Kind!) diesem Namensappell längst gefolgt bin (noch mehr Stunden im Schnee) ... Bitte, habe Nachsicht mit mir: Es ist schmerzhaft, all die entstellten Gesichter. Ich möchte nicht der heldenhafte Schmerzensmann sein – weder der meinige noch der Ihrige.

Und dennoch hoffe ich – es ist nur ein zaghaftes Fünkchen Hoffnung –, dass sich, wenn ich Ihrer Aufforderung Folge leiste, »den Käfig suchen zu gehen« (»Grab ausheben« ist wohl zutreffender), irgendwo in diesem Dreckhaufen, den ich dann durchzuackern habe, als Belohnung für mich ein Diamant (oder ein Zehn-Cent-Stück) geduldig versteckt hält.

Jedenfalls werden die Toten zur rechten Zeit erscheinen.

Ein gefälliger, traditioneller Einstieg. Ich kam am ersten Februar 1929 zur Welt und zwar bei einer Zigeunerpferdeauktion in der Nähe der Stadt Nauen, westlich von Berlin. Mein Vater, Janos Brückmann, war ein Möchtegern-*Waldbobui*, der behauptete, von Michael Voyodes Hofsänger und der Enkeltochter von Graf Athanasios Kalman abzustammen – dem, wie Sie vielleicht nicht wissen, Baron Walther von Säule zum Pfosten, Sonderbeauftragter von Kaiser Sigismund, um das Jahr 1425 herum die Privilegien eines Pilgers verliehen hat ... (Keine Fragen bitte.) Meine Mutter war eine *chali* (also das, was die Juden eine Schickse nennen), die Tochter eines bürgerlichen Berliners namens Schnee. Sie war neunzehn Jahre alt, als sie mit meinem Vater durchbrannte, und sie sah ihre Familie nie wieder.

Meine Pateneltern, die wegen des Festes aus ihrem Winterlager in Weissensee herübergekommen waren, waren Karel Szeklecz (als Tito bekannt), ein Lallery-Geiger, dessen Eltern 1901 aus Böhmen nach

Deutschland gekommen waren, und seine Frau Maria, eine volksdeutsche Ungarin, die in ihrer Jugend Hochseilartistin beim Munts-Wanderzirkus gewesen war. (Aber sie war in Prag vom Seil gefallen und hatte sich eine Rückenverletzung zugezogen, worauf sie nie wieder etwas Waghalsigeres als einen Foxtrott in Angriff nahm.)

Tito zog mich immer (in Budapest, damals war ich etwa zehn Jahre alt) damit auf, dass ich so klein gewesen sei, dass meine Mutter nicht bemerkt habe, dass sie mit mir schwanger war und mich, ohne davon das Geringste zu spüren, einfach in den Schnee vor dem Wohnwagen fallen ließ. Wäre mein Vater, der mit einer gerade erworbenen Stute nach Hause kam, nicht über mich gestolpert, hätten sie von meiner Geburt nie etwas gewusst, sagte Tito, und da ich den ganzen Tag im Schnee gelegen hätte, wären meine Finger und meine Augen vor Kälte völlig verfroren gewesen. Schon möglich – ich habe zwar die Gesichtsfarbe meines Vaters, aber die (schneeblauen?) Augen meiner Mutter, und von allen denkbaren Geigenkandidaten hatte ich die steifesten Finger. Jedenfalls war man wegen der ahnungslosen *balitshtido* meiner Mutter derart aufgebracht (sie wurde sofort in einen anderen Wohnwagen verbannt, während unserer von oben bis unten sauber geschrubbt wurde), dass man vergaß, mich in kaltem Wasser zu waschen. Oder es schien nicht nötig zu sein.

Meine Übergangsriten als Zigeuner: Bücken, zusammenkratzen, vorbeischrammen. Ein Ballett förmlicher Grüße. Von Angesicht zu Angesicht, dann rückwärts trippelnd und außer Reichweite. Gelächter auf den Gehwegen.

Tito und mein Vater kamen nach einer langen durchzechten Nacht triumphierend nach Hause und hatten einen Zigeunernamen für mich: Murshkar. Diese Bekanntgabe meines Taufnamens machte Maria völlig hysterisch; sie bestand darauf, sich selbst sachkundig zu machen. Während der Untersuchung wurde meiner Mutter plötzlich klar, was dieser Name bedeutete; sie warf sich auf meinen Vater und drohte, ihm die Augen auszustechen, wenn er ernsthaft daran denken würde, mir einen solchen Schimpfnamen anzuhängen. »Sag doch, was du eigentlich meinst!«, schrie er, und eine Rauferei war die Folge. Meine Mutter setzte sich letztendlich durch, und ich erhielt den Namen Stefan – ein passender Name für ein Kind, das bei einer Pferdekirmes geboren wurde. Aber für Maria war ich immer Murshkar. (Glauben Sie auch ja nicht, dass ich Ihnen sage, was das bedeutet!)

13. *Juni*

Sie sagen, dass sich Lebenserinnerungen von selbst schreiben. Aber das wird es Ihnen nicht leichter machen. Ich habe beschlossen, hier in diesen Komplott Edith einzuführen, die augenblickliche Gefährdung Ihres Helden, einfach um das Ganze während der zahlreichen Pausen am Laufen zu halten.

Hier kommt sie: Ein Lächeln, abgehoben, eine indianische Kriegerin in einem Rehledermantel, die ihr Taschenbuch wie eine Streitaxt schwenkt. Wenn ich sie nur für fünf Minuten vergessen könnte, würde ich mich auf den ersten Blick erneut in sie verlieben.

Wann und wie lernten wir uns kennen? An einem Bücherstand am linken Seineufer an einem frühen Sommerabend. Sie schaute sich Radierungen an und ich war auf der Suche nach Rimbauds »Lichtspuren«. Der Himmel war völlig bleich, aber die Stadt auf Augenhöhe bestand aus gelb-grünen und roten Fotoplakaten, die sich im Wind lösten. Ich war damals seit fast fünf Monaten in Paris. Halb in Trance streifte ich herum und saß stundenlang allein in Cafés und Kinos herum.

Der Wind hatte ihre Haare zerzaust; sie erschien mir irgendwie geistesabwesend. Ich folgte einem Impuls und sprach sie an; sie legte einen Boudoir-Druck zur Seite und nahm mich in Augenschein: »Vous n'êtes pas français?« – »Non«, antwortete ich. »Ni moi«, sagte sie.

Sie ließ sich von mir (weiter unten auf der Straße – die Markise flatterte, unsere Servietten flogen davon) auf einen Kaffee und eine fine einladen. Ihr Name sei Sonya, sagte sie; sie sprach fünf Sprachen und verdiente ihren Lebensunterhalt mit Übersetzungen. »Et vous, vous êtes poète.« – »Non, pas encore.« – »Mais oui, vous êtes poète«, sagte sie mit Nachdruck, »j'en suis sure.«

Wir spazierten zum Montparnasse, wo wir zufällig einigen ihrer Freunde begegneten. »Bon soir, Edith!«, riefen sie. Ich muss ziemlich verwirrt ausgesehen haben; Sonya lachte schallend und sagte, sie hätte nur wissen wollen, wie sich für ein paar Stunden ein russischer Name anfühlt. Wir gingen alle zu ihrer Wohnung am Quai. Sie legte Jazz und dann etwas von Debussy auf und wir tranken einige Flaschen Rotwein.

Als die anderen gegangen waren, hatten wir Sex. Danach begann sie zu reden. Es war Monate her, sagte sie. Oder würde ich es ihr nicht glauben? Es sei die Wahrheit. Ich war die Ausnahme von der Regel, kleine Männer sind normalerweise zu schnell, sagte sie; sie können nicht anders; es sei ihr egal. Sie war sicher, dass ich Jude war, ich sähe wie ein Jude aus. War ich ein Jude? Sie plapperte und plapperte so weiter und es wurde immer abgedrehter. Sie sei glücklich, das sei alles. Als der Morgen schließlich graute, lachten wir uns in den Schlaf.

Er gewöhnte sich an sein Gesicht, nachdem er sich damit abgefunden hatte, dass es von innen nach außen gekehrt war. Bis zu diesem Zeitpunkt hatte er immer Spiegel gemieden und war nicht direkt an Schaufenstern vorbeigegangen, damit er sich selbst nicht begegnen musste, So bin ich.

Werden Sie nicht unruhig – ich bin immer noch dabei, mich warm zu laufen.

Die ersten sechs Jahre meines Lebens verbrachte ich hauptsächlich in einem vardo, einem von Pferden gezogenen Wohnwagen, auf langen, mäandernden Fahrten durch ganz Mitteleuropa. Meine Mutter brachte in dieser Zeit noch zwei Söhne zur Welt, Junker und Lodo. Aber meine ersten, gesicherten Erinnerungen sind die an Budapest während des Winters 1934/35. Tito (der in Cafés spielte) und Maria wohnten hinter dem Hotel Passy. Wir alle bewohnten zusammen ein großes, düsteres Zimmer mit einem Holzofen. Ich hatte einen Spielzeugzeppelin. Tito übte und übte auf der Geige; meinen Vater drängte es, wieder auf Achse zu sein, und meine Mutter und er stritten sich pausenlos.

Erinnerungsfoto von meiner Mutter: Ihr Haar steht verzweifelt ab und zwei schlaffe, schwere Zöpfe legen sich wie unnütze, bleiche Unterarme auf ihre Schultern ...

Ich zog bei Edith ein; eine Zeit lang hatten wir nur Sex. Sie gab, erfindungsreich und hungrig, dabei die Bedingungen vor. Aber die Umstände hatten immer so und so zu sein; wenn sie nicht so waren, adjustierte sie, und ich machte ihr Spiel mit – und wehe, wenn nicht. Ich war wahnsinnig verliebt in sie, aber sie hatte die Zügel in der Hand. Ich war ihr Äffchen, ihre Marionette: Ein Spielzeugzylophon, auf dem sie ganze

Konzerte herunterhämmerte. Mich erstaunten der Aktionsradius und die wilden Töne, die sie mir entlockte: dieser Neid war der meine, diese Köstlichkeit, dieses Fieber; unter ihren emotionalen Schlägeln nahm ein funkelnagelneues erotisches »Ich« Gestalt an.

Natürlich gelangten wir schließlich an die Grenzen unser besonderen Kollision: Ihr gingen die Oktaven aus und ich verlor die Geduld. Ich begann, sie mir beständiger, stabiler zu wünschen, ohne all die vielen Vorspiegelungen, ganz gleich, wie brilliant ihre Kunstgriffe auch sein mochten. Das war der Zeitpunkt, als zwischen uns die Dinge anfingen, schief zu laufen. Edith liebt die Liebe, aber sie liebt nicht wirklich. Nur ihr Timing ist gut.

17. *Juni*

Anhaltendes Sodbrennen. Leicht reizbar. Tue alles, um allem aus dem Weg zu gehen. Meine allzu bekannte Beschwerde.

Jeden Morgen lief ich hinaus, um frische Croissants und Butter zu besorgen, während Edith in einem großen Filtriergerät, das gute zwölf Tassen liefert, Kaffee aufbrühte. Ich hatte, wenn auch zögernd, damit begonnen, an den Gedichten zu arbeiten, und sie machte (angeblich) Übersetzungen für einen ägyptischen »Geschäftsführer« namens Rugby Wagbat (so hörte es sich für mich jedenfalls an!). Er bezahlte sie selten, aber sie konnte (sagte sie) seinem Oberlippenbart nicht widerstehen und arbeitete deshalb weiterhin für ihn. Sie kam, beladen mit Baguettes, Käse, Obst, Paté und einer Flasche Cidre oder Wein, gewöhnlich um fünf oder sechs Uhr abends zurück – ich hörte mit der Arbeit auf und wir machten auf dem Bett ein kleines Picknick. Nachdem wir gegessen hatten, ging sie zum Schreibtisch und besah sich meine Tagesproduktion.

Sie war (glücklicherweise) keine großzügige Kritikerin: Sie gab mir nicht die Gelegenheit, mir schlechte Gewohnheiten (oder Gewohnheiten überhaupt) anzueignen. Sie wusste, dass ich nicht für sie schrieb; das machte sie noch fordernder. Aber wenn ihre Intuition ihr sagte, dass etwas, das ich geschrieben hatte, künstlich oder schlampig oder einfach so aus dem Bauch heraus geschrieben war, stimmte das meistens. Ich gestand es mir manchmal nur ungern ein; oft nervte mich die Art, wie sie mich abkanzelte – aber am nächsten Tag, wenn ich mir das ansah, worauf ich so stolz gewesen war, musste ich zugeben, dass sie recht gehabt hatte. Oft saß ich den ganzen Tag da, kritzelte planlos, trank einen Kaffee nach dem anderen, bis ich Herzrasen bekam mit dem Wissen, dass sie jeden Augenblick hereinhüpfen könnte, um mich fertig zu machen. Ich hatte nur eine ganz bestimmte Zeit für mich selbst und keine Sekunde mehr – Zeit genug für einen hektischen Abstieg, so wie ein Sportler an einem Seil in eine Grube klettert, um im Eiltempo so viel Erinnerungsmüll wie eben möglich zusammenzuraffen. Dann hievte ich mich wieder nach oben, wo ich eiligst alles zu sortieren versuchte, bevor die Pfeife ertönte. Es war ermüdend, aber es kräftigte meine selbstkritischen Muskeln. Selbst nach zwanzig Malen gab mein Magen nicht nach.

Voll mit Milch gesättigt hängt das Baby in ihrer Umarmung und sieht so verwirrt und entfremdet aus wie die Heilige Johanna auf dem Scheiterhaufen.

18. *Juni*

Die wütende Edith ist wie Schneewittchen mit einem Stück Apfel in ihrem Hals. Wir streiten uns die ganze Zeit. Keine ihrer Beschuldigungen sind richtig zutreffend, aber es wäre sinnlos, wenn ich sie widerlegen würde; schon sehr bald werden sie wahr sein.

Bizarre Barmherzigkeit: das Ende der Liebe bösartig ...

Im Winter 1935/36 bestand mein Vater, der sich an der Spitze einer Reihe von Wohnwagen befand, darauf, dass man versuchen sollte, die Weichsel zu überqueren, die erst vor kurzem zugefroren war, anstatt den Weg über Krakau zu nehmen, und auf halber Strecke brach das Eis ein. Ach! Aber die Hintertür des ins Wasser sinkenden Wagens flog auf und der Kasten, in dem ich schlief, schwamm heraus. Ich wurde nicht einmal nass. Aber alles andere ertrank. So einfach ist das, wenn ich Sie daran erinnern darf.

Vautrin wird in der Latrine entdeckt, wo er sich die Hände mit Dreck einreibt.

Wir schlafen mit einem Schwert zwischen uns ...

20. *Juni*
Ich wurde nach Budapest zurückgekarrt und der Obhut meines kirvo und meiner kirve überlassen, die inzwischen in die Janko-Pieza-Straße gezogen waren, eine Gegend, in der fast ausschließlich Zigeuner wohnten. Maria, die selbst keine Kinder hatte (vielleicht wegen ihres Sturzes), war sehr fett geworden – um für mich Platz auf ihrem Schoß zu schaffen, wie sie sagte; ich liebte sie dann so wie ich meine Mutter nie geliebt hatte. Der gute, schwitzende Tito schob gleich eine Geige in meine Hände, und zwei Jahre lang kratzte ich tapfer auf ihr herum, lange nachdem es schmerzhaft klar wurde, wie hoffnungslos das war. Im Alter von sieben Jahren weiß man das bei einem Jungen. Allerdings versuchte ich mein Bestes; ich konnte sehen, was es für ihn bedeutete. Maria allerdings (zweifellos von all dem von mir erzeugten Lärm beeinflusst) gab sich deswegen keinerlei Sentimentalitäten hin. Man sieht doch, dass er nicht dazu bestimmt ist, Geige zu spielen, sagte sie; die Cafés seien doch schon bis zum Überfluss voll von kleinen, lieben Schmuddelkindvirtuosen. Warum ließ er mich denn nicht einfach in Ruhe? Tito war zu stolz und zu verbissen, um nachzugeben, aber sein Enthusiasmus für meinen (nicht vorhandenen) Fortschritt ließ langsam nach, bis er eines Tages, als ich seine geliebte *friss* malträtierte, völlig erlosch. Er riss mir die Fiedel aus den Händen und rief: »Deine Finger sind zu schwach!« Nachdem er mich so zu einem unmusikalischen Leben verdammt hatte, stampfte er wutschnaubend hinaus, um sich zu betrinken. Er hatte völlig Recht damit, am Boden zerstört zu sein: Die Geige war sein Leben, seine Seele, und das einzige Kind, das ihm geschenkt worden war, erwies sich als unfähig, dies mit ihm zu teilen.

Ich konnte sehen, dass ihr meine Anwesenheit neben ihr zuwider war: Sie wandte sich ab.

22. *Juni*
Leitmotiv: der Sommerkönig. Trunkenheit, Entregelung, Umnachtung ...

Ich habe ein großes, lilafarbenes Muttermal zwischen den Schulterblättern. Maria sagte, dass alle in den ersten drei Februartagen geborenen Kinder durch und durch gebrandmarkt sind, und sie vergoss viele fruchtlose Tränen, wenn sie mein Missgeschick beklagte.

26. Juni

Nun, so weit ist es also gekommen: Wir verbrachten den ganzen Abend, ohne ein Wort zu sagen. Wir aßen in einem sogenannten griechischen Restaurant, saßen wie Steine in einer Vorstellung von *Das Tagebuch einer Kammerzofe*, die wir nach der Hälfte verließen, gingen langsam zum Quai zurück, erklommen die Treppe in Etappen, zogen uns aus, fielen bei voller Beleuchtung ins Bett und liebten uns wie zwei wilde Tiere. Und all das ohne ein einziges Wort.

PATIENT *(aggressiv)*: Ich bin so gut wie alle anderen.

PSYCHIATER *(höhnisch)*: Hah! Und das mit nur einem Bein?

PATIENT *(flehentlich)*: Aber wo ist denn da der Unterschied?

PSYCHIATER: Wie zum Teufel soll ich das wissen? Ich stecke nicht in ihren Schuhen.

29. Juni

Moon starb heute vor vier Jahren.

Verheerende Wunde, die sich im Dunkeln ausbreitet und jedes Detail des Schiffbruchs berührt …

An die sechzig Kreuzigungen und immer noch kein Jesus.

Engel in Arztkitteln, die in unleserlicher Handschrift Federn verschreiben. Ich kann mein Riechsalz nicht finden! Tant pis!

Im Sommer fuhren wir immer in einem gemieteten Wohnwagen in die Dörfer auf der Puszta, und Tito spielte bei Bauernfesten. Einmal reisten wir sogar bis nach Brno in der Tschechoslowakei, und Tito gewann bei einem Geigenwettstreit einen Bullen. Wir banden ihn mit einem Strick am Wagen fest und zerrten ihn so zurück nach Budapest (er war der dünnste Bulle der ganzen Schöpfung, als wir dort ankamen), wo wir ihn (ich schwöre es!) an einen koscheren Schlachter verkauften.

8. Juli

Edith ist auf dem Weg nach Barcelona. Ein unterkühlter Abschied an der Gare d'Austerlitz. Sie wird dort ihren Vater treffen, den sie zum letzten Mal im Alter von zehn Jahren sah. Ihre Eltern trennten sich 1941 in

Vichy. Ihr Vater ging nach Spanien und später dann nach Argentinien, wo er mit Rindfleisch ein Vermögen machte. Madame Garcilaso (eine Weißrussin) kehrte mit dem Kind nach Paris zurück und dort blieben sie. Die Mutter ist ein schrulliger alter Vogel, raucht trotz des angegriffenen Herzens Zigarillos und war in ihrer Jugend eine Ballerina. Das ist eine gute Gelegenheit, ihr einen Besuch abzustatten – Edith verbot ihr immer den Mund, wenn sie zur Hochform auflief.

Vorläufige Grabinschrift. Er liebte sie einen ganzen schmutzigen Winter lang, versunken in einer Grube aus Bettwäsche und Dessous, in einem von einer Gasse übersehenen Zimmer. Leerer Ofen und ein einziges, konvulsivisches Fenster. Bedauerlicherweise war es aber überhaupt nicht so. Trauernde haben keine Neigung zu Phanstastereien.

22. Juli

Nun sind es zwei Wochen: Essen und schlafen, schlafen und essen. Keine Magenprobleme mehr. Ediths Urlaub tut mir gut – haben Sie das nicht bemerkt?

Zurück zur Schinderei.

Wir kamen im Sommer 1939 nicht weit. Gerade weit genug. In der ersten Septemberwoche (ja) wollten wir auf dem Weg nach Körmend, wo ein Erntedankfest stattfinden sollte, über die österreichische Grenze. Die Ungarn ließen uns passieren, aber die Österreicher sagten uns, dass die Grenze geschlossen sei. Tito regte sich lautstark auf, worauf sie den Wohnwagen durchsuchten und unsere Papiere sehen wollten. Und das war es dann. In meinem Ausweis standen die Namen meiner Eltern und deren Geburtsort: zweifellos deutsch. Es folgte ein Telefonat; nach einer Stunde kam ein Auto mit drei Polizisten und einem fetten Beamten. Sie stellten tausend Fragen; Maria wurde hysterisch und Tito zitterte vor Wut, aber er konnte nichts machen. Ich wurde festgehalten und Maria und Tito wurden gezwungen, umzukehren. Ich begann zu schreien, und ich hörte Marias Weinen lange nachdem ihr Wohnwagen meinem Blick entschwunden war.

Die Polizei brauchte eine Woche, um die Angelegenheit zu klären; währenddessen saß ich hinter Schloss und Riegel, und die Frau eines Grenzbeamten brachte mir Essen und gab mitfühlende Laute von sich.

Schließlich wurde ich nach Wien verfrachtet und einige Tage später wie ein Dschungelwesen (unter der Aufsicht einer Wiener Polizistin) weiter nach Berlin.

Ein Dreiergremium erwartete mich dort am Bahnhof: Willi, der Bruder meiner Mutter (Onkel lässt sich schwierig sagen), seine Verlobte Ada (eine muskulöse Blondine) und meine Großmutter (Herr Schnee war 1935 gestorben). Sie begleiteten mich zum Polizeipräsidium, und nachdem sie zahlreiche Papiere unterschrieben hatten, war ich ihrer Obhut unterstellt. Diese Erwerbung schien sie nicht allzu glücklich zu machen, vor allem Willi nicht, der stolz ein Parteiabzeichen und schwarze Stiefel trug, die mir bis zur Hüfte reichten.

24. *Juli*

Dieser Schnee auf meinen Schultern ist in Wirklichkeit das Werk von Tauben. Eines dieser Standbilder, mit denen die Städte angefüllt sind.

Nach dem Tod des alten Schnee hatte Willi kein Interesse am Geschäft der Familie (Reformkost) gezeigt, deshalb wurde es von zwei Angestellten geführt, obwohl Frau (Witwe) Schnee sich persönlich um die Finanzen kümmerte und sich fast den ganzen Tag dort aufhielt. Als Willi 1937 in die Partei eintrat, verkauften sie ihr Haus und mieteten eine kleine Wohnung in Moabit an. Ich schlief auf einem alten Sofa in der Küche – es war das beste Bett, das ich je gehabt hatte.

25. *Juli*

Kaffee und Cognac um vier mit Ediths Mutter (schrumplige Mandarine, goldbehangene Ohrläppchen, hochhackige Vogelfüße, dreißig Jahre, nachdem ihr rechtes Knie ihre Karriere beendete, immer noch in Erwartung eines Grand Jetés). Sie war überglücklich, mich einmal ohne ihre Tochter zu sehen. Ich hatte vergessen, wie taub sie ist; zwei Stunden lang saßen wir da und brüllten uns an (Altstimme und Tenor?). Ihre Liebe zum Ballett ist ungebrochen; jeden Abend sitzt sie in den Kulissen auf einer Wolke nostalgischen Bedauerns; auf der Bühne fließt immer noch der geliebte, gewohnte Schweiß; die Feenschenkel bearbeiten die Bretter wie Kolben: angesengte Mullbinden, matter Krepp, Aluminiumfolie. Auf den Zehenspitzen ihrer knochenschwachen Erinnerung ist sie in identischen Garnrollen verloren, der fünfte abgespulte Schwan in der zweiten Reihe. Der Geist entspannt sich, ein spätes Finale: »L'OSTENDE, NATÜRLICH ... OUI LA! ZIGEUNER, SIE ... WER? (Entr'acte, flatternde Hände, Uhr mit einem 24-Stunden-Zifferblatt) ... DIE SPANIERIN ... MEINE KLEINE EDITH, SIE ... ABER DER KRIEG ... MIT ACHTZEHN JAHREN ... DAMALS! ... IHRE ERSTE LIEBE! (Sie bricht in schallendes Gelächter aus, springt vom Stuhl hoch.) WIE ICH!, ruft sie aus, O LA LA! Sie versucht eine Pirouette und verliert das Gleichgewicht, der Brandy kippt um, ich fange sie (nicht ihn) gerade noch rechzeitig auf. Ich höre ihr heftiges Herzklopfen, sie greift nach einem Zigarillo, ihre Schläfen pochen, sie lächelt kraftlos: MERCI! Ich fliehe.

Die Erde ist selten fest genug, um sie zu fassen oder zu packen. Es ist immerzu mein Gesicht gegen all die unsichtbaren Gesichter.

Die ganze Heimlichtuerei, mit der ich von einem Amt zum anderen geschoben wurde, kam mir recht unnötig vor. Meine Willfährigkeit war außergewöhnlich. Willi traf Vorsichtsmaßnahmen – die ganze Angelegenheit muss für ihn ziemlich peinlich gewesen sein. Am ersten Oktober wurde ich ordnungsgemäß beim Zigeunerdezernat registriert, hatte eine Kennkarte mit »Zigeuner, Mischling, Zweite Kategorie« und einem Abdruck des rechten Zeigefingers darauf erhalten, und durch einen nahezu magischen Selbsterhaltungsinstinkt hatte Willi es sogar geschafft, mich in eine ordentliche Schule zu schmuggeln.

Ich war zwei oder drei Jahre älter als die anderen Kinder in meiner Klasse und freundete mich nur wenig an. Die Lehrerin, die Brun hieß (glaube ich), betrachtete mich mit extremem Misstrauen, verlor aber nur ab und zu die Geduld mit mir. Ich glaube nicht, dass ich ihr den Ärger machte, den sie wohl erwartet hatte. Die erste große Überraschung für alle Beteiligten bestand darin, dass ich mich nicht im geringsten widerspenstig zeigte (was mir auch nichts genützt hätte), und nach einigen Monaten machte ich mich recht gut. (Plötzlich erinnere ich mich gerade in diesem Augenblick deutlich an Frau Bruns Gesicht und an den Geruch der Holztäfelung und des Stahls in dem Zug, in dem ich von Wien nach Berlin gefahren war. Ich frage mich, warum ...)

In diesem ersten Jahr war ich kurz mit einem Jungen namens Iro Hulse befreundet. Er war nicht ganz acht Jahre alt, war aber so groß wie ich und sehr schmal und blass. Wir liefen auf den Gängen herum, saßen im Unterricht nebeneinander und redeten in den Pausen in einer Ecke des Schulhofs ganz ruhig miteinander: Wir tauschten Kinderheftchen aus und er schenkte mir eine kleine Anstecknadel (eine Stuka). Jeden Tag wartete seine Mutter nach dem Unterricht auf den Stufen auf ihn; sie war eine kleine, mollige Frau mit schwarzen Haaren und einem Wollmantel mit einem Pelzkragen. Iro winkte mir, die Mutter nahm ihn an die Hand und zusammen gingen sie davon. Plötzlich erschien er nicht mehr in der Schule, und den Grund fand ich nie heraus.

31. *Juli*

Der Mond zwischen Regenperioden …

Zwölf Stunden Schlaf, und im Traum taucht immer wieder die gleiche alberne Frage auf: »Ist es chemisch möglich?« Ich erwachte gegen fünf Uhr, schweißgebadet, das Bettzeug auf dem Boden, stand auf, trank etwas Wasser und ging dann wieder ins Bett und schlief entspannt wieder ein und erwachte um elf Uhr mit dem Endstück eines guten Traums:

Ein Zimmer in einer Kiefernhütte (amerikanisch). Ein Mann und eine Frau, beide dickleibig, liegen nackt auf einem ungemachten Bett und sehen sich an. Ich stehe in der Tür und betrachte sie. Sie wissen, dass ich da bin, und es scheint ihnen nichts auszumachen. Sie streicheln einander zärtlich und sie schwitzen. Fast gelingt es mir, zu erkennen, wer sie sind. Der Mann ist behaart und irgendwie rosafarben, die Frau hat glatte Haut und große, leberfleckartige Brustwarzen. Sie versuchen nicht, sich zu erregen; vielleicht haben sie schon Sex gehabt. Ich empfinde nur eine schwache Neugier. Ihr Fleisch scheint zu glühen: Es besitzt eine intensive Lebensqualität. Eine warmes Gefühl der Erwiderung steigt in mir auf; plötzlich weiß ich, dass sie mir gehören.

Frau Schnee fand mich nach einer Weile einigermaßen erträglich. Und das muss man ihr lassen: in den zweieinhalb Jahren, in denen sie mich »hatte«, schlug sie mich nie und sprach selten barsche Worte. Aus irgendeinem Grund machte ich ihr ein bisschen Angst. Manchmal war sie nahe daran, zärtlich zu werden, aber immer mit einer seltsamen Zurückhaltung , so wie Frauen, denen ein Hund gefällt, ihn berühren: impulsiv, mit einer schnellen, zarten und forschen

Handbewegung, wobei sie aber nie streicheln oder wirklich liebkosen. Einmal sagte sie, während sie mein Kinn mit zwei Fingern nach oben schob: »Du hast ihre Augen« und meinte damit die meiner Mutter – und verbarg so ihre widersprüchlichen Gefühle hinter einer Art Vorwurf.

Ein Mann erschlug seine Frau mit einem Vorschlaghammer, deshalb wurde er lebenslänglich zu Zwangsarbeit in einem Steinbruch verurteilt, und man befahl ihm, mit genau derselben Waffe zu arbeiten.

2. *August*

Wir waren hungrig, sagte der Ex-Legionär, ich kann dir nicht sagen, wie hungrig wir waren. Unser Hunger wurde so beträchtlich, dass wir versuchten, ihn aufzuessen. Wir spülten ihn mit Luft hinunter, aber als er unten aufschlug, zerbrach er in eine Million Stücke, und jedes Stück wurde so groß wie der ursprüngliche Hunger. Nach einer Weile konnten wir ihn einfach nicht mehr ganz aufessen. Selbst ein Hungerbankett verblüfft einen Hungernden.

Über dem Urinalbecken im Pissoir befindet sich eine Art Spülkasten, in den von der Decke Wasser getropft ist. Das Wasser ist grün-gräulich, Schleim und Tabak schwimmen darin. Ein kleiner, schnurrbärtiger alter Mann mit einer Gepäckträgerkappe steht schon eine Weile neben mir und wirft verstohlen Blicke in meine Richtung. Plötzlich hustet er: Aha, spuckt in den Kasten, dreht sich um und geht hinaus.

Vernunftsmäßig erklärt: Theresa Neumann, Jean Genet, Tom und Jerry, Der Erste Weltkrieg, die dünne Haut dieses Planeten. Ich werde es niemals zulassen, dass jemand für mich eine Orange schält.

Monsieur Fantin-Plustard flitzt, mit offener Weste und vergessener Serviette im Hemdkragen, auf Rollschuhen an der Opéra vorbei, schüttelt seine kleine Faust und brüllt den vorbeifahrenden Verkehrsteilnehmern »Con!« zu. Vor dem American-Express-Büro stößt er mit einer Vespa zusammen und kotzt sein Mittagessen aus: Schnecken, Seezunge, Rebhuhn und Reis, Wachsbohnen, Chicorée, Gervais-Käse, Birnen und den Blanc de Blancs vom letzten Jahr.

Ein junger Mann malt in der Rue Jacob sein eigenes Skelett.

4. *August*
Schau mal an! Eine Karte von Edith: Gaudís »Sagrada Família«. Gott sei Dank vermisst sie mich nicht.

Die Schnees hatten ein Dienstmädchen, das jeden Tag kam und das schon seit Jahren für sie arbeitete, eine hagere, unverheiratete Frau um die vierzig, die nur Feldt genannt wurde. Sie bereitete die Mahlzeiten zu, kümmerte sich um einfache Hausarbeiten und die Wäsche und später (wenn Willi aus dem Haus gegangen war) brachte sie abends die alte Dame ins Bett. Feldt und ich kamen wunderbar miteinander aus; sie erinnerte sich sogar an meine Mutter (allerdings nur vage) und erzählte mir, was für eine schönes Mädchen sie gewesen war (das war alles, was ich hören wollte).

Feldt und ich hatten ein tägliches Ritual: Ich saß in der Küche und machte meine Aufgaben, während sie ruhig ihrer Arbeit nachging. Ab und zu stellte ich ihr eine Frage, und sie setzte ihre Brille auf, nahm mein Schreibheft in die Hand und hielt es dicht vor die Nase (und tat so, als würde sie lesen), legte es dann wieder fürsorglich auf den Tisch, nahm die Brille ab und erklärte mit heiserem Flüstern: »Ich fürchte ich kann dir nicht helfen, mein Kleiner.« Oft fragte ich sie Sachen, die ich schon wusste, in der Hoffnung, dass sie zumindest einmal die Freude haben würde, mir mit einer Antwort helfen zu können. Was nie geschah. Wenn ich dann aber meine Hausaufgaben gemacht hatte, setzte sie sich neben mich an den Tisch (nachdem sie für uns beide Muckefuck gekocht hatte) und begann wieder die am Vortag unterbrochene, scheinbar endlose Geschichte ihres Lebens weiterzuerzählen. Sie war besser als jede Seifenoper, und ich war offensichtlich ein idealer Zuhörer. Immer (und das jeden Tag) wenn sie bei mir einen entsprechend mitfühlenden Gesichtsausdruck erkennen konnte, brach sie in Tränen aus und vergoss (still) große Tränenströme in ihren Muckefuck. Ich fing dann an zu lachen, und Feldt stellte abrupt den Wasserfall ab und blickte mich finster an. Ich versuchte dann, mit dem Lachen aufzuhören (man kann sich nicht vorstellen, wie streng sie schauen konnte, wenn sie es wollte) und es in einen Schluckauf zu verwandeln, und plötzlich fing sie ebenfalls an, lauthals zu lachen, genehmigte sich einen Schluck Muckefuck und sagte: »Das Salz war genau das, was ihm fehlte, Spatz.«

Aber Willi – er hatte seinen Spaß daran, mich zu misshandeln – kniff und zwickte mich, drehte mir den Arm um und ähnliches. Er kam abends so gegen acht Uhr zurück, meistens mit Ada, und wenn ich noch nicht im Bett war, brüllte er: »Ah, oh! Zeit für ein Bad, du Dreckskerl!« und zerrte mich ins Bad (dicht gefolgt von einer boshaft kichernden Ada), zog mich aus, ließ kaltes Wasser in die Wanne ein, stieß mich hinein und fing an, mich mit einer Hundebürste abzuschrubben. Je mehr ich schrie, desto grober bürstete er und umso hysterischer wurde Ada. Als er mit seiner Unterhaltungseinlage fertig war, hob mich Willi an den Spiegel und sagte: »Genauso dreckig wie vorher, finde ich. Gut, wir versuchen es morgen noch einmal.«

Ich hatte eine Todesangst vor ihm. Gelegentlich war mir schon der Gedanke gekommen, einfach wegzulaufen, aber die weitaus furchtbarere Vorstellung eines Willi, der meine Fährte aufnahm, machte ihn schnell wieder zunichte.

Ich versuche, die Titel einiger Kinderzeitschriften zu erinnern, die Willi manchmal nach Hause brachte: Onkel Anton, Die Goldene Stunde, Deutsche Jugend, Flieger und Matrosen. Er gab sie mir nie selbst, sondern ließ sie beiläufig unter Der Stürmer und Der Völkische Beobachter liegen. Eines Tages gab mir Feldt das alte, zerlesene Exemplar eines Indianerbuches von Karl May; ich hatte mich erst zur Hälfte durchgekämpft, als Willi es an sich riss und es als entartete Literatur brandmarkte. Er wollte auch Feldt gerade die Hölle heiß machen, als sie ihm mit einem scharfen Flüstern das Wort abschnitt: »Seien Sie nicht albern, es gehört doch sowieso Ihnen.«

13. *August*

Noch eine Ansichtskarte von Edith (Bauer trinkt Wein aus einem Ziegenlederbeutel). Poststempel: Sevilla.

Der alte Mann neben mir im Wartesaal bückte sich, öffnete einen ramponierten Koffer und holte ein kleines Neues Testament heraus. Ich sah kurz ein Elfenbeinkruzifix und etwas, das wie ein mumifizierter Fuß aussah. Ich hatte geglaubt, dass er Kaugummi kauen würde, aber plötzlich, völlig in seine Lektüre vertieft, spuckte er aus, und ein Fußnagel landete auf meinem Schuh. Er kniete sich eilig neben mir nieder und nahm ihn an sich, dann sah er (reumütig) zu mir hoch und fragte mich: »Können Sie immer noch Ihren Fuß in Ihren Mund stecken?«

»Nein«, antwortete ich. »Tut mir leid, aber mein Guru hat es mir verboten.«

Luftschutzübungen. Willis Stimme auf der Straße ...

Sein Kind wusste, dass der Hund, den er ihr geschenkt hatte, zerbrechlich war, also schmiss sie ihn wie einen Porzellanteller auf den Boden. Weinend kehrte er die Scherben zusammen und legte sie vorsichtig in eine Schublade, damit er ihr, wenn sie größer war, Vorwürfe machen konnte.

15. *August*

Im Sommer 1940 erkundete ich allein die Armenviertel am Alexanderplatz, wo viele Zigeuner wohnten (und zu dieser Zeit noch ein großer Teil der noch verbliebenen jüdischen Bevölkerung). Dort lernte ich eine sesshafte Romanichal-Familie namens Doehr kennen. Sie hatten keine geregelten Einkünfte, aber alle (es waren acht Kinder – drei Jungen und fünf Mädchen –, Mutter und Vater, Großmutter und ich weiß nicht wie viele Tanten und Onkel in der unmittelbaren Familie) waren auf diese oder jene Art Musikanten und sie verstanden sich gut. Da sie nicht umherzogen, hatte sie die Polizei eigentlich nicht allzu sehr belästigt (Für sehr viele andere Zigeuner sah es allerdings ganz anders aus – Beschränkungen in der Bewegungsfreiheit und bei der Arbeit zwangen sie schnell zu einem Leben in den kriminellen Randzonen, wo sie sich nicht lange hielten.)

Bis zum Jahr davor hatten alle jüngeren Kinder der Doehrs eine Schule für Zigeuner besucht, und Christoforo, der älteste Junge, war in den ersten Tagen des Überfalls auf die Sowjetunion zum Kriegsdienst eingezogen worden. (Aber nach zwei Monaten an der russischen Front wurde er plötzlich abgezogen; eine Zeit lang arbeitete er in einer Chemiefabrik in Friedenau, aber später erlitt er dann doch das gleiche Schicksal wie der Rest der Familie. Doch mehr davon später.)

16. *August*

Nun wieder Edith, dieses Mal Toledo. Ihr Vater hat eine Reiselimousine. Die Distanz hat ihre Kleidung verändert; meine abgeschiedene

Welt (insofern sie darin noch enthalten ist) ist gesäumt von Ansichtskarten.

ICH: Ich konnte früher immer einträgliche Selbstgespräche führen.
DU: Und jetzt?
ICH: Alles, was ich sage, scheint an dich gerichtet zu sein, egal was.
DU: Ja, aber ich bin doch ganz Ohr.
ICH: Hm.

17. *August*

Mein ganzes Leben lang habe ich mich von Reisenden verabschiedet. Meine eigenen Reisen waren, gelinde gesagt, nicht der Rede wert. Wie auch immer, drei Wochen Ruhepause ohne das Schwert (flammend?).

Rolf, der zweitjüngste Doehr, der so alt war wie ich, sang und spielte Gitarre in einem Café namens »Zum Siegerkranz«; wir waren bald sehr enge Freunde. Am Ende des Sommers traf ich mich fast täglich mit ihm; solange ich um sechs Uhr dreißig zu Hause war, war Frau Schnee nicht an Erklärungen interessiert. Aber eines Tages war ich leichtsinnig: Wir gingen zusammen in das Café, und ich ging dort erst kurz nach sieben Uhr weg. Als ich nach Hause kam, war Willi schon da; er hatte auf mich an der Tür gewartet. Er verprügelte mich erbarmungslos, aber ich weigerte mich hartnäckig, ihm zu sagen, wo ich gewesen war. Schließlich bekam es Ada mit der Angst zu tun und brachte ihn dazu, damit aufzuhören; ich blutete aus dem Mund und aus der Nase. Danach wurde ich zu Hausarrest verdonnert, bis die Schule wieder anfing, und meine Großmutter (die ihn ebenso fürchtete wie ich) musste ihm über alles, was ich tat, genauestens Bericht erstatten. Es vergingen fast sechs Monate, bis ich die Doehrs wieder sah.

Niemand möchte einen Garten erben.

Ein Marionettentheater (oder ein Farbfilm – aber wo?) – Frau Holle. Kissen werden geschüttelt, und die Daunenfedern verwandeln sich beim Herunterfallen zu Schnee. Nach oben gewandte Gesichter – das Orange-Braun von Zedernholz oder glasierter Tonerde.

Kurz vor Ostern 1941 wurde Willi einberufen. Ada verließ uns ein paar Wochen später, um als Fernschreiberin in Metz zu arbeiten. Frau Schnee verfiel in einen Zustand der pflichtbewussten, vorsorglichen Trauer, und ich beschloss, dass jetzt der günstige Zeitpunkt gekommen war, um davonzulaufen. Ich ging eines Abends nach der Schule direkt zu den Doehrs und gab stolz meinen Entschluss bekannt. Die sieben Familienmitglieder, die gerade anwesend waren, drückten mich umgehend auf einen Stuhl und unterrichteten mich darüber, was das nach sich ziehen würde, und das Ergebnis war dann, dass ich innerhalb von drei Stunden nach meinem endgültigen Abgang wieder in Moabit war.

Leben in einem Blechbottich mit abschüssigen Seiten ...

22. *August*

Ich fange an, mich selbst um die Leere dieses Sommer zu beneiden. Da Sie und Edith nicht da sind, kann ich so tun, als ob ich allein wäre. Ich wusste zuvor nie, dass ich Alleinsein spielen konnte. Wenn es das ist, was gemeinhin Verantwortungslosigkeit genannt wird, dann hat sogar das unerforschte Ressourcen.

Feldt ging einmal mit mir ins Kino. Hätte man davon erfahren, hätte sie ebenso viel Ärger bekommen wie ich. Es war der erste Film meines Lebens, und ich habe danach erst wieder 1947 in Coburg einen Film gesehen. Ich erinnere mich nicht genau daran, außer dass Emil Jannings der Star und dass es eine Komödie war. Vor kurzem sah ich *Der zerbrochene Krug* mit Jannings in der Rolle des Dorfrichters Adam, und ich meine, dass das der Film war, den ich gesehen hatte, aber vielleicht stimmt das auch nicht. An diesem Tag war ich von der Erfahrung selbst hypnotisiert, vom puren Sinneseindruck von Bewegung in Licht: Es war nahezu überwältigend. Aus irgendeinem Grund erinnerte mich Jannings an Tito: Ich sah ihm während des ganzen Films mit offenem Mund zu und hörte kein Wort des Dialogs. Ich habe nie ein tieferes Gefühl des Verlusts empfunden als in dem Augenblick, als am Ende die mickrigen Lichter im Saal wieder angingen. Keine Träne, keine Trennung, keine Tragödie, die ich mit eigenen Augen gesehen habe, hat mich so mitgenommen oder berührt wie dieser erste Kontakt mit dem Sattispil (Rolfs Wort für Schattenspiel): Es wusch mich mit Licht aus.

Ich verliebte mich in Jannings; sein Gesicht vermischte sich mit dem von Tito, und die schwergewichtige Präsenz seines Körpers, überlebensgroß und glanzvoll, erzeugte eine Erinnerung an Berührung, die so real und dauerhaft war, dass ich sie viele Jahre mit mir herumtrug.

Erst vor etwas einem Jahr sah ich hier in Paris einen anderen Film mit ihm – fast dreizehn Jahre nach dem Film in Berlin. Es war *Tartüff* mit Werner Krauß. Er gefiel mir zwar sehr, aber irgendwie war es nur ein Film; ich fand darin nicht den magischen Jannings meiner Erinnerung; und was Tito betraf – er hatte sich für immer aus dem Staub gemacht. In den folgenden Monaten machte ich mich daran, jeden alten Film zu sehen, in dem er mitspielte – mindestens zwölf oder fünfzehn –, gegen jede Wahrscheinlichkeit hoffend, dieses Bild erretten zu können. Natürlich gelang es mir nicht; vielleicht hatten sich meine Augen verhärtet (oder mein Herz); aber ich habe nur selten das Gefühl gehabt, die Ränder erinnerter Erleuchtung zu streifen wie an jenem Tag, als Emil Jannings, dieser gewaltige und herumtastende, von Licht bekränzte Schatten, seine sanften Finger auf mein ahnungsloses, unerfahrenes Herz legte.

Schlaf an einem feuchten Ort, eine widerliche, vermodernde Steppdecke auf meinem nackten Körper, schwache tierische und menschliche Laute hinter dünnen Wänden. Draußen noch mehr Regen.

Jedes Wochenende wieder bei den Doehrs. Der Krieg war jung: Berlin war wie ein Rummelplatz. Im Oktober kam dann die Nachricht, dass Willi in Ägypten gefallen war. Frau Schnee erfreute sich eines Nervenzusammenbruchs; als er sie langweilte, kam sie zum Abendbrot wieder aus ihrem Zimmer heraus.

Eine müde aussehende, dickere Ada kam über Weihnachten einige Tage zu Besuch. Sie hatte einen Unteroffizier (in Nancy) geheiratet und war bereits schwanger. Sie saß mit meiner Großmutter stundenlang zusammen und sie blätterten tränenreich in alten Fotoalben. Und als sie dann ging, gab sie mir einen Kuss.

24. *August*

Heute Morgen ein Telegramm des alten Parris: Moons Tante Libya starb vor einer Woche. Wer sonst hätte sich schon die Mühe gemacht, mich davon zu unterrichten? Spielt es eine Rolle? – alle Kontakte sind erloschen.

Ich erinnere mich an ein Begräbnis in Budapest, circa 1938. Ein wohlhabender Hadnagy war gestorben, und die Hälfte aller Zigeuner Ungarns säumte die Straßen, um ihm wehklagend zum Grab zu geleiten. Ich hockte auf Titos Schultern und guckte und heulte wie alle anderen (ohne den Grund zu kennen). Neben dem Leichenwagen (offener Sarg, Zylinder auf dem Kopf, zusammen mit seiner Geldbörse, seiner Pfeife und seiner Taschenuhr) ging ein katholischer Priester, der zu diesem Anlass bestellt worden war.

Gleich dahinter folgte eine Zigeunergruppe mit Streichinstrumenten, die von Bläsern verstärkt wurde, und dann Dutzende von zweirädrigen Droschken und Kutschen, die mit Blumenbouquets, Kränzen und halbnackten Kindern überladen waren.

Woran ich mich hier erinnern möchte: In dem Augenblick, als der Leichenwagen direkt an uns vorbeifuhr, sprang plötzlich ein junger Mann (wahrscheinlich ein enger Verwandter) aus der Menge heraus, und bevor jemand sah, was da geschah oder ihn daran hindern konnte, hatte er gezielt seinen Fuß unter das Wagenrad geschoben. Der Leichenwagen war riesig, das Rad war mit Eisen beschlagen, und sein Fuß wurde zerquetscht. Aber das war, was er gewollt hatte: Der fürchterliche Schmerz setzte seine Seelenqual und seinen verzweiflungsvollen Kummer frei, und er schrie, bis ihm der Kopf zu platzen schien. Die Menschenmenge antwortete ihm mit einem gewaltigen Stöhnen; sie wallte ihm entgegen, und den Kopf mit beiden Händen umklammernd, ließ sich der junge Mann in sie hineinfallen.

Was ich fragen möchte, ist Folgendes: Von welcher absoluten Ebene des Leidens aus erwächst eine derart euphorische Gewissheit?

Im Sommer 1942 kam eines Tages unerwartet ein kleiner Mann vorbei und teilte Frau Schnee mit, dass im nächsten Schuljahr meine Anwesenheit in der Schule nicht mehr »erwünscht« sei. Einen Augenblick lang schien sie zu erwachen und sich an mich zu erinnern. Sie wurde ganz aufgeregt und sah dann gefährlich weiß aus, und der Mann (schließlich nur ein Beamter) entschuldigte sich, murmelte die üblichen Floskeln über Befehle und Pflicht, ließ einige Papiere zurück und verabschiedete sich.

Meine Großmutter sah mich ein paar Stunden lang traurig an, den Kopf vor lauter Bedauern seltsam nach vorne gekippt, aber am Abend

war sie wieder in ihre eigene, private Welt pässlicher Vergesslichkeit zurückgefallen.
Desillusionierung. Die Finger des einzigen Freundes, dem du vertraust, schließen sich fest um deine Kehle, und allmählich verschwimmt sein vertrautes Gesicht. Dir wird klar (während deine Zunge anschwillt und langsam deinen Mund füllt), dass er zu der Ansicht gelangt ist, dass du das »Leben« mehr liebst als ihn. Aber was bedauerst du mehr: seinen Irrtum oder den Verlust deines Lebens?

26. *August*
Es regnet (immer noch). Ich bin der letzte Gast in der Bar. Der Mann an der Kasse ist eingenickt, der Kellner liest Jean Christophe. Draußen stellen sich Passanten unter die Markise. Ich habe in den letzten zwei Stunden mindestens sechs Tassen Kaffee getrunken, und jetzt reagiere ich sprunghaft auf jedes kleine Geräusch. Das Gedicht mit einem Kugelschreiber auf mehreren Servietten, deren (Wund-) Gewebe sich leicht zerreißen lässt ... nur diese zwei Fragmente:

Wenn die Asche der Bäume
vom Winter gewaschen werden,
dann werden meine Hände die Fackeln sein,
die die Vögel entflammen.
Ihr Hunger wird aller toten Männer Augen annehmen
und von Feuer verzehrt, wenn der Sommer stirbt.

Kein Knochen kann eine Silbe beugen,
keine Wunde Namen auf deren Zufügung schnitzen,
kein Wort kann die Wunde verbinden,
die nur andere Wunden heilen können.

Fräulein Feldt wurde nach einer Wirbelwindromanze mit einem hugenottischen Metzger zu Frau Michelin. Ihr Platz im Haushalt übernahm (eroberte) mittels einer Körperinvasion eine pummelige Hausfrau namens Mecker, die mich argwöhnisch wie einen Fleck beäugte, der aus dem Teppich entfernt werden muss.

Dieses Mal lief ich wirklich davon; oder zumindest verbrachte ich einfach derart viel Zeit bei den Doehrs, dass ich schließlich dort wohnte. Niemanden kümmerte es, da jetzt niemand mehr da war, der ein Interesse daran gehabt hätte, nach mir zu forschen. Zum Schluss war es so, dass ich bei meiner Großmutter wie ein Besucher vorbeikam. (Malerisches Bild eines Nachmittags – alte Dame mit wässerigen Augen und unstetem Geist, dunkelhäutiger, zufällig hereingeschneiter Junge, Ersatzkaffee, pappiger Kuchen, alles in Verdunkelung eingehüllt. Wo war der Krieg?)

An Weihnachten erschien ich mit einem kleinen Geschenk, einem Stück Stickerei, das Oma Doehr angefertigt hatte. Ein paar Verwandte meines Großvaters aus Leipzig waren anwesend, die über die Feiertage nach Berlin gekommen waren. Sie hatten keine Ahnung, wer ich war und machten viel Aufhebens um meine »Freundschaft« mit der alten Dame.

Das war das letzte Mal, dass ich sie sah; danach hatte ich eigentlich keine Gelegenheit mehr dazu.

Noah wusste Bescheid, aber es blieb ihm nicht viel Zeit. Tage häuften sich an wie Müll (Laurel und Hardy), Himmel tropften herab, Paare strömten herein und lehnten sich in ihren Liegestühlen zurück, entledigten sich ihrer Tarnung, lachten unhöflich über seine jüdischen Vorahnungen. Man bedenke: alle von ihnen, pelzig, schwielig, gefiedert, seekrank, wie sie da draußen auf den Wellen schaukeln, voller Vertrauen und unbehaglich in Darwins naseweiser Beagle. Zwei Affen, eine Taube ...

Das Überleben von Defätisten ...

28. *August*

Ich werde Ihnen, um einen letzten, unbeschwerten Ton anzuschlagen, von der Zigeunertotenwache erzählen, die die letzte im Café Siegerkranz war. Das begab sich so: Man kam langsam nett in Stimmung, Herr Schorsch, der Besitzer, hatte gerade das dritte Fässchen mit selbstgebranntem Schnaps angestochen, und der Tote war schon dabei, einem fröhlichen Vergessen anheim gegeben zu werden, als eines der drei Eier des Zauberers (die in den Taschen des Pianisten verstaut waren und sich in Tauben verwandeln sollten) sich als ein echtes, zudem noch faules Ei erwies. Sobald diese Nachricht die Nase der dritten Geige ereilte, gab er mit seinem Instrument einen üblen (wenn auch berechtigten) Kommentar ab, der den Schwertschlucker derart erschreckte, dass er fast sein Schwert verschluckte. Zufällig nutzte der Affe des Leierkastenmanns (oder irgendein anderer Affe) genau diesen Augenblick aus, um seine

Zähne in den Schenkel von Madame Fatima zu schlagen (an einer Stelle, die ihr Strumpf nicht ganz bedeckte). Das empörte Opfer dieser Attacke gab einen ohrenbetäubenden Schrei von sich, der das Blut aller Anwesenden gefrieren ließ, kickte die Bestie durch die halbe Stube und begann, deren Besitzer mit einem mächtigen Strom unflätigster Beschimpfungen zu überschütten – ein Vokalauftritt, der so widerwärtig und so brillant war, dass der Zauberer, der Geiger, der Pianist und der Schwertschlucker, die sich bis dahin zurückgehalten hatten, ihn mit voller Lautstärke nachahmten. Die Trauernden, die nicht unbeteiligt bleiben wollten, stimmten auf ihre Art in dieses Klagelied ein, und im Handumdrehen war die Luft voll mit Flaschen, Stühlen, Körpern und allem, was gerade griffbereit war.

Nun, die Polizei kam (natürlich) und machte diesem Lamento kaltherzig ein Ende. Die ganze Veranstaltung sei sowieso illegal, Streng Verboten!, sagten die Gesetzeshüter. Sie nahmen alle mit auf die Wache, bis auf mich und Rolf, der den schlauen Einfall gehabt hatte, uns und fast seine ganze Gitarre in den Speisenaufzug zu zwängen. Wir hatten eine solche Angst, dass wir uns bis zum nächsten Morgen nicht von der Stelle rührten, als Herr Schorsch weinend und mit einem Schild in der Hand zurückkam: Auf polizeiliche Anordnung geschlossen. Der wirkliche, schmerzliche Verlust des Tages war der seinige.

Der Erfolg von Exhibitionismus hängt von der Illusion der Spontaneität ab. Oder?

30. *August*

Für »Sonya« – eine Geschichte.

Wochenlang warst du durchgängig fast vollkommen unerkennbar. Als ich schließlich den Mut hatte, dir in die Augen zu schauen, landete ich harsch auf etwas Realem, das aber keinem Menschen außer dir eigen war. Und da ich keinen Namen für etwas außerhalb meiner selbst hatte, konnte ich es nur beobachten, aber nicht benennen. In deinen Augen folgte ich dem Flug eines identifizierbaren, aber nicht zu benennenden Vogels. Er flog direkt auf die Sonne zu und schwebte eine einzige, blendende Sekunde lang im Rauch seiner eigenen Silhouette. Aber dann war er wieder zu sehen, da, und da wieder! Keine Täuschung.

Natürlich wäre es dir nie im Traum eingefallen, das ich ihn gesehen hatte. Trotz deiner weitreichenden Verstellungen, der Logik deiner

Vorgehensweisen, der Pläne, die beim Erwachen auf deinen Lippen zitterten und an Sumpffieber starben, bevor der Tag zu Ende war – nein, du hast nie geträumt.

Ich begann dich zu verfolgen, liebes Herz, ein stummer, drängender Liebender; ständig begleitete ich hündisch deine Augen, wie sie sich von Wand zu Wand und dann zum Fenster hinaus über der Stadt und ihre scheußliche Winterlandschaft verstreuten. Monatelang existierten unsere Körper nur als ambulante Hohlräume voller Echos und vernehmbar pulsierendem Blut, als die Streckbänke kurzer Tage, auf denen sie zerbrachen. Wir lebten allein als Augen: zwei Doppeltüren, die niemals genau einander gegenüber lagen, taktierend und korrodierend, Ruhepunkte auf verfügbaren Objekten ergatternd, dann weiter in Bewegung bleibend.

Und endlich stellte sich der Frühling ein; er fand uns erschöpft auf den entgegengesetzten Seiten des Zimmers vor, mit weit aufgerissenen Augen und blind. Mit ihm kam auch die Panik der Ermattung, eine Tonne voller Fliegen und das wogende, erste tiefe Einatmen.

Du sprachst zuerst (wie immer). Die Sonne im Fenster erzeugte auf deinen Armen eine Gänsehaut. »Seltsam«, sagtest du, »plötzlich ist mir so kalt, dass ich sterben könnte.«

Ich schauderte und sagte nichts.

»Vielleicht bin ich ja tot.« Eine Art nachträglicher Gedanke.

Die Sonne kitzelte meinen Fuß und ich stieß sie weg. Plötzlich sahst du mich an: In deinen Augen verdunkelte sich die Sonne, der Vogel stand dort ruhig und bereit. Er breitete die Flügel aus.

»Du hast dir nicht einmal die Mühe gemacht, mich zu beerdigen«, sagtest du. »Das zumindest hättest du tun können. Du hast mich zum Sündenbock gemacht. Es gibt keine Untersagungen ... bestatte auch mich.«

Der Vogel erhob sich langsam, schwebte unentschlossen einen Augenblick, bemächtigte sich dann der Luft und segelte davon. Du wandtest die Augen ab; ich setzte mich traurig hin.

»Bin ich wirklich verantwortlich?«, fragtest du. Aber ich vertraute dir nicht genug, um dir zu antworten.

In der Nacht kamst du zu mir. Dein Körper war warm, und im Dunkeln schienst du wundersamerweise zugenommen zu haben; dein Fleisch war marmorglatt und drängend. Ich war immer noch misstrauisch, ich nahm dich nachtragend und ohne Befriedigung. Danach sagtest du nichts, aber ich weiß, du lagst schlaflos wach.

Am nächsten Morgen stand ich auf und ging ins Wohnzimmer. Die Tür zu dem kleinen Balkon stand offen. Es war noch früh und dunstig, aber es wurde wärmer. Das Sonnenlicht überzog schräg und verschmiert den Fußboden. Du warst schon auf und bei der Arbeit, gingst nervös hin und her, nun wieder schlank wie vorher, trugst Shorts und eine ärmellose Bluse und nahmst ein Dutzend Dinge in Angriff. Du schienst mich nicht zu bemerken, hast die Blumen gegossen, Möbel gerückt, Aschenbecher geleert, Oberflächen gewischt – wirkungslos und sprunghaft von einer Sache zur anderen gehend, das schlaffe, entmutigte Fleisch deiner Oberarme und deiner Schenkel schlabberte wie lose hängende Bogensehnen. Und während der Arbeit sprachst du mit dir selbst (ich konnte damit nicht gemeint sein); ein abwesender, zerstreut laufender Kommentar zu deinen Tätigkeiten, nicht mehr.

Ich empfand spontan Furcht: Das Wort wahnsinnig kam mir in den Sinn. Vielleicht bedrohte mich das Erkennen meines eigenen Wahnsinns. Aber wenn er existiert hätte, hätte ich ihn auf dich zurückgeführt. Ich hätte die Maske des schlechten Gewissens und sogar der Schuld aufgesetzt. Ja, ich hätte vielleicht auch so empfunden, zumindest ein Gefühl, das tiefer war als die Beschämung, derentwegen ich mich fürchtete, zum Zeugen deiner Verzweiflung zu werden. Aber ich beging einen Fehler: Ich erlaubte meiner Beschämung, dich zu bemitleiden: Das war bösartig genug.

Du fühltest mein Mitleid wie eine kalte Hand an deinem Rücken (oder habe ich dich damals wirklich berührt?) und du zucktest zusammen und liefst davon. Da war nichts mehr, was ich tun konnte. Ich wollte das Zimmer wieder herrichten, wie es vorher war, aber ich erinnerte mich nicht mehr genau. Als ich den Tisch verschob, entdeckte ich einen toten, nicht zu identifizierenden, mir unbekannten Vogel. Ich hob ihn auf und ließ ihn meine Hände mit dem gestohlenen Sonnenlicht verbrennen.

Das war der letzte Tag unseres gemeinsamen Lebens. Ja, das.

1. *September*

Bin heute ausgezogen, Rue de l'Ancienne Comédie (so passend, wie es mir nur möglich war; von Netzhautkakerlaken befallene Häuser, eine abgetakelte Ruine auf den Fersen der anderen). Heute gingen zwei kleine Jungen untergehakt vorbei. Einer hatte einen Fleck vorn auf dem Hemd, und ich fühlte mich plötzlich peinlich berührt.

Im Februar 1943 stürzten in Berlin die Mauern des letzten nichtarischen Winkels ein, und die Furien fegten durch ihn hindurch: Berliner Polizei, SS, Gestapobeamte. Sie stellten jedes Haus am Alexanderplatz auf den Kopf. Die wenigen übriggebliebenen Juden hatten den Atem schon so lange angehalten, dass der Schlag wie ein *coup de grace* zu sein schien – aber »Überraschung« wäre kein Wort, um die Wirkung auf die Zigeuner zu beschreiben.

Ich ging mit den Doehrs wie ein in letzter Minute gepackter Koffer hinunter. Niemand hatte mich gefragt; ich wurde einfach wie ein Bündel mitgenommen.

Wir standen stundenlang auf der Straße und warteten, bevor sie uns abführten. Tiefe Abgründe des Schweigens, das Husten eines ungeduldigen Publikums, scharrende Füße, Hände, die gerieben oder wie zögerlicher Applaus zusammengeschlagen werden, um etwas Wärme zu erzeugen; und dann, allmählich an Lautstärke gewinnend, ein Anschwellen von Stimmen und Seufzern und Schreien in einer unvorstellbaren Instrumentierung: Töne des Unverständnisses und der Empörung, lange Akkorde der Auseinandersetzung, kurze Sätze der Verzweiflung: untergegangene einzelne Instrumente in polyphonem Chaos, von Angst vor dem Schweigen dirigierte, verlorene Arrangements. Bis zum heutigen Tag ist es mir nicht möglich, bestimmte Werke (von Bartók, Schönberg und sogar Richard Strauss) anzuhören, ohne zu fürchten, ersticken zu müssen. Kann es sein, dass Musik ganz und gar erinnerten Seinszuständen zugehörig ist?

Zu viel Entfernung – allerdings nicht so sehr die zeitliche Entfernung als Gleichgültigkeit, wirkliche Gleichgültigkeit.

Nach drei Tagen in einem Sammellager (Käfig) mussten wir zur Selektion antreten. Ich war zwischen Rolf und Ulla eingekeilt, die Jüngste der Doehrs. Den Untersuchungsbeamten schien es ziemlich zu verwirren, einen Jungen zu finden, der nicht auf seiner Liste stand. Ungeduldig fragte er mich nach meinem Namen und ich begann zu weinen. »Du heißt nicht Doehr!«, schrie er mich an, und ich war mir sicher, dass man mich wegschicken würde. Aber ein dicker Mann kam dazu, ein Aufsichtsinspektor, der mich breit anlächelte. »Mein Name ist Kluge«, sagte er. »Und deiner?«

Ich sagte es ihm, und er fragte mich sehr freundlich, ob ich eine Kennkarte hätte, und ich nickte und gab sie ihm. Er wisperte einer Wache etwas zu, und nach ein oder zwei Minuten hielt er meine Akte in der Hand.

»Zweite Kategorie«, sagte er. »Wo sind deine Eltern?«

»Tot«, antwortete ich.

Er blickte auf die Akte. »Und die Verwandten deiner Mutter?«

»Tot.«

Mit dem gleichen Lächeln fragte er mich: »Auch deine Großmutter?«

»Ja«, sagte ich, was ja irgendwie auch die Wahrheit war.

»Lebst du mit diesen Leuten zusammen?«, fragte er.

»Ja.« (Wie mir mein Herz klopfte!)

»Hm«, sagte er und ging mit den Unterlagen an einen Schreibtisch, wo er etwas darauf kritzelte und es abstempelte. Er kam zurück. »Also gut«, sagte er. »Geh mit ihnen mit.«

So wurden wir dann zusammen in einen Hof geführt, wo die Lastwagen warteten. Wir wurden zum Stettiner Güterbahnhof gefahren (an dem Rolf und ich so oft vorbeigegangen waren) und in Güterwagen verfrachtet, zwanzig oder mehr Personen pro Waggon. Gegen Mitternacht setzte sich der Zug in Bewegung.

Heute ist das eine alte Geschichte, aber dennoch ist sie meine.

Die Palette von hier an: Verbrannte Erde, Preußischblau, Vitriol, Zyanid und ein See aus Blut, horngrün, kanariengelb, alle vorstellbaren Fleischtöne, Krapplack und krapprot, weißes Blei und ein Schwarz so schwarz, dass die Augen es durchdringen können, und das dann Löcher in sie schlägt.

Dann zum Zoo, Erdnüsse schmatzend durch Panzer und Draht. Kinder mit kurzen Hälsen, Vitaminmangelerscheinungen. Ehefrauen und Mütter schlingen Baumrinde und Blätter hinunter ... rempeln sich an und schubsen sich mit Einkaufstaschen, zertrampeln die Tiere und die Gärten unter ihren Füßen.

Ich habe noch nicht die Sprache der Jagd gelernt, aber hier bin ich, trotz alledem.

4. *September*

Traum. Eine Krankenstation. Vernietete, grau-weiße Wände im Inneren eines Schiffs. Dreistöckige Schlafkojen entlang der Bugschotten (Echos des skatologischen Latrinenbads aus anderen Träumen). Eine langsame Abrasion von Rot, Rostrot und Gelb. Viele junge Männer, die alle irgendwelche Verletzungen vorweisen (keine Kriegswunden), geben sich entspannt. Einige liegen auf ihren Etagenbetten, andere stehen in der Mitte des Raums, unweit der runden Luke. Ein nackter Junge erscheint (oder er stand schon dort, ohne dass ich ihn gesehen hätte): Fast sein ganzer Körper ist mit der Narbenmembrane einer schrecklichen Verbrennung wie mit einer Glückshaube bedeckt. Auf den ersten Blick scheinen seine Genitalien zerstört worden zu sein, aber dann erkenne ich, dass sie eingeschmolzen sind und durch eine halb durchsichtige Hülle geschützt sind, die eine Erweiterung der Glückshaube ist. Es ist offensichtlich, dass der Junge »geheilt« ist und dass er bereit ist, sich zu verabschieden. Er blickt mich an, und er klagt darüber, dass man ihn nicht einfach sterben ließ. Vor sich hin murmelnd geht er herum. Ich fühle von außen mit ihm – sein Gefühl der Unfähigkeit, der Vergeblichkeit – weil ich es auf eine gewisse Weise mit ihm teile.

Durch die Luke (die runde) steigt jetzt eine Krankenschwester ein (ihr Aussehen ist eine seltsame Mischung aus Edith und sonst jemanden); sofort beginnt sie den nackten Jungen anzugreifen. Sie behauptet (dies ist für die anderen bestimmt, die jetzt nicht mehr reden und respektvoll zuhören), dass dieser junge Mann seine Verletzung sich selbst zuzuschreiben hätte, dass er etwas getan hätte, was man ihm immer wieder verboten hätte (etwas mit einem Boiler). Und dass er gesagt hätte, dass er lieber gestorben wäre (schreit sie), sei nur ein weiterer Beweis für seine Undankbarkeit und außerdem eine Lüge. ›Würdest du denn hier und jetzt gern sterben?‹, fragt sie, und er schüttelt den Kopf.

Die ganze Tirade hat er sich mit gesenktem Kopf angehört. Ich fühle, dass sein ausbleibender Einspruch auch etwas mit unserer »geteilten Unfähigkeit« zu tun hat, und ich erröte ob seiner Demütigung und wünsche mir, und gleichzeitig wünsche ich es nicht, deren Zeuge gewesen zu sein. Trotz der Logik, die den Bemerkungen der Krankenschwester innenwohnt, sogar trotz deren Gerechtigkeit, bin ich wegen ihres Erscheinens wütend auf sie, weil sie wie ein selbst ernannter Chor in die Intimität meines Traums eindrang, um eine rachsüchtige Auflistung der Umstände seines Elends abzuliefern, jetzt, da er vor der Entlassung steht.

Analysieren Sie das selbst, wenn Sie wollen.

5. September

Ich wusste es. Edith ist wieder da.

APHELION

Keine Kleiderschrankbestandsaufnahme der Prüfungen und Belastungen.

Ich vermute, es gibt für andere viele Gründe dafür, zurückblicken zu wollen – um zu beschreiben, anzuklagen, zu erinnern oder einfach um der Aufzeichnung willen –, aber ich kann meinen Weg in jene Welt nicht mehr finden. Ich bin mir sicher, dass sie existierte, aber ich kann jetzt nur Metaphern erfinden und gewisse, zufällige Erinnerungen schildern. Zwei(hundert) Jahre.

Es ist für einen Menschen nicht möglich, ständig in der Anwesenheit des Todes zu leben, in dessen immanenter, anhaltender Präsenz: Zumindest ist es ihm unmöglich, ihn als einen natürlichen Zustand zu akzeptieren. Für ein Kind ist das anders. Ich weiß es: Ich lebte inmitten des Todes, nicht nur in seiner Nähe. Ich durchlief meine Pubertät, ohne davon wirklich Notiz zu nehmen. Mein Körper schien mit dem Tod zu beginnen; er verfügte über keine anderen Definitionen, und so wuchs ich wie durch Zufall auf.

So war es für die Mehrzahl der Kinder, für all jene von uns, die überlebten. Wir entwickelten einen für Erwachsene undenkbaren, seltsamen und schwer zu benennenden Gleichmut – der unsere Ungeduld zügelte. Wir verloren Gewicht, unsere Körper bedeckten sich mit Fieberbläschen, und alles, was wir berühren wollten, war bereits tot. Dennoch atmeten wir Energie, echte Energie, und es gelang uns, an diesem tödlichen Ort ohne Hoffnung zu leben – noch vor der Hoffnung. Dieses umzäunte Gelände war die Welt, die einzige, die wir kannten oder erwarteten, und so lange wir am Leben waren, schwammen wir in Tod, unbeschwert und angetrieben von einem unmöglichen Optimismus.

Aber ich verfälsche. Ich bin versucht zu sagen, dass man mit uns wie mit Erwachsenen umging, aber dass wir nicht wie sie reagierten. Aber obgleich dies eine Möglichkeit wäre, um das Undenkbare sprachlich zu fassen, es einzukreisen, wäre es immer noch eine Fälschung. Wir waren Kinder, ohne es zu wissen und jegliches Verbrechen, das an uns begangen wurde, war uns nicht bewusst und wir waren dagegen immun. Welches Verbrechen? Die Möglichkeit, ein Kind in einer Welt zu sein, die Kindsein nicht anerkannte? Wir waren uns kaum bewusst, überhaupt jemals Kinder gewesen zu sein. Es ist einfach, einen Menschen seiner Freiheit zu berauben – sie ist häufig genug nur eine Illusion. Was ist, abstrakt betrachtet, die Freiheit eines Erwachsenen? Aber die Freiheit eines Kindes ist etwas anderes: selbstverständlich, zerbrechlich, ausgeübt und nicht innerlich wahrgenommen. Nur wenn das Kind das Wissen um den Tod verinnerlicht hat – ich meine, das Bewusstsein, dass das Leben letztendlich nicht ewig währt oder dass, anders betrachtet, das Leben etwas Fragwürdiges ist – das dem freien Willensrad eines Kindes wie eine grausame Bremse auferlegt wird, hält es inne und präsentiert sogleich das Scheinbild eines Erwachsenen. Es herrscht dann für eine Weile ein seltsames Gefühl der Autonomie, der Freiheit, aber selbst das schwindet nach und nach und wird wertlos und lästig – sogar noch wertloser als der Verlust der Freiheit für einen erwachsenen Menschen; der schließlich nur seine Illusion verloren hat und dem sich wahre Freiheit vielleicht zum ersten und zum letzten Mal als eine stolze Affirmation in den besonderen Umständen seines eigenen, selbstlosen Todes zeigen wird.

Für uns allerdings blieb der Tod etwas Unpersönliches und Allgegenwärtiges, und seine Bedrohung bedeutete praktisch nichts. Zugefügter Schmerz war die äußere Grenze unserer Angst um uns selbst. Die Tür zum Leben war in dem Augenblick zugeschlagen worden, als wir gerade durch sie hindurchgingen. Und als sie sich wieder öffnete, als sie sich zu öffnen schien, als uns gesagt wurde, dass sie offen stand – eines schönen Tages, der zwar wie alle anderen roch, aber keiner war –, ließ man uns auf der Schwelle stehen, und wir waren nicht in der Lage, uns zu bewegen: Kinderkörper, die die Schatten von Erwachsenen warfen, vorwärts, durch die Tür hinaus, ins Leben hinaus. Aber zu keiner Bewegung fähig.

Was mich betrifft, so stehe ich immer noch dort, und ich würde alles dafür geben, wenn es nicht so wäre. Ich erblicke draußen eine Vielzahl von Männern. Ihre Füße, ihre Schatten, ihre knochigen Schultern streifen meinen Schatten, den Schatten eines vermeintlichen Mannes, eines mit einem Omen behafteten Mannes. Sie bleiben stehen und starren mich mit neugierigen, mit verletzten Augen an, Augen, die ich nicht ergründen kann, Augen, die Verlust, Verwirrung, Verzweiflung ausdrücken – sogar Verachtung, wenn ich mir das nicht einbilde. Und jeder (und das ist das Furchtbare!) lässt, während er meinen Schatten kreuzt und weitergeht, ein Wort fallen, ein einziges und immer wieder dasselbe, wie ein großes Geheimnis der Rechtfertigung oder der Anklage.

Zeit!, sagt er. Zeit!

Was wollen Sie damit sagen? Was ist es, das ich nicht verstehe, selbst heute nicht?

(Schiefe Zehen, Blasen, Schwielen und die Wunden von Aussätzigen, die man küssen und auf die man mit dem Finger zeigen kann!)

Wir erreichten die äußeren Mauern eines Klosters. Es fiel Regen. Wir waren von weit her gekommen, und wir waren zu viele; nur einige wenige konnten Einlass finden. Der Rest wurde abgewiesen, verdammt.

Über dem Tor befand sich eine Inschrift: IN LABORE LIBERTAS. Ein intaktes Refugium, ein Modell des Universums (sein konkaver Himmel, seine konvexe Hölle), das Mönche bewohnten, die das Gewand eines höchst exklusiven Ordens trugen und an ihren Herrn durch einen unzerbrechlichen Schwur gebunden waren.

Als Novizen mussten wir allen Ansprüchen auf Nationalität und allen irdischen Gütern abschwören. Unsere Köpfe wurden geschoren, unsere Körper gereinigt. Man gab uns neue, blaue Zahlennamen und seltsame und schmutzige Kleidung. Wir schliefen in riesigen Außenräumen, in mit Stroh gefüllten Kästen, unsere nackten Füße umfassten die Köpfe der anderen. Wir verbrachten profane, unbewiesene Tage in Quarantäne, verschlangen bröseliges Brot, schluckten das Phlegma unserer uns auferlegten Erniedrigung hinunter. Eine letzte Chance, in Schweigen zu meditieren, das Fleisch zu geißeln, die Seele auf das Gelübde vorzubereiten.

10. *September*

Irgendwo eine namenlose Gitarre ...

Wo, oh, Straße, endest du?
Nicht daheim, niemals daheim.
Wo, oh, Liebe, liegst du nur?
Auf dem Hügel, ganz allein.
Wo, oh, Straße, biegst du ab?
Wo ich will, wann ich will,
Wo, oh, Liebe, blutest du ...
Aus dem Herzen, auf dem Hügel.
Wo, oh, Straße, führst du hin?
Auf den Hügel, fern der Heimat.

Wo, oh, Liebe, stirbst du nur?
Auf dem Hügel, mit meinem Rom.

Eines erinnert, hundert vergessen. Rauch.

Z für Zweifel, nicht Zigeuner.

Nach einigen Wochen wurden außer mir und Rolf alle abgeführt und vergast. Auch wir wären wohl dabei gewesen, wenn nicht ein Kundschafter der »Bauschule« durch den Block (wie die Baracke im Lager von den Mönchen genannt wurde) gegangen wäre und uns als potentielle Bauarbeiter ausgesondert hätte. Es gab da kräftigere Jungen, aber wir standen zufällig direkt an der Tür.

Rolf hielt nicht lange durch; er war als Zimmermann oder Maurer völlig ungeeignet. Immerhin schaffte er die Anlernzeit. Und danach wurden wir der gleichen Arbeitsgruppe zugeteilt. Aber es war für Bauarbeiten im Freien: Eine neue Reihe von Baracken wurde mit halsbrecherischer Geschwindigkeit errichtet, und es regnete ununterbrochen. Eiswasser. Rolf begann einzunässen und wachte mitten in der Nacht auf und schrie; er war sich sicher, dass er bei der nächsten Selektion abtransportiert würde. Aber eines Abends, nach einem äußerst zermürbenden, sechsstündigen Appell, brach er zusammen und hustete sich in der Nacht die Lunge aus dem Leib. Am nächsten Morgen war er tot – einfach so –, und bis auf die Tatsache, dass ein anderer Junge drei Tage später an seine Stelle trat, um das Arbeitssoll zu erfüllen, würde ich sagen, dass es so besser war. Es war besser für ihn.

Aus dem Totenhaus ...

So viele Jahre sind vergangen
und Sonnen gingen auf
seit du und ich ...
uns an verschiedenen Orten niederlegten –
Ich schlief ein,
du machtest dir das Grab zum Bett.
Nun höre ich sogar vom Totenhaus,
deinem Gefängnis, deine Stimme ertönen.

Wie nahe dein Gesicht ist!
Aber wenn ich dich beweine,
ertrinke ich unter den Toten.

Die meisten anderen Zigeuner in der »Schule« stammten aus Osteuropa und sprachen wenig Deutsch. Sie kauerten in einem Knoten aus Angst und Stammesaberglauben zusammen. Obwohl Rolf das Romanes sehr gut sprach (viel besser als ich), waren sie uns gegenüber misstrauisch. Nachdem Rolf tot war, hatte ich nicht mehr viel mit ihnen zu tun, und einige Wochen später wurde ich einer Gruppe jüdischer Jungs zugeteilt, die hauptsächlich aus Berlin kamen.

18. *September*
Seltsam, seit deiner Rückkehr kann ich wieder gut schlafen. Grelle, verrückte, verstörende Träume jede Nacht, aber zumindest schlafe ich ohne Schwierigkeiten ein – etwa eine Woche lang litt ich an einer richtig hartnäckigen Schlaflosigkeit.

Überbleibsel.
Die Sekten beklagen die ruinierte Korrektheit des Filzhutes, den fahlen Kopfschutz, den Verlust von Hefe und Weste, den geprellten Golem, den Sabbatzwieback.
Die Rabbiner geben Schaumwein für Seife und Leim aus; Wien pratert Veilchen, um mit ihren Knochen anzugeben.
Händler sind sich Kanadas nicht mehr sicher: Seine Marionettenschnüre wurden von Vichy-Scheren durchschnitten. Brillen, Hüte und Ringe gingen mit Stiefeln unter.
Nur die ausdruckslosen, ungezählten Sonntagsfliegen füllen ihre Ohren wie ungenießbare Nachspeisen.
Angeschwollene Pflaumen und vergossene Milch vermischen sich mit dem Strömen der Geburt und dem Honig Kanaans.
Der Verstand, von unberührbarem Süßzeug abgehalten, weint: Theresa und Sachse, ein Witz, das Risiko von Buchenholz und Birke, Rose und Glocke, Dach und Schwitzstube.
Mennonitenhexen kochen Zuckerguss in Röhrichten: befestigt an den emporragenden Pamphleten von Leierkastenmännern, eingesackt unter Schmutzwäsche wegen Schokoladenflecken.

Halsstarrige Zeugen, Märtyrer für Spitztüten und Küchen, von Vögeln abgeworfene Kinder: Hände hoch, mit Bedauern.
Der schwarze Ritter, seine Knie auf den Lilien, neigt dazu, Salomons Töchter zu beobachten, mit Schwertern faulig gemacht, der Reihe nach hinuntergespült.
Die Rosenknospen können sich vor Röntgenaugen nirgendwo verstecken.
Entlang eines einsamen weißen Korridors, durchbohrt das Grinsen eines Assistenzarztes ihre Leisten wie eine Injektionsnadel.
Draußen kratzen eklektische Bögen Rücken und Nebel auf Widerhaken, aufsteigender Rauch aus Zäsuren, Prunk und Feuer aus Lebensumständen: Hirten des Kreuzes und der Taube, unsere spanischen Erwerbungen. Das Orchester schwillt an und geht wie eine schweizer Delegation vorbei, blinder denn je im Angesicht von Orchideenbrutstätten und aufgehackten Leichenzügen. Eine Totenwache von Disteln, die verlorenen Fettaugen einer gottverdammten Kartoffelsuppe, ein Fass mit Harz, eine Handvoll Lindenzweige begraben mein Herz und kratzen einen letzten Ton vom Innereien-cell-o eines Straßenkindes.

Nach zehn Jahren in verschiedenen Klöstern floh der Meister unserer Bruderschaft auf seine eigene Weise.

Dann: Mein Körper, wie eine vorbildliche Anzahl von Knochen zur Begutachtung auf ein Brett angebunden. Ein Krankenpfleger aus Prag erkundet seine Krater ohne Narkotikum bis zum Fundament. Es werden Eruptionen verursacht.

Drei Tage in 21A (die Höhle der Löwen), während sich Krusten bilden, dann ab und in einen neuen Block.

21. *September*

Ein Herbstmorgen
ein Bad von Luft aus blauen Flaschen
weiße Wände und Unterwassergras.
Kannst du Gestalten unterscheiden,
ihre abwesende Stimme hören,
die dem Gott dargeboten wurde,
sein bruchstückhafter Körper?

Golden war aus Garwolin in Polen, und in der neuen Anlage, in die man mich eingewiesen hatte, war er für die *Blokovi* eine Art überirdisches Übermaß. Alle möglichen, nicht nachweisbaren Geschichten kursierten über ihn seit seiner Ankunft Anfang '43. Die erste, die ich hörte, war, dass er sich 1939 polnischen Partisanen angeschlossen habe, und drei Jahre später, bei seiner Gefangennahme, die Reithose eines deutschen Kavallerieoffiziers, einen russischen Bärenfellmantel und die Légion d'honneur getragen und amerikanische Zigaretten geraucht habe. Dann wurde mit gleicher Überzeugung behauptet, er sei ein Einsiedler gewesen, der sich von Blättern ernährt und in einer Höhle gelebt hätte. Für die Juden im Block (die meisten waren Deutsche oder Tschechoslowaken) war er eine Fleisch gewordene Legende; aber fragte ihn jemand nach dem Wahrheitsgehalt dieser Geschichten, antwortete er stets: »Glaub, was dir gefällt, mein Freund. Wenn es dir gefällt, ja, warum solltest du es nicht glauben?«

Er war ein Riese, um die ein Meter neunzig groß, mit einem großen Kopf, hohläugig, mit hervorquellenden Augäpfeln und von breiter Statur, die durch seinen ausgezehrten Körper noch betont wurde. Sein Alter war nicht auszumachen: Er könnte zwischen vierzig und sechzig gewesen sein.

Alle nannten ihn Rebbe, aber ob er ein Rabbi im strengen Sinn des Wortes gewesen ist oder nicht, er war ein heiliger Mann und ein Magnet, der durch seine Anwesenheit den ganzen Block, Juden und Nichtjuden, zu einer Einheit machte.

Obgleich mir bewusst ist, wie wenig ich dafür geeignet bin, möchte ich dennoch versuchen, hier einige von Goldens Worten wiederzugeben. Ich war jung und ich wusste nichts, ich war kein Jude, ich kann mich nur auf ein mangelhaftes, von zeitlicher Entfernung und Echos späterer Dinge verwirrtes Gedächtnis verlassen. Dennoch, ich möchte es versuchen, und ihm und den Umständen treu bleiben. Ich hatte ihn vergessen und jetzt, plötzlich, ist er wieder da.

Jeden Abend vollführte er das gleiche Ritual. Nachdem das Licht gelöscht worden war, sagte er in der Stille einige wenige Worte, machte dann eine Pause und fuhr fort: »Wir wollen uns an unsere Namen erinnern.« Und nach einer Sekunde: »Isaak Golden, Garwolin.« Danach sollte jeder Anwesende im Raum seinen Namen und seinen Herkunftsort aussprechen. Und für jeden, der gestorben oder abtransportiert worden war oder der nicht mehr reagierte, sagte ein anderer seinen Namen auf – der Gefährte aus der nächsten Schlafkoje oder der, der seinen Platz eingenommen hatte oder Golden selbst, wenn es sonst niemand tun konnte. An seinem letzten Abend, als er nur noch eine Stimme und ein Paar Augen war, sagte er allein zweihundert Namen auf.

— »Lacht nicht, wenn der Mond abnimmt! Runzelt vor allem nicht missbilligend die Stirn. Der Versucher selbst lacht und Dunkelheit befällt das Herz. Wenn Ihr zweifelt, zweifelt außerordentlich! Fühlt die Kraft der Verzweiflung! Brunnen der Stärke entspringen trotz allem unserem Exil! Lasst uns unsere Namen erinnern ... Golden, Garwolin ...
— Wann ist wahrer Fortschritt möglich? Wenn uns all unsere Sünden vergeben wurden. Fortschritt ist der Weg, den *Die Kommende Welt* bereits beschreitet. Fürchtet weder Stillstand noch Veränderung. Obgleich diese Welt unser Werk ist, wird uns vergeben werden. Jidden! Stärke! Lasst uns unsere Namen erinnern ...
— Jede Freiheit, bis auf die letzte, wahre Freiheit, muss geopfert werden; nur wenn Ihr dies erreicht habt, kann eure Freiheit verwirklicht werden, und nicht einmal der neidischste aller Götter wird es von euch verlangen. Aber ein Mensch, der mehr als eine wahre Freiheit beansprucht, hat kein Opfer anzubieten, und selbst der am wenigsten neidische Gott wird sein Leben von ihm fordern ... in meiner Jugend gab es oft Stunden schwarzer Melancholie und das Gefühl einer furchtbaren Einsamkeit. Als ich zweiundzwanzig Jahre alt war, ging ich nach Warschau und streunte durch die Straßen. Mir war, als gäbe es keinen Menschen um mich herum, und ich warf mich vor eine Straßenbahn. Aber der Herr nahm sich meiner an, und als ich zwischen den Schienen lag, fuhren die Räder einfach über mich hinweg, ohne dass ich Schaden nahm. Und da wusste ich, dass ich weiterleben musste, dass ich nicht allein war. Weiterleben! Das heißt es, ein Jude zu sein. Weiterleben, einfach immer wieder weiterleben. Ihm entgegen, gesegnet sei sein Name. Lasst uns unsere Namen erinnern ... Golden, Garwolin ...
— Der Allmächtige, gesegnet sei sein Name, ist an eurer Seite, nicht auf eurer Seite – Stöhnt nicht! Vergesst nicht eure Namen! Welch

große Kraft in ihnen liegt! Die Himmel hängen von ihnen ab, und die himmlischen Heerscharen hängen von ihnen ab. Sogar eure Körper sind Systeme von Welten, die von euren Namen abhängig sind. Seid stark und sammelt euch, denn die allerkleinsten Welten und die unendlich gewaltigsten sind auf jedes einzelne eurer Leben und auf eure Namen begründet. Lasst uns unsere Namen erinnern ... Golden, Garwolin ...

— Ein Muselmann hat nur seinen Namen verloren, aber damit auch jeglichen Zugang zur *Kommenden Welt*. Steht an ihren Pforten und seht hinein; wendet euch niemals um!

— Ich frage euch: Hätte ich mir jemals diese Augen vorstellen können, die ich jetzt habe? Wenn ich sie schließe, sehe ich sie immer noch wie große, weiße Glühbirnen über mir. Auf eine schreckliche Art und Weise sind sie jetzt die meinen, aber immer noch die meinen, und obwohl ich jedes Mal einen Augenblick erschaudere, wenn ich sie über mir schwanken sehe, schließen sie sich, wenn ich es ihnen befehle, sie gehen aus wie Lichter und lassen mich schlafen. Ich habe sie vor dem Hunger verschlossen, sie angesichts des Todes erblinden lassen und ihnen das Träumen verboten; ich habe alles vergessen, bis auf die Stimmen und die Namen der Toten. Und ich werde mich nicht meinen furchtbaren Augen preisgeben und nicht von meinem Namen lassen. Lasst uns unsere Namen erinnern ...

— Fürchtet euch nicht! Die Zeit kommt, da alles verstanden sein wird!«

Die folgenden Gedankensplitter sind von den Tausenden, die bei einem Spiel entstanden, das sich Golden eines Abends ausdachte, diejenigen, an die ich mich (mit einiger Sicherheit) erinnere. Er nannte es *Die Kommende Welt*. Die einzigen Regeln (wenn man es so nennen will) waren, dass von der *Kommenden Welt* immer in der Gegenwart gesprochen werden musste und als ein Wort, als eine reale und erkennbare Einheit – als einer Gegebenheit. Niemand durfte seine Sentenz als Wunschvehikel benutzen; fantasievolle Betrachtungen waren nicht erlaubt. Es gibt keine Erfindungen in der *Kommenden Welt*, sagte Golden, und für eine ganze Weile lieferte er selbst alle Formulierungen, bis andere das Spiel verstanden. Nach kurzer Zeit dachten ganze Arbeitseinheiten über Sentenzen nach und debattierten am Ofen oder in der Latrine wie Gelehrte bei dem Versuch, ihre Vorstellung von der *Kommenden Welt* mit Worten zu formulieren, die zeigen sollten, dass sie wirklich einen Hoffnungsschimmer dieser Welt erfasst hatten. Denn Golden blieb dabei die einzige und letzte Autorität.

Wenn ich jetzt daran zurückdenke, wird mir klar, dass ich der Zeuge eines erstaunlichen Phänomens war; mit seinem kleinen Spiel gelang es Golden, in seinen Gefährten erneut eine Art echter religiöser Inbrunst zu entfachen; er inspirierte sogar den einfachsten, ungeschultesten kleinen Juden im Block zu einem Versuch, sich selbst, die Gültigkeit seines normalen, menschlichen Sehnens in Worte zu fassen, und er verhalf ihm so zur Einsicht in eine dauerhafte, gute, durch das Spiel erschaffene Welt, die zwar in der materiellen Welt verankert war, sie aber auch überwand und so das Grauen seiner Umgebung und sogar die Erinnerung an vergangenes Leiden überwand. Golden verhalf jedem Mann dazu, in sich selbst die vergessenen Wahrheiten zu erlösen, die verschwenderische Substanz seiner Kindheit und des Glaubens, der das erste Geburtsrecht aller Kinder ist, ihre eigentliche Sphäre. Sie wissen, ihre Augen haben sie nicht verkrüppelt; ihr Glaube beruht nicht auf äußerlichen Erscheinungen und Einschüchterungen. Wenn ein Kind handelt, handelt es in Übereinstimmung mit einer Wahrheit, die man vielleicht nicht sehen oder fixieren kann, die ihm aber gegenwärtig ist, so wie auch eine Vision präsent ist. Und sein Handeln ist deshalb ein Ausdruck seines Wesens, nicht die Verfügung eines Bedürfnisses, etwas anderes zu werden als das, was es bereits ist.

Immer wenn jemand glaubte, einen annehmbaren Beitrag liefern zu können, ging er nach dem Appell direkt zu Golden, damit dieser seine Zustimmung gab. Wenn Golden der Ansicht war, dass die Formulierung aufpoliert werden sollte, sagte er das auf eine ermutigende Art und Weise, aber er ließ nicht zu, dass die geänderte Version am gleichen Abend vorgetragen wurde. Sobald Golden allerdings zustimmend genickt hatte, wurde die Sentenz mit großem Enthusiasmus vorgebracht und eifrig diskutiert. Es kam oft vor, dass ein und dieselbe Formulierung einige Male mit kleinen Änderungen vorgetragen wurde, was durchaus akzeptabel war; nur in der *Kommenden Welt*, sagte Golden, können zwei Menschen genau das Gleiche sagen.

Die Kommende Welt ist nicht jenseitig; sie ist bereits unzerstörbar.
Gott, das Volk, Welt: Dies sind die drei Grundsteine der Kommenden Welt.
»Natur« ist kein Wort in der Kommenden Welt.
Die Kommende Welt wird nicht durch das Nichts begrenzt.
Mord ist immer nach der Kommenden Welt, Einsamkeit vor ihr; beides existiert nicht in ihr.
Wahres Sprechen hört man nur in der Kommenden Welt.
Die Hand befehligt das Auge in der Kommenden Welt.
Was auch immer die Hand berührt oder das Auge erblickt, wird ein Gebet in der Kommenden Welt.
In der Kommenden Welt gibt es keine abgünstigen Realitäten oder neutralen Wahrheiten.
Gewalt ist machtlos in der Kommenden Welt.
Eden ist der Boden, auf dem Die Kommende Welt gegründet ist, aber beide sind in Zeit und Raum nicht voneinander getrennt.
Sehnsucht ist das Bewusstsein des Exils aus der Kommenden Welt.
Niemand wird in der Kommenden Welt jemals tot geboren.
Maschinen wachsen wie Gemüse in der Kommenden Welt.
Gewehre gibt es in der Kommenden Welt, aber es gibt keine Zielobjekte.
Warten ist in der Kommenden Welt vergessen: Anwesenheit wird mit Resonanz belohnt.
In der Kommenden Welt können zwei Dinge oder Mensch nicht miteinander verglichen werden.
Die Kommende Welt bietet keine Oberflächen.
Die Hölle existiert in der Kommenden Welt als ein leerer Aufnahmebehälter, so wie eine Vase ohne Blumen.
Alle Körper tragen Früchte in der Kommenden Welt.
In der Kommenden Welt sind Engel überflüssig.
Die Mathematik der Kommenden Welt ist eine der Vielfalt und nicht des Multiplizierens.
In der Kommenden Welt fliegen alle Menschen ohne Flügel.
Kunst ist das einzige Verbrechen in der Kommenden Welt, aber es wird nie begangen.
Sünden sind harmlos in der Kommenden Welt: Bienen ohne Stachel.
Alle Menschen sind Juden in der Kommenden Welt.

27. September
Träumte von mir und Hannes Däumler. Wir trugen weiße Arbeitskleidung und pflanzten Wacholder. Keine Wache zu sehen: Ich küsste ihn und wachte auf.
Polnische Aristokraten, lettische Seeleute, ukrainische Muskeln ...

Unsere Nacktheit gehörte uns, wir trugen sie wie Fisch durch Desinfektionsräume, trugen sie blitzschnell an den Falkenaugen von operierenden Ärzten vorbei, vierhundert gebrechliche, aalglatte Mimen der Gesundheit.

Am Abend vor meinem fünfzehnten Geburtstag krümmte der Korporal-Mönch, der den Appell beaufsichtigte, seinen weißbehandschuhten Finger vor meinem Gesicht und befahl mir, mich in den Mönchsbaracken zu melden. Ich bezweifle zwar, dass er den Grund kannte, aber das Vergnügen, das er daran fand, mir mitzuteilen, dass mein Erscheinen dort erwünscht war, lässt mich vermuten, dass er ihn kannte.

Als ich von Todesangst erfüllt dort ankam, wurde ich von einem hochrangigen Mönch jovial begrüßt. Glückwünsche stünden an, sagte er: Das Reich machte mir ein Geburtstagsgeschenk. Jemand in Berlin hätte scheinbar einen bedauernswerten Fehler gemacht: Ich wäre kein dreckiger, kleiner Zigeuner der zweiten Kategorie, sondern ein bis dato als solcher getarnter Arier.

Als erstes musste ich (natürlich) von allen Gefahren weiterer Beschmutzung befreit werden. Dies geschah unverzüglich: Ich wurde den Händen eines Unteroffiziers aus Limburg übergeben, der dafür sorgte, dass ich eine (heiße) Dusche bekam und mir das Haar geschoren wurde, dann folgten eine gründliche Entlausung, ein schnelles Aufstechen und Verbinden aller größeren Geschwüre und Abszesse, einige flüchtige Umarmungen, ein sauberer Trainingsanzug mit dazu passenden Sportschuhen, ein Stück (echter) Käse (ebenfalls aus Limburg), weitere Umarmungen, zwei Schüssel Suppe (von unten aus dem Bottich!), ein Abschiedskuss, eine neue Tätowierung (E für Erziehung) und ein hellrotes Abzeichen mit einem D darauf.

Danach brachte man mich in ein gesondertes Lager für Deutsche und in einen Block mit kürzlich angekommenen Ariern (ich stellte mir einen Querschnitt durch das Berlin der späten Weimarer Republik vor): Luden und Drückeberger, Priester, gewohnheitsmäßige (aber kleine)

Kriminelle, Prostituierte, offenkundig Homosexuelle, kleine Politische und Familien von Politischen, ebenso Leute, die wegen Hamstern, verbotenem Rundfunkhören, anzüglichen Bemerkungen oder wegen irgendeinem von hundert anderen Vergehen denunziert worden waren.

An den Toren ist die Hölle los, man kann es sich nicht vorstellen! Menschen stehen kilometerlang Schlange, um hereinzukommen oder hinauszukommen oder erneut hereinzukommen, und alle sind beladen mit Bündeln, Kleinkindern und Koffern. Ich versuche, so formell wie nur möglich auszusehen, und seltsamerweise sind sie aufeinander wütender als auf mich. Vielleicht haben sie vor meiner Jugend Respekt oder vor meiner Kluft oder sie erkennen eine tiefe Notwendigkeit oder empfinden eine ungewohnte Beschämung. Ich empfinde sie.

Für eine Weile schien niemand zu wissen, was mit mir zu tun war. Ich war zu jung, als dass man mir die »Chance« hätte anbieten können, der Wehrmacht beizutreten, und ich war nun auch nicht gerade die Person (vorlautes Kind), die man unbesorgt nach Deutschland unter unwissende Zivilisten hätte verpflanzen können. Mein neuer Status wurde jedoch auf besondere Art bestätigt: Ich erhielt eine Metallscheibe, die mich zum Besuch des Bordells im Block 24 berechtigte. Ich tauschte sie gegen einen Pullover ein.

30. *September*
Wie hätten Sie mich denn gerne? Besonnene Überzeugungskraft ist ein Geschenk, über das ich nicht verfüge – und ich bin auch keine Dampfwalze. Vielleicht erwarte ich zu viel von Ihnen (von allen)? Auf meinem emotionalen Bleistift befindet sich eine gute, scharfe Spitze, aber der Radiergummi ist bereits aufgebraucht. Verstehen Sie? Es ist so verdammt blockierend.

Schließlich wurde ich auf ein kleines Gehöft innerhalb des Klosterkomplexes transferiert und einem Gewächshaus aus Holz und Glas (selbst die Nägel waren größtenteils durch Klammern ersetzt worden) zugeteilt. Das größere Gelände (Raisko) wurde hauptsächlich von Frauen bewirtschaftet, aber im Gewächshaus waren tschechoslowakische und deutsche Häftlinge mit der Keimung von Samen beschäftigt, die eine Firma in Münster lieferte (Reformkost vor dem Krieg).

Hannes Däumler war fast zwanzig, als ich ihm begegnete. Er war ein seltsam aussehender Kerl, an die dreißig Zentimeter größer als ich. Seine Beine standen in keinem Verhältnis zu seinem Oberkörper; sein Becken stand wie ein Ochsenjoch hervor; oberhalb der Hüfte war er immer noch ein unterernährter Halbwüchsiger. Er war furchtbar empfindlich, was seine Größe betraf. Oft stellte er beim Gehen plötzlich die Beine quer, brachte seine Augen auf die Höhe der meinen und schlurfte dann an meiner Seite lächerlich geduckt weiter, »wollte einfach mal sehen, wie die Welt von da unten aussieht«. Er hatte strohfarbenes Haar, so dass sein geschorener Kopf aussah, als wäre er mit einer weißen Schädelkappe aus Samt garniert. Er hatte eng stehende, grüne Augen, eine lächerlich kleine Nase und dünne Lippen, und er hatte die tüchtigsten Hände, die man sich vorstellen kann – breit und fest, wunderbar ausgewogen, aber überhaupt nicht zierlich. Er ging mit den Pflanzen auf dem Gehöft mit großer Zärtlichkeit um; jeder seiner Setzlinge gedieh prächtig. Er liebte es, die Erde zu fühlen, die fragile, winzige Berührung des grünen Lebens zwischen seinen Fingern.

Er nahm mich unter seine Fittiche und lehrte mich das, was ich wissen musste. Ich lernte schnell. Als der Frühling voller Regen kam, gingen wir aus dem Gewächshaus hinaus ins Freie und pflanzten unsere pharmazeutischen Setzlinge in akkuraten, nummerierten Reihen.

Auf unseren Knien neben den Stiefeln kontrollierender Mönche (ziemlich selten) kümmerten wir uns den ganzen Sommer um die Pflanzen, rupften und setzten um und wurden allmählich in der Sonne richtig braun, dünn wie Planken, aber voll von stibitzten Vitaminen.

Hannes Vater war 1937 in Sachsenhausen an einem »Herzschlag« gestorben, zwei Jahre nachdem er wegen »parteifeindlichen journalistischen Aktivitäten« verhaftet worden war. Hannes und seine Mutter (von adeliger Herkunft) waren dann nach Düsseldorf gezogen; er hatte Bildhauerei an der Kunsthochschule studiert, bis 1941 jemand entschied, dass seine Mutter und er ebenfalls Volksfeinde waren. Sie wurden nach Buchenwald deportiert, und seine Mutter befand sich noch dort, falls sie in der Zwischenzeit nicht gestorben war. Hannes hatte keine Ahnung, warum er plötzlich in Raisko gelandet war, um Gärtner zu werden, aber es war »viel besser« als das (was auch immer es war), was er in Buchenwald gemacht hatte.

Fußnote. Es gab keinen Mangel an Asche und Knochenschrot, aber Säcke mit echtem Kompost mussten zur Düngung der essbaren Kräuter, die die Mönche verzehrten oder die an die Wehrmacht verschickt wurden, aus Deutschland und Nordpolen geliefert werden. Aber wenn sich Lieferungen verzögerten, waren wir gezwungen, uns mit den örtlichen Erzeugnissen zufrieden zu geben. Selbst wenn die Mönche gewusst hätten, wie unrein (bezüglich der Rasse) ihre Petersilie und ihre Pfefferminze gelegentlich waren, so bezweifle ich doch, dass sie sich viel daraus gemacht hätten; nein, eine abseitigere, tiefgründigere Ethik wurde durch die Verwendung deutschen Mischdüngers befriedigt. Aber wir achteten darauf, welch Kräuter wir kauten. Wir wussten Bescheid.

Unser Gewächshaus (und vier weitere) unterstanden der allgemeinen Aufsicht eines Mannes namens Gustav Lokowandt. Er war ein politischer Häftling, allerdings kein gewöhnlicher; oft war er wochenlang abwesend, und es ging das Gerücht, dass er Höß zur Zeit der Artamanenbewegung gekannt hatte. Hannes hatte ihn auch in Buchenwald gesehen, wo er wohl als undurchschaubare Kontaktperson zwischen den Mönchen und den Lagerinsassen fungiert hatte; es war offensichtlich, dass jemand von außerhalb eine schützende Hand über ihn hielt. Hannes kannte viele Menschen, denen Lokowandt geholfen hatte, und wunderte sich oft über den eigenartigen Zufall, der sie innerhalb weniger Wochen auf dem Gehöft wieder zusammengeführt hatte, aber obgleich Lokowandt ihm (damals noch) wohlgesonnen war, war es ihm nicht möglich, etwas über den ungewöhnlichen Zustand der »priviligierten Ungnade« in Erfahrung zu bringen, in den Lokowandt gefallen war.

Ich sah ihn zum ersten Mal eine Woche nach meiner Ankunft. Hannes und ich wässerten Basilikumsprossen auf dem Inkubationstisch, als Lokowandt in Begleitung von Doktor Caesar und einigen Mönchen erschien. Sie blieben stehen, schauten uns einige Augenblicke zu und gingen dann weiter. Lokowandt flüsterte Caesar etwas zu, der zu mir zurückblickte und dann lachend sagte: »Na, das ist nicht das erste Unkraut, das uns Berlin geschickt hat.« Ich muss gestehen, dass ich neben Hannes tatsächlich wie eine Aubergine aussah.

Körperlich betrachtet war Lokowandt eine eigenartige Mischung sowohl grober als auch verfeinerter Charakteristika. Sein überdimensionierter Bauernschädel ruhte auf einem schlanken Hals, und er hatte eine schmale Brust, die sich in kurze, fleischige Arme mit unpassenden winzigen Händen verzweigte. Er war zu der Zeit genauso groß wie ich – ein Meter achtzig, würde ich sagen –, aber – nur um eine Vorstellung davon zu vermitteln, wie groß sein Kopf war – seine Augen lagen ganze zweieinhalb Zentimeter unter den meinen.

Dennoch bleibt nur die oberflächlichste Erinnerung an sein Gesicht. Sein wirkliches Gesicht (das ich später sah, und das ich nie vergessen werde) war nicht das Gesicht aus dem Außenlager; tatsächlich kommt es mir heute so vor, dass er dort auch ein anderes Plasma war ...

Eine Scheune hinter Finsterwalde ...

Wie oft bin ich in all den vergangenen Jahren mitten in der Nacht mit rasendem Herzschlag und dem Geschmack von Moos im Mund aufgewacht, unfähig, die Wände und die Fenster zu erkennen, zwischen denen ich in den Schlaf gefallen war, immer noch in der Landschaft des Traums verloren, einer Landschaft, aus der alle Farbe gewichen war, so wie durch Schnee oder eine brutale, weiße Nässe.

Ich sehe eine mittelalterliche Kutsche, die von zwei weißen Rössern gezogen wird; sie kommt ganz nah an mich heran: Vorhänge werden beiseite geschoben: und plötzlich ist für einen Augenblick sein Gesicht (ein flüchtig erblicktes Palimpsest) zu sehen (kleine Äuglein, niedrige Stirn, kurz geschnittenes rotes, schon grau werdendes Haar, gelbe Zähne): Er lächelt und fragt mich mit kehliger, spöttischer Stimme: »Ach, wo ist denn jetzt dein Hannes?«

Hannes und ich spielten ein Spiel: das Spiel der Tröstung. Analogie für Spielzeugschwerter, Trockenreibung und Zahnschmerzen, wenn Sie es denn wissen wollen.

Was ist denn aus Wilhelm Busch geworden?

Haltet euch von der Küche fern!

Ich hatte einige Piepels gekannt. Einige hatten keine Chance: Ihre Augen, ihre Hände, ihre kleinen Hintern wurden ihnen zum Verhängnis. Aber andere spielten die Hure. Was den Rest (von uns) betraf, so rannten wir weg, versteckten uns, machten Versprechen und wichen aus, wenn der Wolf seinen violetten Kopf zeigte, wenn diese hässliche Knute hinter dem Baum hervortrat.

Ich bin das Opfer von gewissen selbstauferlegten Verboten. Ich trage einen großen Zweifel in meinem Herzen, einen, der in der Welt, wie sie ist, niemals zerstreut werden kann. Ich erinnere mich bruchstückhaft an das Wo und Wie, an das Versteckspiel, an die schreckliche Enttäuschung. Die Flucht nimmt kein Ende. All diese Jahre habe ich zugunsten eines privaten Totems, der der letzte aller Totems sein sollte, gefährliche Beschlüsse gehegt, die geringste Erinnerung an ein Verlangen zurückgewiesen. Aber gesichert weiß ich nur, dass es keine fabelhaften Wiederinstandsetzungen (wie in Märchen oder in Trickfilmen) gibt: Der zerbrochene Spiegel kann nicht repariert werden, aber jedes Fragment ist immer noch ein Spiegel. Der Zaun steht unter Strom, und die erste Berührung ist Kleister.

Dennoch spielten Hannes und ich das Spiel der Tröstungen, und es war, was es war.

Lokowandt wusste ohne ein Wort Bescheid. Er sah es uns an.

Hannes ermüdete das Spiel lange vor mir. Dann trat Lokowandt auf den Plan. Hannes nahm an den Schultern zu und brachte mir Extrarationen. Wir spielten von Zeit zu Zeit weiter, aber dieses besondere, uns eigene, unausgesprochene Vertrauen in unserem Spiel war zerstört worden. Hannes hatte (mit zwanzig) seine Unschuld verloren; ich verstand damals noch nicht, was das bedeutete.

Alle Subtilitäten der Erinnerung überlagern sich; ich fürchte, ich habe aus mir jemanden gemacht, der ich nicht bin. Hannes, klüger und älter, aus einer anderen Welt stammend, aber wie auch ich dazu gezwungen, sich den mönchischen Härten anzupassen, reagierte mit einem Instinkt, den ich nicht besaß, und erkannte Dinge, die für mich nicht sichtbar waren. Er war in der Lage, Gegebenheiten mit einer weiblichen, fügsamen Umsicht zu manipulieren (für eine Weile und bis zu einem gewissen Grad), die das uralte Erbe seiner Rasse war. Ich hatte keinen Instinkt für das Überleben – ich ließ mich treiben. Um zu überleben, benötigte Hannes die Fähigkeiten eines Mannes, und er verfügte nicht in vollem Umfang über sie; ich lebte, weil es mir nie in den Sinn kam, dass es anders sein könnte: Wenn das tadelnswert war, so bin ich diesem Vorwurf immer noch ausgesetzt.

10. *Oktober*

Gestern Abend lud ich eine kleine Prostituierte auf einige Drinks ein und führte sie zum Essen aus. Danach gingen wir in mein Hotel. Sie zog sich unverzüglich aus und setzte sich ganz aufrecht auf das Bett. Sie hatte einen wunderschönen Rücken und einen langen Hals, ein ungezähmtes Gesicht mit unsteten Augen. Sie schämte sich ihrer Brüste: Sie hatte zwei Abtreibungen kurz hintereinander gehabt, und sie waren noch geschwollen. Ich beschloss plötzlich, dass ich nicht mit ihr schlafen wollte. Ich bot ihr Geld an; zuerst lehnte sie es ab, sagte dann aber »Nun, wenn du es dir leisten kannst« – nicht ironisch, sondern beinahe entschuldigend. Sie war kaum zwanzig, ich begleitete sie ein Stück weit, sie erzählte mir die übliche Leidensgeschichte, aber nur, weil ich sie darum gebeten hatte. Dann sagte sie, dass sie allein sein wollte. Es war immer noch relativ früh am Abend. Fast hätte ich sie gefragt, ob sie nicht wieder mit mir mitkommen wolle, tat es aber nicht. Wie Sie wissen, verliebe ich mich zu leichtfertig, und nicht nur in kleine Huren. Aber ich entliebe mich ebenso schnell. Gelegenheitssex finde ich reizvoll, und danach bedeutet er mir dann nichts. Vielleicht kann ich einfach nicht treu sein, kann niemanden tief und auf längere Zeit lieben ... oder vielleicht nicht mehr?

An einigen Sonntagnachmittagen im Spätsommer machten Hannes und ich im Gartengelände lange Spaziergänge. Seltsam auftauchende Intermezzi aus Gras und Brisen, ein stechender Himmel, flache Ausdehnungen aus Schwarz und Grün, die unmerklich in einen dampfenden Horizont übergehen, gutmütige Tiere und in der Ferne Bauern, die Heu machen. Eine illusorische, bukolische Welt, für eine Stunde vollkommen und grenzenlos.

Als der Herbst kam, wuchs um uns ein gelbes Meer, das uns wie Schiffbrüchige aussetzte und uns auf uns selbst zurückwarf. Hannes erschien unruhig, ein seltsames Missbehagen ließ sich auf seinem Gesicht ablesen. In gewissen Augenblicken während unserer sonntäglichen Spaziergänge, wenn wir einfach nebeneinander standen oder saßen (und ich ihn berührte) und wir in eine nicht vorhersagbare Ferne blickten, empfand ich eine dunkle, warnende Melancholie, vernahm den undeutlichen Auftakt eines Wissens, das ich noch nicht haben wollte, das Hannes aber schon besaß. Ich bedrängte ihn, zu sprechen, über was auch immer: seine Eltern, das andere Lager, sein Studium, die Kindheit. Aber er wusste, dass meine Neugier andere Wurzeln hatte, und wurde wortkarg und errötete wie ein schüchterner Krimineller, wenn er mir in die Augen sah.

Der Winter kam; es regnete jeden Tag. Wir standen zusammen im Gewächshaus, kümmerten uns mechanisch um die Pflanzen, sprachen selten, die Eigner von Fingern und weniger von Zungen, streiften uns, wie durch Zufall, gelegentlich so, als müssten wir uns (zum ersten Mal) für das Bewusstsein der Berührung entschuldigen.

Eines Tages sagte er plötzlich zu mir: »Ich kann nicht mehr« und ging zu einem anderen Pflanzenbeet. Ich lief hinter ihm her. »Lass mich in Ruhe«, sagte er und grub seine Hände wie Spaten tief in die weiche Erde auf dem Anpflanzungstisch. Er sah mich mit den Augen eines geängstigten Tieres an, drehte sich von mir weg, und ich wurde wieder zu meiner Arbeit gerufen.

Dezember. Lokowandt war nicht da. Ich verfolgte Hannes während unserer freien Stunden; er ignorierte mich so gut er konnte. Wissen Sie, wovon ich spreche?

Er wandte sich plötzlich gegen mich: »Warum lässt du mich nicht in Ruhe?«, sagte er zitternd. »Aber warum?«, sagte ich und wollte weinen. »Es gibt kein Warum«, sagte er, »du würdest die Dinge für uns beide einfacher machen, das ist alles.« – »Aber was habe ich getan?« – »Es ist nicht das, was du getan hast«, sagte er, »es ist das, was ich bin. Du würdest das nicht verstehen. Und jetzt lass mich in Ruhe.«

In einer Nacht Anfang Januar, lange nachdem das Licht gelöscht worden war, kam er zu mir und weckte mich auf. Sein Gesicht glühte seltsam in der Dunkelheit. Er drückte mir etwas in die Hand – eine halbe Orange! Ich hatte seit Jahren nicht mehr an Orangen gedacht. »Iss sie jetzt«, sagte er. »Ich habe mir eine Hälfte genommen, der Rest ist für dich.«

Lokowandt war zurück, er war in Deutschland gewesen. Er hatte Hannes gesagt, dass wir innerhalb einiger Wochen in den Westen verlagert würden. Er wusste nicht genau wohin, aber die Russen rückten näher. Ich schlief wieder ein mit dem Geschmack der Orange in meinem Mund und träumte von Hannes' seltsam strahlendem Gesicht.

Bis zu dem Tag, als wir das Lager verließen, sprach ich kaum mehr mit ihm; sein kurzer Besuch in jener Nacht wurde von dem Traum geschluckt, den ich danach gehabt hatte. Er verbrachte fast jeden Abend mit Lokowandt. Ein hochgewachsener Mönch kam in das Gewächshaus und beaufsichtigte uns, als wir die Pflanzen in Kisten verpackten, damit sie verladen werden konnten, bevor wir das Lager verließen. Große nächtliche Leuchtfeuer am Himmel über dem Kloster. Nebel und Schnee von der gleichen, kranken, gelb-braunen Farbe.

Gegen Ende des Monats wurde uns beim Appell mitgeteilt, dass wir am nächsten Morgen das Lager verlassen würden. Vor Tagesanbruch ließ man uns schlotternd und mit den Füßen stampfend außerhalb des Blocks antreten. Und dann warteten wir. Gegen elf Uhr erschien ein Kontingent Mönche, die noch gereizter waren als sonst. Lokowandt tauchte einen kurzen Augenblick auf, unterhielt sich hastig mit Hannes, lächelte durch mich hindurch und ging dann in Begleitung einiger Mönche weg, die alle Kisten mit Akten trugen.

Gegen drei Uhr nachmittags befahl man uns, in das Kloster zu marschieren. Innerhalb der Tore liefen Tausende von Häftlingen herum. Wir reihten uns vor Karren auf, wo man an jeden von uns zwei Laibe Brot und einen Blechbehälter mit Schmorgericht austeilte. Ein kleiner Tscheche namens Calek, der zwischen mir und Hannes in der Reihe stand, nahm sich des Pfundes Margarine an, das für uns drei bestimmt war. Man warnte uns, dass das der Vorrat für eine ganze Woche sei, aber viele verschlangen ihn (zur großen Belustigung der Mönche) bereits gierig. Es war schon lange dunkel, als wir, zum letzten Mal, zwischen Reihen von Mönchen mit Maschinenpistolen (zweifellos wollten sie verhindern, dass wir wieder hineingingen) durch die Tore hinausgingen.

Als wir über die verkrusteten Felder gingen, mündeten unsere Reihen wie Nebenflüsse in einen noch größeren, bereits in Bewegung befindlichen Strom ein. Nur das Geräusch unserer Füße auf der gefrorenen Erde: die mürbe, schleppende Vorwärtsbewegung eines gigantischen, menschlichen Tausendfüßlers. Atem und Körperwärme machten die Nachtluft weiß; das Schreien der Wachen gefror zu winzigen Eiszapfen in unseren Ohren. Ich konnte nicht über die Schulter von jemandem um mich herum sehen, und ich blickte nach oben: Ein voller Mond zeigte sich einen verschwommenen Augenblick lang über unseren Köpfen. Er war weit weg, aber auch nicht weiter als alles andere auch. Ich drückte mich eng an Hannes; unsere Hände froren zusammen.

Bei Tagesanbruch erlaubte man uns, einige Stunden im Schnee zu sitzen. Viele standen niemals mehr auf; es entstand ein Gedrängel um ihre verbliebenen Vorräte. Andere wurden von ihren Gefährten mitgeschleppt. Wir breiteten uns nach und nach zu einer losen Herde aus. Es war schwieriger, am Tag zu gehen; in der Nacht hatte uns der Körperkontakt vorwärts gezogen, der anonyme Magnetismus der Dunkelheit; aber jetzt machten der Blick auf die Ferne und ein Gefühl hilfloser Getrenntheit unsere Füße schwer und erleichterten das Stolpern. Manchmal, wenn die Mönche uns nicht beachteten, stellten wir uns einige glückliche Augenblicke auf die Kufen der Schlitten, die mit ihrem Gepäck beladen waren.

Verglichen mit den meisten Männern waren Hannes und ich stark; wie besaßen die relativ privilegierten Körper derjenigen, die »genug« zu essen gehabt hatten. Dennoch ließ Hannes bald Zeichen der Schwächung erkennen und hatte seine Ration schon lange vor mir aufgegessen. Calek und unsere Margarine verschwanden in den ersten paar Stunden. Um uns herum fielen Hunderte um – und wie viele waren bereits mit oder ohne der Hilfe der Mönche (die Anzeichen von Schwäche nicht duldeten) gestorben! Wir hatten zu den Lezten gehört, die das Kloster verlassen hatten, und die Felder, die wir überquerten, waren mit Leichen übersät (einige waren bereits schwarz und halb von Schnee bedeckt) wie Baumstümpfe oder einzelne, gemarterte Äste.

Und so bewegten wir uns immer weiter, und die Anzahl der Marschierenden schrumpfte stetig zusammen. Hannes fing an, mit sich selbst zu sprechen; oft vergaß er mich vollständig, und ich (ihm wie ein Hund auf den Fersen) sah zu, wie er vorwärts schwankte; sein Kopf schien etwas losgelöst von seinem Körper zu schweben.

Wir gingen in der Nähe von Cosel über die Oder, marschierten dann an ihrem Ufer entlang und durch ein Dorf nach dem anderen und über Felder mit zurückgelassenen und verhungernden Tieren. Wir hielten in kleinen Ortschaften an, auf den Marktplätzen, drängten uns um die eingefrorenen Brunnen zusammen, während sich polnische Frauen bekreuzigten und uns manchmal Rüben brachten oder etwas Brot zusteckten. Wir trieben wie auf der Erde gestrandete Vögel an Zechen, Steinbrüchen, ausgebrannten Lagern und halbleeren Siedlungen vorbei. Wir kreuzten die Wege anderer Marschierenden, die vor uns aufgebrochen waren, und manchmal marschierten wir über lange, gefrorene Strecken parallel zu ihnen, bevor wir sie wieder aus den Augen verloren. In den Nächten trug uns der Wind den Lärm von Artilleriefeuer und Stalinorgeln zu oder vereinzeltes Geschützfeuer, kodierte Botschaften aus den Wäldern; dann schossen die Mönche direkt über unseren Köpfen Leuchtpatronen ab (um die Wölfe fernzuhalten, sagten sie).

Und jedes Mal, wenn wir in eine größere Stadt gelangten, wurde uns gesagt, dass wir für den letzten Transport eine Stunde oder einen Tag zu spät gekommen waren. So vergingen zehn Tage.

An meinem sechzehnten Geburtstag (vielleicht einen Tag früher oder später) erreichten wir Breslau. Es brannte noch aufgrund eines vor wenigen Stunden erfolgten Luftangriffs. Nicht mehr als ein Fünftel derer, die den Marsch begonnen hatten, hatten ihn auch beendet. Wir versammelten uns in einem Güterbahnhof, und nach wiederholtem Zählen und Abzählen wurden wir schließlich in offene Güterwagen verladen. Für einen Augenblick sah ich einen der jüdischen Jungen aus der »Schule«, konnte aber nicht mit ihm sprechen. Hannes begann sich zu fragen, ob wir auf dem Weg nach Buchenwald waren und ob er dort wohl seine Mutter lebend vorfinden würde.

Ein Truppentransport von der Ostfront stand auf einem Abstellgleis; die Männer starrten uns mit eingefallenen Augen an, bis sich ihr Zug in Bewegung setzte. Sie konnten nicht mit uns reden, doch ihre Blicke hafteten an uns, denn sie waren nicht blind wie die Zivilisten oder die Eisenbahner.

Gesichter in den Fenstern, Augen (Jungen mit Haarnadeln in ihren Stirnlocken, Blondinen mit selbst ondulierten Haaren, kahle Männer mit Käppis und Schnäuzern): Wer stellte sich Fragen?

Es stellt sich heraus, dass unser Ziel Groß-Rosen war. Nach einer Woche in einer baufälligen, hölzernen Feuerfalle von Baracke (drei in einer

Schlafkoje) erhielten wir neuen, knapper bemessenen »Reiseproviant« und wurden wieder auf Güterwagen verladen. Nach zwei Stunden waren wir wieder in Breslau (das zwischenzeitlich noch heftiger bombardiert worden war); von dort aus fuhren wir in nordwestliche Richtung; hielten etwa eine Stunde in Cottburg (um noch mehr Häftlinge aufzuladen – es war unmöglich, sich hinzusetzen), und dann ging es nach Libben. Wir verbrachten den Rest der Nacht dort und brachen im Morgengrauen auf. Hannes war sich absolut sicher, dass es nun nach Buchenwald ging.

Andere haben diese Ereignisse drastischer beschrieben als ich. Wenn ich auf diese Reise zurückblicke, ist es wie das Starren in einen Tümpel, der mein Gesicht widerspiegelt, wie es heute ist, mit Spiegeln als scheinbar bodenlose, dunkle Welt in umgekehrter Form dahinter. Die Kälte weicht: Den Hunger erinnere ich im Plusquamperfekt. Die Geschwindigkeit ist ein und dasselbe Kriechen: Die Landschaft, die an uns vorbeischrammt, verliert alle Konturen. Mit zunehmender Beschleunigung verschwimmt sie blau und löst sich dann auf. Nichts bleibt, bis auf die farblose Perpetuierung einer vollständig verinnerlichten Bewegung.

Jegliches Ende ist für mich unbeschreibbar und unerklärlich. Nur in seltenen Augenblicken des Übergangs bin ich mir darüber bewusst, dass Zeit verging. Kein Wonneschauer darüber, etwas geleistet zu haben: Eine weitere Trennung wird angekündigt, eine weitere Schwelle muss überschritten werden. Aber manchmal, für einen Augenblick, erscheint mir genau bei diesem Schritt die Zukunft oder eine klare Ahnung davon deutlich und außerhalb der Zeit vor meinen Augen als eine Signifikation neuer Bewegung.

Dieses Mal begann der Übergang mit dem Verlassen des Klosters: Die Reise selbst war eine wechselhafte Reihe falscher Abläufe; sie endete erst, als sie mich jenseits meiner Kräfte bewusster Ausdauer gebracht hatte. Meine Erinnerung an sie kann nur erratisch sein; die Vergangenheit überrollte mich in der Gegenwart und überließ es der Zukunft, mir ganz nach ihrem Belieben wieder auf die Beine zu helfen. Was auch immer von mir oder dieser Reise existiert, liegt in der Natur vererbter Charakteristika – Gene der Aufeinanderfolge meines Selbst. Und was nicht in mir ist, muss ich erfinden: für mich und aus mir selbst heraus.

Wo? Eine halbe Stunde, nachdem wir Libben hinter uns gelassen hatten. Der Zug legte plötzlich an Geschwindigkeit zu. Wir versuchten einen Blick zu erhaschen. Aber nichts – graues Tageslicht wie Rauch drang durch die Ritzen. Der undeutliche Lärm eines Flugzeugs, Pfeifen in der Luft, der Zug schwankt von links nach rechts. Wir lehnten aneinander, zusammengedrängelt wie Vieh. Dann ein jaulendes Geräusch auf beiden Seiten von irgendwo her; schnelles Geschützfeuer. Eine Explosion:

Wir kippen nach hinten auf eine Seite wie eine Kirmesscheibe. Schreie, sich kreuzende Lichtstrahlen, das Rattern von Maschinengewehren. Eine zweite Explosion, als wäre sie unter uns, ein plötzliches metallisches Kreischen: Wir rutschen zur Seite, auf einen Haufen, der Waggon neigt sich immer mehr zur Seite. Ein abruptes Anhalten, der Waggon wird zur Seite geworfen, ein großer Aufschrei. Ich schlage mir den Kopf an.

Es ist ein Licht zu sehen, eine viereckige Wolke, direkt über mir: Sie weitet sich langsam aus. Meine Füße hängen in der Luft. Stöhnen, Stimmen. Ein stechender Schmerz hinten in meinem Kopf; ich versuche mühsam, mich in der Masse der Körper aufzurichten. Ächzen. Hannes, wo ist Hannes? Ich rufe seinen Namen. Ah! Er ist neben mir, halb unter mir, er blutet an der Stirn.

Wir rappeln uns auf. Alles keucht und drängelt; die Toten und die Verletzten sind wie ein Teppich. Der Waggon hat eine Wand, die vorher nicht da war: Das Licht über uns ist eine offene Tür!

Hannes wollte nicht weg. Immer wieder sagte er wie wahnsinnig: »Wir müssen nach Buchenwald!« Einigen war es bereits gelungen, hinauszukrabbeln. Schreie von draußen, einzelne Schüsse. Ein Häftling, von einer Kugel getroffen, fiel in den Waggon zurück. Immer mehr schoben sich durch die Öffnung. Ich brachte Hannes dazu, sich mir anzuschließen, ich brüllte ihn an, bis er sich nach oben durchkämpfte und mir dann seine Hand reichte.

Die Luft draußen war schneidend und klamm; erfüllt von schrillen Stimmen, die panischen Schreie derer, die noch in anderen Waggons gefangen waren. Der Zug lag auf einer langen Gleiskurve, mindestens dreißig Waggons mit uns an dessen Ende. Die Lokomotive hatte sich überschlagen und lag abseits der Schienen rauchend da wie eine auseinandergebrochene Büchse. Einige Waggons standen noch, andere schwankten hin und her, nur von ihrer Ankopplung aufrechtgehalten. Von der Mitte des Zuges bis zum Ende hatten sich die Waggons in einer Zickzacklinie über die Schienen zusammengeschoben.

Die einzigen Mönche, die zu sehen waren, waren weit weg an der Spitze des Zuges: Sie hatten Gewehre, hüteten sich aber, damit ins Freie zu gehen. Der Tiefdecker war immer noch über uns. Außer einem anderen Waggon weiter vorn schien unserer der einzige zu sein, der aus dem Gleis gesprungen war. Aber wir hatten Glück: Beide mit Maschinengewehren bestückte Waggons waren außer Gefecht gesetzt worden. Der Waggon hinter uns war direkt getroffen und der andere (hinter der Lokomotive) war zur Seite geworfen worden. Auf der inneren Gleiskurve, hinter der zerstörten Lokomotive, hatten die Mönche ein Maschinengewehr installiert, mit dem sie das Feld auf dieser Seite kontrollieren konnten; der Schnee war mit den Körpern der wenigen Häftlinge gesprenkelt, die versucht hatten, es zu überqueren. Allerdings zogen sich an der äußeren Kurve die Mönche, den Tiefdecker im Auge behaltend, vorsichtig zurück. Manchmal bestieg einer von ihnen einen verschlossenen Waggon und schoss hinein.

Der Kampfflieger näherte sich erneut, nahm den Zug wieder unter Beschuss, drehte dann schräg ab und fegte die andere Seite entlang; die Mönche gingen in Deckung. Hannes und ich sprangen auf der gleichen Seite herunter und rannten so schnell davon, wie es unsere Füße erlaubten. Zunächst liefen wir eine lange Strecke neben den Schienen zurück, wobei wir darauf achteten, möglichst viele Waggons zwischen uns und die Mönche zu bringen. Wir rannten, ohne zurückzublicken, stolperten über die gepflügte, gefrorene Erde, taumelten durch den Schnee. Wir sogen die eisige Luft mit offenen Mündern auf: Es war so, als würden einem alle Zähne auf einmal gezogen. Das Flugzeug schoss wieder direkt auf uns zu und begann über unsere Köpfe hinweg zu feuern; wir wagten es nicht, zurückzublicken. Es kam uns wie Stunden vor, bis die Schreie und der Maschinengewehrlärm schwächer wurden. Ich wandte mich um: Hinter uns befand sich niemand. Wir hatten uns gut zwei Kilometer von dem Zug entfernt. Ich rief Hannes zu, der mindestens dreißig Meter vor mir lief. Er blickte zu mir zurück und sank zu Boden. Ich eilte zu ihm hin und fiel neben ihm auf die Knie. Die Sohle eines Schuhs hatte sich völlig gelöst: Der Rest hing um den Knöchel wie ein Trichter, sein Fuß war blau und blutete. Eine Weile saßen wir da und keuchten: Die Luft, die wir ausatmeten, war nicht wärmer als die, die wir einatmeten.

Wir waren entkommen, es sah ganz so aus.

Der Rest hat kein Umfeld, keinen Rahmen, keine Form – es ist ein Albtraum ohne Eingang oder Ausgang. Ich weiß sogar nicht, wie lange er dauerte – fünf oder sechs Wochen mindestens –, aber es hätten auch ebenso viele Jahre sein können oder nur eine lange Winternacht, die den Frühling verschlief.

Heute weder darin noch draußen, wie aus der Zeit gefallen.

Es gibt nur zwei Hauptdarsteller in dieser Winterscharade (ich mag es kaum ein Drama nennen): zwei jugendliche Vagabunden oder Gassenjungen (einer groß und blond, der andere klein und dunkelhäutig). Zum Ende hin (wenn für seinen Auftritt fast keine Zeit mehr zur Verfügung steht) kommt ein rothaariger Mann dazu. Zusätzliche Darsteller in diesem Stück gehen einfach nur über die Bühne, allein oder in Gruppen, schieben Karren, fahren auf alten Fahrrädern, die schwer mit Gepäck und Tieren und allen möglichen Haushaltsutensilien beladen sind. Jedes Alter, jedes Geschlecht und alle Körperformen sind vertreten, und sie sind so warm wie möglich angezogen. Es müssen so viele sein, dass die Bewegung im Hintergrund durchgängig ist; jeder Darsteller darf nur einmal in der gleichen Verkleidung erscheinen.

Das Stück spielt gegen Ende des Dreißigjährigen Krieges (1914–1945), irgendwo in Deutschland zwischen der Neiße und der Elbe. Die Bühne ist leer bis auf einige Bäume und bedeckte Heuhaufen, die als Kulisse dienen. Es gibt keine Akte oder Vorhänge; das Licht ist von Anfang an gedimmt und bleibt auch so (bis auf gelegentliche, blendende Lichtblitze von links und rechts) bis kurz vor dem »Ende«. Das Stück ist im Wesentlichen eine Improvisation und bedarf für seine Aufführung keines Publikums. Die Anwesenheit der Personen auf der Bühne reicht aus, um alles in Bewegung zu halten.

Die beiden jungen Vagabunden, die in einen grotesken Mischmasch abgetragener und übergroßer Anziehsachen gekleidet sind, umkreisen einander; gelegentlich ziehen sie sich vielleicht etwas zurück, aber sie nehmen nie einen geraden Weg über die Bühne. Zu Beginn trägt der größere Junge (der mit der Gehbehinderung) nur einen Schuh; der andere Fuß ist mit Lumpen umwickelt, und er lehnt sich an seinen jüngeren Gefährten. Oft setzt er sich hin und fängt mit einer herzergreifenden Stimme, die nicht die seine zu sein scheint, zu singen an. Die Melodien sind da, aber er hat anscheinend die Texte vergessen: Man versteht nur die Wörter Mutti, Kind, Heimat, Herz. Während die beiden Jungen umherstolpern, redet vor allem der größere. Obgleich etwas vage Hysterisches in seiner Stimme liegt, spricht er noch ziemlich zusammenhängend, aber mit der Zeit wird sein Sprechen immer mehr zu einem zusammenhanglosen Monolog, der dann schließlich überhaupt keinen Sinn mehr ergibt.

Die folgende Begebenheit ereignet sich im ersten Teil des Stücks. Ein Husar (oder abtrünniger Mönch) beginnt, die beiden Jungen zu verfolgen und lauert ihnen schließlich auf. Sie fallen aber über ihn her, schlagen ihn zu Boden und prügeln auf ihn ein, bis er bewusstlos ist. Dann ziehen sie ihn fast ganz aus (der größere Junge nimmt die Schuhe) und lassen ihn halb nackt in der Mitte der Bühne liegen, wo er allmählich verendet (oder insgeheim weggezogen wird).

Von Zeit zu Zeit bleiben bestimmte Mitglieder des Ensembles (Bauern, Deserteure, Flüchtlinge, Fabrikarbeiter, Ritter ohne Pferde und Rüstungen) stehen und starren die zwei Vagabunden an. Einige versuchen sogar, sich mit ihnen zu unterhalten, aber der größere Junge schreckt dann wie ein verängstigtes Reh zurück oder springt bedrohlich und abschreckend auf den Fremden zu. Nur der Jüngere nähert sich den vorbeiziehenden Gestalten, und dies nur dann, wenn sein Gefährte schläft. Er tanzt oder macht Pantomimen, damit er etwas zu essen bekommt, wobei er den größten Teil davon für seinen Gefährten zurückhält (der immer heißhungrig und schlecht gelaunt aufwacht). Nahrung ist nicht leicht zu beschaffen; es ist eine Zeit großer Entbehrung; er muss immer einfallsreicher und erfinderischer werden, um den Bauern eine schrumplige Knolle oder einen Tropfen Milch zu entlocken.

So geht das Stück wochenlang weiter.

Dann vermehren sich plötzlich die Lichtblitze von außerhalb der Bühne. Ein großer Teil des Dialogs wird durch heftige Donnerschläge ertränkt, was allerdings völlig unbedeutend ist. Die beiden Jungen entledigen sich einiger ihrer Kleidungsstücke und bewegen sich schnell in immer kleiner werdenden Kreisen. Schließlich bleiben sie still stehen und legen sich auf den Boden. Die Bewegung im Hintergrund bricht ab;

das Licht wird etwas heller, und eine weitere Kulisse senkt sich auf die Bühne: die Kontur einer Scheune und in einiger Entfernung links die Andeutung eines Flusses. Pferde wiehern und stampfen. Nun betritt der rothaarige Mann (jetzt mit Bart und in Lumpen gekleidet) die Scheune. Er geht unsicher über die Bühne, bleibt einige Schritte vor den schlafenden Jungen stehen und starrt sie an. Plötzlich entfährt ihm ein raues Brüllen: Die Jungen richten sich verschreckt und verängstigt auf. Der rothaarige Mann zeigt mit einem Finger auf den größeren Jungen; beide Jungen stoßen Schreie aus, als ob sie einen alten Freund erkannt hätten. Der größere Junge springt auf und tanzt mit dem rothaarigen Mann auf die entgegengesetzte Seite der Bühne, wo sie sich hinsetzen und dann höchst aufgeregt flüstern und wild gestikulieren. Der Jüngere, der anscheinend zum Aufstehen zu erschöpft ist, kriecht zur Bühnenmitte und versucht zu hören, was sie sagen, aber er kann nur einzelne, isolierte Wörter hören, Wörter wie Verbrecher, Verleumdung, Verrat, und er kann nicht verstehen, warum diese Wörter verwendet werden. Nach einer Weile befällt ihn Müdigkeit (obwohl er das nicht möchte), er legt seinen Kopf auf die Arme und schläft ein. Man hört wieder Pferde und erregtes Flüstern. Das Licht erlöscht und das Stück geht im Dunkeln weiter.

Kein Schrei wird jemals laut genug sein.

In jener Nacht tauchte ich immer wieder in einen ergebnislosen, unzusammenhängenden Traum ein, dachte mir endlose Traumhandlungen aus, um dem Bedürfnis Wasser zu lassen nicht nachzugeben (was sonst?). Aber durch mein Träumen schien eine große Wahrheit greifbar zu sein, eine von meinem Körper und seiner dummen Einmischung unabhängige Wahrheit, und deshalb verfolgte ich sie. Aber was sie auch immer war, sie entzog sich meinem Zugriff, und schließlich wurde mein Körper zu einem massiven Hemmnis und ließ mich nicht die mir versprochene Vision festhalten.

Ich resignierte dann in meinem Schlaf und bestrafte meinen Körper. Ich träumte, dass ich tot sei, und träumte, in einem kalten Licht zu erwachen. Aber all diese Ausflüchte widerten meinen Körper an, und er brachte wirkliches Tageslicht hervor, um das falsche Licht meines Schlaf-Todes zum Verblassen zu bringen und mir die Augen zu öffnen.

»Die Pferde merken es zuerst,« (Altes deutsches Sprichwort). Wer sonst hat das Pferd als Opfertier benutzt, ließ sein Blut wie das eines Bullen aus, fütterte es mit geweihtem Hafer?

Die Roma nennen das Pferd *Graz* , was »Geschenk Gottes« bedeutet. Es ist ein großes Verbrechen, ein Pferd oder einen Hund zu schlachten oder sich ihr Fleisch einzuverleiben; wer das tut, wird als *kushpulo* bezeichnet, und bei den deutschen Zigeunern ist es die schlimmste aller Beleidigungen.

Lokowandt mag die Pferde und mich verschont haben, aber er ist dennoch *kushpulo*.

Die Pferde (ein Karrengaul und zwei Stuten) zitterten und scharrten mit den Füßen hinten in der Scheune. Ich stand auf und ging zu ihnen hinüber, weil ich mich an ihren Körpern wärmen wollte. Aber sie wichen zurück, als ich sie berühren wollte, starrten mich mit großen, misstrauischen Augen an, drängelten sich nervös aneinander und schnaubten. Ich wandte mich ab und sah Hannes zum ersten Mal auf dem Rücken im Stroh liegen. Ich lächelte und trat mit der Vorstellung, dass er noch schlief, auf ihn zu. Ich sagte laut seinen Namen und sah dann, dass seine Augen geöffnet waren, sah seine dunkle, heraushängende Zunge und wusste, dass er nicht schlief. Er war grün, Hannes war ganz grün. Ich erbebte unwillkürlich und kniete nieder, um ihn zu berühren. Durch das offene Scheunentor strömte Sonnenlicht über sein Gesicht: Er begann mit einem eisigen, grünen Licht zu glühen. Zwei schwärzliche Flecken zeigten sich deutlich auf seiner Kehle; seine Augen hatten keine Iriden, auch sie waren völlig grün. Ich versuchte, seine Lider zu schließen, was mir nicht gelang. Ich versuchte ebenso erfolglos, seine Zunge in den Mund zurückzuschieben. Ich machte dabei keinerlei Umstände, aber es gelang mir nicht. Ich ärgerte mich, stand auf und dachte: Wie dumm er doch aussieht! Ich schämte mich für ihn, weil er so dumm aussah. Ich ging wieder zu den Pferden; sie scheuten immer noch vor mir zurück und bleckten bedrohlich die Zähne. Ich nahm einen Arm voller Hafer aus ihrem Trog, ohne mich um sie zu kümmern. Sie stießen mich an. Ich ging zu Hannes hinüber und warf den Hafer auf ihn, der sein Gesicht bedeckte und den grünen Mund und die grünen Augen verbarg.

Ich stand einen Augenblick lang da und starrte ihn an, dann wurde ich von einer heftigen Erschütterung gepackt, die mich auf den Hof hinauszog. Ich war mir aller Dinge bewusst, die mit mir geschahen, aber ich hatte das Gefühl, in einer gewissen Entfernung neben meinem Körper zu stehen. Der feine Nebel lichtete sich, die Luft war mit einem schwachen, widerlichen Gelb gefärbt. Ich vernahm den Lärm von Artilleriefeuer, deutlich nacheinander folgende Feuerstöße auf allen Seiten. Fast beiläufig fiel mir Lokowandt ein, und sofort durchfuhr ein scharfer Schmerz meine Blase. Ich krümmte mich. Ein großer, flüssiger Krampf der Angst und der Übelkeit überflutete mich und öffnete jede Pore. Meine Knie gaben weich nach und ich sank zu Boden.

Es war fast Mittag, als ich wieder zu mir kam. Ich war von meinen eigenen Körperausscheidungen durchtränkt. Ich fühlte mich wie von innen nach außen gekehrt. Ich stand langsam auf, fühlte mich völlig gewichtlos und fing an, zu rennen. Zu fliegen. Ich erreichte den Fluss: Er war doch nicht so weit entfernt gewesen. Ich fand ein ramponiertes Ruderboot ohne Ruder und zur Hälfte mit Wasser gefüllt, schob es vom Ufer weg, fiel hinein und verlor erneut das Bewusstsein.

Sieben Wochen später kam ich wieder zu mir. Ich war in einem amerikanischen Feldlazarett in der Nähe von Halle. Und dort wurde mir gesagt, dass ich den Krieg überlebt hätte.

HERBST-
ÄQUINOKTIUM

Der legendäre Historiker Ibn-al-Athir berichtet davon, dass bei seinem Aufenthalt in Mosul in den Jahren der Hejira sich in diesem Land eine Rachenkrankheit epidemisch ausbreitete; man erzählte, dass eine Frau vom Volk der Dschinn ihren Sohn verloren hatte und dass all jene, die ihre Anteilnahme nicht aussprachen, von der Krankheit befallen wurden; um davon geheilt zu werden, versammelten sich alle Männer und Frauen und riefen mit aller Kraft: Oh Mutter des Ankud, vergib uns! Ankud ist tot und es hat uns nicht bekümmert!

THOMAS KEIGHTLEY: *The Fairy Mythology*

2. *November*

Fast ein ganze Woche lang habe ich dieses Buch beflissen gemieden, aber ich kann es nicht länger auf sich beruhen lassen, wenn ich denn jemals damit fertig werden sollte. (Ich sage nicht beenden, da es trotz aller Höhepunkte kein Dénouement gibt.)

Wenn ich hier vorspiegeln sollte, dass mein Ich ein in sich beständiges Wesen ist (überstand den Krieg, entwuchs der Kindheit), dann würden die Jahre nach Kriegsende bis zu meiner Ankunft in Paris die langsame Häutung einer Unschuld zeigen müssen, die nur eine dünne Fassade war – in einem schmerzerfüllten Prozess, der eigentlich schon 1945 begann, wobei dessen tatsächliche Qual (mysteriöserweise) bis jetzt hinausgeschoben wurde. Allerdings geschah es nicht so: Schmerz kam nie verspätet; er befand sich immer im richtigen Verhältnis zu meiner Naivität, meiner ahnungslosen Gutgläubigkeit. So habe ich gelernt, dass vorhersehbarer Schmerz für mich nicht unerträglich ist; aber solche bereits gelernten Lektionen lassen voreilige Schlüsse zu und sind dazu angetan, ein keimendes Mitgefühl erkalten zu lassen, mon vieux. Oder wissen Sie etwa bereits, wer ich bin?

Ich erwachte, und es war Sommer. Drei Wochen lang stand alles auf der Kippe; ich war völlig weg vom Fenster, absolut bewegungslos bis auf einen rasenden Herzschlag, als ob ich im Schlaf schnell gelaufen wäre. Ich erinnere mich an gar nichts, aber es würde mich keineswegs überraschen, wenn es das war, was ich tat – um mein Leben rennen.

Dann fing ich plötzlich an, stoßweise, in Schüben zu reden – stundenlang, tagelang an einem Stück. Und meine Temperatur wurde wieder normal (fuhr wieder zum Normalzustand hoch: Ich war erfroren hereingebracht worden und war auch so geblieben). Man glaubte langsam daran, dass ich Überlebenschancen hätte. Der Arzt (sein Name war Walowitz) sagte, dass es wie durch ein Wunder kein Anzeichen von Tuberkulose gab. Er stellte mir Fragen über Dinge, die ich im Delirium von mir gegeben hatte. Ich hätte mich mit unsichtbaren Leuten gestritten, sagte er, und dabei alle Rollen übernommen; vieles von dem, was ich gesagt hätte, sei recht schlüssig gewesen: Einmal hätte ich mich lange dafür entschuldigt, dass ich meine Augen nicht öffnete, oder nicht dazu imstande sei, und dann hätte ich mich abgewandt und geweint und hätte mich mit einer anderen Stimme selbst dafür angeklagt, Schlaf vorzutäuschen. Was war mit mir geschehen? Wo war ich gewesen? Aber ich konnte oder wollte mich damals an nichts erinnern. Noch war ich nicht dazu bereit.

Zwei oder drei Wochen lang schlief ich dann zwanzig Stunden am Tag. Ich musste wieder lernen, wie man aß. Jede feste Nahrung tat meinem Mund weh; mein Magen war in einem fürchterlichen Zustand – eine Weile lang sah es so aus, als bekäme ich ein Magengeschwür. Aber nach einer Weile bekam ich große Lust auf Milch, und alle waren glücklich darüber.

Krankheiten sind wie Haustiere. Wir hätscheln sie für einige Zeit, bis wir das Interesse an ihnen verlieren, aber dann stellt sich heraus, dass man sich ihrer nicht so einfach entledigen kann. Sie sind wie unsere alten Gewohnheiten und wir die ihren; aber sie kennen uns besser als wir sie: Sie ernähren sich von unseren unausgesprochenen Bedürfnissen, verlassen sich auf unsere zaghafte Ungeduld. Schwierig dabei ist, dass sie nicht wissen, wann sie aufhören sollen; sobald sie zu fordernd auftreten, haben wir keine andere Wahl, als sie loszuwerden. Dennoch ist dies ein Verlust, den wir uns nicht wirklich leisten können: Er entblößt und entleert uns nicht nur, ebenso setzt er uns hilflos dem heftigen Rückprall unserer weit übersteigerten Abhängigkeit aus. Schließlich haben wir sie auch geliebt, denken wir; wir konnten einfach ihre Liebe nicht ertragen.

Walowitz brachte mir eine große Zuneigung entgegen. Er war gebürtiger Berliner und nach dem Medizinstudium 1934 direkt nach Amerika gegangen. Er war verheiratet und hatte drei Kinder, wohnte auf dem Eastern Parkway (die »Rue de la Paix«, wie er es nannte) in Brooklyn und hatte neben einer Privatpraxis noch eine beratende Stellung in einem großen städtischen Krankenhaus inne gehabt.

Er war kein besonders religiöser Jude, aber ein leidenschaftlicher Befürworter der Beschneidung. Er sagte immer, die schlimmste Bestrafung der Deutschen bestünde darin, ihnen die Kartoffeln zu verbieten und dann alle Männer zu beschneiden. Nun, als er im Lauf der Behandlung entdeckte, dass ich eine Vorhautverengung hatte, konnte er es kaum erwarten, bis es mir gesundheitlich so gut ging, dass er sich darum kümmern konnte. Mir gefiel der Gedanke ganz und gar nicht. Er sagte zu mir: »Schau mal, wenn du mal nach New York kommst, kannst du mit mir im Brooklyn Hebrew Centre schwimmen gehen, und niemand wird merken, dass du kein Jude bist.« Das war für mich kein großer Trost, aber schließlich setzte er seinen Willen durch. (1953 folgte ich dann auch seiner Einladung zum Schwimmen – aber das ist nun eine andere Geschichte.)

5. *November*

Hoch über meinem Kopf wölbt sich die gewaltige Spannweite einer Brücke, bis sie außer Sichtweite ist. Irgendwo muss deren Abwärtsbiegung beginnen, aber während ich gehe, trete ich immer noch in meinen Schatten. Ich wüsste gern, wann es Mittag ist; aber bis jetzt bin ich keiner Menschenseele begegnet, die aus der entgegengesetzten Richtung kam.

Anfang Juli 1945 wurde ich in ein Lager für *displaced persons* in der Nähe von Halle überführt, eine von Stacheldraht umgebene Anlage mit einzelnen Baracken, ein ehemaliger Wehrmachtsposten. Das Lager war in überschaubare, kleine Bereiche mit verschiedenen Nationalitäten aufgeteilt; eine Zeit lang waren sogar die Latrinen nach Nationalitäten getrennt. Mich quetschte man zwischen »Kleindeutschland« und »Kleinungarn«. Man schenkte mir kaum Beachtung; nur ab und zu fragte mich ein Chauvinist aus der deutschen Gruppe, ob ich sicher wüsste, dass ich dort am rechten Platz sei. Diese Frage stellte meinen Sinn für Humor wieder etwas her.

In Halle begegnete ich Moon.

Sein richtiger Name war Jesse Byrnes, aber alle nannten ihn Moon. (»schon zu der Zeit, als ich noch ein Knirps war«). Und es passte: Er hatte ein fülliges, rundes Gesicht mit einem Heiligenschein aus gekräuseltem, kastanienbraunem Haar, und er war als ein amerikanischer Infanterist verkleidet (nur verkleidet). In Wirklichkeit (nur ich wusste es) war er »Der Sommerkönig«, sprach eine nicht zu entziffernde Baumsprache und besuchte das Lager inkognito jeden dritten Tag.

Er war ein mächtiger Mann, groß wie ein Baumstamm (sein Bierbauch, der dazu diente, seine Armeeverkleidung zu vervollständigen, ließen ihn nur noch königlicher erscheinen). Er war der schnellste, gleichzeitig aber auch entspannteste, stärkste und dennoch auch sanftmütigste Mann, den ich jemals kannte. Er war Zoologe von Beruf, hatte bereits im Alter von fünfzehn Jahren Tiere gejagt und ausgestopft, war drei Mal von Klapperschlangen gebissen worden und einmal auch von einer schwarzen Witwe (aufschneiden und aussaugen!), hatte in Montana Berglöwen erlegt und Kulissen für das Naturkundemuseum in New York gemalt, stand kurz davor, an einer Expedition in Afrika teilzunehmen, als der Krieg ausbrach, verbrachte zwei Jahre in Seattle, wo er Judounterricht gab, meldete sich dann für den Frontdienst, wurde angenommen und an der Hand verwundet, worauf ihm dann die Tapferkeitsmedaille Silver Star verliehen wurde, und jetzt hatte er nur einen Gedanken im Kopf, nämlich nach Carolina zurückzukehren und sich dort wieder häuslich niederzulassen.

Natürlich erfuhr ich diese Einzelheiten erst später, als er mir zu schreiben begann (und ich zu lesen gelernt hatte, was er schrieb). Während seiner kurzen Zeit in Deutschland war er für mich ganz einfach ein Halbgott, und dieser Eindruck färbte sich auf alles ab, was ich später erfuhr. Bis zum Ende. Und immer noch.

Er war mit einer Frau namens Aphra verheiratet, die aus der gleichen Kleinstadt (Parnassus) kam wie er und auch in seinem Alter war (neunundzwanzig im Jahre 1945). Er zeigte mir Fotos von ihr: Sie war eine große, hochmütig dreinschauende junge Frau in weißen Kleidern und mit extravaganten Hüten, die auf Veranden und grünem Rasen posierte und auf den Bildern immer etwas Unscharfes hatte (aber vielleicht trifft das nur auf meine Erinnerung zu).

Also nun. Warum sollte Moon gerade an mir Gefallen gefunden haben, unter all den Tausenden, die durch Halle geschleust wurden? Ich erzähle Ihnen später, warum er glaubte, was die Gründe dafür waren. Ich wusste es besser, weiß es besser. Ich weiß, dass ich vom ersten Augenblick an, als ich ihn sah, mit meinem ganzem Herzen auf ihn reagierte; auf keinen Fall kann jemand sagen, dass die Liebe, die er erweckte, das Ergebnis irgendeiner Berechnung seinerseits gewesen ist. Ich bin eigentlich aber auch nicht an tiefgreifenden Erklärungen interessiert; ganz gleich, was er in mir sah oder was er suchte, ganz gleich, was ich später als Teil seiner tragischen Unvollständigkeit erkannte, bei unserer ersten Begegnung war ein Element unschuldiger Vorbestimmung (erlösendes Wort!) vorhanden – und keine spätere Analyse, keine spätere Rationalisierung und kein Eingeständnis eines letztendlichen Versagens kann dies auslöschen.

Ich sage das nicht nur für Sie, Immanuel, sondern auch für mich selbst.

Moon konnte wunderbar zeichnen und er war ein geborener Pantomime; wenn er mir etwas sagen oder mir eine Frage stellen wollte, malte er ein Bild oder setzte es mimisch um, und ich fing an, mit ihm auf die gleiche Art und Weise zu kommunizieren. Als ich dann (im August) in das Flüchtlingslager in Coburg überführt wurde, »unterhielten« wir uns fließend in einer Mischung aus Wörtern, Gesten, Zeichen und Bildern. Ich hatte auch damit begonnen, Englisch zu lernen; Moon allerdings war für die deutsche Sprache völlig ungeeignet.

Er besuchte mich in Coburg, so oft er konnte, und stundenlang verhielten wir uns wie ein Paar grunzender, Grimassen schneidender, epileptischer Halbstummer. Es ist gut möglich, dass das, was er mir »erzählte« und das, was ich verstand (und umgekehrt), selten übereinstimmte; aber wir vertrauten auf Sympathie und Resonanz, nicht auf die Ergebnisse irgendeines rationalen, selbsterklärenden Austauschs. Wir erfuhren in unserem Umgang eine Art von Freiheit, die zur Offenbarung unserer selbst führte.

Wir waren nie allein; da waren immer Dutzende von freiwilligen Übersetzern, Erklärern, neugierigen Spöttern und Zuschauern – aber wir scheuchten sie weg; wir ließen uns durch ihr Einmischen weder einschränken noch einschüchtern. Was brauchten wir denn schon an interpretierender Auslegung? Moon war ein Phänomen: In seiner Anwesenheit befreite und entspannte ich mich über alle Maßen. Die Gefahr des Missverständnisses war nicht vorhanden; jeder von uns manifestierte sich in Akten reiner Spontaneität, wobei der andere immer eine ideale Folie war.

An einem Sonntag Anfang Oktober wurde mir plötzlich klar, dass Moon mir mitteilen wollte, dass er mich verlassen würde, dass er schließlich in sein Sommerkönigreich zurückkehrte, dass der Krieg auch für ihn nun vorbei war. Es traf mich wie ein Schlag; alles brach in dem Augenblick zusammen, als ich das begriff. Tränen strömten über meine Wangen; einen Augenblick lang sah ich mich selbst schluchzen, und dann sah ich gar nichts mehr. Moon kniete sich vor mich hin und drückte mich an sich. Er versuchte zu sprechen, versuchte, Dinge mit den Händen auszudrücken, aber seine Stimme und seine gestische Begabung versagten, und auch er begann, leise zu weinen. Es war ihm peinlich, er atmete tief ein, ließ mich plötzlich los und erhob sich. Er schüttelte den Kopf und wich zurück, und dann war er nicht mehr da. Eine Woche, ja mehrere Wochen lang stieg ein überwältigendes Verlangen zu schreien in mir auf, wenn ich den Mund öffnete, um mich in normaler, verständlicher Sprache zu äußern, das dann aber nur Tränen erzeugte. So hatte ich also auch ihn verloren.

Es sollte allerdings nicht so bleiben. Kurz vor Weihnachten teilte man mir mit, dass Mister Jesse Byrnes aus Parnassus in South Carolina Schritte unternommen hatte, mich zu adoptieren.

Die folgenden drei Jahre haben ein seltsames Aussehen. Moon war eine ferne Legende, geträumt und ungewiss. In Coburg erblickten die Augen aus jedem Fenster und auf jedem Gesicht die gleichen, verstörten und enttäuschten Ruinen ihrer selbst. Die sich wiederholenden Jahreszeiten kamen und gingen, die sichtbare Welt spielte ohne Ende die gleiche Aneinanderreihung von Szenen ab, sich im Kreis drehend wie eine Schlange mit ihrem Schwanz zwischen den Zähnen.

Ich verlor das Gefühl für Zusammenhänge und jeden Kontakt zu einem ursprünglichen Seinszustand. Mein Blick war auf eine einzige, unvorstellbare Hoffnung gerichtet, die aber dennoch ein Akt meiner Vorstellungskraft war. Alltägliche Notwendigkeiten und Kausalitäten waren für mich nur eine praktische Erprobung meiner Widerstandskraft, meines Durchhaltevermögens ...

Dieses erste Jahr nach Moons Abreise war das einsamste und dennoch auf eine bestimmte Weise (ein schwacher Trost!) das – im Nachhinein betrachtet – prägendste meines ganzen Lebens. Zum ersten Mal lag die Last einer nicht notwendigerweise endgültigen Trennung auf meinen Schultern. Plötzlich hatte ich aus eigenem Antrieb heraus Liebe und Vertrauen in einen anderen Menschen investiert; es war ein neues und Schwindel erregendes Gefühl. Bis zu diesem Augenblick hatten andere in meinem Leben ohne mein Zutun alles für mich entschieden. Nun musste ich ganz unerwartet die Tatsache akzeptieren, dass die eingebaute Unmöglichkeit der Übernahme von Schuld entfernt worden war und dass meine kindliche Unschuld bezüglich dessen, was mit mir geschehen war, nie mehr als Hilfsmittel oder Entschuldigung eingesetzt werden konnte.

11. *November*
(Letzte Nacht) Es gibt etwas, das ich von Ihnen wissen will, Immanuel: Was bringt Sie dazu, meinen Anfällen von Lächerlichkeit nachzuspüren, sie sogar zu kultivieren, so wie sich ein Clochard auf weggeschnipste Kippen stürzt? Wenn Sie Ihre Zeit damit verbringen, Rauchern zu folgen, dann müssen Sie wissen, dass die von Ihnen so stolz aufgegriffenen Stummel nicht Ihretwegen weggeworfen wurden. Und die Tatsache, dass Sie ihnen noch ein oder zwei Züge abgewinnen können, ändert nichts an der Tatsache, dass Sie ein Aasfresser sind.

Moon begann, mir Briefe zu schreiben: Er hatte beschlossen, nicht nach New York zu gehen und unterrichtete stattdessen nun Biologie an einer High School. Seine Briefe waren voller (für mich) unverständlicher Passagen, enthielten aber jede Menge Skizzen und Fotos. Selbst wenn ich sein Englisch einigermaßen gut verstand, so war die Welt, von der er sprach, völlig anders als alle mir bislang bekannten, so dass ich sie mit den gleichen Absichten versah und mich ihr mit der gleichen inneren Haltung und mit den aufnahmebereiten Gesten näherte, mit denen ich ihm zugehört und geantwortet hatte, als er anwesend gewesen war. Meine bevorstehende Adoption hatte zu diesem Zeitpunkt für mich keine andere Bedeutung (und was hätte denn besser sein können?) als das Versprechen auf erneute Berührung, auf die Wiederaufnahme unseres besonderen Zwiegesprächs – möglicherweise auf einer subtileren Ebene, aber im Grunde ging es um die gelebte Auflösung zweier ganz unterschiedlicher Welten.

Im Sommer 1947 hatte ich in Coburg ein kurzes Verhältnis (nennen wir es mal so) mit einer jungen Polin, die ich hier Alma Shem nennen werde. Sie war vier Jahre älter als ich, und sie war durch alle Höllen gegangen. Ihre ganze Familie war ermordet worden; sie selbst war als Zwangsarbeiterin nach Deutschland verschleppt worden. Zwischen 1942 und 1945 hatte sie in einem halben Dutzend Fabriken gearbeitet und war eine Zeit lang sogar Totengräberin gewesen. Als die Russen in den letzten Kriegstagen kurz vor Stettin standen, war sie mit einigen anderen Frauen von dem Bauernhof weggerannt, auf dem sie arbeitete, und hatte sich in Richtung Westen aufgemacht. Mit einem mörderischen Flüchtlingstreck, bei dem sie die anderen Frauen aus den Augen verlor, erreichte sie schließlich die alliierten Linien. Sie war fest entschlossen, nicht nach Polen zurückzukehren und hatte sich mit Erfolg bei den verschiedenen Repatriierungskomitees durchgesetzt. Sie hoffte, irgendwann nach Kanada gehen zu können; dort gab es irgendwo noch einen Onkel, wenn er inzwischen nicht gestorben war.

Alma war keine Schönheit, obgleich man sah, dass sie eigentlich dazu bestimmt war. Ihr Gesicht war zu einer irgendwie lederartigen Maske des Leidens geworden, ein gebräuntes und durch Abnutzung vernarbtes Gesicht. Aber die Knochen waren stark und unbeschädigt, und manchmal, wenn genau das richtige Licht auf sie fiel, war ihr ursprüngliches Gesicht wiederhergestellt und strahlte mit einer Frische und Reinheit, die mir den Atem raubte.

Kurz nach ihrer Ankunft aus Wildflecken fing sie an, an meiner Seite in der Lagerküche zu arbeiten. Ich erinnere mich nicht mehr, wer zuerst das Wort an wen richtete, aber sie war zu diesem Zeitpunkt der einzige Mensch im ganzen Lager, mit dem ich mehr als einige Worte wechselte.

Wir liebten uns dann immer in der Küche auf einem behelfsmäßigen Bett aus Bänken und Decken; sie war die erste Frau meines Lebens. Dennoch ist meine Erinnerung an jene Abende schwach: Ich erinnere nur, dass sie immer sehr still war und beim Akt seltsam ichbezogen, fast leidenschaftslos war, obgleich sie das Ganze initiiert hatte. Sie gab kaum einen Laut von sich, lag einfach nur da und rang mit sich selbst. Sie hatte Angst davor, sich zu verlieren, sich gehen zu lassen, aber ich kannte den Grund dafür nicht. Was mich selbst betraf, so waren meine auf sie gerichteten Liebesbemühungen selbstgesteuert und sondierend; und ich war (ja!) zu dankbar, um ein Begehren einzufordern, das ihr nicht möglich war.

Nach mehreren Wochen wurde sie in die Vorratsräume versetzt, wodurch unsere nächtlichen Begegnungen ein jähes Ende fanden. Zwar sahen wir uns weiterhin am Abend, aber wir liebten uns danach nur noch ein einziges Mal.

Es war eine schwüle Septembernacht; wir hatten einen langen Spaziergang in die Stadt und zum Fluss gemacht. Die Küche war unsere

Komplizin gewesen; beide dachten wir eigentlich nicht an Sex, aber es war eine heiße, dunkle Nacht, und irgendwie ergab es sich mehr oder weniger von selbst.

Für sie und für mich hatte sich alles geändert: Es war uns eigentlich sofort klar, aber wir konnten nicht so einfach aufhören. In mir hatte sich alles zu einem kruden, erotischen Drängen entwickelt, und auch Alma war plötzlich von einer fast lasterhaften Leidenschaftlichkeit besessen. Ich verlor die Kontrolle über mich; ich versuchte, sie zu verletzen. Sie fing an, nach Luft zu schnappen, seltsame Laute von sich zu geben und mir den Rücken zu zerkratzen. Meine Nerven zogen sich zu einem schmerzhaften Knoten zusammen, und ich schlug meinen Körper gegen ihren, mit dem Versuch, die Verschlingung wieder zu lösen. Aber plötzlich schob ich mich von ihr weg, ohne zu wissen, warum, und schaute sie an: Ihr Mund stand offen, ihre Zähne waren fest zusammengepresst, ihre Augen waren ungebändigt und weit aufgerissen. Ich stöhnte auf und zog mein Glied mit einem explodierenden Orgasmus ganz aus ihr heraus. Sie fiel auf den Rücken zurück; einen Augenblick lang rang sie nach Luft. Nach einem langen Schweigen begannen wir zu sprechen, zögernd, und ohne uns ins Gesicht schauen zu wollen. Und dann erzählte sie es mir: Sie und die anderen Frauen, mit denen sie bei Kriegsende geflüchtet war, waren von einer Patrouille eingeholt worden (spielt es denn eine Rolle, was für Soldaten es waren, fragte sie) und waren unzählige Male vergewaltigt worden; nach dem zweiten Soldaten hatte sie sich nicht mehr gewehrt; sie war nicht einmal ohnmächtig geworden. Was bedeutete es? Sie hatten die anderen Frauen getötet, sie allerdings nicht; mindestens ein Dutzend Männer waren über sie hergefallen und hatten sie dann einfach liegen lassen ...

Was konnte ich sagen? Dass ich nicht wusste, was ihre Frage war und worum sie mich bat? Dass es nichts bedeutete? Dass es mir leid tat, dass ich sie gewaltsam genommen hatte, dass ich ihr Begehren erweckt oder dass ich überhaupt Sex mit ihr gehabt hatte?

Nichts. Es gab da weder Fragen noch Antworten.

Wir sprachen nie wieder miteinander. Vielleicht ist sie nach Kanada gegangen.

Tausende kamen und gingen wie Lüftchen, nicht zu unterscheiden und nicht zu erinnern, Beigaben zu einem Leben auf der untersten physischen Ebene. Ich hielt mich in fast vollkommener Anonymität unter einhunderttausend Flüchtlingen auf – die sich glichen oder auch nicht, tot, lebend, leidend, jenseits von Leiden –, wie Treibholz aus allen Flüssen Europas gestrandet in diesem großen Fundbüro namens Deutschland: Ein riesiger Endbahnhof mit endlosen Bahnsteigen, auf denen wir fahrkartenlos herumstanden und gedankenlos zusahen, wie ein langer, langer Zug an uns vorbeifuhr ohne anzuhalten, und wir vertraten uns die Füße auf Glas, während von den Stahlträgern über uns die letzten Splitter herunterrieselten, wenn unser Hin-und-Her die Erde erbeben ließ.

Wie oft wurde ich befragt? Ein Papierfaksimile zu meiner Person gewann dabei zunehmend an Umfang – wie mir schien, an die vier Meter lang, ein rechteckiges, aus Wörtern und Fotografien und Fingerabdrücken bestehendes Abbild von mir, das wohl über einhundert Kilo wog. Möglicherweise ein Sarg für die wertlosen, deskriptiven Daten und die Sackgassen von Erinnerung und ruinierter Geschichte, der aus irgendeinem Grund noch darauf bestand, sich selbst Stefan Brückmann zu nennen.

Anfang 1948 kam ich in ein Lager in Mannheim. Bis zu diesem Zeitpunkt waren alle Anstrengungen, meine tatsächliche Herkunft zu klären, vergeblich gewesen. Das Problem war, dass sich nun gar nichts auftreiben ließ, was meinen Vater betraf, es gab keine Geburtsurkunde aus Nauen, und das Datenmaterial des Zigeunerdezernats war in Flammen aufgegangen. Man fand allerdings heraus, dass Frau Schnee 1944 (eines natürlichen Todes) gestorben war, Willis Kriegs- und Parteiaktivitäten kamen ans Tageslicht, ebenso der Geburtseintrag meiner Mutter in Mariendorf. Natürlich hätte kein Mensch sagen können, dass ich sie mir alle ausgedacht hatte, aber das stellte auch keine Verbindung zu mir her. Die Versuche, Tito und Maria Szeklecz ausfindig zu machen, scheiterten völlig, und die Doehrs hatte es trotz aller entsprechenden Bemühungen praktisch nicht gegeben.

Niemand hegte einen Zweifel daran, dass ich irgendwie ein Deutscher war (welcher Art war eine andere Sache), aber eine Unmenge legaler Fragen musste geklärt werden, wurde mir mitgeteilt, bevor man mich offiziell dazu machen konnte. Kein einziger Mensch war bis dahin erschienen (oder war aufgespürt worden), der beweisen konnte, mich gekannt zu haben. Die Leute von der Internationalen Flüchtlingsorganisation waren unter diesen chaotischen Umständen bei dem Versuch, entsprechende Hinweise zu finden, mehr als geduldig. Es brauchte eben seine Zeit, das war eben so.

Das ist alles.

Zuerst arbeitete ich in der Küche (wie auch in Coburg), aber am Ende des Sommers – mit der Hilfe von Mrs Irene Morton (eine Sozialarbeiterin aus Detroit, die nicht nur seit Ende 1945 in Deutschland war, sondern auch für den Dawes-Plan Ende der Zwanziger Jahre fast zwei Jahre in Berlin gelebt hatte) – bekam ich eine Arbeit außerhalb des Lagers (was normalerweise nicht ohne den Verlust sämtlicher Privilegien für displaced persons erlaubt war). Am Anfang war ich bei einer Gruppe, die Trümmer beseitigte, aber nach der Währungsreform brachte Mrs Morton mich dann in einer Bauarbeitergruppe unter. Der Lohn war minimal, aber ich brauchte fast nichts, um mich am Leben zu halten (obwohl ich zu diesem Zeitpunkt für meine Nahrungsversorgung selbst aufkommen musste), und ich war stolz darauf, für meinen Lebensunterhalt selbst sorgen zu können. Das Geld, das Moon mir von Zeit zu Zeit schickte, gab ich für Englischstunden aus: Es gab viele Leute, die dazu mehr als gewillt waren, und ich benutzte die Hälfte der in Mannheim stationierten amerikanischen Soldaten als Versuchskaninchen für mein Englisch. Ich las (oder versuchte es zumindest) fast jedes Buch in der improvisierten Lagerbücherei (es waren hauptsächlich die abgenutzten, für die Armeeangehörigen bestimmten Taschenbücher – *Bringt sie lebend zurück* ebenso wie *Mit Hitler kann man keine Geschäfte machen* oder *Wie man Freunde gewinnt: Die Kunst, beliebt und einflussreich zu sein*).

Meine deutschen Arbeitskollegen waren meistens verbittert und apathisch; viele waren verheiratete Kriegsveteranen, und sie beklagten sich über alles – über den miesen Lohn, über die Amis mit ihren Autos und ihren Nachtklubs, darüber, dass sie weiße Bohnen und Kartoffelpulver und salzige Butter essen mussten (»sogar an der Front war das Essen besser«) und dass Polen und Tschechen aus dem Lager mit ihnen arbeiteten – einfach über alles. Irgendwie kam ihnen zu Ohren, dass ich in einem Konzentrationslager gewesen war: Ich würde ihnen doch wohl nicht weismachen wollen, dass all diese Geschichten stimmten? Sie wollten es zwar wissen, aber sie wollten eine negative Antwort. Also gab ich mich so wenig wie möglich mit ihnen ab und ließ sie sich darüber ihren eigenen Kopf zerbrechen.

Moon schrieb mir, dass er Wildhüter von Parnassus County geworden war. Ich hatte keine klare Vorstellung davon, was das bedeutete; ich stellte mir vor, dass er eine grüne Uniform trug, eine Art Donnerbüchse und ein Messer mit Hirschhorngriff mit sich führte und durch erhabene, domestizierte grüne Wälder streifte und sein Schritt von einem weichen, verrottenden Beet aus Nadeln und Lehm gedämpft wurde. Und alle Tiere sprachen mit ihm – warum nicht?

Wenn er seine Frau Aphra erwähnte (mit der es Probleme gab), verbannte ich sie in den mehr oder weniger finsteren Teil der mythischen Welt, die allmählich in meiner Imagination Gestalt annahm; sie war die heimtückischste und gleichzeitig die schönste Göttin in meinem olympischen Carolina. Aber es gab noch andere Namen, die es nach und nach bevölkerten: Ora, Parris, Libya, Vesta – vage Umrisse von Gestalten in einer harten, purpurnen Landschaft, in der die Sonne ihr Licht wie Kreide absonderte.

Als ich ihnen dann tatsächlich begegnete, waren sie alles andere als Götter oder Göttinnen. Aber ich vermute, dass die meisten Helden der Eskapismusliteratur (Moons Briefe als Beispiel) auf ziemlich enttäuschenden Prototypen basieren.

In diesem Frühling kam Mrs Morton eines Tages von einer Reise nach Berlin zurück und ließ mich zu sich rufen. Sie öffnete eine Tür in ihrem Büro und eine fette, müde aussehende, blonde Frau um die vierzig kam herein, die schrecklich aufgeregt und nervös war. Sie sah mich prüfend an, fing mit einem fürchterlichen Wehgeschrei an und drückte mich unter Tränen an sich, was mich fast zu Tode erschreckte. Sie begann, immer wieder meinen Namen zu stammeln (meinen Namen!); ich sah über ihre Schulter hinweg Mrs Morton inständig bittend an, die lächelte und ermutigend nickte und von dieser Szene ziemlich gerührt war. Ich hatte nicht die leiseste Idee, wer diese Frau war; ich hätte geschworen, dass ich sie nie zuvor in meinem Leben gesehen hatte. Dann sagte Mrs Morton: »Das ist Frau Ada Würgel, Stefan.« Die Frau wich etwas von mir ab, starrte mir in die Augen und Tränen strömten über ihr Gesicht: »Stefan, Stefan, Liebling«, sagte sie. »Erinnerst du dich denn nicht an mich? Ich bin's, Ada, Ada.« Sie biss sich auf die Unterlippe und flehte mich an, mich zu erinnern.

Ada, Willis Ada? Und dann dämmerte es mir. Das war Ada?

»Ada?«, sagte ich baff. Sie nickte feierlich. Ich war sprachlos und plötzlich peinlich berührt. Ada wandte sich an Mrs Morton. »Ja, ja, das ist der kleine Stefan«, sagte sie, fing an, hysterisch zu weinen und musste sich hinsetzen.

Nun, es war in der Tat Ada, wenn auch reichlich mitgenommen. Aber Mrs Morton, Gott segne sie!, hatte sie ausfindig gemacht – einen lebenden, atmenden Anker der Vergangenheit, meiner Vergangenheit.

Als nächstes erinnere ich mich daran, dass sie besinnungslos auf mich einplapperte: Ihr Mann, Roman Würgel, der Soldat, den sie in Nancy geheiratet hatte, war Ingenieur, sie würden mich adoptieren, ich würde mit ihnen in Berlin leben, sie hätten drei Kinder und eine große Wohnung und Herr Würgel würde gut verdienen, er wollte, dass ich nach Berlin kam, sie wollte, dass ich nach Berlin kam, die Kinder wollten, dass ich nach Berlin kam, und ach!, es war (noch mehr Tränen) alles so unglaublich, sie sei so überwältigt, es sei doch wie ein Wunder, und nun würde alles so hübsch für mich werden in Berlin.

Mrs Morton sagte, dass die Entscheidung bei mir läge, dass es für mich jedoch wichtig sei, »renationalisiert« zu sein, aber dass ich nicht vorschnell Nein sagen sollte, es könnte trotz der Verabschiedung der Refugee Bill noch ein ganzes Jahr dauern, bis sich das mit Amerika klären würde. Natürlich wartete ich: Ich war Ada dankbar, aber dennoch musste ich auf Moon warten. Jedenfalls war ich dann zwei Monate später (wieder) ein deutscher Bürger, und irgendwo setzten sich dann endlich die richtigen Räder in Bewegung.

Bis auf einen Brief von Moon, den ich im April erhalten hatte und in dem er von seiner unmittelbar bevorstehenden Ankunft sprach (was, nachdem dann zwei Monate ohne ein weiteres Lebenszeichen seinerseits verstrichen waren, wieder mal ein falscher Alarm zu sein schien), gab es keinen Hinweis auf sein Kommen. Wenn Mrs Morton etwas wusste, ließ sie es sich nicht anmerken – und da sie ihre Gefühle nicht gut verbergen konnte, möchte ich bezweifeln, dass das der Fall war.

Jedenfalls wurde ich an einem strahlenden Junitag in ihr Büro gerufen; sie wartete verheult und aufgekratzt an der Tür auf mich und führte mich dann mit zittriger Feierlichkeit durch das Vorzimmer wie durch ein vermintes Feld. Es fiel kein Wort: Ich brach in kalten Schweiß aus. An der Tür ihres Privatzimmers blieb sie stehen, wandte sich mir zu, hob eine Hand mit der behutsam warnenden Geste eines Impressarios, lächelte geheimnisvoll (spitzbübisch, furchteinflößend) und öffnete dann die Tür: Und da stand er!

Ich werde Ihnen den größten Teil der Einzelheiten der nächsten halben Stunde ersparen und nur sagen, dass Mrs Morton, die ein emotionales Blutbad wie alle Welt zu schätzen wusste, vor Vorfreude glucksend verfolgte, wie Moon und ich uns wie ein Paar schüchterner Gladiatoren musterten. Als der Zweikampf begann, zog sie sich in eine neutrale Ecke zurück und kreischte entzückt, während Moon mich (mit meinen zwanzig Jahren) hochriss und vor lauter Freude fast grün und blau schlug. Es wurde keine einzige, verständliche Silbe geäußert: Wir brüllten und juchzten und sprangen einfach nur herum, während Mrs Morton uns anfeuerte.

Moon war nicht um einen Tag gealtert: Seine Schläfen hatten sich zwar nach und nach dem letzten Außenposten seiner Haare am Hinterkopf angenähert, aber er war ganz schmal geworden und sein Besatzungsbierbauch war verschwunden. Was mich betraf, so war ich gewachsen, war kräftiger geworden und hatte (das heißt, mehr oder weniger) Muskeln aufgebaut. Moon beteuerte immer wieder, dass ich mich völlig verändert hätte, aber wenn dem so war, dann empfand ich das nicht so.

Ich habe mein ganzes Leben lang nie eine besonders klare Vorstellung von meinem Aussehen gehabt. Das Ich, das ich in diesen Erinnerungen wahrnehme, ist immer die letzte Spiegelversion meiner selbst, ganz gleich, ob ich mich deswegen bei dieser Niederschrift irgendwelcher Unstimmigkeiten oder Ungeheuerlichkeiten schuldig mache. Meistens (und das ist auch gut so) sehe ich da eigentlich niemanden.

Moon war erst gekommen, nachdem er absolut sicher war, dass ich zu ihm gehören würde, und dann hatte er die Szene betreten mit der ganzen gewichtigen und selbstsicheren Wirkung eines Götterboten (oder des Widerrufs einer Exekution in allerletzter Minute). Bei der Geschwindigkeit und Dringlichkeit, die er an den Tag legte, um mich aus dem Lager zu holen, hätte man denken können, dass ich ein fauliges Bein war, das einer Notoperation bedurfte – noch eine Minute länger, und es wäre zu spät gewesen. Zwischen Moons Ankunft im Lager und unserer Ankunft in New York vergingen genau sechs Tage.

Der erste Koffer meines Lebens war ein Abschiedsgeschenk von Mrs Morton: Alles, was ich auf der Welt besaß, passte hinein, wobei noch reichlich Platz war. (P.S. Drei Jahre später wurde er mir in New Mexico im Trailways-Busbahnhof von Albuquerque gestohlen.)

Die etwa vier Jahre, die noch zu beschreiben sind, sind in meiner Erinnerung zwar am präsentesten, aber ich werde sie größtenteils überspringen, um rasch zu den entscheidenden Ereignissen meines Aufenthalts in Amerika zu gelangen. Dieser Sprung mag radikal erscheinen, aber ich schreibe hier keinen Roman; ich muss die Dinge zugunsten eines dramatischen Effekts nicht planen oder ausbalancieren. Ach, ich weiß, Sie werden da Ihre Zweifel haben (Wo haben Sie das und jenes her? Und was ist mit ... ?), aber der Großteil dessen, was ich erlebt habe, ist auch für mich unglaublich; sogar dass ich dies hier schreibe, die Tatsache, dass ich hier in diesem elenden, sonnenlosen kleinen Zimmer in der empfindlichsten, leichtfertigsten aller Städte sitze und versuche, Erinnerungen an andere Planeten zu beschwören, ist eigentlich mehr, als ich selbst begreifen kann.

In den ersten paar Monaten in Amerika hatte ich das Gefühl, im Weltraum ausgesetzt worden zu sein, ohne eine besondere Orientierung irgendwelcher Art, anhand derer ich meine Größe oder Position hätte bestimmen können: Ich wusste nicht, ob ich eine Nadelspitze oder eine Landkarte war; blind klammerte ich mich an Moon so wie eine Meeresklette an ein Raumschiff.

Können Sie das glauben? Es war nun so gekommen, dass ich von meinem vorherigen und (so dachte ich) verhassten Umfeld abhängig war; es war mir zu einem quasi natürlichen Lebensmilieu geworden. Sieben Jahre lang war die von mir eingeatmete Luft bereits zweimal eingeatmet worden und das Essen bereits tausendmal verdaut. Ich war eine anästhesierte Zelle in einem lästigen, verschwenderischen Körper gewesen, der einen überaus gefräßigen Magen besaß, ein gieriges Paar übergroßer Lungen und ein winziges, überflüssiges Hirn. Dennoch schmerzte es, aus diesem Körper entfernt zu werden – und als mir bewusst wurde, dass ich nicht nur einfach herausgenommen worden war, um danach in einen ähnlichen Körper verpflanzt zu werden, hatte ich zum ersten Mal ein untrügliches Gefühl der Todesangst.

Wenn ich jetzt, mit dem Wissen all dessen, was danach kommen sollte, zurückblicke, kann ich sehen, dass die ganze Angelegenheit sehr schnell weit über die einfache (oder richtigerweise auch nicht so einfache) Frage meiner Adoption hinausgegangen war. Ich war natürlich immer da, als das leibhaftige Objekt von Moons Bemühungen. Aber als er wieder in Amerika war und sich den ersten Hindernissen stellen musste und feststellte, dass es nicht so einfach sein würde, mich dort zu haben, begannen die Perspektiven der Situation sich auf ein wesentlich größeres persönliches Problem auszuweiten als allein auf die Frage seiner besonderen Beziehung zu mir. Wer ich war, begann zweitrangig zu werden: Es war wichtiger, dass da jemand war.

Und da im trägen Lauf der Zeit so wenig Fortschritte zu erkennen waren, kam es Moon allmählich so vor, als stünde etwas anderes auf dem Spiel: nämlich dass sein tief verwurzelter Widerstand gegen die Zeit, gegen Prozeduren und letztlich gegen das Gesetz selbst durchkreuzt wurde – und dies provozierte ihn zu einem verbissenen Aktionismus, der, obwohl er auch seine besten Eigenschaften hervorrief, dazu führte, dass er auf gefährliche Weise über die tilgbaren Grenzen unserer persönlichen Beziehung hinaus übergriffig wurde. Ich wurde zu seinem Kreuzzug oder jemand mit meinem Namen wurde dazu. Obgleich es ihn furchtbar verletzt hätte, wenn er sich dessen bewusst gewesen wäre, war der Preis des Erfolgs meiner Adoption größer gewesen als seine Liebe zu mir; er dezimierte sein inneres Kapital an Selbstbewusstsein und untergrub das Fundament seiner Unabhängigkeit. Auf eine mysteriöse Art und Weise wurde von mir dann erwartet, es abzustützen und neu aufzubauen; ich sollte die Rendite für seine Investition sein. In einem bestimmten Sinn (und es fällt mir schwer, das zu sagen) hatte er mich gekauft. Nicht für das, was ich ihm als Individuum zu bieten hatte (und auch nicht für das, was er von mir direkt, menschlich brauchte oder wegen etwas, auf das er

1945 emotional angesprungen war), sondern als Garantie für seine Existenz selbst.

Ich weiß, was ich hier sage, ist fürchterlich schematisch, und es mag der Eindruck entstehen, dass ich die ganze Angelegenheit übertreibe oder zu einer absurden Komplexität verzerre. Aber ich weiß nicht, wie ich das, was ich sagen möchte, anders ausdrücken kann. Ich spreche jetzt, nach fast vier Jahren in Amerika und vier Jahren nach seinem Tod, von einem Mann, der für mich damals und dort das Exemplar einer aussterbenden Rasse darstellte, einer Rasse ohne eine ethnische Hautfarbe. Was ich hier erzähle, soll ihn aber keinesfalls diskreditieren, sondern vielmehr (für mich) sein und mein Scheitern erklären. Wenn es in meiner Macht stünde, würde ich ihn als tragische Gestalt darstellen – begabt, großzügig, willentlich missverstanden und von Anfang an einen hoffnungslosen, und dennoch heroisch und tollkühn geführten Kampf bestreitend. Aber ich kann nichts beschönigen: Er kämpfte für die Freiheit eines Jungen in einer Welt von Jungen, an die er sich so lange verzweifelt klammerte, bis es zu spät war, um sie preiszugeben. Er verachtete und wehrte sich mit einer Art Wahnsinn gegen die sogenannte Männerwelt um ihn herum. Nicht, weil er kein Mann war, das war er sehr wohl, aber weil auch sein Sein als Mann auf einer jungenhaften, glanzvollen Vorstellung von Männlichkeit beruhte: mutig, absolut, unfehlbar und letzten Endes geschlechtslos. Seine Unschuld (und er war wirklich unschuldig) begründete sich auf seiner hartnäckigen Weigerung, erwachsen zu werden oder vielmehr in der Weigerung, in eine Welt hineinzuwachsen, die eine derartige Unschuld nicht anerkannte. Und so wies er die Welt zurück und die Welt ihn, und sie beäugten sich aus den Augenwinkeln heraus voller Eifersucht und Misstrauen.

22. *November*

Das dritte Taxi des alten Parris (das erste war eine Hinterlassenschaft von Moons Vater, der 1937 starb). Die Reise von New York hinunter nach South Carolina, nur wir drei, das erste Mal – mit der Ausnahme einiger Jeeps –, dass ich in einem Automobil fuhr.

Ivy, Lee, Guy, Amy, Ruby, Furman, Rosa, Tabitha, Emory ...

Schwarze Witwen, Klohäuschen und Holzhaufen, Wespennester in den Dachsparren.

Gottes Kaugummi, der wie eine Warze unter Tante Libya Mauldins rechtem Auge klebt. Rahmenlose Brillen. Ein Haus mit hohen Decken, das nach Schimmel, Leder und Enzian roch.
Sirup, Suppengrün, Scheiben verdickter, in Bratenfett frittierter Hafergrütze. Buttermilchgebäck.
Butter, die handbetriebene Eismaschine, Steinsalz und eingemachte Pfirsiche.
Ein Sonntagsausflug nach Walhalla – dünne Luft.
Wetterleuchten über der Wiese, die blaue Tonerde South Carolinas, naturrein am Ableger eines Flusses.
Frische Pfefferminze, Eistee, »die Droge« namens Coca-Cola.
Ein Gipsabdruck von Moons Gesicht im Alter von vierundzwanzig Jahren. Ausgestopfte, mitgenommen aussehende Tiere, ein Fuchs, eine Eule, ein Adler, Wiesel und Opossum: Moons erste Tierpräparationen.
Alte Radios in allen Zimmern wie kleine Modellkirchen aus Holz mit ihren Doppeltüren und dem dunkelgelben Pergamentpapier dahinter.
Die Südstaateninsekten Doodle-bugs, June-bugs, Glühwürmchen und Hirschkäfer. Ein Regen von Fröschlein.
Hannah Savannah, Brüste wie Wassermelonen: »JesusMariaundJosef, Meister Steve, was Sie sich da erlauben!«
Miss Lemon, Lehrerin der Tagesheimschule am Klavier. Das Liederbuch *I'm Tying the Leaves so They Won't Come Down, It Ain't Gonna Rain No mo', Whispering, America I love You* (Du bist für mich wie ein Schatz!) ...
Kalkanstrich.
Moons Mutter (Ida May Byrnes), die im Hof einem Hahn den Hals umdreht.
Johannisbrotbäume, amerikanische Platanen.
Der ferne Herzschmerz von Zügen in der Nacht, das klagende Lied von Lokomotiven. Einen ganzen Kontinent zu fühlen ...
Aphra, in einem »römischen« Morgenmantel, die vor einem dreiteiligen Spiegel ihr bis zur Hüfte reichendes, kastanienbraunes Haar herunterlässt.

Nach eineinhalb Jahren mit verschiedenen Hauslehrern (darunter auch Miss Lemon, deren Stärke Geschichte war), wurde ich auf eine unbedeutende, unscheinbare Schule geschickt, die mich auf ein Universitätscollege vorbereiten sollte und etwa vierzig Meilen entfernt war. Sie war baptistisch, bibelfest, muffig und voller kriegsneurotischer, kreidefingriger alter Eigenbrödler, weibischer Seminaristen und zartwangiger religiöser Fanatiker mit Bürstenhaarschnitt und schottisch-irischen Namen. Meine einzigen Freunde waren eine Handvoll ehemaliger GIs, die keine Baptisten waren – italo-amerikanische Medizinstudenten in spe aus New Jersey (Cliffside Park, South Orange, Hoboken) mit Familiennamen wie Lauricello, Venza, Corsi und de Bari. Sie besserten ihre finanziellen Zuweisungen mit Basketball auf und scherten sich nicht um die Trennung des Campusgeländes in männliche und weibliche Bereiche.

Im März 1951 brannte Aphra mit einem Rechtsanwalt namens Oakley Prescott aus Columbia durch (schrieb mir Tante Libya); Moon verkaufte seine Rebhuhn- und Wachtelställe, seine Frösche und Babyalligatoren und setzte sich dann in die Berge ab; Ida May (Mitglied der Töchter der Amerikanischen Revolution, des Roten Kreuzes in Tamassee, eines Nähkränzchens, der Calhoun Society und des Eastern Star) machte sich rasch das alte Haus wieder zu Eigen.

Als ich am Ende des Frühjahrssemesters von meiner ersten Auseinandersetzung mit »formaler Schulbildung« ziemlich angeknackst zurückkam (drei Gebetsandachten die Woche und ein verkommener Zimmergenosse namens Rob Roy Mac-Dervish, der jeden Abend eine halbe Stunde auf den Knien verbrachte und laut betete, bevor er ins Bett sprang und bis zum Morgengrauen masturbierte), lebte ich bei Tante Libya, die in Moons Abwesenheit die einzige Verwandte war, die mich bei sich aufnehmen wollte. Aphra hatte mich mehr oder weniger geduldet, aber Moons Mutter reagierte völlig allergisch auf mich. Als wir uns das erste Mal begegneten, wurde sie so blass wie es nur eine stramme Hüfthalter tragende Südstaatenlady werden kann und war kurz davor, sich zu übergeben, dann japste sie etwas über »Mulatte« und floh einen ganzen Monat lang ins Bett. Danach tat sie einfach so, als ob weder ich noch ihr offensichtlich wahnsinniger Sohn existierten.

Es war wohl ihr zuzuschreiben, dass Moon nach dem Krieg seine Arbeit im Museum in New York nicht wieder antrat, und ich bin mir sicher, dass sie auch Aphra dazu brachte, ihn zu verlassen. Sie gehörte zu diesen Menschen, die immer »das Beste« für andere tun – das heißt einhundert Prozent gottesfürchtig, selbstherrlich, anmaßend, intolerant, egoistisch und mörderisch.

Einige Wochen lang gab es kein Lebenszeichen von Moon, und niemand wusste genau, wo er war, eben »irgendwo in den Bergen«. Es war ein apathisches, zerfahrenes Zwischenspiel in meinem Leben; während der ersten eineinhalb Jahre hatte ich eigentlich nur das Haus verlassen, wenn Moon bei mir war. Nun kam es mir vor, als wäre ich in einer anderen Stadt gelandet, und ich fing damit an, Parnassus ohne ihn zu erforschen. Ich wanderte durch armselige Straßen, deren Holzhäuser sich hinter Bäumen, Kletterpflanzen und Schatten versteckten, ihrer Geschichte und den Geheimnissen ihrer Vorfahren entfremdet, betrachtete die alten Frauen auf den Veranden in ihren Schaukelstühlen. Ich stand verloren auf der öden Hauptstraße zwischen Marktschreiern, Quacksalbern und Predigern, im stechenden Geruch von Pferdeäpfeln, in der in der Luft liegenden Sehnsucht nach Regen, auf staubigen Trottoirs. Das Innere von Drugstores war mir fremd, die duftenden Gänge von Billigläden, der Moschusduft von Wollstoffen; stumm blickte ich auf Friseure, Overalls und auf nackte Füße, die der Lehm im Lauf der Jahre rot gefärbt hatte. Ich erinnere mich an Hoot Gibson, Bob Steele, Ken Maynard und *Die drei Musketiere*: an unzählige Republic- und Monogram-Filmproduktionen, an Serienstreifen, Popcorn, fummelnde Liebespärchen und an den unkeuschen Filz der Dunkelheit. Ich wanderte sogar bis hin zur Fabrik und zum Baseballplatz und in weites Grasland hinein an Tagen, die so feucht waren, dass die Sonne nicht mehr zu sehen war. Ich ging in einen Zirkus mit zwei Ringen in der Nähe der (fensterlosen) Negerkirche, hörte farbige Stimmen, die zweitklassige Tiere zum Leben erweckten und die von Flöhen zerbissenen Freaks zu Tränen rührten, und bezahlte fünfundsiebzig Cent, um einen sich langsam entschleiernden, wahrhaftigen Hermaphroditen zu sehen. Im Lewi's Café kostete der Rindfleischeintopf immer noch zehn Cent, die Billardhalle war innen schwarz, eine Höhle umhertreibender Geräusche. Die Jungs der High-School-Abschlussklasse vom letzten Jahr kamen auf Heimaturlaub zurück (vor Korea), Jessica Bivens und ihre Schwester Rosamund, gerade aus unvergänglichen Mädchenpensionaten zurückgekehrt, fuhren mit wehenden Haaren an mir vorbei. Ich lebte das stille, grüne Requiem des Sonntagmorgens: leere Straßen,

Strohfächer und Ford-Automobile, weiße Hemden auf dem Rasen vor dem Gerichtsgebäude, meine weit aufgerissenen Augen, ein Unberührter, Unberührbarer, verirrt in Parnassus' brütender Hitze und seiner ruhmlosen Bedeutungslosigkeit, eingeschlossen zwischen Kudzuknollen, Baumwollpflückern und rotlehmigem Niemandsland. Und ich ließ mich von seiner Oberfläche täuschen, von dem leicht zugänglichen Frieden. Aber welche verschwiegene Gewalt liegt unter der Haut eines solchen Ortes!

Ich hatte noch nicht damit aufgehört, mich auf Menschen, Oberflächen und Manipulationen einzulassen; aber mein passives Abenteuer war fast vorbei. Moon war meine letzte Schöpfung: der Stiefvater meiner fiktiven frühen Kindheit. Nun geht es nur noch darum, die letzte Episode einer obsoleten Existenz auszuleben, bevor sich der Kreis für mich geschlossen hat. Schauen Sie mir dabei zu, wie ich ihm beim Sterben helfe ...

Er tauchte eines Abend auf, als wir beim Abendbrot waren, und saß draußen im Auto, hupte und rief meinen Namen. Ich rannte vor allen anderen hinaus. Das Auto war eine verdreckte Katastrophe und er auch. Als er mich kommen sah, grinste er breit und rief »Steve!«, aber er stieg nicht aus.

Ich trat dicht an das Fenster auf seiner Seite. Er streckte seine Hand aus: Er zitterte. Seine Augen waren blutunterlaufen, und er hatte sich seit einem Monat nicht rasiert. Er packte mich am Arm und zog mich zu sich: Sein Atem stank.

»Wie geht's dir, Stevie-boy?«

»Gut«, sagte ich.

»Na, das ist ja gut für dich. Du siehst ja, mir selbst geht's nicht besonders.« Und er lachte.

»Steig ein«, sagte er in einem seltsam vertraulichen Ton. »Wir machen einen kleinen Ausflug.«

Der alte Parris humpelte von der Rückseite des Hauses heran, Tante Libya lief über die Veranda, sie winkte und kam die Stufen herunter. Moon blickte unbehaglich in ihre Richtung. »Steig ein«, sagte er jetzt mit mehr Nachdruck.

»Okay, Moon. Lass mich nur noch ein paar Sachen holen.«

»Nein, sofort!«, flüsterte er barsch und schubste mich nach vorn. Ich rannte um das Auto herum und stieg auf der anderen Seite ein. Ohne ein Wort an Tante Libya oder an Parris zu richten, schossen wir aus der Auffahrt heraus.

Innerhalb weniger Minuten waren wir auf der Straße nach Brevard und auf dem Weg ins Vorgebirge. Moon schwieg, und ich war froh; er war zwar ein guter Fahrer, aber er war nicht in der Verfassung, gleichzeitig zu fahren und zu reden. Er hatte eine Flasche mit Selbstgebranntem neben seinem Sitz; immer wenn er einen Schluck daraus nahm, bot er mir die Flasche an, und wenn ich ablehnte, zuckte er nur mit den Schultern. Alle Fenster waren offen: Der hereinblasende Wind war wie heißes Wasser.

Vor uns lagen nun Nadelöhrkurven; Moon fuhr von Minute zu Minute immer fahriger. Wenn uns dabei irgendwann ein anderes Auto entgegengekommen wäre, hätte es einen Frontalzusammenstoß gegeben oder wir wären in den Abgrund gestürzt.

Wir fuhren mit einer Geschwindigkeit von siebzig Meilen die Stunde an der Abzweigung zum Rocky Bottom und am Eingang des alten Lagers der kongregationalistischen Gemeinde vorbei. Kurz vor der Staatsgrenze scherten wir plötzlich links auf eine kleine Schotterstraße aus. Moon fuhr langsamer; die Dunkelheit brach herein. Dann begann er zu reden, ohne mich anzusehen. »Steve«, sagte er, »ich werde dir jetzt ein paar Dinge erzählen. Hör' mir zu und sag' nichts, bis ich dich darum bitte. Okay?«

Ich nickte und fühlte, wie sich mein Magen bedrohlich zusammenzog.

»Ich wollte dir das schon seit langem erzählen, aber ich wusste nicht genau, wie, vielleicht hatte ich auch nicht den Mut dazu. Jetzt eigentlich auch nicht so richtig, aber ich hab' beschlossen, es zu tun. Ich wünschte, du würdest einen Schluck nehmen. Schon meinetwegen.«

Also tat ich's und bekam einen Hustenanfall. Er lachte: »Gut so, mein Junge!« und fuhr fort. »Na ja, das alles ist schon lange her; ich schätze, dass bis auf mich alle an dieser Sache Beteiligten entweder tot sind oder sie vergessen haben. Ich war damals achtzehn Jahre alt ... das war 1934.«

»Hab' ich dir eigentlich schon mal erzählt, dass ich einen Zwillingsbruder hatte? Ja, so ist es, er hieß Edmund. Er ist nun auch schon lange tot, starb an Kinderlähmung, ein Jahr nach dieser Sache, oben in der

Schule in Virginia. Und das war es: Es hängt alles mit einem Lynchen zusammen, und ich hätte es bis vor einigen Jahren auch selbst fast vergessen. Und darum erzähle ich es dir jetzt, und du musst dich halt mit meinen Erinnerungen zufriedengeben, meine ich.«

»Da gab es dieses weiße Mädel, Louisa Nochwas aus dem Fabrikstädtchen, und sie sagte, ein schwarzer Junge hätte sie belästigt, und ein paar Typen aus der Billardhalle schütteten sich voll und beschlossen dann, etwas zu unternehmen. Es war allgemein bekannt, dass sie praktisch mit allen herumgemacht hatte, aber sie sagten, das gäbe einem schwarzen Bastard deswegen noch lange keine Vorrechte. Jedenfalls waren Edmund und ich auch bei ihnen, obwohl sie seine Freunde waren, und sie hänselten mich und wollten, dass ich mitkäme. Sie würden dem Jungen einfach einen Denkzettel verpassen, ihm Angst einjagen, das wäre alles. Also ging ich mit, ich hatte Angst und kein gutes Gefühl, kam mir aber gleichzeitig auch wichtig vor. Ich hatte im Gegensatz zu Edmund und den anderen nichts getrunken. Und dann fuhren wir zu einer alten, baufälligen Farm in der Nähe von Six-Mile und zerrten den Jungen aus dem Haus seiner Familie und fuhren mit ihm an einen Platz beim Keowee River. In dem Augenblick, in dem ich den Jungen sah, bekam ich eine Scheißangst – er war vielleicht gerade mal sechzehn, und vielleicht weil ich, obwohl wir Zwillinge waren, jünger aussah als Edmund, schaute er mich ständig an. Er sagte kein Wort, sondern schaute mich nur mit seinen großen, verängstigten Augen an, als würde er mich um Hilfe bitten …«

Moon schwieg einige Sekunden und räusperte sich; er zitterte. Er sah mich beklommen an.

»Macht nicht viel Sinn, dir zu erzählen, was sie mit dem Jungen anstellten, mein Bruder inbegriffen. Ich tat nichts, ich konnte es nicht, mir war speiübel. Sie hatten die ganze Zeit schon die Absicht gehabt, ihn umzubringen. Ich konnte mich nicht bewegen, ich sah nur zu, und sie brachten ihn tatsächlich um, ich meine, sie rissen ihn in Stücke.

Als sie mit ihm fertig waren, warfen sie ihn in den Fluss, wir setzten uns wieder in das Auto, niemand sagte ein Wort, und wir fuhren in die Stadt zurück. Ungefähr eine Woche danach bekam ich diese Pusteln, und die kamen immer wieder, bis ich vier Jahre später nach New York ging. Ich hatte keine Ahnung, ob das etwas mit dem Lynchen zu tun hatte, aber heute bin ich mir da sicher. Edmund und ich erwähnten die

Sache nie wieder, erzählten auch niemandem davon, und wie ich schon sagte, das Jahr darauf starb er.

Das ist nicht nur einfach eine Beichte, es gibt einen Grund, es dir zu erzählen, aber es ist nicht einfach, es verständlich zu machen. Ich habe in Deutschland Dinge gesehen, die unvorstellbar waren. Ich habe gesehen, wie meine Kumpel vor meinen Augen starben, klar, das war eine Sache, aber als wir in diese Orte, in diese Lager kamen, das war etwas, worauf ich nicht vorbereitet war, niemand, nehme ich an. Ich fing an, Träume zu haben, in denen ich das Lynchen jede Nacht immer wieder sah, aber es gab da einen Unterschied – nicht Edmund half dabei – er war in den Träumen gar nicht anwesend – sondern ich selbst. Und die Pusteln kamen wieder ...

Als ich einige Wochen später auf dieses Gelände in Halle kam, war ich in einem fürchterlichen Zustand, ich machte nachts kein Auge zu. Und als ich dich eines Tages dort stehen sah, du so ganz allein, hatte ich das Gefühl, als hätte sich unter meinen Füßen ein Höllenschlund aufgetan. Es war nicht, dass du wie dieser Junge aussahst, nicht genau, es war auch nicht deine Hautfarbe oder so, obwohl ich denke, dass du so groß warst wie er; nein, es war der Blick in deinen Augen, der gleich war, als ob du mich bitten würdest, dir zu helfen, genau so wie er damals auch.«

Er atmete tief ein und schaute mir in die Augen. Ein unsicheres Lächeln huschte über sein Gesicht. »Weißt du, worauf ich hinaus will? Ich möchte dich jetzt etwas fragen, wenn es dafür nicht schon zu spät ist, als ob du der Mann wärst und ich der Junge. Also Folgendes: Denkst du, dass möglicherweise die Sachen, die wir gemacht haben oder die wir zugelassen haben, dass wir die Sachen, für die wir auf jeden Fall schuldig sind, immer wieder tun – verstehst du, dass sie das sind, was wir sind und immer waren und dass wir sie niemals ändern oder wieder gut machen können?«

Ich schüttelte den Kopf. »Nein«, sagte ich.

Er schien über meine Antwort nachzudenken und schwieg eine Weile. Dann sagte er plötzlich:

»Du würdest mich doch nicht anlügen, oder? Es nützt nichts, wenn du das nur sagst, weil du denkst, dass ich das hören will. Ich muss wissen, ob es deiner Ansicht nach richtig war, dich an mich zu nehmen und hierher zu bringen ... als so etwas wie eine Wiedergutmachung für den anderen Jungen ... und für Edmund.«

Er hielt den Wagen an; wir waren nur im Schritttempo gefahren.

»Ja, du hast es wiedergutgemacht. Jedenfalls ist das meine Antwort.«

Wir verharrten in Schweigen. Es schienen Stunden vergangen zu sein, als er sagte: »Du weißt ja wohl, dass Aphra mich verlassen hat«. Im Licht des Armaturenbretts sah sein Gesicht aufgedunsen aus; er rieb sich mit den Fingern die Augen. »Vielleicht kannst du mir sagen, warum ... weil ich es nicht weiß.«

Hilflos schüttelte ich den Kopf.

»Doch, du weißt es«, sagte er beinahe anklagend, dachte ich.

Und dann stellte ich die selbstsüchtigste, dümmste Frage meines Lebens:« Wegen mir?« Ich schwöre, ich dachte, dass sei die Antwort, die er hören wollte, aber er öffnete die Augen, als hätte ich ihn gerade geschlagen; er ließ den Kopf auf seine Arme fallen, die Hände umklammerten das Lenkrad, und fing an, wie ein kleines Kind zu weinen. Ich legte meine Hand auf seine Schulter; er erbebte und konnte eine ganze Weile nicht damit aufhören. Schließlich gewann er wieder die Fassung.

»Wo ist die Flasche? Ich brauch' jetzt dringend einen Schluck.«

»Lass es sein«, sagte ich. »Bitte, es tut mir leid.«

Er lachte. »Was tut dir denn leid? Gib mir einfach die Flasche, wenn du weißt, wo sie ist.« Dann fand er sie auf dem Sitz hinter sich, nahm einen kräftigen Schluck und reichte sie mir. »Trink' schon«, sagte er, »ist gut für dich.«

Er ließ den Wagen wieder anspringen, und wir fuhren schweigend weiter. Ich weiß nicht, wie ich mein Gefühl beschreiben soll, während ich ihn ansah: Körperlich war es ein anschwellender, schmerzlicher Druck in meiner Brust und meiner Kehle, aber emotional war es etwas ganz anderes: Ich konnte buchstäblich fühlen, wie etwas in ihm an die Oberfläche drängte. Ich bildete mir das nicht ein, es war ein flüchtiger Augenblick wirklicher Empathie, angereichert mit einer rudimentären, verschütteten Substanz – als ob ein anderes Selbst sich vor mir artikulieren wollte. Er fürchtete sich jedoch hartnäckig und unvernünftig davor – und er unterdrückte es und besiegte es.

Wir fuhren um eine Kurve herum; vor uns waren Lichter zu sehen. Der Mond stieg über dem Mount Eaton auf und ließ einen kleinen See erblicken. Ich hörte das Rauschen eines Wasserfalls; die Luft war plötzlich kühl.

Moon hupte; zwei oder drei Männer tauchten auf; einer von ihnen hatte ein Jagdgewehr in der Hand. Moon streckte den Kopf aus dem Fenster und rief: »Weg mit den Waffen, Jungs!«, und sie begrüßten ihn lautstark.

Wir fuhren in ein kleines Zeltlager nahe am Seeufer. Zwei oder drei Klapperkisten und ein Pick-up parkten in der Nähe. Wir stiegen aus und Moon stellte mich seinen Kumpanen vor: Es waren elf große, ungehobelte Naturburschen, Jungs der Berge, mit Vornamen wie Clyde, Oliver oder Lloyd. Sie betrieben eine große Destillieranlage. Moon ging auf sie zu und hob sich als Silhouette vor den rotglühenden Dampfkesseln ab.

»Wie läuft's?«, fragte er.

»Die dritte Brennung heute«, sagte Clyde. »Bei Nummer zwei gab's vor 'ner Stunde ein Problem mit 'ner Schweißnaht, aber das wird schon halten.«

»Hoffe, du weißt, wovon du redest«, sagte Moon.

Wir hockten eine ganze Weile um das Feuer herum und redeten und ließen die Flasche kreisen. Ab und zu stand jemand auf und ging zur Destillieranlage (die wie eine kleine Lokomotive aussah), um das Feuer zu schüren oder den Produktionsvorgang zu überprüfen. Ruhiges, bedächtiges Sprechen: Es waren wortkarge Männer. Die Flasche machte die Runde.

Moon stand auf. »Ich nehm' mal kurz ein Bad«, sagte er, »kommt jemand mit?«

Schallendes Gelächter. »Ist doch nicht Samstagabend«, meinte jemand.

»Ich bin dabei«, sagte ich und stand auf.

Wir gingen zum See hinunter, zogen uns aus und wateten hinein. Das Wasser war stechend kalt. Ich bin kein guter Schwimmer – ich hatte erst in diesem Jahr in einem Pool schwimmen gelernt und hatte schon immer Angst vor Wasser. Aber in dieser Nacht ging ich bis zum Hals in das eiskalte, schwarze Wasser, verlor mich zentimeterweise darin und empfand keine Angst. Moon schwamm mit kräftigen Stößen davon, bis er nicht mehr zu sehen war. Als er zurückkam, saß ich bereits am Ufer und hüpfte auf und ab, um mich zu wärmen.

Dann legten wir uns gleich schlafen. Wir hatten nahe am Wasserfall zwischen großen Kiefern ein kleines Zelt für uns, das höher gelegen war als die anderen Zelte. Wir wickelten uns in raue Decken und legten uns hin; Monn fing sofort an, zu schnarchen. Ich lag noch lange wach und versuchte, ihn, mich und die Ereignisse dieses besonderen Tages zu ergründen.

Es war immer noch dunkel, als ich aufgeweckt wurde: Moon wälzte sich hin und her und murmelte im Schlaf. Ich vernahm sonst kein Geräusch, nicht einmal den Wasserfall. Es war, als wäre die Welt ganz auf die enge Dimension des Zeltes zusammengeschrumpft. Moon gab seltsame, leise Laute von sich; ich konnte nur den Umriss seines Körpers ausmachen, aber durch dessen Bewegung wurde mir klar, dass er im Schlaf weinte. Ich schob mich an seine Seite und stützte mich auf den Ellbogen. Ich legte meine Hand auf seine Stirn: Sie war verschwitzt. Er drehte sich mir zu, stöhnte und öffnete die Augen.

Meine Hand lag immer noch auf seiner Stirn; er starrte mir unendlich lang ins Gesicht, umschlang mich dann mit einer plötzlichen, spastischen Bewegung und zog mich an seine Brust und hielt mich fest. Ich konnte sein Herz pochen hören; ich spürte seinen heißen Atem dicht an meinem Gesicht. Er fing an zu zittern und drückte mich noch fester an sich. Ich konnte kaum atmen. Mit einer Hand begann er, mir unbeholfen und tapsig wie ein Kind, das die ersten Zärtlichkeiten erlernt, über den Kopf zu streicheln. Er gab immer noch diese seltsamen, schnaubenden Laute von sich. Er streichelte meinen Rücken; er atmete schneller und heftiger.

Ich ließ ihn gewähren; ich wollte ihn wissen lassen, dass ich ihn liebte. Aber da geschah in ihm noch etwas anderes: Er machte mit mir, was er wollte, und er verlor die Kontrolle. Plötzlich lag sein geöffneter Mund auf meinem Gesicht und ich geriet in Panik. Ich konnte nicht anders. Ich versuchte, mich aus seiner übermächtigen Umarmung zu befreien, aber er hielt mich nur noch fester. Seine Hand drückte sich wie ein heißes Eisen auf meinen Rücken. Sein Mund suchte gierig den meinen. »Bitte, bitte«, sagte er. Ich drehte meinen Kopf verzweifelt hin und her und versuchte, sein Gesicht wegzudrücken.

Plötzlich entspannte er sich und ließ von mir ab. Er richtete sich etwas auf: Ich konnte nur das funkelnde Weiß seiner Augen sehen. Sein Kopf streifte das Dach des kleinen Zeltes; kondensierte Schweißtröpfchen fielen herunter. Jetzt war auch der Wasserfall wieder zu hören. Er war über mir wie ein großer Bär, seine Arme hingen schlaff herunter und sein Kopf bewegte sich qualvoll hin und her. Plötzlich warf er ihn nach hinten und brüllte, als ob ein Messer sein Herz durchbohrt hätte. Er hievte sich zu voller Größe hoch, ein nackter Riese, der das Zelt entwurzelte und uns der Nacht preisgab. Mit einer wütenden Bewegung seiner Arme befreite er sich vom Zelttuch und taumelte den Hügel hinunter.

Der Mond war verschwunden. Ich saß auf dem Gummiboden des Zeltes und schüttelte mich vor eiskalter, elender Angst. Ich konnte ihn weder sehen noch hören. Keine Fußschritte, nichts. Dann hörte ich, wie weiter unten eine Autotür zugeworfen wurde. Das Geräusch des Anlassers, ein Motor, der überdreht, ein Aufheulen. Undeutliche Stimmen, die anderen wachten auf. Ich stand auf (ich dachte, es sei mir nicht möglich) und wagte es nicht, mich zu bewegen. Dann ein kurzes, grauenvolles Schweigen. Danach vernahm ich ein schwaches, wimmerndes Geräusch und das holprige Klappern eines anspringenden Autos: fünf, zehn Sekunden lang, dann plötzlich ein Zusammenstoß: Metall auf Metall mit Metall, ein klares, bündiges Geräusch. Unmittelbar danach ein blendender Lichtblitz, im Bruchteil einer Sekunde danach das Aufheulen einer Explosion; ein erneuter Lichtblitz, eine zweite Explosion und eine gewaltige Flammensäule, die aus der Destille zum Himmel schoss. Beide Brennkessel waren explodiert.

Wie wir ihn lebend da herausbekamen, weiß ich nicht; sein ganzer Körper stand in Flammen. Wir rollten ihn in Decken und legten ihn qualmend hinten auf den Kleinlastwagen auf das ungehackte Eichenholz. Ich setzte mich, in eine Decke gehüllt, neben ihn. Niemand sagte ein Wort. Den ganzen Weg den Berg hinunter und in die Stadt schrie er und wurde dann bewusstlos, schrie und wurde bewusstlos.

Die Existenz von Schmerz zuzugeben (wie könnte man das nicht?), dafür bereit zu sein und ihn anzunehmen, ist eine Sache; ihn anzustreben, ihn willkommen zu heißen oder sich ihm zugunsten von Wissen oder Erfahrung zu unterwerfen, als ein Akt der Großmeierei oder sogar als eine verzweifelte Erklärung seiner Unvermeidbarkeit, ist allerdings eine völlig andere. Ich behaupte nicht, etwas von der Bedeutung des Leidens zu wissen; manchmal scheint es zwar nötig zu sein, aber das ist nicht seine Bedeutung. Ich weiß jedoch, dass, wenn es nicht zu vermeiden ist (wie man mir oft sagt), nur die Außenstehenden in einer Position sind, es zu verdammen, und es nutzt dem Leidenden auch nichts, wenn er selbst oder andere für ihn darüber disputieren, ob Leiden gerechtfertigt ist. Und es ist, während wir leiden, auch nicht besonders sinnvoll, die Frage zu erörtern, ob wir das Leiden zu uns gerufen haben oder umgekehrt; man kann sich ihm nur in seiner Anwesenheit stellen und es (möglicherweise) besiegen. In seiner Erwartung zu leben (Angst?), bedeutet höchstwahrscheinlich seine schleichende Präsenz.

Und ganz gleich, was unser Leiden (gegenwärtiges, vergangenes oder mutmaßlich unvermeidliches) uns über seine Natur, »die Welt« oder den »menschlichen Zustand« zu offenbaren scheint, es macht Schmerz nicht wünschenswerter. Ich gebe zu, dass der Schmerz für diejenigen, die über längere Zeit von ihm befallen waren, eine ganz besondere, vielfältige Bedeutung gewinnt. Danach. Aber sogar der Tod ist kein Beweis für die Notwendigkeit zu leiden. Tatsächlich ist sogar das Ereignis des Todes möglicherweise ein Zeichen dafür, dass wir nicht notwendigerweise dazu bestimmt sind, die Opfer einer Welt zu sein, die wir selbst korrumpiert haben und auch ein Zeichen dafür, dass das, was wir Leiden nennen, nur die Strafe für diese Korruption ist.

29. *November*

Hier ist diese Geschichte, die Moon mir erzählte, als wir von New York aus durch Virginia fuhren, in der er sich auf seinen Zwillingsbruder Edmund bezogen haben muss. Wenn das stimmt, dann war es bis zu jener Nacht in den Bergen das einzige Mal, wo er, wenn auch indirekt, über ihn sprach.

Es war wohl so, dass er bei seiner Rückkehr aus dem Krieg einen Zwischenstopp in Roanoke (glaube ich) in Virginia machte. Dort sei sein Bruder gestorben, sagte er, und er hatte ein paar Blumen mitgebracht und war zum Friedhof gegangen, um sie auf das Grab zu legen. Er erinnerte sich nicht mehr daran, wo es sich befand, und auch der Friedhofswärter konnte keine amtliche Eintragung über die Bestattung finden, also fing er an, selbst die Grabstelle ausfindig zu machen. Zunächst ging er systematisch von einem Stein zum anderen und las die Inschriften, aber als er nach über einer Stunde immer noch nicht das Grab seines Bruders gefunden hatte, wurde seine Vorgehensweise erratischer: Er fing an, von einer Seite des Friedhofs zur anderen zu laufen mit der (ziemlich abergläubischen) Hoffnung, so durch einen glücklichen Zufall auf den Stein zu stoßen. (Er hatte seinen Blick fest auf mich gerichtet, als er mir das wie beiläufig erzählte und dabei lächelte; aber ich erinnere mich, dass ich mich fragte, warum er dabei seine Lippen zu einem irgendwie nachtragenden Schmollen verzog.) An diesem Nachmittag setzte er sich oft auf einen niedrigen Grabstein, nahm seinen (neuen) Strohhut ab, wischte sich den Schweiß von der Stirn und versuchte, eine Erinnerung an die Beerdigung oder an einen späteren Besuch zu beschwören, aber er konnte sich nicht einmal mehr an das Gesicht des Bruders (oder sein eigenes?) erinnern und schon gar nicht daran, wo er begraben lag. (Er lachte und sagte: »Ich dachte, da ist jemand gestorben und hat mich noch so richtig zum Narren gemacht – vielleicht ist das nicht einmal der richtige Friedhof!«) Es wurde Abend: Es ärgerte ihn, dass seine redlichen Absichten durchkreuzt worden waren; es war klar, dass er bis zum Einbruch der Nacht das Grab niemals finden würde. In seiner Verzweiflung fing er an, nach einem, irgendeinem Grabstein zu suchen, auf dem das Todesjahr seines Bruders stand – und als er schließlich auf einen stieß (das Grab eines bei der Geburt gestorbenen Kindes), warf er angeekelt die Blumen darauf und floh.

Er lächelte immer noch mit diesem Schmollen und starrte mich immer noch so inständig an, dass seine blitzenden Augen feucht wurden: »Schon komisch«, sagte er, »als ich in der gleichen Nacht im Zug nach Hause saß, fasste ich den Entschluss, dass nichts und niemand mich daran hindern würde, dich hier rüberzubringen …«

So lange Moon lebte, war ich dazu bestimmt, sein Waisenkind zu sein.

Ich denke, dass er, als er im Sterben lag (eine ganze Woche lang), mit aufgerissenen Augen und unfähig zu sprechen (oder bereits jenseits davon), vielleicht verstand (fragen Sie mich nicht, wie!), dass er selbst das einzige, wirkliche Waisenkind gewesen war, und dass sein Leben nur eine einzige, hartnäckige und manchmal quälerische Weigerung gewesen war, sein essenzielles Alleinsein zu akzeptieren.

Ich stelle mir heute gerne vor, dass er in dieser Woche, als sich sein Körper bereits von ihm verabschiedet hatte und sich mit dahinschwindender Kraft nur mehr mit dem intimen Spielzeug des eigenen Schmerzes beschäftigte, in der Lage war, jegliche Verstellung aufzugeben. Ich möchte, dass sein Tod zumindest ein negativer Sieg war – der seine eigene Absurdität annulierte und Moon befreite: von mir, von der Verantwortung für sein vergeudetes Leben, von seiner Investition in meine Person.

Moons wirkliches Leben fand im Prozess des Sterbens statt: Die riesige Brandblase, zu der sein Körper geworden war, schottete ihn von der Zeit ab, und indem sie ihm die Ruhepause absoluter Freiheit gewährte, ließ sie ihn wissen, wie nah und doch wie fern er immer von dessen menschlichem Pendant gewesen war.

Aphra kam von Columbia herauf, ohne ihren Rechtsanwalt, aber mit seinem Buick, nur um sich selbst davon zu überzeugen, dass Moon wirklich sterben würde. Sie stürmte in einem dunkelblauen Kleid wie eine windgepeitschte Gewitterwolke in die Klinik, inspizierte das Bett samt dessen Inhalt mit einem Gesichtsausdruck schockierten Widerwillens, ignorierte das Brabbeln der Familie (alle plötzlich mit dem bösen Blick ausgestattet), sah mich scharf an, registrierte etwas zwischen Furcht und Widerwillen und entfloh dann.

Was die anderen betrifft: Sie saßen da, schlossen die Augen und redeten wie Sturzbäche, die sprudelnd ineinanderflossen. Zwanghaftes Gerede, und meistens Unangebrachtes und Ungereimtes, das keinerlei Antwort erhoffen durfte. Auf ihre Art baten sie ihn um Vergebung, aber es war nutzlos. Nach und nach verfielen sie in plötzliches Schweigen, erwachten einige Sekunden später wieder, standen auf, blickten hektisch um sich, als ob eine Stimme aus dem Nichts sie abberufen würde. Und sie kamen wieder, jeden Tag, sie wollten es wissen. Was erhofften sie sich? Das weiß nur Gott. Solange Moon nur dalag, mit zwei Augen, die aus den dicken Bandagen heraus starr in die Ferne blickten, ohne irgendein Lebenszeichen bis auf ein schwaches, respiratorisches Schaudern, schienen sie darauf erpicht zu sein, sich selbst stückchenweise zu demütigen und entblößten sich, um sein unsichtbares Urteil anzunehmen. Aber da kam nichts: Noch ein oder zwei Tage, und sie hätten ihm die Bandagen heruntergerissen, um sich an ihm zu rächen.

Ich saß da und schaute und hörte die Untertöne des Lebens, die immer noch summten, immer noch in ihm waren, und ich warf mir vor, dem Tod eines anderen Mannes beiwohnen zu müssen; denn es war diese Einstellung zum Tod, die mir unerträglich war. Als er schließlich unwiderruflich sein Leben aushauchte, empfand ich eine unglaubliche Erleichterung: Das war mir vertraut. Im Tod wohnt der menschlichen Gestalt etwas Gnädiges inne, was größer ist als der Kummer; wie ein Schlafporträt, das man betrachten kann, ohne sich um den Schläfer kümmern zu müssen. (Oder Klostermöbel: der klösterlichen Landschaft zugehörig: sogar noch unpersönlicher, der ausgefranste, aufgelöste Stoff des Fleisches. Die Toten sind in unseren Träumen alle lebendig.) Wenn wir trauern, betrauern wir keine Leichen.

Seine Verwandten verfielen in eine magische Hysterie, um ihn wieder zum Leben zu erwecken. Durch die Bank alles gute Christen. Ihn dort zu sehen, fern aller zukünftigen Schuldzuweisungen, ein sich vor Lachen krümmendes Abbild, ließ sie rasen vor Wut. Sie wandten sich um und sahen sich in die Augen, versicherten sich gegenseitig ihres Zorns und verfielen nicht in Wehgeschrei, sondern in eine von allen zusammen geteilte Frustration.

Aber seine Mutter war die Krönung aller Klageweiber. Sie, die ihn praktisch verstoßen hatte, suhlte sich großartig in ihrer Gram. Was von ihm übrig war, lag in einem geschlossenen Sarg in dem Zimmerchen, in dem er geboren worden war. Die Glyzinien auf der Veranda stanken. Das angrenzende Wohnzimmer, in dem sich die Trauergemeinde versammelt hatte, war voller Fliegen. Riesige, mit Lilien gefüllte Weidenkörbe und Flaggen standen überall herum. Die Ventilatoren an der Decke drehten sich träge wie riesige Libellen. Zelluloidkragen weichten auf. Ein leiser Stimmenteppich lag über allem. Ich saß neben Tante Libya Mauldin und hielt ihre Hand. Plötzlich erschien oben an der Treppe seine Mutter am Arm ihres Bruders – hager, unverschleiert, bleich. Es war ein großer, dramatischer Augenblick; selbst die Fliegen summten nicht mehr, als sie auf der obersten Stufe dahinzuwelken schien, wieder die Fassung gewann und dann, auf den Arm ihres Bruders gestützt, sich die Treppe herunterschleppte, damit der letzte schwarze Samtvorhang fiele.

Das einzige Geschenk, das Moon jemals von mir erwartete, war Duldung, Einverständnis, Gehorsam. Er erwartete nicht, dass ich ihn liebte und sicherlich nicht, dass ich ihn verstand. Es reichte ihm aus, wenn ich nach seiner Pfeife tanzte. Seine Liebe zu mir konnte so nur widersprüchlich sein; er konnte sie vor sich selbst nur durch die erfolgreiche

Runderneuerung seiner Anschaffung rechtfertigen, und das war mehr, als er handhaben konnte – alles an mir stellte sich ihm dabei quer: mein Alter (das er nie wahrgenommen hatte), meine Fremdheit (die ihn erschreckte), mein Gebrauch seiner Sprache (was zunächst kein Problem war), mein unfassbarer Hintergrund (der ihn gegen seinen Willen irritierte), meine Hautfarbe (trotz meiner blauen Augen) und seine unbewussten, inneren Anliegen (die sozusagen seine Moral bestimmten). Hätte er doch nur (ja, doch nur!) die bestehende, unüberbrückbare Distanz zwischen uns akzeptieren können (und gesehen, dass in der Liebe diese Distanz keine Bedeutung hat) – dann wäre die Krise, die zu seinem Tod führte, vielleicht (aber nur vielleicht) nie ausgelöst worden.

Und dennoch, ob nun früh oder spät, war sein Tod angemessen. Nur durch die Opferung seiner verworrenen, adoleszenten Eitelkeit hätte aus ihm ein ganzer Mann werden können. Wenn denn überhaupt. So wie es war, trifft das eben Gesagte sowohl auf mich als auch auf Aphra zu (mutatis mutandis): Er konnte es nicht ertragen, von jemandem geliebt zu werden, den er zuvor nicht als eine Art Sklaven-Komplizen adaptiert hatte – und so hatte er Aphra und mich nach und nach mit Hass erfüllt und für uns selbst nicht mehr erkennbar gemacht.

Aphra war eine vitale, leidenschaftliche, eigensinnige Frau; Moon versuchte, sie zu entsinnlichen, und da ihr die Rolle der Statue nicht stand, flüchtete sie. Was mich betrifft, so war er bereit, mir im Austausch für meine totale Billigung alles zu geben (der Vorfall im Zelt!); er wollte, dass ich sein Sohn war (nicht selbst gezeugt), sein Lehrling, sein Blutsbruder – nenne man es, wie man wolle –, aus alledem setzte sich seine kindlich-kindische Idylle zusammen: eine Welt aus Muskeln, harmlosem Schmuddelzeug und schuldlosen Entscheidungen, voller Schönheit, aber eben unmöglich.

Nichts verachtete er mehr als Einschränkungen. Ob physisch oder künstlich auferlegt, Grenzen dieser Art forderten sein Wesen heraus. Sein ganzes Leben bestand aus dem Kampf, sich durch das feine Netz öffentlicher und gesellschaftlicher Verbindungen hindurchzuarbeiten, dass das vordergründig von Formlosigkeit geprägte amerikanische Leben zusammenhält. Selbst in seiner Liebe für die »Natur«, für wilde Tiere und wilde Orte spiegelte sich dieses Misstrauen wider. Ihre Unabhängigkeit und ihr Getrenntsein weckten das Verlangen, über sie zu verfügen, sie zu zähmen, und damit spielte er ein ausgeklügeltes, ambivalentes und letztendlich verhängnisvolles Spiel, da er vorsätzlich ansonsten reaktionsträge (oder im Grunde zumindest zugängliche) Kräfte dazu provozierte, ihm zu widerstehen und sich nicht von ihm herabsetzen zu lassen. Stadt und Wald, Kultiviertheit und Rohheit waren die gegenläufigen Pole seines Charakters, ein Kraftfeld, das von dem auto-erotischen Traum der Selbstaufopferung zusammengehalten wurde.

Der dunkelhäutige Abel (indianischer oder schwarzer Herkunft) wird ermordet und deshalb gepriesen. Auf Kain ist ein Kopfgeld ausgesetzt und eine stetig wachsende Truppe von Jägern verfolgt ihn unerbittlich. Eines Tages kesselt sie ihn ein und mäht ihn nieder: Von diesem Zeitpunkt an ist die Ballade des Gewissens seine einzige Grabinschrift und seine einzige Realität.

Nach einer Menge Streitereien (und mit dem Druck von Tante Libyas Rechtsanwalt) kam die Familie zu dem gesetzlich unvermeidbaren Schluss, dass ich als sein Sohn Anrecht auf einen Teil von Moons Erbmasse hätte. Wenn es an mir selbst gelegen hätte, meinen Anteil einzufordern – was – ob gut oder schlecht – nicht der Fall war –, so hätte ich sie ohne Bedenken an dem Geld ersticken lassen; es war mir völlig gleichgültig. Tante Libya ermunterte mich dazu, wieder zur Schule zu gehen. Ich versuchte es, aber es war nutzlos: Nach einem Monat ging ich ab. Die Illusion von dem, was aus mir hätte werden sollen, war ebenso zerstört wie die Illusion darüber, was ich war. Es gab kein erkennbares Zentrum, nichts, was ich als Ausgangspunkt für ein zukünftiges Selbst an mir hätte wahrnehmen können. Ich war etwas, das von nirgendwoher gekommen war und nirgendwohin ging – ein Objekt, das für andere sichtbar war, aber von sich selbst keine Wahrnehmung hatte.

3. *Dezember*

Alle gezielt abgeschossenen Pfeile treffen das Auge des Bullen durch Zufall, obgleich es möglich ist, nicht an Zufälle zu glauben.

Ich begann herumzuziehen, von einer Stadt zur anderen, immer tiefer ins Herzen des Landes. Ich erreichte die Rocky Mountains, sie stießen mich ab und ich kehrte in Richtung Süden wieder um. Zwei Jahre lang trieb ich so dahin, manchmal arbeitete ich, aber meistens nicht. Ich vermied Züge und fuhr selten per Anhalter: Meistens nahm ich Busse mit ellenlangen Akkordeonfahrkarten, stieg in den unwahrscheinlichsten Orten aus, blieb eine Stunde oder einen Tag, bestieg dann wieder den Bus und verfiel in eine Art Schlafen-Lesen-Reden-Stop-Start-Schlafen-Rhythmus und bewegte mich so immer weiter und weiter durch die langsamen Übergänge, das Brachland, die Wüsteneien, die geographischen Paradoxien, die ausgetrocknete Primitivität, die unerklärliche Vertrautheit, durch die monströse Energie und die plötzliche Klarheit, durch das benannte Irgendwo-Nirgendwo des amerikanischen Kontinents, mitgerissen von einem absurden, flüssigen und herzzerreißenden Traum der Distanzen.

Ich bewegte mich ruhe- und rastlos, durch endlose Bahnhöfe und Gänge, Bahnsteige, Kleinstadthauptstraßen und Highways, durch die einzig neuen, die einzig wirklichen Städte, die es gibt, über die einzige Erde, die herrenlos zu sein scheint, die vielleicht niemandem gehört und vielleicht niemals jemandem gehören wird, betrat und verließ vormenschliche Schauplätze, durchquerte eine Natur, die den Menschen nicht in Betracht zieht, und deren Menschen nicht an sie glauben, deren Winde, Staub, Wälder, Kornfelder und Sommerbrände ihre eigenen Wurzeln, ihre eingeprägten Grenzen verwerfen; eine Natur, deren innere Bedeutung, wenn einmal definiert, der Zunge trotzt, die davon berichten will und jedes Auge ausreißt, das zu lange zögert.

Und überall, wo ich auch hinging, redete ich mit Menschen und noch mehr Menschen. Ich redete völlig verrückt, gebrochen, uninspiriert, unaufhörlich und angetrieben von meiner Verlorenheit und der Bereitwilligkeit derer, mit denen ich sprach, sich mit ihr zu identifizieren und ihrem tiefen Bedürfnis, sie mit mir zu teilen. Ich sprach mit den ältesten Menschen der Welt, ihren wirklichen Flüchtlingen – die alle damit kämpfen, ihre Häute abzuwerfen und trotz besseren Wissens davon überzeugt sind, dass es, immer noch, eine Möglichkeit geben muss, und die bereit sind, einem Fremden mit unverstellten, eindringlichen Formulierungen ihre zerbrechliche, naive Sehnsucht zu eröffnen – aber so unvermittelt, so dringlich und so flehentlich, dass jeder Zweifel an deren Ehrlichkeit im ersten, großen Drang des Erkennens und der Erwiderung verschluckt wurde. Ich habe nie zuvor und nie danach eine derart rasende, überschwängliche, überzeugende Bekundung der verborgenen Wahrheit erfahren, wie von jenen anonymen menschlichen Wesen. In ihrem beharrlichen, nackten Vorhandensein und in der offensichtlichen Schwäche und Verwirrung ihrer an der Oberfläche befindlichen Leben, entdeckte ich tausendfach den Moon wieder, den ich verloren hatte ...

Wenn ich an Amerika zurückdenke, fällt mir immer Folgendes ein: Nicht sein chaotisches, oft brutales Antlitz, das wie eine Rasierklinge durch eine Oberflächenspannung hochgehalten wird, sondern die einzigartige Mobilität seiner Bewohner, denen es trotz der Tatsache, dass sie immer noch heimatlos sind, gelingt, in ihrer Entwurzelung eine krude, aber menschliche Prophezeiung der Hoffnung auf ein neues Leben zu bewahren und ihr Würde zu verleihen.

4. *Dezember*

Mein ganzes Denken äußerst sich laut oder in der Schrift: Ich kann die Vergangenheit (oder die Erinnerung) nicht so behandeln, als ob sie in einem Raum existierte, über den ich reflektieren könnte. Nur wenn ich mich per Sprache oder Schrift öffne, entdecke ich, dass sie ganz da ist.

Vielerlei zufällige Stimmungen und Launen haben zur Uneinheitlichkeit dieses Textes beigetragen, und ich weiß, ich habe mir auf jeder zweiten Seite widersprochen, aber diese Grillen haben ihren Ursprung im Wechselhaften und Unstabilen des *Jetzt*, nicht im Inhalt der Vergangenheit. Ich sitze und schreibe und sehe die Wörter mit einer Art staunender Erregung auftauchen; meine Finger jucken merkwürdig erregt: Ein Kind, ein junger Mann hat Gestalt angenommen, ein Selbst, von dem ich beim besten Willen nicht zu glauben vermag, dass ich das jemals war – ein jahrelang in einem Gefängnis der Wortlosigkeit eingesperrtes Kind, das nichts in Frage stellte, was man ihm erzählte oder was es hörte, sich aber an alles erinnerte und erst vor kurzem herausfand, dass die Worte auch ihm gehören.

Sicher, die Toten behandelten mich nie freundlich: Sie nutzten meine Gutgläubigkeit aus, und für lange Zeit hatte ich keine andere Wahl, als das zu tun, was sie wollten. Lebte ich damals denn schon? Eine sinnlose, unerforschliche Frage, die vor der Stimme existiert, die sie zu stellen vermag, sogar vor jeglichem Zweifel, der einen echten Glauben verraten könnte. Meine Hand stellt diese Frage allerdings jetzt, versucht sich an ihrer und meiner Zurückhaltung anhand von Worten, die das Vergehen der Zeit und die Vergänglichkeit all der anderen in einer Grabrede beklagen.

Nein, ich war nie wirklich dieses Kind, und das, was uns verbindet, ist tückisch und von den jeweiligen Umständen bestimmt. Mein Leben fängt jetzt erst an (wie man so sagt), mein eigentliches Leben, mein Ich: keine Geburtstage, keine Historie, keine aufgestaute Vergangenheit mehr, nichts außerhalb des direkten Zugriffs von Hand oder Auge und niemand, in dessen fremder Haut ich stecken möchte.

Jetzt kann zur Abwechslung mal eine sichtbare Hand den Mond kippen!

Eine Legende muss damit fortfahren, zu sein, was sie ist und soll nicht irgendein Menschenhirn quälen oder ein Menschenherz brechen. Es soll da Antworten auf Fragen geben und Straßen mit einem Ende, und Versprechen müssen gehalten werden.

Wer weiß? Vielleicht werden eines Tages die abwesenden Gesichter alle wiederhergestellt sein.

Unsere Ursprünge sind nie das, wofür wir sie halten. Die meinen entfremdeten sich selbst von mir – nicht umgekehrt – in einer Abfolge von monotonen, immer gleichen Schocks, die ich mit einer gänzlich abgestumpften Gleichgültigkeit aufnahm. Das mag ein gefährliches Eingeständnis sein, aber wenn ich etwas im Leben gelernt habe, dann kann ich sagen, dass es nichts Einfacheres gibt, als ein Waisenkind zu werden. Die schier unmögliche Aufgabe besteht darin, selbst unter den besten (sic!) Bedingungen, weiterhin eines zu bleiben. Mein Leben nahm nicht vom Zuhause aus seinen Anfang, dessen bin ich mir sicher, obgleich mein Körper diese Tatsache fortwährend abstreitet: Was auch immer ich erinnere, er besteht darauf, auf seine eigene Ordnung zu verweisen, und ganz gleich, was mir zu vergessen gelingt, er ruft es mir widerwärtig detailliert ins Gedächtnis zurück. Ich bin deine Präsenz, sagt er (etwas schrill): Es gibt keinen Tod vor mir oder ohne mich, und ohne Tod brauchst du keinen Tag der Wunder, keine Wiederauferstehung zu erwarten.

Auf seine eigene, recht beschränkte Art hat mein Körper Recht, denke ich, aber ich bin ihm deshalb keinen Tribut schuldig; als Grab der

Vergangenheit ist er natürlich das Medium der Geburt und der Wiedergeburt, aber er stellt kein neues Leben her, nicht aus sich selbst heraus.

6. Dezember

»Denk ich an Deutschland ...«

Weißt du, was du da tust?

Zum ersten Mal seit mehreren Monaten setzte ich mich gestern Nacht hin und las wieder meine Gedichte. Sie bedeuten mir jetzt nicht mehr viel, ich finde da (nicht allzu überraschend) einige Zeilen aus dem Berliner Gedicht (»Kinder im Brennofen seines eigenen, reflektierten Auges/Balancieren auf dem Drahtseil der Sonne ... Wer ist der strahlende Musikant/Der die Saiten meiner Augen stimmt?«), einige Teile von Klosterregen und Nachtverzehrer (es sind die mit Erfolg unehrlichsten). Davon abgesehen – nichts.

Nach Moons Tod hatte ich einen immer wiederkehrenden Traum – ein weitläufiges, irgendwie vertrautes Haus, im Inneren unveränderlich gleich, aber außen immer unterschiedlich (manchmal wie das weiße Haus im Kolonialstil, in dem Moon geboren wurde, manchmal wie ein mitteleuropäisches Backsteingebäude im Zwielicht).

Etwas sagte mir, dass im Inneren ein unsagbares Verbrechen begangen worden war – ich weiß nicht, welches, aber ich durchkämmte die Räume dieses Hauses vom Keller bis zum Speicher, immer mit demselben Gefühl banger Berauschung, bis es mir vertrauter war (oder ich träumte davon) als mein eigenes Selbst. Aber ich fand kein einziges Indiz für das Verbrechen.

Sogar nach der Rückkehr nach Europa hielt sich dieser Traum hartnäckig: Das weiße Äußere wurde fast gänzlich durch die Backsteinfassade ersetzt – das war der einzige Unterschied. Das ärgerte mich allmählich, und so ersann ich einen Plan, um ihn mir auszutreiben: Ich würde eine Reihe Gedichte schreiben, eine Art Blaupause im Wachzustand, während ich das Haus auseinandernahm: all das, um dieses Verbrechen aufzudecken.

In diesen ersten Monaten mit Edith wütete ich durch Haus und Traum wie ein Detektivdämon, riss Mauern nieder und demontierte Treppen und Trennwände, bis ich (sogar im Traum) das Haus völlig ausgeweidet und seine Innereien ans Tageslicht der Wörter gezerrt hatte.

Da ich mir zu dieser Zeit ganz und gar selbst überlassen war (was ich offensichtlich nicht sein wollte), hatte ich ohne Ende geplant, geträumt und mich bis auf die Knochen (Erleben Sie den Künstler als Skelettmonster!) abgenagt. Dennoch waren die Gedichte (zumindest was mich betraf) nicht das wirkliche Problem unserer Beziehung. Edith kam (wie eine hagere Krankenschwester ausgerüstet mit allen erdenklichen homöopathischen Stimuli) zwar zur rechten Zeit, um zu helfen, aber zu spät, um Heilung zu bringen. Es gab nichts, was wir hätten austauschen können: Launische Wortkargheit war ihre schlechte Gewohnheit, verbissene Introversion die meine; wir bewegten uns auf unterschiedlichen Etagen, atmeten unterschiedliche Luft, dachten uns Feiertage für unsere zwanghaften Geschenke aus und vergaßen reale Jahrestage. Zuweilen benutzte ich sie selbstsüchtig, aus einer Art Verzweiflung heraus; sie wiederum belohnte sich mit rasender Empörung. Aber kein Lösungsmittel konnte uns beide gleichzeitig zum Erweichen bringen.

Jedenfalls wurden die Gedichte geschrieben: die Beweise der Demolierung, Metaphern für Grundrisse, Grabinschriften für Räume, Postulate für eine Geometrie der Erinnerung. Aber jetzt finde ich, dass in ihnen kein Leben ist, nichts wirklich Zusammenhängendes; kein einziges davon ist fähig, seinen eigenen, unveränderbaren Raum um einige Zentimeter oder für einen einzigen Augenblick auszudehnen. Und obwohl das Haus entkernt ist, besteht seine Fassade immer noch unversehrt um einen Raum herum, der ein Verbrechen hütet.

Wenn wir aufhören, an Distanz zu glauben, fangen wir an, das Nächstliegende um uns herum zu hassen.

8. *Dezember*

Es regnet in Strasbourg: Der Rhein riecht nach Regen und Karborundum ...

9. *Dezember*

Hier sind wir: Nachmittägliche Route: Hebelstraße, Zwingerstraße, Kettengasse, Wolfshöhlenweg, Fauler Pelz, Endemannstraße, Gaswerkstraße, Schlachthausgasse, Grabengasse.

In seiner Uniform befand sich eine winzige, ideal versteckte Tasche. An dem Tag, als er sie entdeckte, steckte er sein ganzes Kleingeld in sie hinein: Am nächsten Tag hatten die Münzen ein Loch gemacht, er verlor sie, und jetzt ist diese zerstörte Heimlichkeit ein offenkundiger und lästiger Defekt, obwohl er immer noch versteckt ist.

Barbara Speer ...

Drei Tage nach seinem erfolgreichen *coup d'état* brachte sich der General um, vor lauter Sehnsucht nach der Stimme der ermordeten Radiosprecherin.
Selbst die Warnung, dass dies hier eine Fiktion ist, war fiktional. Futter für die Maschinen der dritten Person.

All jene, die »etwas durchgemacht« haben, werden von denen als Geiseln genommen, die dergleichen nicht erlebt haben.

Lyrik und Exekutionskommandos: Eure kindische, zweckdienliche, heroische, gefälschte Heiliger-Krieg-Philosophie des 18. Jahrhunderts.

13. *Dezember*

Lieber Immanuel: Nicht jedes Scheitern ist von der gleichen Ordnung. Wenn Sie versuchen sollten, dieses »Buch« wegen seiner Ungleichmäßigkeit oder seiner Kunstlosigkeit nicht ernst zu nehmen, oder weil Sie seinetwegen darauf eingestellt sind, von mir »enttäuscht« zu sein, tun Sie mir aufrichtig leid: Sie verstehen ganz einfach nicht, warum ich mich dazu überreden ließ, es zu schreiben. Und wenn Sie es nicht ernst nehmen, weil sie das eh schon geplant hatten (was mich nicht im Geringsten erstaunen würde), einfach nur um gewisse unentschiedene, emotionale Defizite in Ihrem (nicht so) geheimen Selbst zu rechtfertigen, dann werden Sie irgendwann einmal für Ihre Abwehrmechanismen und Ihre scheinheilige Überheblichkeit bezahlen müssen. Selbst wenn ich Ihnen etwas bieten würde, das Ihren (masochistischen?) Erwartungen entgegenkommt, werden Sie immer noch die Substanz dessen, was ich zu erzählen, zu begreifen versucht habe, ignorieren müssen, bevor Sie dann das Buch intellektuell zerreißen – aus welchen persönlichen Gründen auch immer. Die von Ihnen intendierte Zumutung bei der Übergabe dieses Gesetzesblattes der Erinnerung an mich war kein Zufall oder etwas Momentanes, und Sie wissen das. Aus diesem Grund sage ich jetzt diese Dinge, bevor ich Ihnen das Buch überlasse. Ich empfinde für Sie keinerlei Mitgefühl; ich wollte, in einer Art Vakuum, versuchen, mich von meiner Vergangenheit zu lösen und mit dieser Befreiung (wenn denn möglich) Ihnen ein Geschenk machen, als Vorwurf oder vielmehr als warnende Ermahnung. Ich hätte mir von Anfang an bewusst sein müssen, wie sehr mich das bloßstellen würde, aber ich war naiv genug, mich selbst davon zu überzeugen, dass Sie eine Art Austausch oder dialektisches Verhältnis wünschten. Jetzt weiß ich, dass Sie nur mich wollen – ich kann es sehen, hören und fühlen, in der ganzen, kaum gezügelten Erwartung des Triumphes, zu der Sie geworden sind: Eine Erwartung, die nach und nach jede ehrliche Absicht meinerseits pervertiert und blockiert hat. Und mir bleibt kaum mehr als ein enttäuschtes Mitleid für Sie übrig. (Ich bemitleide Sie sogar jetzt, da Sie sich mit diesen Worten abgeben und sie dann auch noch von sich weisen müssen. Das wird zunächst einfach aussehen – aber später?) Immer, wenn ich Sie jetzt vor mir sehe, überwältigt mich das Gefühl eines erbärmlichen Pessimismus, das ich nie zuvor in meinem Leben empfand, was die authentische Möglichkeit eines aufrichtigen menschlichen Miteinanders betrifft. Ich weiß nicht, warum ich das verallgemeinere, aber dieses Gefühl ist real, und ich kann es nicht ertragen. In diesen Augenblicken, wenn ich bereit bin, aus ganzem Herzen, mit echter Leidenschaft und mit echter Liebe zu sprechen, in diesen Augenblicken, wenn ich nicht über die Vergangenheit oder über die Zeit schwadroniere, sondern über mein eigenes, gegenwärtiges Selbst, dieses unmittelbare Fleisch und Blut – dann wird mir plötzlich und brutal bewusst, dass Sie nur als mein Zuhörer posieren, dass Sie eigentlich jemand anderen hören, sich Wörter für jemand anderen zurechtlegen, dass Ihre Augen, die an meinen Lippen hängen, nicht mich sehen, sondern einen anderen – und dann verspüre ich nur noch den Wunsch, Sie zu verletzen (wie jetzt gerade auch), handgreiflich zu werden und auf Sie einzuschlagen (wie jetzt gerade auch) und Ihnen so auf schmerzhafte Art (wie jetzt gerade auch) das einzige Geschenk zu überreichen, dass ich Ihnen geben kann oder

[*Hier bricht der Tagebucheintrag ab und wird nicht mehr weitergeführt. Der Herausgeber*]

14. *Dezember*
Ich habe sehr viele Menschen sowohl in meinem Leben als auch auf diesen Seiten ungerecht und treulos behandelt. Selbstsucht als letzter Ausweg. Aber jeder aufgezeichnete Augenblick ist eine Fälschung: Wir müssen ihm eine bestimmte Form geben, die er nie hatte, wenn auch nur, um unsere Distanz ihm, unseren vergangenen Erscheinungen des Selbst und unseren Verstrickungen gegenüber zu bestätigen.

Auf einer tiefer liegenden Bewusstseinsebene meiner Person, wo die Dinge nicht in unbeständigen Fragmenten erinnert werden, sondern sich außerhalb eines bewussten Zugriffs in einem langsam freigelegten Sediment ablagern, hat mich während der Niederschrift dieses Buches zunehmend die emotional berührende Präsenz jener Menschen aufgewühlt, die ich als tot beschrieb. An und für sich waren sie natürlich tot, aber mir wurde allmählich klar, dass trotz meines Widerstrebens, sie anzufassen und sie zu handhaben, meine Versuche, sie in einer sicheren, halb fiktiven Entfernung zu halten, tatsächlich die Oberflächenausformungen eines Versuchs auf dieser Bewusstseinsebene waren, sie zum Sprechen zu bringen, sie in meinem Herzen als Handlanger für meine Stimme anzurufen.

Die Stimme von Golden ist die einzige, die sich neben der meinen behaupten kann, sein Gesicht das einzige, das nicht verblichen ist. Von dem Augenblick an, als er sich unerwartet auf diesen Seiten ankündigte, war ich eigentlich nicht mehr derselbe. Seine Wiederentdeckung (obwohl ich das damals nicht wusste) war der Augenblick, als all das hier unnötig wurde und die Last der rein persönlichen Geschichte von mir abfiel.

Wir wollen uns an unsere Namen erinnern, sagte er, und ich sage Ja, wir wollen uns an unsere Namen erinnern ... an die Namen der Lebenden um ihretwillen, und an die Namen der Toten nicht um ihret-, sondern um unseretwillen und für *Die Kommende Welt*.

Wo gibt es sie denn, diese *Kommende Welt*, wenn nicht in dieser Mimesis? Gewiss nicht in einem jenseitigen Dort, nicht im Dort der Toten, die uns zu sich hinabziehen möchten (obwohl wir ihre einzige Rettung sind), aber auch ebensowenig im Dort unserer bedeutungslosen Anfänge, die uns bis zum Jüngsten Gericht am liebsten als Waisen sähen; sie existiert auch nicht in der auszehrenden Faktizität eines Todes, der die sinnlose Angewohnheit unseres routinemäßigen Lebens ist, oder in dem trivialen Leiden (ja, trivial!), das uns zu den Gefangenen unserer eigenen Isolation macht – nein, nicht dort, sondern hier und jetzt, in jedem Lebensimpuls, von dem wir uns ernähren und der von uns wiederum ebenfalls am Leben gehalten wird, nehmen wir uns selbst als Ausgangspunkt für die Zukunft wahr, die einzige Zukunft; hier, wo unsere Namen, erinnert und ausgesprochen, alle Namen sind, jetzt, zuvor, für immer und ewig.

Ich habe dieses Spiel nun lange genug gespielt. Was von nun an geschieht, wird sich nach mir richten müssen und sich mir stellen müssen – es wird mich jedenfalls nicht von hinten einholen können.

SCHA

IERE

STEFAN BRÜCKMANN

NACHTVERZEHRER

Ich lag wach, die ganze Nacht,
ich schwör's, und tat kein Auge zu.
Unruhige Pferde ließen meine
Fleisch-Uhr ticken und leckten
mein Gesicht, bis der Tag
anbrach. Dann bin ich doch aufgewacht.

In Träumen von Morast erstarrte ich;
und aus der Starre schreckt' ich hoch
(trügerische Sinne!), fröstelte und fiel zurück.
Eine grausige Mär von Mord und Totschlag
wurde tief in meinem Blut erzählt und ich lauschte

Ich wachte im Schlaf
oder schlief im Wachen: Es gab sich nichts.
Einmal hörte ich dann deutlich vernehmbar
wie jemand meinen Namen rief. Sag mir,
warum träum ich immer nur
diesen einen Traum.

(*Déjà-vu*, Vol. I, No. 2. Januar 1955)

SCHARNIERE

ISAAC GOLDEN

Man muss sich den Tod als Körper vorstellen, als den eigenen Körper, und sein Leben als eine Wunde auf diesem Körper. Der Körper weiß nicht, wer man ist, er weiß nur, dass die Wunde schmerzt. Und wenn wir sagen, das Leben würde schmerzen, heißt das, unser Körper spürt die Wunde unseres Lebens. Passt auf, der Körper-Tod wird versuchen, seine Wunde zu heilen. Wir müssen aber um die Wunde kämpfen, denn sie bedeutet Leben: Wir lernen zu unterscheiden zwischen dem Schmerz, den der Körper spürt, wenn er sich verteidigt, und den tödlichen Qualen eines vom Leben verwundeten Körpers.

Denn der Körper erfährt das Leben erst durch den Schmerz, und ohne die defensiven Konvulsionen im Tod würde das Leben keinen Schmerz kennen. Das Leben lässt den Tod seine Körperlichkeit erfahren, es gesteht ihm einen Körper zu. Der Tod hätte sonst keinen Körper, und er möchte auch keinen.

Selbst wenn wir die ursprüngliche Wunde als Unfall betrachteten, könnten wir ihre eigene Wahrnehmung nicht als zufällig bezeichnen. Evolution ist ein Wort, das uns der Körper diktierte; es handelt sich dabei nicht um einen kontinuierlichen Prozess, ja nicht einmal um einen Prozess: Es ist das bereits vorhandene Ende des ersten Schöpfungsaktes. Allem, was sich entwickelt, geht etwas voran, alles, was geschieht, ist ein indirekter Versuch, etwas bereits Ausgesprochenes zu realisieren. Nichts war vorausgesetzt oder wurde verursacht: Alles war bereits da, für uns, so wie »das Volk Gottes« in und von dem Augenblick an implizit vorhanden war, als dem Tod aus dem Chaos heraus ein Körper zugesprochen wurde.

Aber das Leben ist noch nicht irreversibel. Überall, außer in einer zukünftigen Welt, hängt das Leben noch vom Tod ab, und wenn auch nur weil dem Tod ein Körper zugestanden wurde. Wie ich schon sagte, will der Tod keinen Körper, und während dieser darum kämpft, seine Wunde zu heilen und wieder vergessen zu werden, verstärken sich sein Schmerz und sein Unbehagen. Wir müssen uns der Gefahr bewusst sein: Die Wunde kann immer noch geheilt werden. Und wenn das geschieht, löst sich der Körper auf. Gewarnt werden wir nur durch den Schmerz des Lebens selbst, einen Schmerz, den wir instinktiv erahnen, noch bevor wir erkennen, dass das Leben eine Wunde ist. Dieser

Instinkt ist die erste Absicherung der Schöpfung, ohne ihn gäbe es sie überhaupt nicht. Mit dem Wissen um die Natur der Wunde geht die erste wirkliche Herausforderung an das Leben einher: Sie steht im Mittelpunkt der Schöpfung, von diesem Augenblick an sollen genau dieser Instinkt, wie auch die Erhaltung des Lebens als einer Wunde als Sünde gelten. Es ist der Augenblick des Sündenfalls. Aber wie das Leben als Wunde vom Tod als einem Körper abhängt, um sich behaupten und entwickeln zu können, so konnte sich der Mensch erst dann verwirklichen, nachdem das Paradies durch seinen Sündenfall verletzlich geworden war. In dem Augenblick, in dem seine Wunde irreversibel ist, das heißt, der Tod das Leben nicht mehr heilen kann, kehrt der Mensch unverzüglich in seine angestammte Heimat zurück, die nie aufgehört hat zu existieren.

Der Körper ist dann nicht mehr dem Verfall preisgegeben, er wird ganz dem Leben überantwortet, und es gibt keinen Tod mehr. Das bedeutet aber nicht, dass es auch keinen Körper mehr gibt: Leben ohne Körper ist eine Blasphemie in den Augen des Allmächtigen, gepriesen sei sein Name, vergleichbar mit dem Affront, den ein Tod ohne Wunde darstellt.

Dieser Sieg des Lebens über den Tod ist kein persönlicher Sieg. Nur wenn wir, ich meine, wir, das Volk Gottes, für immer eine Bleibe gefunden haben, wenn es nur noch das Leben gibt, dann werden wir erkennen, dass der Sieg der Wunde über den Tod die Niederlage des Nichts bedeutet. Mit dem Tod des Todes gibt es kein Danach mehr, nichts geschieht mehr, der Schmerz hört auf und enthüllt seine wahre Natur: Freude. Jetzt ist der Tod für uns noch ein Zustand des vergänglichen Körpers eines Jeden, der die Wunde des Lebens aufweist. Der Sieg der Wunde verändert diesen Zustand, hebt ihn auf, verwandelt ihn und macht den Körper transparent, unvergänglich und perfekt. Das ist die einzige Unsterblichkeit, die uns versprochen wurde, und auch das Geburtsrecht der Schöpfung.

Auschwitz, Januar 1944

SCHARNIERE

JESSE BYRNE

20. November 1948

Lieber Steve,

Du hast dich bestimmt gefragt, was mit mir los ist, weil ich so lange nichts von mir hören ließ. Ich hab dich aber keineswegs vergessen oder was auch immer. Ich bin einfach nur kopflos in der Gegend herumgerannt und kam keine Sekunde zur Ruhe. Lass mich erklären, was passiert ist.

Wie ich dir beim letzten Mal erzählte, wollte ich mich um die Stelle eines Wildhüters bewerben. Und ich hab mich auch beworben, weil ich wusste, dass ich für diesen Job eine ganze Klasse besser war als Roy Childress, der zwanzig Jahre lang nur auf seinem fetten Arsch herumsaß und nichts getan hat, während unterdessen die Fische aus dem Wasser gepustet wurden, die Vögel – die Spatzen und was sonst noch alles – vom Himmel heruntergeholt und die jungen Bäume abgeholzt wurden. Ich dachte, es wäre einfach, die Leute davon zu überzeugen, dass dieser Mann eine absolute Niete war auf seinem Posten. Aber das war ein Irrtum, glaub mir. Es war das erste Mal, dass ich in die Politik einstieg, auch wenn ich immer davon geredet hab. Auf was ich mich da eingelassen hatte, wurde mir erst klar, als die Kampagne anfing. Aber ich lernte schnell. Die Wähler interessiert es anscheinend weniger, was man tut, sondern was man alles tun will. Man muss eine Lüge nur lange genug wiederholen, dann wird sie einem auch geglaubt. Das Einzige, womit ich aber wirklich punkten konnte, waren die Dinge, die der olle Childress angeblich getan hat, von denen ich aber wusste, dass er sie nie getan hat und auch nie hatte tun wollen. Das war sein wunder Punkt, Zeit genug hätte er ja gehabt, um seine Versprechungen in die Tat umzusetzen, statt sie bei jeder Wahl wieder aufzuwärmen. Darauf hab ich gesetzt. Ich sagte den Leuten, dass Roy ganze fünfzehn Jahre lang nicht weiter in die Berge gekommen sei als bis nach Rocky Botton, und das war die Wahrheit. Darüber hinaus konnte ich ihnen was weiß ich noch alles erzählen, es gab jedenfalls keinen, der mir widersprochen hat. Ich versprach ihnen, dass ich, falls sie mich wählten, alle möglichen Stellvertreter einsetzen würde, damit sie die Wälder durchforsteten und aufpassten, dass alles seine Ordnung hat. Und ich sagte, dass ich mir diese Männer unter den Leuten aussuchen würde, die ihr ganzes Leben dort verbracht hätten, und die nicht gleich wie die Leute aus der Stadt um ihr Leben bangten, wenn sie durch einen Bach waten mussten. Und dass ich selbst viel Zeit dort verbringen wolle und ein Auge darauf hätte, dass mit den Steuergeldern der Fischbestand in den Seen aufgestockt würde. Dass ich mir jeden schnappen würde, der glaubte, er könne mit seiner Flinte herumfuchteln, wenn immer ihm danach ist. Ich hab die ganze Gegend abgeklappert, und es wurden mehr, die mir zuhörten. Ich bin noch nie ein guter Redner gewesen, aber ich kenn diese Leute, ich spreche ihre Sprache, und wenn's um Wild und Wälder geht, gibt's weit und breit keinen, der es mit mir aufnehmen kann, deswegen sind auch so viele gekommen. So weit, so gut, als aber Roy zu Ohren kam, wie viele Leute ich auf die Beine brachte, kriegte er wohl Muffensausen, denn plötzlich tauchte er völlig planlos mal da und mal dort auf und erzählte fette Lügen über mich. Als das die Leute nicht interessierte, blieb ihm nichts anderes übrig, als ihnen zu versichern, dass er all das machen würde, was ich auch machen wollte, und das war ein großer Fehler seinerseits, denn die Leuten fingen an zu lachen und brüllten ihm Fragen zu, die er nicht beantworten konnte, zum Beispiel, warum er es nicht schon längst getan hätte. Und weißt du, was ihm als nächstes einfiel? Er kam mich besuchen und meinte, wenn ich aus dem Rennen ausscheiden würde, könnte er mich ja zu seinem Stellvertreter machen. Und da ich sowieso verlieren würde, hätte ich dann immer noch die Gelegenheit, meine Pläne zu realisieren. Daraufhin meinte ich, wir sollten erst mal abwarten, wer die Wahl gewinnt; in der Zwischenzeit sollte er aber etwas vorsichtiger sein und nicht so viele Lügen über meine Person verbreiten, sonst müsste ich ihn noch vor den Kadi bringen. Da lief er knallrot an und raste wie eine gesengte Sau aus dem Haus. Das war vor drei Wochen, die Wahl hat inzwischen stattgefunden und ich hab gewonnen, mit links. Ungefähr die einzigen Stimmen, die Roy für sich verbuchen konnte, waren die von seinen Schwimmbad-Kumpeln. Ich kann mir vorstellen, dass mich in meinem ganzen Leben noch keiner so gehasst hat wie Roy. Aber so ist das eben in der Politik, ich kann das auch nicht ändern ...

25. *Januar* 1949

... Das Päckchen hast du hoffentlich bekommen, um Weihnachten herum dauert's ja immer etwas länger. Wir haben es aber schon vor dem zehnten Dezember losgeschickt, es müsste also da sein. Die Wollsocken hat meine Tante Libya Mauldin höchstpersönlich gestrickt; sie fragt ständig, wann du endlich kommen würdest. Ich kann mich aber erst dazu äußern, wenn ich auf die ungefähr fünfhundert Briefe, die ich losschickte, eine Antwort bekommen hab. Diese ganzen Verzögerungen und Nachforschungen bringen mich zur Verzweiflung. Am liebsten würde ich mich einfach nur hinsetzen und losheulen, ich schaff's einfach nicht, an etwas anderes zu denken und der Bürokratie ihren Lauf zu lassen, immer sag ich mir, dass man noch mehr machen könnte. Es gibt keinen Grund, warum diese Geschichte beinahe vier Jahre dauern soll, schließlich will ich dich ja nicht deiner Familie entreißen oder so was. Aber warum jammere ich dir die Ohren voll, dich belastet das genauso wie mich. Was bleibt uns schon anderes übrig, als abzuwarten und so gut es geht unsere Arbeit zu machen und nicht daran zu denken, bis sie dann endlich soweit sind und dich gehen lassen.

Außer diesem Scheck ist mir nichts eingefallen, was ich dir zum Geburtstag schenken könnte. Ich weiß, du hast eine Arbeit und verdienst dein eigenes Geld, aber viel wird das nicht sein, und ich möchte, dass du alles hast, was du brauchst, bis ich dann komme. Und dass du nicht krank wirst, dich nicht vernachlässigst oder nicht genug zu essen hast. Wie geht es dir, mein Junge? Ich kann mir kaum vorstellen, dass du schon zwanzig bist, du musst richtig gewachsen sein, auch wenn ich das aufgrund des Fotos, das du geschickt hast, nicht beurteilen kann (wie du nämlich unter diesen ganzen Winterklamotten, die du anhast, aussiehst). Pass auf dich auf, und wenn du Geld brauchst, sollte es dir nicht peinlich sein, mich danach zu fragen. Ich bin richtig stolz darauf, wie gut du dich ausdrücken kannst, dein Englisch ist schon um einiges besser als meines, soviel ist sicher. Tante Libya Mauldin meinte, du klingst wie ein wohlerzogener junger Herr aus gutem Haus, und ich meinte, das seist du auch …

GUSTAV LOKOWANDT

Auszüge aus drei eher ungewöhnlichen Artikeln, die in der wöchentlich erscheinenden deutsch-sowjetischen Propagandazeitschrift »Morgenrot« unter dem Pseudoynm »Georg Brand« veröffentlicht wurden.

... Kein Hunne, der was auf sich hält, möchte neben den Göttern stehen: Wenn er nicht selbst einer von ihnen sein kann, wird er äußerst unangenehm. Aber Siegfried, der gute Junge, ist bereits tot, als die sogenannte Deutsche Geschichte beginnt ...

Das Zwischenspiel des Tausendjährigen Reichs, die leidenschaftliche Verehrung traditioneller, praktischer bürgerlicher Werte – all das sind post-mortem Spitzfindigkeiten, um einen virulenten Hagen-Komplex zu kaschieren. Welcher Deutsche will schon hienieden büßen? Nicht einmal Goethe wollte das. Der Tod von Junker Siegfried kann nur durch eine Götterdämmerung und die anschließende Zerstörung der Welt gesühnt werden.

Das Nibelungenlied ist eine Geschichte von Schuld, in der sich der ganze Hass der Deutschen auf die Behinderung des Geistes durch die Materie (Blätterwerk und Mispelzweige und sonstiges Drum und Dran) manifestiert. Die Edda kann sich noch mit einer gewissen Berechtigung als eine echte Mythologie bezeichnen, doch unsere nationale Version ist eine obsessive Saga, die aktuelles, nicht prähistorisches mörderisches Geschehen verewigt. Durch ihre schizophrenen (christlich-dualistisch-barbarischen) Verallgemeinerungen wird die Schuldfrage ins Mystische verlagert, bis einer (immerhin nicht Hitler) Hagen und Siegfried in Personalunion auferstehen lässt; das einzige Ventil bis zu diesem grandiosen Holocaust ist eine theatralische Opferung der Welt à la Oberammergau: Ein wagnerianisches Autodafé.

(27.II.46)

... Während dieser ganzen Jahre in Schutzhaft hatte ich immer die Stunde vor Augen, in der ich wieder als freier Mann agieren könnte. Wenn ich dafür Zugeständnisse und ständige Wiederholungen hinnahm, dann nur, weil ich wusste, dass eines Tages Schluss damit wäre, und die andern, die immer noch auf meine Kosten an ihrer verlogenen Freiheit festhielten, zur Verantwortung gezogen würden.

Mit den »anderen« meine ich nicht meine Gefängniswärter, das waren einfach nur blinde Narren, die, wenn sie starben, wie Ochsen oder Hunde dreinblickten. Nein, ich denke an meine schweigenden Landsleute, die sich damals weigerten zu urteilen, die aber glaubten und immer noch glauben, ein unerschütterlicher Glaube und hoffnungsvolle Worte könnten ein Weg in die Zukunft sein. Für mich ist dieser neue Idealismus ein Gräuel, ihre Demokratie ein Ameisenhaufen und ihr Gott ohne Hände eine leere Drohung, um ihre Lüge von einem neuen Leben auf dem alten glaubhafter zu machen.

(29.III.46)

... was für ein Witz (diese Attentatsversuche auf Hitler)! Anscheinend wollte keiner der Verschwörer sein Leben aufs Spiel setzen, aber alle ließen sich zusammen mit tausend anderen (die sie häufig verschmäht hatten) begeistert an die Galgen und Fleischerhaken in den Gestapo-Katakomben hängen und riefen dabei: »Es lebe das heilige Deutschland!«, wenn wieder einmal zu ihrer abergläubischen Genugtuung die Unsterblichkeit des Führers bewiesen worden war.

Beleibte Bürgermeister, späte Intellektuelle, Priester mit eisernen Kreuzen, nervöse Offiziere, Unzufriedene, Beleidigte und Überkultivierte: Sie alle organisierten ihre geheimen Zusammenkünfte, um schweißgebadet und vor der eigenen Waghalsigkeit erschauernd Strategien auszubrüten. Und wie Schuljungen vergaßen sie sofort, was sie zusammengeführt hatte: Es machte einfach mehr Spaß, sich ihren Plan als ein *fait accompli* vorzustellen. Voller Enthusiasmus überhäuften sie einander mit Vorschlägen, was sie alles veranstalten würden, wenn der alte Troll erst einmal aus dem Weg geräumt wäre. Sie dachten also über alles mögliche nach, nur nicht darüber, wie sie ihn töten könnten, interessanter fanden sie ihre Aktivitäten danach, wenn sie sich in der allgemeinen Bewunderung und dem eigenen Ruhm sonnen könnten, den sie, aus welchem Grund auch immer, »Deutschland« nannten. Sie verloren sich in den fiktiven Gefilden des Danach, so dass die Sache selbst von Anfang an zum Scheitern verurteilt war – ja, nicht einmal zum Scheitern, sondern zu einer erbärmlichen Unmöglichkeit. Ihre hilflosen Attentatsversuche waren so unseriös, so amateurhaft, so kinematografisch, dass Hitler nur aufgrund einer Laune des Schicksals, mit der weder sie, noch er selbst gerechnet hätten, aus dem Weg geräumt worden wäre.

Genauso albern waren auch die Verrenkungen, die sie machten, um den Schlamassel zu entschuldigen oder zu rationalisieren. Sie haben einfach nie getan, was getan werden musste. (Der Hinweis, dass das schon immer ein nationaler Wesenszug gewesen war, erübrigt sich. Allein der Gedanke, dass alles auch anders hätte laufen können, lässt einen Historiker schwindeln.) Von einem guten Dutzend Leuten hätte jeder unter Einsatz seines eigenen Lebens den Mann töten können, und das mehr als einmal. Aber damit wäre der Traum Wirklichkeit geworden, und das hätte persönliche Verantwortung erfordert. Was die Volontäre außerhalb der exklusiven Kreise betraf, so wurden sie wie Spielkarten immer wieder neu gemischt und dann schließlich abgelegt, oder aber der »richtige Augenblick« war vorbei, und sie mussten wieder »an die Front«. Ganz abgesehen davon, konnte man den Volontären wirklich trauen? Masturbierende Schuljungen-Gruppen sind neuen Mitgliedern gegenüber immer sehr misstrauisch …

(30.IV.46)

POLIZEIPRÄSIDIUM DER STADT X——
Vermisstenstelle 5. *Januar* 1952
Nifelheimerstr. 46–50
Aktenzeichen: 45/872/L:6/050152

An
Frau Hilde L o k o w a n d t, geb. Laufey, verwitwet.
St. Veit
Waldstraße 3

E i n s c h r e i b e n!
Betreff Aktenzeichen 45/827/L; Gustav Lokowandt, vermisst.

Sehr verehrte gnädige Frau!

Wir möchten hiermit den Eingang Ihrer Anfrage vom 16. Dezember 1951 bestätigen. Zu unserm größten Bedauern müssen wir Ihnen mitteilen, dass es im Fall Ihres Sohnes Gustav Lokowandt (alias Eichel Brand), geboren am 11. Mai 1897 in St. Veit, keine neuen Entwicklungen gegeben hat. Aufgrund ernsthafter Zweifel an seinem Fortleben wird deshalb in Übereinstimmung mit den geltenden Gesetzen ab dem 31.

dieses Monats die Suche nach ihm eingestellt. Die Todeserklärung ist ab diesem Zeitpunkt rechtsgültig, und seine Akte wird geschlossen. Die zuständigen Behörden werden Sie natürlich über das Verfahren im Zusammenhang mit der Todeserklärung unterrichten.

Angesichts der Tatsache, dass er schon einmal untergetaucht ist (siehe unsere Schreiben 2/180647 und 3/090847) schließen wir nicht völlig aus, dass er unter einem anderen Namen noch leben könnte. Da Sie, seine Mutter, seit Anfang 1942 nichts mehr von ihm gehört haben, und wir seit 1945 nicht einen einzigen Hinweis über seinen Verbleib bekommen haben, können wir in dieser Angelegenheit kaum noch etwas unternehmen. Sie werden verstehen, dass wir aufgrund der bewussten Verschleierung seiner Identität und der falschen Papiere, die er während seiner Berliner Zeit von 1931 bis 1942 benutzte, kaum in der Lage waren, sowohl hier, wie auch im Ausland Personen zu kontaktierten, die ihn noch vor dem Krieg gekannt haben, und mit denen er nach dem Krieg wieder in Verbindung getreten ist. Der letzte Herausgeber der Zeitschrift *Die Mühle*, Herr Heinrich Deckeler, der geschäftlich mit Ihrem Sohn zu tun hatte, als er den Namen »Eichel Brand« führte, konnte uns zwar viele Einzelheiten aus seinem Leben vor dem Krieg erzählen, versicherte uns aber glaubhaft, dass er seit 1941 nichts mehr von ihm gehört habe. Wie Sie sich vielleicht erinnern, entdeckten wir rein zufällig seinen Namen auf den Listen mit Personen, die wegen politischer Straftaten nach Buchenwald und von dort aus nach Raisko/Auschwitz deportiert wurden (siehe unsere Korrespondenz 4/231148). Sowohl das Protokoll seines Prozesses, wie auch seine politische Akte müssen als verloren oder vernichtet gelten. Selbst wenn sie zu einem späteren Datum wieder auftauchen sollten, wären sie von zweifelhaftem Wert: Zuviel Zeit ist verstrichen.

Wir fassen die letzten, belegbaren Spuren zusammen, die Ihr Sohn hinterlassen hat: 1. Er verließ Ende Januar 1945 Raisko/Auschwitz mit einem Transport politischer Häftlinge. 2. Sein Name erscheint auf einer Liste mit den Namen deutscher Gefangener, die am 6. Februar 1945 von Cottburg nach Weimar/Buchenwald aufbrachen. Dieser Zug wurde noch am selben Tag kurz nach Luchau von der amerikanischen Luftwaffe bombardiert und beschossen. Da seitdem jede Spur von Ihrem Sohn fehlt, nehmen wir an, dass er diesem Angriff zum Opfer gefallen ist.

Sollten Sie noch weitere Fragen haben, oder sollten Sie noch vor dem 31. dieses Monats neue Hinweise bekommen, die uns weiterhelfen können, wenden Sie sich bitte an diese Behörde.

(Siegel) *(gez.)* F. NEBEL
Beglaubigt: (Faksimile) Kommissar
B.I. FENWAY, MAJOR, U.S. ARMY

IMMANUEL DE BRIS

… doch im Krieg ist jede Stadt eine offene Stadt und sei es nur, weil die Bewohner gezwungen sind, sich zu öffnen, sich zu offenbaren. Nur Orte, die zu offenen Städten erklärt wurden, blieben verschont, im physischen Sinn natürlich: das heißt, ihre Gebäude blieben stehen und verhältnismäßig wenig Bewohner starben.

Doch im Grunde genommen sind diese Städte genauso tot wie alle andern, die bombardiert und zerstört wurden – sie starben kampflos und nicht durch Gewalt – und wir, ihre bereits nackten Menschen, starben mit ihnen, einbalsamiert in unseren wenigen, übriggebliebenen Prätensionen: unserm angeschlagenen Stolz, unserm Engagement für eine Stadt-Moral, die nach Auflösung des Brandnebels unser Rettungsanker hätte sein sollen …

Man stelle sich vor: Plötzlich standen wir allein da. Was für eine Antiklimax, unsere Institutionen und Reklametafeln waren noch völlig intakt, und wir selbst fanden uns in unserer gewohnten Umgebung wieder mit ihren kleinen Gassen, ihren Straßenecken, Spazierwegen, Hotels, Bistros, Geschäften, Clubs, Brunnen, Denkmälern, Sehenswürdigkeiten – und keine der stummen Fassaden war von Narben oder anderen physischen oder seelischen Qualen gezeichnet, die uns Männern so schrecklich zugesetzt hatten. Die Besatzung erwies sich als eine Art Beschäftigungstherapie. Man hatte uns unseren Spielplatz zurückgegeben, er konnte also nicht betrauert werden; er forderte denselben Einsatz von uns, er verdreckte, wenn man ihn vernachlässigte, er rang uns ebenso viele Stunden ab wie früher und hetzte uns mit der alten Vier-Mächte-Geschichte. Inmitten von all dem, im ersten Augenblick der Stille und des Nachdenkens, am ersten Sonntag unseres »neuen Lebens« erkannten wir, wie schrecklich und nie endend unsere Bürde war: Es war eine innere Zerstörung ohne eine äußere Entsprechung, auf der wir aufbauen konnten, von der wir ein Wort des Trostes, ein stummes, zerstörtes Zeichen der Dankbarkeit erwarten konnten.

Arrières-pensées (Paris 1946)

»Endlich fange ich an, dich irgendwie zu verstehen«, sagte Edith de Bris.
»Gut für dich«, sagte Immanuel.
»Vor allem weiß ich jetzt, warum du mich geheiratet hast.«

»Oh? Interessant. Kannst du mir sagen, warum?«
»Du warst eifersüchtig.«
Immanuel lachte. »Auf Stefan?« fragte er.
»Nein, ganz im Gegenteil. Auf mich.«

Ich bin Stefan Brückmann im Frühjahr 1955 begegnet. Eine kurzlebige Zeitschrift mit dem Titel *Déjà-vu* war auf meinem Schreibtisch aufgetaucht, und entgegen meiner Gewohnheit warf ich sie nicht in den Papierkorb, sondern setzte mich und fing an zu lesen. Sie war ausschließlich den Gedichten von »Stefan Brückmann« gewidmet – knappe, leichtfüßige, persönliche Gedichte auf Englisch – und zwei, drei davon haben einen solchen Eindruck auf mich gemacht, dass ich noch am selben Nachmittag zum Quai d'Anjou hinüberwanderte, in der Hoffnung, von dem Herausgeber der Zeitschrift mehr über den Autor zu erfahren.

Wie sich herausstelle, waren die Editions Edgar (eine im vierten Stock gelegene Zweizimmer-Wohnung, von deren Fenster man gerade noch die spitz zulaufenden Kuppeln des Hôtel de Sens erkennen konnte) nicht nur das Domizil von Mlle Edith Garcilaso, der Übersetzerin und Herausgeberin, sondern auch das meiner jungendlichen Entdeckung. Er begrüßte mich persönlich an der Tür: Mlle Garcilaso sei kurz weggegangen, würde aber sofort wieder zurück sein, ob er mir weiterhelfen könne? Ich meinte, ich hätte Mademoiselle noch nicht kennengelernt, hätte aber ein paar Fragen. Daraufhin forderte er mich auf, einzutreten, er gab mir die Hand und stellte sich vor.

Er war extrem schlank, mittelgroß, schwarzhaarig und dunkelhäutig, und er hatte die unstetesten blauen Augen, die mir je begegnet sind: wie eine dunkle, alkoholische Flüssigkeit. Seine Bewegungen waren fahrig, aber seltsamerweise auch sehr bestimmt; irgendwie ließen sie eine innere Zerrissenheit erahnen, als würde er seine eigenen Absichten nachahmen, indem er sie ausführte. Er sprach zwar ziemlich gut Französisch, hatte aber eine merkwürdig prononcierte Aussprache und legte zwischen den Sätzen immer wieder Pausen ein. Auf meine Bemerkung, sein Akzent würde ganz anders klingen als der meiner englischsprachigen Bekannten, lachte er und meinte, das sei keineswegs verwunderlich, er habe bereits drei Sprachen gesprochen, bevor ihm ein englisches Wort untergekommen wäre. Oh, tatsächlich und welche? fragte ich, aber in diesem Augenblick kam Edith Garcilaso zurück, beladen mit Einkäufen, und löste ihn ab. Sie war eine auffallend gut aussehende junge Frau mit feinen Gesichtszügen und zartem Knochenbau, zwei oder drei Jahre älter als ihr Liebhaber (der, wie sich herausstellte, sechsundzwanzig Jahre alt war, obwohl er, abgesehen von seinen Augen, keinen Tag älter als zwanzig wirkte). Er zog sich in eine Ecke zurück und hörte mit einem leicht amüsierten Lächeln zu: Er sei Deutscher, sagte sie, nach ein paar Jahren Amerika sei er vor ungefähr einem Jahr nach Paris gekommen. Dass er von Roma abstammte, erwähnte sie mit keinem Wort. Wir kamen rasch auf mein Anliegen zu sprechen; und sie sprach auch über die Gedichte mit diesem geschäftsmäßigen Selbstbewusstsein. Er unterbrach sie nicht und mischte sich nie ein. Ich kam mir ziemlich dumm vor; offensichtlich bedeutete meine Hommage den beiden nicht gerade viel. Stefans amüsierte Gleichgültigkeit fand ich unerträglich, gleichzeitig reizten aber auch gewisse Dinge meine Neugierde. Beim Gehen sagte ich, er solle doch mal in den nächsten Tagen bei mir vorbeischauen.

Er kam allein und schien auch durchaus gewillt, über alles zu sprechen, außer über sich selbst. Jedes Mal, wenn er das Gefühl hatte, dass ich eine persönliche Enthüllung von ihm erwartete, zog er sich auf eine merkwürdig abstrakte Ebene zurück. Er war unglaublich auf der Hut, nichts schien seiner Aufmerksamkeit zu entgehen: Verschwand jedoch eine Bemerkung hinter seinen Augen, schien er sie zu integrieren, als würde er sie verdauen. Seine Reaktionen oder Antworten waren nie spontan.

Und dann sein Lachen: Es ließ sich nur schwer beschreiben; es parodierte alles und erfolgte immer völlig unerwartet. Zuerst dachte ich, es sei der Ausdruck eines infantilen Bedürfnisses, sich über alles zu mockieren; erst später habe ich verstanden, dass dieser Kind-Mann versuchte, über seinen Schmerz hinauszugehen und ihn mit seinem Gelächter zu betäuben. Während ich immer häufiger seine Gesellschaft suchte, wuchs der innere Aufruhr, den ich in seiner Gegenwart verspürte. Ohne genau zu wissen, was ich mir von ihm erwartete, entwickelte ich ein echtes Bedürfnis, mit ihm zu reden, mit ihm zusammenzusein.

Als ich erfuhr, dass er zum Teil Roma war, machte mich das noch neugieriger. Auf den ersten Blick entsprach er ganz dem romantischen Bild von einem dunkelhäutigen, temperamentvollen, unberechenbaren Roma, aber seine Augen, die so viel Schmerz verrieten, und seine Worte, die ihn auf eine Art verleugneten, die nur als abgründig bezeichnet werden kann – diese beiden widerstreitenden Eigenschaften bewirkten eine ungeheuere Spannung, die ich nicht wirklich begreifen oder ermessen konnte und die weit über alle Vorstellungen hinausging, die ich von einem reinen Nomaden hatte. Ich bin noch nie jemandem begegnet, der mit einer solchen Distanz über sich sprach wie Stefan. Es hat unendlich lang gedauert, bis er sich anschickte, auch direktere Fragen zu seiner Vergangenheit zu beantworten. Aber selbst dann erschienen mir seine Antworten so zusammenhangslos, dass sie praktisch wertlos oder unglaubhaft waren. Ich warf ihm vor zu lügen (Voreingenommenheit!) und absichtlich den inneren Zusammenhang der Ereignisse zu vernachlässigen, meinte, dass Vorfälle, die keinerlei Logik folgten, unnötigerweise kryptisch erschienen. Daraufhin meinte er: »Sie haben mich nach meiner Vergangenheit gefragt, das, was Sie kryptisch nennen, ist alles, was davon übrig geblieben ist.« Ich widerstand der Versuchung, ihm darauf zu antworten, das sei doch alles nur Pose, stattdessen bemerkte ich nur leicht gereizt, dass für den, der die Vergangenheit als bedeutungslos betrachtet, auch die Gegenwart leer sei. »Ich sagte nicht, sie sei bedeutungslos«, sagte er, »aber wie dem auch sei, sie ist kryptisch und präsent. Die Vergangenheit hingegen ist tot und bereits verdaut, und was mich betrifft, so ist jede Chronologie fiktiv. Meine eigene Vergangenheit könnte mir nicht gleichgültiger sein – wir haben mit unserer Ungeduld an der Vergangenheit aller teil, das heißt, wenn wir lebendig genug sind.

Ein paar Tage später übergab ich ihm ein leeres Journal und meinte lachend, ich wäre neugierig, wie eine »fiktive Chronologie« aussähe. Eilt nicht, sagte ich und mobilisierte meine ganzen intellektuellen und emotionalen Fähigkeiten, um ihn dazu zu bringen, die Sache in Angriff zu nehmen. Ich war mir sicher, dass es kein Halten geben würde, wenn er einmal angefangen hätte, und dass er beim Schreiben die natürlichen Gesetze des literarischen Stils automatisch befolgen würde.

Sie müssen selbst beurteilen, ob ich Recht hatte oder nicht. Ich kann Sie nur warnen, was sie erwartet ist ein völlig unorthodoxes Werk, das sich wie ein Tagebuch oder wie Erinnerungen oder wie Lyrik liest, ohne wirklich das eine oder andere Genre zu sein. Im wesentlichen ist Stefans Journal formlos und spiegelt die Gemütsschwankungen, die innere

Verfassung des Autors, sowie seine Entschlossheit wider, die Ereignisse in seinem Leben nahtlos aneinanderzureihen. Trotz luzider Einsichten beabsichtigte er keine Selbstanalyse: Ob gewollt oder nicht, gelang es Stefan, in seinen Aufzeichnungen dieselbe Atmosphäre leidenschaflicher Distanz und dasselbe unstete, ständig hinterfragende Gefühl von einer ausschließlichen Gegenwart zu vermitteln, mit dem er auch mich konfrontiert hatte. Aber trotz aller Unregelmäßigkeiten im Ton, trotz aller stilistischer Brüche und Widersprüche werden diese Fragmente durch einen verschlungenen Faden von Wahrheit und Zeit zusammengehalten und damit auch zugänglich.

Im Juli reiste Edith Garcilaso nach Spanien. Obwohl sie und Stefan sich nicht in bestem Einvernehmen getrennt hatten, blieb er noch eine Zeit lang in der Wohnung am Quai d'Anjou. Ich selbst reiste in den Augustferien in die Bretagne und blieb bis zu einer Konferenz, die Anfang September stattfand. Als ich wieder in Paris eintraf, war Edith bereits zurück; sie und Stefan hatten sich getrennt, und er war in ein kleines Hotel in der Rue de l'Ancienne Comédie gezogen.

(Auch wenn es im Hinblick auf das Journal vielleicht keine Bedeutung hat, so möchte ich doch an diesem Punkt den Leser davon unterrichten, dass Edith Garcilaso und ich im Februar darauf heirateten. Welche Schlüsse er daraus zieht, bleibt ihm überlassen, wichtig ist nur, dass er von dieser Heirat erfährt, damit er gewisse Dinge verstehen kann, wenn ich die Rolle Stefans in meinem Leben beschreibe und Dinge erwähne, die nicht direkt mit dem Journal in Verbindung stehen.)

Nach meiner Rückkehr hatte ich ungefähr einen Monat lang kaum Kontakt mit Stefan. Edith und ich sahen uns jedoch häufiger. Der Trip nach Spanien und der Bruch mit Stefan hatten sie verändert, sie war weniger angriffslustig und wirkte irgendwie weiblicher. Ihr war bereits bei ihrer Abreise klar gewesen, dass ihre Beziehung auseinander ging, aber ich denke, letztendlich erwartete sie doch, dass sie diejenige sein würde, die Schluss machte, und die Tatsache, dass er sich noch vor ihrer Rückkehr von ihr losgesagt hatte, war ein Schock für ihr Ego, ja, ein Skandal. Aber keiner von beiden hegte dem andern gegenüber einen dauerhaften Groll. Stefan wusste, dass ich mich mit ihr traf, kam aber nie darauf zu sprechen – und ich muss fairerweise sagen, dass die Angriffe, die er in seinem Journal gegen mich richtete, nichts damit zu tun hatten.

Nach seiner Trennung von Edith änderte sich sein Schreibtempo (was ich natürlich erst bemerkte, als ich das Journal in der Hand hatte; solange er daran arbeitete, vermied ich es, zu häufig nachzufragen, und freiwillig gab er nie etwas preis); er machte sich unverzüglich daran, größere Tiefen in seinem Innern, in seiner Vergangenheit, auszuloten. Eine echte Dringlichkeit steigerte auch sein sprachliches Empfinden und seine Konzentrationsfähigkeit, und die Sprunghaftigkeit im ersten Teil (eine von mir vorgenommene Einteilung) war beinahe gänzlich und urplötzlich verschwunden. Gewissermaßen war seine radikale Abgrenzung von Edith ein legitimes und sogar unvermeidbares Resultat des Kampfes, der mit der Niederschrift der Gedichte begonnen hatte und in dem Journal als Akt wieder aufgenommen wurde. Dasselbe gilt auch für den plötzlichen Bruch mit mir, der ein paar Monate später in Deutschland erfolgte. Es dauerte aber sehr lange, bis ich seine Treulosigkeit mir gegenüber ebenso gelassen betrachten konnte wie das Edith in ihrer Beziehung zu ihm gelungen war. Ich hielt das Journal beinahe zwei Jahre lang unter Verschluss, und als ich es ihr dann schließlich zum Lesen gab, sagte sie: »Mir war schon immer klar, dass er mich besser verstand als mir das lieb war – aber dich hat er wirklich festgenagelt.«

Es war Ediths Idee, das Journal zu übersetzen. Ich meinte, sie würde nur ihre Zeit verschwenden, es wäre sinnlos darauf zu warten, dass es eine Form annehmen würde, die es nicht schon hatte; und wen würde das schon interessieren? Aber sie insistierte, und ich gab schließlich nach. Als sie mir dann nach fast einem Jahr das Manuskript übergab und ich das Journal in meiner eigenen Sprache las, empfand ich einen richtigen Schock: Ich stellte fest, dass ich es beim ersten Mal nicht wirklich gelesen hatte. Und mir wurde erst jetzt klar, wie sehr sich Stefan in mein Leben eingemischt hatte, wie sehr er mich verletzt hatte. Nicht durch das, was er geschrieben hatte, nein, durch seine Gegenwart, sein Wesen, das ich nie zu fassen bekam und immer nur halb erahnen konnte. Mit all dem wurde ich bei der Lektüre des Journals auf Französisch wieder konfrontiert. Konfrontiert, sagte ich? Es wurde mir um die Ohren geschlagen.

Eine dermaßen verzögerte Reaktion lässt sich nicht einfach erklären, zumindest nicht zu meiner eigenen Zufriedenheit. Bis zum heutigen Tag habe ich mich hartnäckig geweigert, Stefan die Wirkung eines

Katalysators einzuräumen. Doch damit werde ich der Bedeutung des Journals nicht gerecht: Was es erkennen lässt, ist zweifelsohne die Tatsache, dass Stefans ganzes Leben aus einer Reihe von Begegnungen bestand, bei denen jeder Versuch, ihn zu binden oder zu versklaven oder etwas anderes aus ihm zu machen als er war, mit einer (seiner Meinung nach unvermeidlichen) katalytischen Zerstörung des anderen endete. Wenn man ihm glauben darf, so war diese Wirkung jedoch keineswegs beabsichtigt – ganz im Gegenteil. Erklären zu wollen, was eigentlich geschah, wie es dazu kam, ist ebenso müßig wie das Ganze zu leugnen. Im Grunde ist es einfach passiert, und es passierte anscheinend mit einer Unausweichlichkeit, die ihn erschreckte. Als er spürte, dass sich auch in seiner Beziehung zu mir dieses Muster einschlich, rannte er einfach davon vor dem, was er als eine unmittelbar bevorstehende, von mir selbst herbeigeführte Katastrophe betrachtete, deren unabsichtlicher Auslöser er wie immer sein würde.

In den beiden letzten Jahren habe ich mich Dutzende von Malen an meinen Schreibtisch gesetzt, um eine Einleitung zu dem Journal zu schreiben, aber bei jedem neuen Versuch fand ich das Geschriebene nicht konkret genug oder unpassend oder einfach nur peinlich. Auch dieses Mal ist mir meine Unfähigkeit bewusst, die richtigen Worte zu finden. Zumindest habe ich aber den Mut aufgebracht, mir das einzugestehen, und wenn auch nur schriftlich mir selbst gegenüber zuzugeben, dass ich die ganze Zeit über eigentlich nur darauf bedacht gewesen war, den Schaden – einen absolut notwendigen Schaden –, den Stefan angerichtet hat, in Grenzen zu halten oder zumindest zu kaschieren, um für das Journal einen voreingenommenen Baedecker vorzubereiten, der auch mir als wasserdichtes Alibi dienen könnte.

Alle meine Fehlstarts (manche beliefen sich bis auf dreißig bis vierzig Seiten!) beweisen zur Genüge, welchen Eindruck er auf mich gemacht hat. Wenn ich sie jetzt durchlese, bestürzt mich die boshafte Naivität, die intellektuelle Vehemenz, mit der ich mich verteidige. Sie enthalten nichts, was man objektiv nennen könnte: Es sind mit tödlichem Ernst verfasste Seiten – wütend, grimmig, eifersüchtig, von einem Mann, dem keiner über die Schulter blickt, er selbst am allerwenigsten.

Ich erwarte jetzt eigentlich, dass jemand aufspringt und »Scharlatan!« ruft. Schließlich ist das Journal, was es ist, nicht mehr und nicht weniger, und ich war nur das Backstage- und Off-Stage-Ohr: Wenn ich taub war, hatte ich selbst Schuld. Wie dem auch sei: Edith hat mich verlassen, und das Journal wurde für mich ein masochistischer Trost, wie es Stefan vorausgesagt hatte. Mir verschaffen diese Erinnerungen jetzt eine Verschnaufpause, und während ich meine müden Geister mobilisiere, haben Sie Zeit, Ihre Messer zu schärfen.

In den ersten Novembertagen dieses Jahres wurde ich von Frau Barbara Speer, der Sekretärin eines studentischen Literaturclubs in Heidelberg, eingeladen, vor den Weihnachtsferien ein paar formlose Vorträge über die Dichtung des Widerstands zu halten. Ich hatte Frau Speer und ihren Mann Paul im Sommer 1952 in der Provence kennengelernt, wo sie auf dem Anwesen eines gemeinsamen Freundes zelteten, eines bekannten, im Exil lebenden deutschen Surrealisten. Ich fand die beiden sehr sympathisch; es waren engagierte, intelligente junge Leute, und Paul galt bereits als einer der brilliantesten jungen Nachkriegsdichter Deutschlands. Es ist jedoch bei dieser einen Begegnung geblieben; im Juli 1954 erreichte mich dann die erschütternde Nachricht, dass Paul Speer sich im Alter von siebenundzwanzig Jahren in Frankfurt das Leben genommen hat. Wäre die Einladung von einer anderen Person gekommen, hätte ich sie wahrscheinlich nicht angenommen, da ich aber Frau Speer unbedingt wiedersehen wollte und außerdem keine dringenden Verpflichtungen hatte, sagte ich zu.

Der Gedanke, Stefan zu fragen, ob er mich begleiten wolle, war mir praktisch in der letzten Minute gekommen, da ich mich (aus welchen Gründen auch immer) daran erinnerte, dass er seit mehreren Jahren nicht mehr in Deutschland gewesen war. In Paris hielt ihn bestimmt nichts (wenn ich mir's überlege, so hatte ich nicht die geringste Ahnung, mit was er sich eigentlich die Zeit vertrieb; ich habe den Verdacht, mit nichts). Zuerst schien er die Gründe für diese Einladung zu hinterfragen und brach in lautes Gelächter aus, als ich ihm meinen nicht allzu glücklich formulierten Vorschlag unterbreitete – dass es ihm bestimmt »guttun« würde, Deutschland wiederzusehen. Aber am nächsten Tag meinte er lächelnd, die Vorstellung eines Wiedersehens mit Deutschland habe ihn »nicht um den Schlaf gebracht«, und er würde meine Einladung gerne annehmen.

Die Lesungen waren ein großer Erfolg, und ich erneuerte meine Bekanntschaft mit Barbara Speer. Sie war genauso entzückend wie ich sie in Erinnerung hatte, auch wenn der durch Pauls Tod ausgelöste Schock seine Spuren hinterlassen hatte. Sie sah müde aus, war aber schlanker geworden, was ihr gut stand. Mit ihrem straff noch hinten gekämmten, kräftigen schwarzen Haar sah sie Maria Falconetti in Dreyers *Jeanne d'Arc* auffallend ähnlich. Sie hatte nach dem Tod ihres Mannes beschlossen, ihr 1948 abgebrochenes Studium wieder aufzunehmen; sie vertraute also ihr Kind der Obhut ihres Vater an und schrieb sich wieder an der Universität ein.

Um das Ganze etwas abzukürzen – ich fuhr allein nach Paris zurück. Wann genau Stefan beschlossen hatte, in Deutschland zu bleiben, kann ich nicht sagen. Er setzte mich jedenfalls am Abend vor unserer geplanten Abreise davon in Kenntnis. Ich war dabei zu packen, als er auf mein Zimmer kam, mir das Journal überreichte und sagte: »Das nehmen Sie mal besser mit. Es ist so vollständig wie es unter diesen Umständen sein kann.« Als mir klar wurde, dass er sich damit verabschiedete, verlor ich die Contenance und mein Temperament ging mit mir durch. Wenn ich daran denke, was ich ihm zum Abschied alles an den Kopf geworfen habe, ist mir das immer noch peinlich. Ich nannte ihn undankbar, betrügerisch, unehrlich und was sonst noch alles. Während dieser ganzen Tirade stand er einfach nur da und blickte mich völlig ausdruckslos an, was mich nur noch mehr in Rage brachte. Und als ich dann fertig war, meinte er nur »Tut mir leid, Immanuel« und ging aus der Tür. Eine Minute später rannte ich zu seinem Zimmer hoch, aber er war schon weg, und ich habe ihn seitdem nicht mehr gesehen.

Aus Paris schrieb ich ihm dann einen kurzen Brief, in dem ich mich für meinen Gefühlsausbruch entschuldigte, bekam aber keine Antwort von ihm. Als Edith und ich im Februar heirateten, schrieb ich ihm noch einmal, war mir aber nicht sicher, ob ihn dieser Brief erreichen würde. Ich erhielt folgende Antwort:

Heidelberg, 25. Februar 1956

Lieber Immanuel,

Sie werden wahrscheinlich nie verstehen, warum ich hier geblieben bin, und ich erwarte das auch nicht. Jedenfalls war es nicht wegen Deutschland (nicht wegen des neuen und auch nicht wegen des alten) und letztendlich auch nicht wegen Barbara, wie Sie vielleicht gedacht haben. Nein, ich musste einfach bleiben. In dem Journal steht alles drin.

Es war eine Zeit, in der ich äußerlich viel tat – eine Art sinnloser, aufreibender Oberflächen-Aktivitäten, ein Engagement, das mit immensen Erwartungen, ja Angst einherging. Aber ich habe gelernt, geduldig zu sein, zu warten. Ich weiß, bald wird etwas geschehen: Es ist fünf vor zwölf.

Seien Sie zufrieden mit dem, was Sie von mir haben: War das Journal nicht das, was Sie wollten? Offensichtlich nicht. Jedenfalls wünsche ich Ihnen und Edith alles Glück auf Erden – und das von ganzem Herzen. Nicht viele Menschen leben in derselben Zeit miteinander – und Sie gleichen sich wie aufeinander abgestimmte Uhren...

Diese Worte, die letzten, die ich von ihm hörte, enthielten eine große Wahrheit: Edith und ich waren aufeinander abgestimmt – aufgrund der Faszination, die der er auf uns ausübte. So gesehen waren seine Gedichte und das Journal die »Feinabstimmer«, aber ironischerweise waren sie auch die Instrumente, die die unterschiedlichen, widerspenstigen Wagschalen unserer beiden Charaktere daran hinderten, sich auszubalancieren. Wir bestimmten nie unsere Position zueinander, sondern immer nur im Vergleich zu ihm, und er war nirgendwo, außer in seinem literarischen Vermächtnis.

Vor langer Zeit (in den dreißiger Jahren) beschloss ich als frisch gebackener Akademiker, die zum Verständnis der Welt notwendigen Erfahrungen zu sammeln und mir das erforderliche geistige Rüstzeug zuzulegen, um ihr dann (ein neuer Descartes!) den Rücken zu kehren und über die letzten Dinge nachzudenken. Ich begrüßte den Krieg mit offenen Armen: Er würde die Schule meines Lebens sein. Aber bedauerlicherweise war das mehr als ich handhaben konnte und warf mich um ein, zwei Stunden zurück. Wie ich schon an anderer Stelle bemerkte, lastete auf mir »eine schreckliche Bürde, derer ich mich nicht mehr entledigen konnte«, was aber weniger mit dem Krieg selbst als mit dem von ihm bewirkten Gefühl der Stagnation und Impotenz zu tun hatte. Selbst die wenigen wichtigen und befreienden Einsichten, die ich ihm verdankte, verblassten mit der Zeit und ich konnte sie weder festhalten noch wiedergewinnen. Also gab ich den Traum von einem meditativen Leben auf. Oh, ich habe immerhin meinen Beitrag geleistet: mittelmäßige Gedichte und Essays, und eine Reputation, die ständig wuchs, während ich für mich selbst immer unsichtbarer wurde. Ich richtete meinen

Blick auf den großen formlosen Haufen von Gebeinen, Geschäften und gesellschaftlichem Mobiliar, der sich Frankreich nannte, und begann, einen Roman zu schreiben; als ich den vierten Band in Angriff nahm, spätestens dann, hätte ich erkennen müssen, dass mein Geist nur ein riesiges Warenlager für *souvenirs perdus* war und mein Buch nicht viel mehr als ein expandierender, nicht alphabetisch angeordneter Katalog, der sie versammelte.

Ein übertriebenes Selbstvertrauen in meine eigene didaktische Begabung führte mich zu Stefan und über Stefan zu Edith und schließlich an den Rand der Verzweiflung. Jetzt, wo ich selbst zugeben kann, dass ich mein eigenes Alter nicht kenne, und dass so ungelöste Obsessionen wie »der Krieg« und »Frankreich« keine Bedeutung mehr für mich haben, ist mir plötzlich klar geworden, was er mit »dem einzigen Geschenk« gemeint hatte. Ohne es wäre ich das letzte Opfer des Journals, der Letzte, an dem alles hängen bleibt. Ich versuchte, der »Freiheit eines Kindes« meine eigenen, selbstsüchtigen Wünsche aufzuoktroyieren und habe verloren. Er hat mich dazu verurteilt, mich in Betrachtungen über die Freiheit zu ergehen und aus ihrem Namen eine Institution zu machen. Geblieben sind der Name und ein unfehlbares, völlig leeres Gedächtnis.

Aber ich und meine ewige »Einführung« sind Zwillinge, die nicht ins Gewicht fallen. Ich kann nur hoffen, dass ich, wenn ich diese seltsamen Seiten in andere Hände lege, vielleicht (und nur vielleicht) damit ein lang verschlossenes Fenster in mir aufstoße.

Paris, 24. *März* 1962

GEORG LOH

Berlin/Dahlem, 22. *März* 1955

Sehr verehrte Frau Speer!

Als geschäftsführender Leiter des Loh und Deckeler Verlags gestatte ich mir, Sie wegen eines Projekts, das uns schon seit geraumer Zeit beschäftigt, anzuschreiben. Wir planen die posthume Veröffentlichung eines Bandes mit Arbeiten Ihres Gatten. Natürlich sind wir dabei auf Ihre Zustimmung und Hilfe angewiesen. Bevor ich im einzelnen darauf eingehe, möchte ich Ihnen noch sagen, dass es mir eine große Ehre war, Ihrem Gatten vor seinem viel zu frühen, tragischen Tod hier im Verlag und auch bei anderen Gelegenheiten zu begegnen (Ihnen als Hauptleidtragende möchte ich hiermit mein aufrichtigstes Beileid und tiefstes Mitgefühl ausdrücken). Ich hatte Ihrem Gatten schon früher eine Zusammenarbeit bei einem ähnlichen Projekt vorgeschlagen, und er ist begeistert darauf eingegangen. Leider lässt es sich so nicht mehr realisieren, aber vielleicht doch in abgewandelter Form. Ich bin mir sicher, mit Ihrer großzügigen Unterstützung könnten wir den ursprünglichen Plan auch jetzt noch in groben Umrissen durchführen.

Uns schwebt Folgendes vor: Neben den bereits veröffentlichten Arbeiten wollen wir auch aus der umfangreichen Korrespondenz, den Kritiken, Rezensionen und Rundfunkbeiträgen Ihres Mannes eine möglichst umfassende Auswahl in einem Band versammeln, der so gestaltet und zusammengefügt werden soll, dass ein lebendiges Bild von dem Künstler entsteht, so wie wir ihn kannten. In anderen Worten, Paul Speer soll, wenn ich mir diese Metapher erlauben darf, auf einer intellektuellen, geistigen und emotionalen Ebene in seinen Schriften wiederauferstehen. Ich erinnere mich, dass er den Vorschlag gemacht hat, zu dem bereits vorhandenen Material noch ein paar speziell für den Band konzipierte Beiträge beizusteuern, um ihn »in Bewegung« zu zeigen, wie er es nannte. Auf den Vorschlag, in den Band auch eine Auswahl seiner Gedichte aufzunehmen, reagierte er jedoch sehr ablehnend, da er der Meinung war, sie würden mit dem beabsichtigten Porträt seiner Person konfliktieren. Ich zögerte, ihm beizustimmen, denn ich war überzeugt, der Mensch hinter dem Werk könne erst durch ein paar Gedichte ganz in Erscheinung treten. Aber er ließ nicht mit sich verhandeln; sein Argument war, jedes einzelne Gedicht würde für sich stehen und auf ein anderes, weniger greifbares Ganzes verweisen, ja, der Band selbst könnte eine Art biographisches Gedicht sein, wenn wir die Sache richtig angingen. Einzelne Gedichte hinzuzufügen wäre überflüssig und dem Ganzen eher abträglich. Wie dem auch sei, sein Tod hat diese Diskussionen beendet, und wir sind jetzt auf Ihre Hilfe angewiesen.

Vielleicht empfinden Sie diesen Brief als eine Dreistigkeit meinerseits, als Vermessenheit. In diesem Fall kann ich nur hoffen, dass Sie mir verzeihen. Da ich aber von dem bleibenden Wert und der Bedeutung, die das Werk Ihres Mannes für die heutige Generation hat, fest überzeugt bin, möchte ich zumindest einen Versuch wagen, auch wenn er nicht Ihre Zustimmung findet, und vertraue darauf, dass Sie unseren Vorschlag sorgfältig prüfen – nicht nur als Paul Speers engste Vertraute, sondern auch als der einzige Mensch, der uns gegebenenfalls bei unserem Projekt weiterhelfen kann. Auch wenn die speziell für diesen Band gedachten Beiträge nicht mehr geschrieben werden können, bin ich sicher, dass genügend Material vorhanden ist, um Fehlendes zu ergänzen, und dass Sie die wenigen Lücken mit eigenen Erinnerungen füllen können. Es versteht sich von selbst, dass wir Sie bei der Suche des verstreuten Materials (vor allem der Briefe und Zeitungsartikel) nach Kräften unterstützen und auch die nötigen Geldmittel bereitstellen.

Für einen ersten Brief ist das, denke ich, schon mehr als genug. Wenn er, wie ich hoffe, Sie zu einer Antwort bewegen wird, nehmen Sie sich bitte so viel Zeit, wie Sie benötigen und formulieren Sie auch selbst Vorschläge und eventuelle Einwände; ich werde Punkt für Punkt darauf eingehen. Einstweilen möchte wir Ihnen unsere ganze Unterstützung zusichern und verbleibe mit vorzüglicher Hochachtung

Ihr GEORG LOH
Loh und Deckeler

Berlin/Dahlem, 28. *Februar* 1956

Liebe Frau Speer!

Mein Partner und ich haben die erste Fassung von *Zerstückelung* gelesen und wir möchten Ihnen unsere uneingeschränkte Begeisterung für diese im wahrsten Sinn des Wortes gelungene Wiedererweckung von Paul Speers literarischem Korpus ausdrücken. Sie haben bei der Auswahl wie auch bei der Zusammenstellung ein absolut sicheres Urteil und unfehlbaren Geschmack bewiesen; das Werk übertrifft alle unsere Erwartungen.

Wie Sie uns wissen ließen, fehlt in dieser Fassung noch eine Kleinigkeit, nämlich eine Art Zusammenfassung der wichtigsten Sektionen. Soweit wir verstanden haben, wollen Sie diesen Anhang zum größten Teil aus der privaten Korrespondenz Ihres Gatten ableiten, und dabei auch auf ganz persönliche Dinge Ihres Zusammenlebens zu sprechen kommen. Wir sind überzeugt, dass der intellektuelle Werdegang Ihres Gatten sich auf diese Weise in seiner ganzen Tiefe erschließt. Noch spannender finden wir jedoch, dass Sie in Ihrer Einleitung vielleicht eine Möglichkeit entdeckt haben, um den kreativen Prozess selbst zu beschreiben. Diese herausgeberische Leistung, bei der Ihr weibliches Einfühlungsvermögen sich mit dem männlichen Tatendrang des Künstlers verbindet, erscheint uns bei einer Veröffentlichung dieser Art absolut einmalig, und jetzt, wo wir den größten Teil der Manuskripte in den Händen haben, erwarten wir voller Ungeduld den krönenden Abschluss.

Wir haben Herrn Feigeblatt, unsern Vertreter in Frankfurt, angewiesen, alle notwendigen Vorkehrungen für Ihren Flug nach Berlin zu treffen, und er erwartet ihren Anruf, um die Zimmer reservieren zu können. Ihrem Wunsch entsprechend haben wir zwei Personen angemeldet und freuen uns, Sie und Ihren Assistenten Ende März begrüßen zu dürfen, den großartigen Beitrag in der Tasche, zu dem ich Sie nochmals von ganzem Herzen beglückwünschen möchte.

Mit vorzüglicher Hochachtung und den besten Wünschen,

Ihr GEORG LOH
Loh und Deckeler

PAUL SPEER

Aufgrund der schnellen Schnitte und der Unterbelichtung vieler Einstellungen erfüllt sich der Saal mit einer Reihe von Lichtexplosionen. Paul Speers Gesicht in Nahaufnahme nimmt bei diesem Bombardement schließlich doch noch Form an und wird selbst zu einer Art Montage. Er wirkt wie das Zeitlupen-Porträt eines blonden Soldaten im Schützengraben oder eines entfernten Zeugen eines Luftangriffs; sein fiktiver Gesichtsausdruck wird in Blitze aufgelöst, die von der Oberfläche eines darunter ablaufenden Prozesses ausgehen.

Wessen Kriegserinnerungen sind das, wem sollen sie ins Gedächtnis gerufen werden? Wer hat das so erlebt – welcher Soldat, welcher Gefangene, welcher Feind, welcher Flüchtling, welcher Beobachter, welches Kind? Vielleicht ist es einfach nicht möglich, auch nur einen Aspekt, eine Facette des Kriegs zu begreifen. Doch wir wollen es versuchen.

Fasziniert uns seine schreckliche Schönheit? Behalten wir ihn wegen seiner Verstümmelungen im Gedächtnis, da wir die Erinnerung an den Schmerz lieben?

Wenn uns diese Art von Erinnerung anspricht, wenn wir so darüber denken, wenn uns das erregt, rührt oder in Augenblicken optischer Ekstase uns den Magen umdreht und ein Bekenntnis zu einem solchen Nervenkitzel fordert, wenn wir uns nur auf diese Art erinnern:

dann haben wir nichts verstanden.
nichts empfunden.
nichts erlitten
nichts geteilt.

Und die Toten sind doppelt tot – absurde statistische Opfer einer unbegreiflichen Katastrophe und auch die Opfer unseres obsessiven Gewissens und unserer erbarmungslosen Vergesslichkeit.

Wer leiht den Toten eine Sprache, wer kann sich zu ihrem Sprecher machen?

Zerstückelung: Paul Speers posthume Schriften. Herausgegeben von Barbara Speer, Loh und Deckeler, Berlin 1956. S. 225.

Aus einem Brief an E—— C—— vom 9. Juni 1954

... in einem solchen Dokumentarfilm sind für mich die einzelnen Bilder wichtiger als der ganze Film; sie sagen mehr über den Krieg aus als das verrückte Schauspiel einer Invasion oder die großartige Inszenierung einer Seeschlacht. Es ist als würde sich das ganze unfassbare Kriegsgeschehen auf ein Phänomen reduzieren: Das diffuse Licht, das Aufblitzen von Obszönität, Dummheit, Grausamkeit, Gedankenlosigkeit und Irrationalität, alles ist für einen kurzen Augenblick in einer winzigen Geste enthalten: in der Bewegung einer Hand, im Zucken eines Fußes, in der grandiosen Nutzlosigkeit eines toten Körpers, in den absurden, inkongruenten Überbleibseln eines Familienlebens in den Trümmern eines Hauses, wo sie wie Unkraut sprießen und sofort ins Auge fallen. Die Puppe, das wie eine Konservenbüchse geöffnete Klavier, die Toilette ohne Wände, die primitive Anordnung der Rohre – jedes kurze Aufblitzen der Wahrheit in diesen oder einer Million anderer Dinge besitzt die geheimnisvolle Macht, einen unvergesslichen Eindruck zu hinterlassen. All diese epischen Konstruktionen, die wir zu unserem Vergnügen auf ihnen errichten, erzählen immer nur die Lügen der Kunst, sie können noch so literarisch sein ...

Jedes Bild ist ein Symbol für das Ganze: eine Art Fenster in den Abgrund, der sich nicht nur in uns, sondern auch außerhalb von uns auftut; seine oberflächlichen Details, seine Opazität, entbehren jeder tieferen Bedeutung. Doch das Katalogisieren solcher Äußerlichkeiten scheint uns zu gefallen. Ihre unaussprechlichen Finger reizen zwar unsere Augen, scheinen aber selten einen bleibenden Eindruck oder eine intensive Reaktion zu bewirken. Vielleicht ist das einzelne Bild einfach nicht stark, nicht direkt, nicht signifikant genug oder aber es ist so offenkundig transzendent, dass uns sein Licht blendet und eine unvergessliche Botschaft hinterlässt, nicht für die Augen, sondern für das Herz oder das Ohr oder den Körper, der widersteht.

Am Ende stehen wir benommen vor unseren kleinen Bildchen wie vor den Altären kleinerer Gottheiten. Und diese Idole, die nur auf sich selbst verweisen, werden schließlich wie die Wahrheit selbst verehrt. Wir tragen Schnappschüsse von unseren Toten bei uns und Treue-Amulette mit Haarlocken, die für uns Unvergänglichkeit, ein ewiges Gedenken, eine magische Wiedergutmachung einer Schuld im Exil der Zeit bedeuten (das Auge ist unabhängig von der Zeit!).

Aber wir wissen, dass wir lügen, und das ist das Schlimme daran. Und wir lügen weiter, in gegenseitigem Einvernehmen. Zu lügen liegt aber auch nicht in unserer Natur, wir akzeptieren einfach nur unsere Schwächen: Weil wir das wollen. Wir brauchen unsere Augen zur Selbsttäuschung, die gar keine Täuschung sein muss, als Hilfen für eine bequeme Feigheit. Wir bedienen uns ihrer auf eine schamlose Art und Weise, um uns als ernsthafte Wahrheitssucher auszugeben, obwohl wir eigentlich nur unsere Lügen rechtfertigen und aufrecht erhalten wollen. Und so reihen wir unsere Bilder aneinander, fädeln Bildnisse und Anhänger auf, erfinden Entschuldigungen, beteuern scheinheilig unsere Unschuld. Auf der anderen Seite des Epos, auf der anderen Seite der Geschichte, so glauben wir, sind das Schicksal und ein faustischer Wille – dort finden wir Erlösung und Trost in der Wahrheit, dort wird uns Stärke verliehen, dort wird die Zeit ein Ende haben, und dort sind nur noch Augen: in der finalen Kunstproduktion, in der ultimativen Rationalisierung von Mord. Und sofort vergeben wir uns alle selbst ...

Ibid. S. 228–229.

Auf einen Schreibtischkalender gekritzelt mit dem Datum vom 10. *Juni,* 1954, *drei Wochen vor seinem Selbstmord:*

Ach, mir bliebe das Herz stehen, wenn ich die Dinge so ernst nähme.

ALBERT OESTLER

Die Tür geht auf und Professor Albert Oestler tritt ein: Das Klopfen der Studenten lässt das Auditorium explodieren. Er wirft seine Papiere auf den Pult, fischt in seiner Tasche nach der Brille, setzt sie mit der einen Hand auf und breitet mit der andern seine Papiere aus, späht über den Rand seiner Brille in seine Zuhörerschaft, räuspert sich in einer plötzlichen Stille, hört, wie das Räuspern sich in einem Hüsteln fortsetzt, und adressiert die ersten drei Ränge mit einer unglaublich tiefen, weichen Stimme. In den hinteren Rängen ruft jemand: »Lauter!« Oestler blickt nervös hoch, dann senkt er wieder den Blick und fährt mit einer etwas lauteren Stimme fort:

»... Doch sobald ein Genie oder vielmehr die Wahrnehmung des Genies, im Unterboden des deutschen Geistes Wurzeln schlägt, wird seine Genialität domestiziert und hybridisiert. Die daraus resultierende Topfpflanze (Gelächter) behält den Namen ihres exotischen Stammvaters bei, ist aber als kultiviertes Gewächs urheberrechtlich geschützt und wird mit Ehrfurcht behandelt; biologisch gesehen ist diese Mutation aber der reinste Atavismus (Gelächter). Bevor wir etwas zu unserm Spielzeug erwählen, ziehen wir es durch den Schmutz. Solche Hybride sind trotz ihrer gelegentlichen sentimentalen Nützlichkeit nicht so sehr die Produkte einer angeborenen Neugierde oder der Fantasie, sie entspringen vielmehr unserem unkontrollierbaren Verlangen nach Ordnung und Steuerbarkeit. (Ein weiteres ›Lauter!‹). Unsere Vorliebe für diese konservativen Varianten eines Genies und unser Stolz auf deren Kultivierung und Vermehrung dank unserer hingebungsvollen Pflege verleihen ihnen in der Tat einen merkwürdig indigenen Charakter. In anderen Worten, wenn wir unsere seltenen Gewächse in vermarktbare, auf dem eigenen Mist gewachsene Varianten verwandelt haben, verleiten sie uns irgendwie, diese ›Veredelung‹ der ursprünglichen Blüte als unseren persönlichen Verdienst zu betrachten ...

Er ist ein kleiner, weißhaariger Mann mit einem von tiefen Falten durchzogenen Gesicht. Wie die Schneide einer Flachzange hebt sich seine glatte, flache Oberlippe, um sich dann auf die etwas stärkere darunter liegende zu senken. Er erwartet ungeduldig das Ende der Vorlesung: (schon wieder) braucht er dringend eine Zigarette (Overstolz Filter). Und er sehnt auch das Ende des

Semesters herbei: Er ist bereits mit den Fahnen seines neuen Buchs (»Das zwölfjährige Millenium«) in Verzug geraten und wurde dann auch noch in diesem Semester als Prüfer eingesetzt: am liebsten hätte er das ganze akademische Jahr hinter sich. Er hat ein halbes Sabbatjahr in Aussicht (ein Zugeständnis, das ihn viel Blut, Schweiß und Tränen gekostet hatte, als er 1951, *nach siebzehn Jahren Ausland, wieder an die Universität zurückkehrte). Außerdem stehen tausend Projekte an, die er einfach zurückstellen muss.*

»... Nietzsche war trotz aller seiner Ausbrüche gegen Deutschland eines unserer Genies (Kichern). Und er war, wenn auch gegen seinen Willen, der verlorene Prophet unserer jüngsten nationalen Umtriebe. Da er aber selbst das Ideengerüst geliefert hat, das solche Missdeutungen ermöglichte, und da ihm die Wahrscheinlichkeit, ja Quasi-Gewissheit eines späteren Missbrauchs bewusst war, ist er aufgrund dieser unverantwortlichen Praxis leider in hohem Maß für das Geschehene verantwortlich, obwohl er sich bemüht hat, Fehlinterpretationen vorauszusehen und zu verhindern. Er konnte sich aber schlecht dafür entschuldigen, als Deutscher geboren worden zu sein – er war deutsch – und von seinen Landsleuten zu erwarten, dass sie seine Kritiken und Einsichten genauso sehen wie er selbst, war absurd und vielleicht auch peinlich naiv. Er musste auf den Stamm derselben, von ihm gehassten Gesinnung aufgepropft werden (und wurde es auch), damit sie ihn akzeptieren konnten.«

Im letzten Monat hatten er und seine Frau ihre amerikanische Staatsbürgerschaft verfallen lassen. Sie wollen sich am Comer See ein Ferienhaus bauen und sich dort nach seiner Emeritierung niederlassen. Im Mai wird er sechzig (ihm graust schon von der obligatorischen Ehrung, einem Fackelumzug bis zur Schwelle seines Hauses). Er hatte 1917 *einen Lungenflügel verloren; sein Studium absolvierte er unter der Leitung von Hermann Cohen und Max Weber,* 1923 *heiratete er Helga von Herzog, die Ehe blieb kinderlos. Bis dato hat er sieben Bücher (sechs auf Deutsch und eines auf Englisch) und ungefähr dreißig Monographien veröffentlicht. Er schreibt regelmäßig für die Neue Deutsche Rundschau.*

»... Er (Hölderlin) war vielleicht der feinsinnigste und empfindsamste von allen. Aber er war von Anfang an verdammt, da ihm ein Elfenbeinturm fehlte, um sich entfalten zu können. In unserer schwülen, in letzter Zeit auch als bürgerlich bezeichneten Atmosphäre fing diese seltene Orchidee sofort an zu welken; ihren Namen trägt heutzutage eine helle Fichte, aus der sich nur Särge und bayrische Kruzifixe herstellen lassen.

So unterschiedlich sie auch waren, erlitten beide, sowohl Hölderlin, wie auch Nietzsche, dasselbe Schicksal durch unsere Hände: Ihre großen, reinigenden Visionen wurden mit Bedacht und großer Sorgfalt auf die Samenkörner eines nationalen Konformismus reduziert und unter das Mehl der Propaganda gestreut. Sie gediehen auf dem Dünger von epidemischem Tod und sozialen Unruhen, Groll und nicht angenommener Schuld, der jähen Schwankungen eines entwurzelten Geistes und grob vereinfachter Fiktionen einer nationalen Bestimmung und einer auserwählten Rasse, eines arroganten, ausufernden Optimismus deutschtümlerischer Geister aus dem 19. Jahrhundert und übelriechender Heilmittel fanatischer Medizinmänner und Untergangsprediger – all das bewirkte ein wildes Wachstum von monströsen Keimen, die sich in den liberalen Gehirnen festsetzten, die Volksseele vergifteten und allmählich jedes Fenster verdunkelten, jede Tür nach Draußen schlossen, bis dann aus dem zerstörten Geist von 1921 der dunkle Wald von 1929 und der undurchdringliche Dschungel von 1933 erwuchsen ...«

Mitte der dreißiger Jahre war er in der Schweiz, wo er Vorlesungen hielt und Material für seine umfassenden Nietzsche- und Burckhardt-Studien sammelte. 1938 *wurde ihm von einer berühmten japanischen Universität der Posten eines europäischen Rektors angeboten. Er und seine Frau verbrachten dort drei Jahre, ohne auch nur eine der Zenkünste zu erlernen oder auch nur einmal rohen Fisch zu essen. Im Spätsommer* 1941 *kehrten sie auf einem Frachter nach New York zurück. Er ist ein enttäuschter Dichter und leidenschaftlicher Hobbygärtner: den glücklichsten Tag seines Lebens verbrachte er während des Krieges als Gentleman-Farmer auf einem kleinen Stückchen Land in der Nähe von Hartford, Connecticut.*

»... Diese ›Gebirgler‹, diese Provinz-Asketen und pseudo-mystischen Revolutionäre haben unsere tiefsten Instinkte, unsere primitivsten Emotionen angesprochen und unseren nationalen Kompass so instinktsicher, so intuitiv und unbemerkt außer Kraft gesetzt, dass sie den

Volkskörper verwandelten, ohne dass dieser die radikale Transformation bemerkte, die sich tief in seinem Innern vollzog.

Es wäre ein Fehler und unehrlich, zu unserer Entschuldigung die alte Lüge zu wiederholen, dass diese Männer eigentlich keine richtigen Deutschen gewesen seien: Der Nationalsozialismus war als Tendenz generisch, und die Bereitschaft schlummerte im Unterbewusstsein der Nation lange bevor sie eine politische Tatsache wurde – hier. Seine Erwecker erwiderten den Ruf der Westfront und gingen in München bei so obskuren ›Wissenschaftlern‹ wie Karl Haushofer und Horbinger in die Lehre: Und sie ließen sich in dem tibetanischen Treibhaus von Berlin in die Mysterien einer hermetischen Biologie und religiösen Agronomie einweihen (Gemurmel). Europa existierte nicht mehr für sie, falls es das überhaupt jemals getan hat. Als Erleuchtete war ihr Körper Deutschland, und wenn sie sich umblickten, sahen sie nur jungfräulichen Urboden. Durch das göttliche Recht der Autokatharsis war Deutschland dazu bestimmt, ihn nach einem rituellen Plan zu bevölkern und zu bestellen und so seine Apotheose zu vollenden. Der teleologische Würfel Deutschlands wurde, wenn man so will, nicht von …«

Das Klingelzeichen ertönt: Er wartet, bis es aufhört und beendet dann schnell seinen Satz. Das donnernde Klopfen bricht wieder los. Mit der einen Hand sammelt er seine Papiere ein, mit der andern nimmt er die Brille ab, dann bewegt er sich schnell auf die Tür zu und öffnet sie: Zweihundert Studenten erheben sich beinahe gleichzeitig, und zweihundert Holzsitze klappen nach oben. Er verlässt den Saal und geht zur Seite, ein Strom von Studenten folgt. Er sucht nach einer Zigarette, steckt sie sich mit einer abrupten, nervösen Bewegung in den Mund und zündet sie erleichtert an.

Er scheint auf jemanden zu warten.

RECHTES PANEEL

WINTER-
SONNENWENDE

WEIHNACHTSABEND

Baermann feiert Geburtstag. Er trägt einen schmalrandigen, schwarzen Hut und hat gerade seine neue goldene Uhrkette angelegt. Er ist zweiundfünfzig, sieht aber wie fünfundsechzig aus. Grüß Gott!, sagte Baermanns (inzwischen verstorbene) Vermieterin am Weihnachtsabend 1935, nachdem sie zehn Minuten davor die Gestapo auf sein Zimmer geführt hatte. Grüß Gott!, erwiderte ahnungslos der an diesem Tag zweiunddreißig gewordene Baermann. Warum er sich heute draußen herumtreibt? Er feiert.

Ein paar Augenblicke später wird ein unschuldiger Mitbürger mittleren Alters Professor Ignatz Baermann mit einem Grüß Gott begrüßen, und der gute, schon etwas beschwipste Professor wird ihn zusammenschlagen. Er wird die Nacht im Gefängnis verbringen, doch das kümmert ihn nicht. In den letzten zehn Jahren ist es regelmäßig zu einem solchen Vorfall gekommen, und immer an seinem Geburtstag. Man könnte meinen, Baermann lässt sich gerne bestrafen. Sollte man aber nicht.

HESPERIDEN

Stefans Weihnachtsbaum schießt Pfeile aus Herzen und Initialen bedecken sich mit neuer Rinde. Die drei goldenen Äpfel sind Fantasiekerzen, man zündet die Stiele an und sie spucken Flammen, die sich in beißende Rauchfäden auflösen.

GEPÄCK/ERSTER TRAUM

Stefan und eine weitere Person (Immanuel?) bringen die leeren Koffer in den Laden zurück. Orangefarbene Koffer. Sie erklären dem Verkäufer, sie würden ihnen nicht mehr gefallen. (Die Koffer sehen plötzlich voll bepackt aus.) Fertigen Sie uns andere an. Beide denken: Wir können das bezahlen; sie blicken sich an und nicken. Der Verkäufer mustert Stefan, der einen roten Kopf bekommt, und meint, er sei ungemein erfreut, dass sie bezahlen könnten. Stefan bemerkt, dass der Mann ein riesiges, rosa Schwein an einer Leine hält. Sein Fleisch ist lebendig und haarlos, beinahe menschlich. Aus diesem Tier wird er ihre neuen Koffer machen, das braucht er ihnen erst gar nicht zu sagen. Aber ist das Schwein groß genug? Sofort erscheint es größer ... und irgendwie auch unschuldig. Seine Haut gehört ihm nicht mehr, ist aber auch noch kein Koffer: Sie zittert unmerklich. Eine Art freundliches Erschauern: zartes Fleisch, das sich leicht ablösen lässt. Der Mann führt das Tier zu einer randvollen Wanne und dreht ihren Hahn auf. Ein zinnfarbener Strahl kommt heraus, er rinnt langsam zu dem Wasser in der Wanne hinunter und vermischt sich unmerklich mit ihm. Das Schwein hebt den Rüssel, um von dem metallischen Strahl zu trinken. Stefan fällt auf, wie lang und spitz dieser Rüssel ist. Hals und Backen straffen sich: Sie wirken unglaublich glatt, überhaupt nicht wie Haut. Der Mann klopft mit einem kleinen Instrument den Hals des Schweins ab, so als wolle er ihn prüfen. Man hört nicht das geringste Geräusch. Er findet die richtige Stelle und bearbeitet sie rhythmisch mit seinem Werkzeug. Gleich wird er mit dem Schlachten anfangen: Stefan weiß das und verspürt ein lustvolles Kribbeln und ein unwillkürliches Bedauern. Der Mann arbeitet wie mit einem Glasschneider, mit dem er die Unterseite einer Platte abklopft: Das Schwein fängt an zu bluten, trinkt aber weiter. Stefan ist plötzlich klar, dass das Tier verendet ist, obwohl es nicht den Anschein hat: kein Laut und der Rüssel immer noch unter dem dünnen, zinnfarbenen Wasserstrahl, Bluttropfen fallen tick-tick-tick wie Perlen in die Wanne. Er fragt sich: Sieht so Sterben aus? und spürt, dass etwas nicht in Ordnung ist. Aber die Methode scheint unanfechtbar. Er wacht auf.

SCHNEE IN POMPEI

Ein Brikett ist liegen geblieben: Stefan zögert, ihn aufzulegen, obwohl das Feuer beinahe ausgegangen ist und der Raum eiskalt wird. Das Wasser in dem Krug auf dem Schreibtisch ist mit einer dünnen Eisschicht überzogen: Sie gleicht einer Haut aus Zellophan. Er sitzt da und kaut auf der Zunge herum. Vor einem Jahr war es noch das Glockengeläut der bourbonischen Katholiken, jetzt sind es die schweren Sohlen der Lutheraner. Die Straßen sind wie leergefegt, als wären sie von einer weißen Epidemie heimgesucht worden. Schnee fällt auf die

Ruinen der dreiwöchigen Apokalypse: tote Puppen, Futtertröge, Messer, Dornen, Nadeln, Misteln und Stechpalmen, Glasbälle, schwarze Klumpen stockenden Verkehrs. Orgelseufzer, die Kirchen lassen immer noch die Stadt erbeben. Er steht auf und zieht sich zähneklappernd an, um aus dem Haus zu gehen. Morgen um diese Zeit wird Barbara aus Hanau zurückkommen.

DIE BESCHNEIDUNG CHRISTI

Man schaue sich das an: Immanuels Füße stecken in einem Schneeaufzug fest. Er befördert ihn nach oben, bis die Spuren, die er hinterlassen hat, verschwinden. Irreversibel geglättet. Die Stahlzähne nehmen ihn auf: Sein Fleisch berührt Metall. Die Zähne tauchen in den Schnee ... Immanuel skifahrend ... sanft wogendes Haar (»Großer Gott!«, sagte Barbara auf dem Vorweihnachtsball im Schloss. »Er will ein Dichter sein und tanzt wie ein Elefant! Wo doch Dichter angeblich ein Gefühl für Rhythmus haben!«).

DON JUAN BEGIBT SICH IN DEN SPEISESAAL

Es ist beinahe zehn Uhr, das Essen war schwer, ihre Gehirne marinieren in der Soße. Gesprächsfetzen wie kleine Popcorn-Explosionen, Kanonaden von Gelächter. Wilma Frobenius' Lächeln ist erstarrt, ihre Augen scheinen noch enger zusammenzustehen als gewöhnlich: Beim ersten Achtel Wein wurde ihr leicht schwindlig, beim zweiten war sie schon völlig betrunken. Jetzt übt sie sich in Zurückhaltung. Richard Frobenius hat eine erloschene Pfeife im Mund und sein Gesichtsausdruck, leicht überheblich und amüsiert, passt dazu, er nickt häufig oder kichert; eine dünne rote Narbe auf seiner Stirn windet sich wie ein Wurm zwischen den Furchen. Barbara scheint bester Laune zu sein, wirkt aber nicht ganz überzeugend: Ihre Augen glänzen zu sehr. Stefan hat sie den ganzen Abend über beobachtet, aber obwohl er erkannt hat, wie viel Anstrengung sie ihre Leichtigkeit kostet, kann er nicht hinter die harte Fassade ihrer Geselligkeit dringen: Etwas stimmt nicht, ihre Kommunikationsfreudigkeit ist zu forciert.

Die Tür geht auf. Stefan, der mit dem Rücken zur Tür sitzt, sieht, wie Barbara den Kopf hebt und den Blick über den Tisch wandern lässt. Sie setzt ein strahlendes Lächeln auf und winkt: »D-J!«. Alle Köpfe drehen sich um.

Ein Farbiger, offensichtlich ein Afroamerikaner, tritt ein. Er ist ungefähr fünfunddreißig, schlank und gutaussehend (à la John Gilbert). Er hat einen schmalen, dünnen Schnurrbart und trägt einen Mantel aus Harris Tweed und einen Trilby. Mit einem breiten Grinsen, so intensiv wie ein Scheinwerfer, geht er auf ihren Tisch zu.

»Guten Abend«, sagt er.

»Stefan«, sagt Barbara, »das ist Daniel Jeremiah Wanamaker. D-J, darf ich dir Stefan Brückmann vorstellen?«

»Freut mich«, sagt D-J. »Yeah.«

Stefan erhebt sich halb und streckt die Hand aus. »Hallo«, sagt er.

»Richard Frobenius kennst du bereits«, sagt Barbara. Sie nicken sich kurz zu. »Aber ich glaube, du hast noch nicht Bekanntschaft mit seiner Frau Wilma gemacht.« Wilma streckt die Hand aus: »Es freut mich.« »Ganz meinerseits«, sagt D-J Wanamaker, mustert sie kurz und mustert sie gleichzeitig aus.

»Sie sehen nicht sehr deutsch aus«, sagt D-J zu Stefan und nimmt neben ihm Platz.

»Ich bin es aber«, erwidert Stefan. »Himmler hat mich eingebürgert und Bonn hat es dabei belassen.«

Wie aus dem Hut gezaubert erscheint eine brennende Zigarre in D-Js Mund. Er bietet Stefan eine an, der höflich den Kopf schüttelt (»Schon zuviel geraucht«), und auch Frobenius (»Havana«: Ach, Havana!«). Er legt seine Pfeife beiseite und nimmt die Zigarre entgegen, schnuppert beifällig daran, beißt die Spitze ab und zündet sie an.

»Any luck?«, fragt Barbara keck auf Englisch.

D-J lacht. »Ein voller Erfolg«, erklärt er. »Orin und Rudy können es immer noch nicht fassen, aber sie werden schon sehen, im Frühjahr. Sie glauben mir ja nichts, diese Idioten, sie sind ja nur neidisch.«

D-J wendet sich Stefan zu. »Bleiben Sie länger?«

»Könnte sein.«

»Sie sind Deutscher, aber Sie leben nicht in Deutschland?«

»Nicht in der letzten Zeit«, erwidert Stefan. »Aus welchem Teil der Staaten kommen Sie?«

»Ich? Ich bin überall und nirgendwo zu Hause. Geboren wurde ich in Mobile, Alabammy, aber aufgewachsen bin ich in Chicago. Waren Sie schon mal dort? In Chicago, meine ich?«

Stefan nickt. »Ein einziges Mal. Und ich bin auch durch Mobile gekommen. Gerade rechtzeitig, um das Ende einer riesigen Zigeunerhochzeit mitzukriegen.«

D-J mustert ihn mit skeptischer Neugierde. »Oh, tatsächlich? Na, ich hab andere Erinnerungen an diesen Ort.«

»D-J will hier studieren«, sagt Barbara etwas süffisant. D-J wirft ihr einen prüfenden Blick zu und zeigt einen Augenblick lang die Zähne, bevor er lachend bemerkt: »Richtig: das weibliche Geschlecht.«

Richard Frobenius erhebt sich und stupst Wilma an, die sofort hochspringt. »Für uns wird's allmählich Zeit«, sagt er. »Können wir jemanden nach Hause fahren?«

Nein. Händeschütteln und allgemeiner Aufbruch.

Einen Augenblick lang herrscht Schweigen. Dann: »Wir müssen auch nicht länger hier herumsitzen«, sagt Barbara. »Warum kommt Ihr nicht auf einen Kaffee zu mir? Es ist ja noch nicht so spät ...«

»Na schön, ich verzieh mich«, sagt D-J und erhebt sich.

»Nein, du kommst mit«, sagt Barbara schnell und beinahe befehlend. Stefan wirft ihr einen Blick zu. D-J tritt von einem Fuß auf den andern und lächelt mit geschlossenen Lippen. »In Ordnung, so eilig hab ich's auch wieder nicht.«

Barbara scheint erleichtert; sie blickt Stefan kurz von der Seite an (er tut so, als hätte er sie nicht beobachtet) und steht auf. »Huch«, haucht sie und kichert nervös, »das war wohl etwas mehr als ich dachte ...«

DRUCKERZEUGNISSE

Barbara wohnt in einem schmalen, langgestreckten Zimmer mit hoher Decke, das sich im Erdgeschoss eines im späten 19. Jahrhundert erbauten Gebäudes befindet. Ein einziges hohes Fenster am hinteren Ende geht auf einen unauffälligen Hof mit einem vernachlässigten Nussbaum hinaus: Tagsüber hält sie die Rollläden gewöhnlich geschlossen, sie öffnet das Fenster nur an diesen eher mysteriösen Abenden, wenn der Drehorgelspieler auftaucht. Die auf der einen

Seite angebrachten Bücherregale (Holzbretter und Ziegelsteine) lassen den Raum noch schlauchartiger erscheinen. Sie quellen über mit Büchern, die von Paul Speers Bibliothek übrig geblieben sind (von den fünfzehnhundert Bänden sind es weniger als dreihundert): ein paar ziemlich neue Kunstbände mit Schweizer Drucken; ein unsortierter Stapel zerfledderter und vergilbter Zeitschriften, Magazine und Hefte; ein handgebundenes Exemplar mit Collagen und Miniaturen, das ein Geschenk von Max Ernst war; sämtliche Brücke-Publikationen, Pinthus' *Menschheitsdämmerung* von 1920, eine deutsche Erstausgabe von Ariosto, eine limitierte illustrierte Ausgabe von Ubu Roi (Barbara trägt die winzige Pataphysiker-Spirale); die signierten Werke von Artaud, Eluard, Breton, René Char, Pound, Gottfried Benn, Ernst-Robert Curtius; ein paar Kopien von drei *Bruchstücke*-Heften, die sie und Paul 1950 und 1951 herausgegeben haben; mehrere Erstausgaben von Pauls Zeitgenossen mit beinahe identischen Widmungen: »Für Paul Speer, ohne dessen Hilfe und Ermutigung ... etc.«; vier Kopien von *Die Tat*, dem Heft, in dem Curtius auf einer ganzen Seite sein Lob ausspricht; sechs Packen Briefe an Paul und vier Ordner mit losen Originalen und Fotokopien seiner Briefe an unterschiedliche Empfänger, die Barbara leihweise für den posthum bei Loh und Deckeler erscheinenden Band überlassen worden waren; Bücher, die sie selbst in den letzten Jahren zusammengetragen hatte: alte Ausgaben von der *N.N.R.F*, der *Neuen Deutschen Rundschau*, von *Preuves*, *Black Mountain Review*, *Perspectives*, *Partisan Review*, eine Folioausgabe mit Gedichten und Siebdruckgrafiken, die ihr vor kurzem Kenneth Patchen zugeschickt hatte, die *Pisaner Gesänge*, *Vier Quartette*, *Ulysees*, *Wendekreis des Steinbocks*, *Die Mauer*, *Liebende Frauen*, *Die Zofen*, *Tagebuch eines Diebes*, *Warten auf Godot*, *Die Kirschen der Freiheit*, *Fragebogen* und eine ostdeutsche Ausgabe von *Kaspar Hauser* ...

SCHWARZER TABAK

Umgeben von Bergen pastellfarbener Kissen sitzen Stefan und D-J wie zwei Paschas auf Barbaras Bett (das ansonsten hart wie ein Brett ist; sie war kurz nach Pauls Selbstmord ausgerutscht und gefallen und hatte sich eine leichte Rückenverletzung zugezogen). Barbara sitzt auf einem der beiden Klappstühle neben der Heizung. Sie hat sich ihren dunkelgrünen Pullover übergezogen (aus Angst vor Zugluft: ihr Rücken ist immer noch nicht in Ordnung); sie sieht blass und müde aus, will aber nicht schlafen. Der Rauch von Zigarren und Gitanes erfüllt das Zimmer; draußen hat es angefangen zu regnen: dicke Tropfen von Schneeregen fallen auf die Deckel der Mülleimer. Mitternacht ist längst vorbei.

Stefan bricht plötzlich in lautes Gelächter aus.

»Das ist widerlich!«, ruft Barbara, »unnötig gewalttätig! Warum gibst du damit an?«

»Aber es war doch so«, sagt D-J. »Und das ist noch gar nichts. Hab ich dir schon erzählt, wie wir damals ...«

»Nein, und ich will's auch nicht hören«, sagt Barbara mit Nachdruck.

»Ach was, lass ihn doch«, sagt Stefan. »Er erwartet ja nicht, dass wir ihm seine Geschichten abnehmen.«

»Es ist so wahr wie das Wort Gottes!«, erwidert D-J, dem vor Aufrichtigkeit die Augen aus dem Kopf treten.

»Dann hast du eben Pech!«, schreit Barbara. »Es gibt so viele Dinge, über die man reden kann, es muss nicht immer der Krieg sein, und vor allem nicht deine Version davon.«

D-J verschränkt die Arme und zuckt die Schultern. Stefan fängt an zu lachen, Barbara runzelt die Stirn. »Was ist daran so komisch?«, fragt sie. Er hört auf zu lachen und schaut sie an. Alle drei haben sich gesetzt, draußen läuft eine Regenrinne über. »Es ist aber nicht diese schreckliche Geschichte von dem Tramp mit dem Fahrrad, oder?«, fragt Barbara schon etwas nachgiebiger.

»Nein«, sagt D-J. »Ist es nicht. Es ist eine wahre Geschichte über das Kriegsende ...«

DIE TOCHTER DES BURGOMEISTERS AM KRIEGSENDE

Es muss im März oder April gewesen sein, wir nahmen praktisch jeden Tag an die zehn Städte ein. Ab und zu hat ein Idiot auf uns geschossen, die Leute haben sich dann aber tausendmal entschuldigt, wenn das passierte. Man brauchte nur seinen Panzer auf den Hopped-plotz (Hauptplatz) zu fahren und finster dreinzublicken, bis ein paar Stunden später die Infanterie kam. Das war die Schulbuchversion einer Einnahme oder sollte es sein. Aber diese bestimmte Stadt war anders, und ich sollte sie nicht nur einnehmen, sondern, wie man mir sagte, auch eine Zeit lang besetzen, bis sie aus einem anderen Sektor Soldaten schicken würden. Eigentlich gehörte das nicht zu meinen Aufgaben, aber ich war schon so weit nach vorne geprescht und mehr oder weniger auf mich selbst gestellt, und dieses Superami-Arschloch Withington war eifersüchtig geworden und nutzte die Gelegenheit, um mich zu bremsen. Jedenfalls war diese Stadt ein Kaff in der Nähe von By-wrought (Bayreuth), das ich tatsächlich dann eine Woche später eingenommen hab (ja, ohne Wagnermusik. Die Deutschen hatten mit Sack und Pack die Stadt verlassen, um sich ein paar Kilometer weiter zu sammeln, und diese Stadt hier hat sich um ihre Verpflegung gekümmert, aber wie unser Geheimdienst meinte, gehörten die Soldaten alle zur SS. Es war eher unwahrscheinlich, dass sie zurückkommen würden, aber es hätte jederzeit einer von ihnen mit seiner Bazooka zurückschleichen können, oder von den Einheimischen, die ja wussten, dass der Panzer ein paar Tage lang mutterseelenallein rumstehen würde, hätte sich einfallen lassen können, uns das Leben schwer zu machen, und ich hatte verdammt nicht vor, zusammen mit meinen Leute in dieser Blechbüchse zu ersticken, während ich wie ein Lockvogel darauf wartete, dass unsere Infanteristen auftauchten, no Sir. Aber Befehl ist Befehl, und ich dachte, wir müssten diesen Leuten gegenüber entsprechend auftreten und fing an, unsere Besatzung etwas durchzuorganisieren, ich meine, sie sollten auch merken, dass wir ihre Besatzer waren und nicht nur wegen der Landschaft gekommen waren, oder um ihnen eine Gelegenheit zu bieten, sich als Helden aufzuspielen.

So weit, so gut, sie wussten Bescheid, als wir anrollten, und hatten ein Willkommenskomitee organisiert, das im Sonntagsstaat auf dem Hopped-plots stand, alle in einer Reihe. Wenn sie gedacht hätten, damit punkten zu können, hätten sie bestimmt auch noch Blumensträuße mitgebracht. Von Hakenkreuzen war weit und breit nichts zu sehen, bis da was aufgetaucht wäre, hätte man bis zum Jüngsten Tag warten können. Mit den Hitlerbildern war's genauso – wer ist das? Ach ja, im Schulhaus hängt ein Bild von Bismarck, und der alte Mann da hat ein handsigniertes Bild vom Kaiser in seiner Schublade, aber Hitler? Wer ist das? Wir nix kennen.

Ich hab also meinen Jungs gesagt, sie sollten gut auf ihren alten Daddy aufpassen und die Sentry Gun auf den Kirchturm richten, dann bin ich mit meiner Maschinenpistole überm Arm runtergeklettert und auf ihr Willkommenskomitee zugeschlendert. »Okay«, sagte ich, »wer ist hier der Burgomeister?« Daraufhin trat der Dickste von der Truppe in seiner Lederhose nach vorn und sagte, das bin ich und fing an, auf Deutsch was herunterzuleiern, bis ich mein schönstes Gangstergrinsen aufsetzte und sagte, es reicht, sprechen Sie Englisch? »Ein bisschen«, sagte er. »Soldaten?« fragte ich, und er schaute so verdutzt drein, als hätte er das Wort, das vor einer Minute gefallen war, noch nie im Leben gehört. Ich wiederholte also noch einmal, was ich gesagt hatte und machte klar, dass ich das gar nicht gerne täte, daraufhin machte er eine Handbewegung, so als würde einer wegrennen, was wohl heißen sollte, dass sie inzwischen weit weg waren. »Okay«, sagte ich, »wo ist dein Haus?« Zuerst tat er so, als würde er mich nicht verstehen, er grinste einfach nur blöd und wäre noch etwas näher an mich rangerückt, wenn er sich getraut hätte, so stand er einfach nur da, schaukelte vor und zurück und lächelte, bis ich die Sache in die Hand nahm und ihn anbrüllte, »wo ist dein Haus?« Er beratschlagte sich kurz mit seinen Kumpanen, kam dann wieder zurück und sagte in einem ziemlich guten Englisch: »Im Schulhaus ist alles hergerichtet, Sir.«

Aber so dumm war ich auch nicht. Ich stupste ihn mit meinem Gewehrlauf ein bisschen in den Bauch und sagte sehr nett: »Das ist wirklich außerordentlich freundlich von Ihnen, und Sie meinen es bestimmt auch sehr gut mit mir, aber mein Herr, ich denke, Ihnen muss entgangen sein, dass inzwischen ich der Burgomeister dieser beschissenen Stadt bin, und ich erwarte natürlich, dass ich als solcher in meinem eigenen Haus wohne.« Ich wartete, bis sie das verdaut hatten und meinte dann: »Ich kann mir nicht vorstellen, dass jemand was dagegen hat.« Ein dünner, blonder Kerl mit einer langen Narbe ihm Gesicht trat vor und sagte: »Aber …« Dem hab ich dann mit der Faust einen solchen Schlag versetzt, dass er zu Boden ging. Das war meine erste Amtshandlung als Burgomeister. Eine Sekunde später war ich auf dem Weg zu meinem neuen Zuhause, das Willkommenskomitee führte, mein Sherman folgte mir auf den Fersen, und die ganze Stadt stand Spalier, und es war mucksmäuschenstill auf beiden Seiten der Straße.

Als wir dort ankamen, stand auf der Haustürtreppe ein hübsches, junges Girl von ungefähr fünfundzwanzig; sie war völlig aufgelöst und wartete nur darauf, einen hysterischen Anfall hinlegen zu können. Sie verkrallte sich in den Dicken, der sich als ihr Vater herausstellte und ihr gesagt haben musste, er sei jetzt der Ex-Burgomeister, als wir nämlich reingingen, rannte sie wie ein verrückt gewordenes Huhn auf mich zu und kreischte. Was zum Teufel hätte ich anderes machen können, als ihr eine runterzuhauen, damit sie endlich aufhörte. Ich tat's nicht gerne, aber alles andere hätte nichts genützt. Der Alte, einer, der sein ganzes Leben lang Bier gesoffen hatte, lief rot an, als würde er gleich einen Schlaganfall kriegen. Wenn er eine Pistole gehabt hätte, hätte er mich glatt über den Haufen geschossen, das war offensichtlich, er konnte sich einfach nicht an die Vorstellung gewöhnen, dass er auch seine kleine Rolle bei der Kapitulation spielen musste. Ich passte also auf, dass zwischen ihm und mir meine Kanone war und schaute mich um. »Was ist das für eine Tür?«, fragte ich. »Das ist mein Studierzimmer«, sagte er. »Gut, alles so lassen wie es ist«, sagte ich, »ich muss nämlich auch ein bisschen studieren. Wie viele Schlafzimmer gibt's hier?« »Zwei«, antwortete er und mir war klar, dass ich von ihm doch nur Lügen hören würde, also stellte ich keine weiteren Fragen mehr. Wir stürmten die Treppe hoch und ich ließ mir von ihm seine vier Schlafzimmer zeigen. »Machen Sie auch die Tür dort drüben auf«, sagte ich; er zögerte und sagte, da sei jemand drin, daraufhin trat ich die Tür ein. Im Bett lag ein junger Kerl in seiner Unterwäsche, ungefähr so alt wie die Kleine. Von den Knien abwärts fehlten ihm die Beine. Er machte sich vor Angst in die Hosen und brabbelte etwas auf Deutsch, der Ex-Burgomeister antwortete ihm. Ich wollte wissen, was er gesagt hatte, und der Ex-Burgomeister meinte, »er hat gefragt, wer Sie sind »und was Sie wollen.« »Gut, sagte ich, und Sie haben ihm hoffentlich erklärt, dass ich der neue Burgomeister bin, und dass ich hier schlafe.«

»Hören Sie«, sagte der Ex-Burgomeister, und das war's dann auch für mich, ich fing an zu toben. »Verdammt, zum Teufel mit euch allen«, schrie ich, »mir reicht's, Ihr hört jetzt mir zu: Ich an eurer Stelle würde anfangen zu packen, denn in genau fünf Minuten habt Ihr das Haus verlassen, und wenn Ihr nach fünf Minuten nicht draußen seid, dann dezimier ich die Bevölkerung.«

Der junge Kerl im Bett war die ganze Zeit damit beschäftigt, sich seine künstlichen Beine anzuschnallen. Als er sie dann anhatte, kam er auf mich zu und sagte in sehr gutem Englisch: »Was erlauben Sie uns mitzunehmen?« Ich war so in Rage und hatte mir alles Mögliche von ihm erwartet – aber was tat er: Er redete völlig vernünftig mit mir und war damit bislang der Einzige, der das tat. Doch wer kam genau in diesem Augenblick hereingeplatzt: die Kleine. Sie fing wieder mit ihrem entsetzlichen Gekreische an und warf sich dem Burschen an den Hals. Er sagte etwas, sie schien sich daraufhin zu beruhigen und starrte mich mit blutunterlaufenen Augen an. Inzwischen hatte der Ex-Burgomeister den Kurs gewechselt und fing an, mich vollzulabern – das sei sein Schwiegersohn, er habe seine Beine in Russland verloren, und das Mädchen sei seine Tochter, was ich bereits wusste, und das sei ihr gemeinsames Zimmer, für ihn selbst sei es kein Problem, aber als Soldat wüsste ich ja, wie es ist, wenn man die Beine verliert, und ich würde bestimmt keinen schwerverletzten Veteranen auf die Straße jagen. Ich ließ ihn reden, bis mir der Kragen platzte, denn ich konnte sehen, wie meine kleine Besetzung den Bach runterging. Ich sagte, tut mir schrecklich leid, Sie haben eine Minute, Sie sollten also besser ihren Kram zusammenpacken, Kleidung oder Papiere, das wäre eine verdammt gute Idee.

In dem Augenblick brüllte einer meiner Jungs von der Straße aus hoch: »Cap'n ist da oben alles in Ordnung?«, und ich wollte gerade zum Fenster gehen, um ihm mein *Yes* zu übermitteln, als die verrückte Kleine sich auf mich stürzte. Wenn sie nicht so darauf versessen gewesen wäre, mir die Augen auszukratzen, hätte sie mir ganz einfach die Pistole abnehmen können, denn ich war völlig überrumpelt. Aber so hatte sie gerade genug Zeit, um mir das Gesicht blutig zu kratzen (man sieht immer noch die Narbe), bis ich ihr mit dem Gewehrkolben eine überzog und sie zu Boden ging. Die Leute hielten den Atem an und gingen einen Schritt auf mich zu, blieben aber sofort wieder stehen, als sie meine Kanone auf sich gerichtet sahen. Für den Bruchteil einer Sekunde war ich bereit, sie alle abzuknallen, ich hatte schon das ganze Jahr über Leute gekillt, ohne mir groß den Kopf zu zerbrechen, es wäre also kein Problem für mich gewesen. Aber das ging wieder vorbei, und als ihnen dämmerte, was hätte passieren können, standen ein paar von ihnen kurz vor der Ohnmacht. Der junge Kerl kauerte neben seiner Frau auf dem Boden; sie schien in Ordnung zu sein und schon beinahe wieder bei Bewusstsein. Jedenfalls blickte er plötzlich zu mir hoch und sagte völlig tonlos auf Deutsch, aber ich hab's verstanden: du afrikanische Drecksau. Das Komische war, dass ich nicht hätte sagen können, wie ich darauf reagieren würde, ich hätte den Mann in Stücke reißen können, aber dann nahm die Sache plötzlich eine ganz andere Richtung, und ich hätte am liebsten losgelacht. Ich ging zu ihm rüber und sagte: »Sag das nochmal, Superman.« Und wisst Ihr was? Er kriegte einen knallroten Kopf, ich schwör's, seine Lippen zitterten, und er schüttelte den Kopf. Ich stellte mir kurz vor, dass ich ihn ja auch zwingen könnte, seine künstlichen Beine abzuschnallen und aus dem Haus zu kriechen, aber das war nur so eine Idee, und ich bin froh, dass ich's nicht getan hab, obwohl ich es in diesem Moment auch hätte tun können.

Das war's dann auch. Sie sind alle gegangen, und in den nächsten fünf Tagen, bis unsere Leute kamen, gab's auch keine Probleme mehr. So hab ich also diese Stadt erobert.

DIE PRINZESSIN AUF DER ERBSE

Stefan und Barbara liegen nackt auf dem Bett, Seite an Seite. Stefan raucht und starrt zur Decke hoch. Barbara stützt sich auf den Ellbogen auf.

»Du bist nicht der erste Mann nach Paul«, sagt sie.

Er lacht. »Warum erzählst du mir das?«

»Damit du's weißt, darum. Ich möchte nicht, dass du mich anders siehst als ich bin ... Es war alles nicht so einfach.«

»Nein«, sagt er, »das war's bestimmt nicht.«

»Du bist der einzige, mit dem ich darüber rede.«

»Warum?«

»Weiß ich auch nicht ... Ich hasse Geständnisse.«

Er wirft ihr einen kurzen Blick zu.

»Ich meine, ich erklär nicht gerne was, wenn's nichts zu erklären gibt.«

»Kann ich dich etwas fragen«, fragt er mit einem merkwürdigen Lächeln.

»Ja ...?«

»Du hast doch keine Angst davor, dass du dich in mich verlieben könntest?«

Sie wird rot, zieht die Brauen hoch und lässt den Kopf auf seine Brust fallen, um sich zu verstecken.

Er zwingt sie, ihn anzuschauen. »Wir sollten jedenfalls gut aufpassen, hmm?«, sagt er.

UNTEN AM FLUSS

Stefan hat endlich ein Zimmer für sich allein – in einem Privathaus in der Nähe der alten Brücke, mit Blick auf den Fluss. Er verdankt es D-J, der an diesem Nachmittag in Oleos Eisdiele auftauchte, angetan mit kniehohen Cowboystiefeln, Reithosen, einer Tweedjacke mit Ellbogen-Patches und mit einer Reitpeitsche als Accessoire. Er war Mitglied des Ziegelhausener Reitclubs geworden und auf dem Weg zu seiner Vermieterin, die ihn zum Kaffee eingeladen hatte, und hatte Stefan gefragt, ob er mitkommen wolle.

Das Haus ist alt und steht so nahe am Wasser, dass es jedes zweite Jahr, wenn der Fluss über die Ufer tritt, überflutet wird. Deshalb werden die unteren Zimmer sicherheitshalber nur im Wintersemester vermietet – und wenn das Hochwasser kommt, müssen selbst die Bewohner der oberen Stockwerke ein Boot nehmen, um rein und raus zu kommen. Doch das scheint niemanden zu stören: ein voraussehbares Risiko, das dem Ort ein romantisches Flair verleiht, das er sonst bestimmt nicht hätte: Frau Isenfels (Brigitte für ihre Freunde) hat jedenfalls keine Schwierigkeiten, Mieter zu finden.

Von Brigittes eigener Wohnung blickt man auf die Treppe zum ersten Stock, wo D-J und Stefan links und rechts von der Küche ihr Zimmer haben (mit »Kochmöglichkeit«). Außer ihnen wohnen noch drei weitere Studenten im Haus, zwei auf dem zweiten Stock und einer in der Mansarde. Die Bewohner des zweiten Stocks teilten sich die Einladung zum Kaffee; der junge Mann ist ein stud. phil. namens Thorwald von Berg; das Fräulein heißt Liselotte Wolfenbüttel und widmet sich dem Studium romanischer Sprachen. Der Bursche in der Mansarde, der von seinen Kommilitonen etwas abschätzig als »ewiger Student« bezeichnet wird, heißt Reinhardt Gerstenmaier und war leider nicht abkömmlich (er wäre es gewesen, wenn er seine Miete bezahlt hätte).

Brigitte ist eine Frau von ungefähr fünfzig Jahren, zweifache Witwe (ihr erster Mann, Otto Flügel, geriet 1932 unter eine Lokomotive; Nummer zwei, Karl-Heinz Isenfels, ereilte zehn Jahre später dasselbe Schicksal, nur dass es sich in seinem Fall um einen Panzer in Tobruk handelte). Abgesehen von einer gewissen Weinerlichkeit ist Frau Isenfels (Witwe) so sensibel wie ein Ochse. Für sie zählt nur D-J und D-J allein: Er kurbelt sie an wie einen Motor, und sie lacht und weint vor Vergnügen, während er mit ihr herumalbert. Ihre Unterhaltung (falls man von einer solchen sprechen kann) wird in einem unbekannten deutschen Dialekt geführt: es ist eine Art gutturale Schneeballschlacht. Was für ein Bild: Sie sitzt da und atmet tief seinen männlichen Duft ein (Thorwald ist peinlich berührt, Liselotte matt); jeder Andere würde eines Tages aufwachen und sich sagen, dass der Brocken auf seinem Teller einfach zu groß ist, um ihn verdauen zu können. Nicht so D-J. Er hat unerschöpfliche Duftreserven und einen Magen aus Stahl.

PAUL / EINS

Das erste Mal, dass ich ihn wirklich wahrgenommen hab, war im Herbst 1947: Ich studierte im ersten Semester hier, er im vierten; eines Tages hat er sich dann zufällig im Hörsaal 10 direkt vor mich gesetzt. Ich verliebte mich in seinen Hinterkopf. Bitte nicht lachen, es war tatsächlich so, ich starrte und starrte, total fasziniert, und hab von der ganzen Vorlesung kein einziges Wort mitbekommen. Sein Kopf war perfekt geformt und setzte sich deutlich vom Nacken ab, vom Hinterkopf bis zur Stirn beschrieb er einen langen, harmonischen Bogen und saß sehr elegant und anmutig auf seinem Hals. (Ich finde es schrecklich, wenn bei Männern der Kopf übergangslos aus dem Nacken wächst!) Die Vorlesung war schon halbwegs zu Ende, als er meinen Blick in seinem Nacken spürte und anfing, hin- und herzurutschen. Plötzlich drehte er sich um und blickte mich irritiert an; ich wurde rot und schaute weg. Aber kaum hatte er sich wieder umgedreht, bohrten sich meine Blicke in seinen schönen Kopf, bis ich ihn soweit hatte, dass er sich ein zweites Mal nach mir umdrehte. Dieses Mal wurde auch er rot und presste die Lippen zu einem schiefen Lächeln zusammen.

Nach der Vorlesung hat er auf mich gewartet, ich wäre gestorben, wenn er es nicht getan hätte. Wieder hatte er dieses schiefe Lächeln und fragte: »Also wie lautet Ihr Urteil, liebes Fräulein? Benötige ich einen Haarschnitt?« Er lachte, und ich lachte auch.

Es dauerte nicht lange und wir verbrachten jede freie Stunde miteinander (er studierte Philologie, ich Anglistik): Unabhängig vom Wetter unternahmen wir ausgedehnte Spaziergänge oder saßen stundenlang an den Tischen von einem guten Dutzend »Stuben«, hielten uns über die Tischplatte hinweg an den Händen, erzählten uns unsere Lebensgeschichte und tauschten Geheimnisse aus. Er war unschuldig und enthusiastisch und nervös. Er erzählte mir, er wäre noch nie einem Mädchen begegnet, mit dem er es länger als fünf Minuten ausgehalten habe. Er war noch jungfräulich, während ich mit siebzehn, während des freiwilligen Arbeitsdiensts im Sommer 1944, ein kleines ... man könnte es als Techtelmechtel bezeichnen, gehabt hatte. Es dauerte Wochen, bevor ihm der Gedanke durch den Kopf schoss, er könnte sich möglicherweise verliebt haben. Ich hingegen wollte ihn von Anfang an haben, und es hat mich so gequält, dass ich kaum noch schlafen konnte. Ich konnte spüren, dass auch er bei jeder Berührung zitterte, und wenn er mich küsste, bebte er am ganzen Körper, wie ein Schuljunge ...

TRISTAN

Reinhardt Gerstenmaier, der Mansardenbewohner, tritt zum ersten Mal in Erscheinung, als Stefan seine Koffer auf sein Zimmer schleppt. Auf der Treppe halten beide kurz inne und nicken einander zu, reden aber nicht miteinander.

Gerstenmaier hat einen Charakterkopf, schilleresk, wie dafür gemacht, sich in einen weißen, wogenden, himmlischen Busen zu vergraben. Ein langes, schmales Gesicht mit beweglichen Nasenflügeln und einer tiefen Furche in der Oberlippe, dichte, zusammengewachsene Brauen, die sich wie Zeltbahnen aus Pelz aneinanderfügen. (Wenn die Volants zurückgeschlagen werden, gestatten sie einen kurzen Blick in das sanfte, graue Dämmerlicht im Innern, wo ein kleines Feuer aus Zweigen schwelt, das keine Schatten wirft.)

DAS REBHUHN

Zum ersten Mal seit beinahe einem Jahr schwingt sich Freddie Bühler in Oleos Eisdiele. Ein Sturm der Begrüßung bricht los: Auf seinem Gesicht breitet sich ein breites Grinsen aus. Unterhalb des Knies hört das eine Bein auf (Bombe, Hamburg, 1943: Er war fünfzehn damals), das Hosenbein ist ordentlich gefaltet und mit einer Sicherheitsnadel an seiner Hosentasche befestigt; er benutzt Krücken. Er trägt einen kurzen, aufgeknöpften Dufflecoat und einen durchnässten Filzhut, der ihn mindestens wie fünfunddreißig aussehen lässt.

Er entdeckt Barbara: Er winkt ihr zu, um ihr zu bedeuten, sie solle sich einen Augenblick gedulden (eine ziemlich arrogante Geste, denn sie erwartet ihn keineswegs mit großer Ungeduld), dreht eine triumphale Runde und geht dann zu ihr und Stefan hinüber. Sie unterbrechen ihre Unterhaltung und blicken zu ihm hoch. Er legt Hut und Mantel ab (darunter kommen ein kurzärmeliges Hemd, ein ärmelloser Pullover und muskulöse Unterarme zum Vorschein) und setzt sich. Er wirkt jetzt sehr viel jünger. Er hat aschblondes Haar, einen rötlichen Teint und widersprüchliche blaue Augen. Er schüttelt Stefan die Hand und wendet sich Barbara zu, die höflich lächelt: Sie scheint ihm gegenüber eher misstrauisch zu sein. Übergangslos liefert er eine detaillierte Beschreibung von seiner im letzten halben Jahr unternommenen Reise: Eine Odyssee von London nach Triest, bei der er einem amerikanischen Ehepaar als Reisebegleiter diente. Während er darauflos schwadroniert, rutscht er auf seinem Stuhl hin und her und winkt Leuten zu oder blickt unruhig zur Tür, eine Zigarette (Camels) nach der andern rauchend. Barbara wird ungeduldig: Freddie erzählt von einer mit dem Ehemann verbrachten Nacht in der Pigalle, einem Ehekrach, einem Streit mit der Frau (Amsterdam?), die bei jeder Gelegenheit zu ihm ins Bett schlüpft. (Stefan presst die Lippen aufeinander und macht einen gequälten Eindruck), der Ehemann täuscht Gleichgültigkeit vor, ist aber keineswegs so gleichgültig (Lausanne? Mailand?), er wartet nur darauf, sich an ihm (Freddie) zu rächen, (Barbara gibt Frau Riegel ein Zeichen) und in Triest (endlich!) dann Beschuldigungen, Polizei, die Frau rennt weg, Geld, das sie Freddie schuldig bleiben, der Mann hat eine Knarre im Handschuhfach (Frau Riegel kommt: Stefan hat das nötige Kleingeld parat), die Frau ist plötzlich wieder da, sie liebt beide (hasst beide) und noch mehr Polizei (Freddie gibt ein bewunderndes Wow von sich, als eine hochgewachsene Blondine durch die Tür kommt), die Geldfrage bleibt ungelöst (Barbara und Stefan erheben sich gleichzeitig) und ... (gute Nacht) hier ist Freddie, pleite, und wieder in der Stadt!

PAUL / ZWEI

Ich nahm die Sache in die Hand: Ich verführte ihn, er wusste nicht, wie ihm geschah. Danach hab ich mit ihm die Nacht verbracht, auf seinem Zimmer ... er war wie ein Baby, gefügig und nervös, total nervös ... Aber er hat mir weh getan, als wäre es das erste Mal gewesen.

Am nächsten Morgen hörten wir, wie sich seine Wirtin auf dem Flur zu schaffen machte. Wir liebten uns wieder ... und gleich noch ein zweites Mal ... bei dem kleinsten Geräusch von draußen bekamen wir Herzklopfen. Gegen elf Uhr klopfte seine Wirtin an die Tür (ich kann mich nicht an ihren Namen erinnern) und sagte, sie hätte frische Bettwäsche. Wir hielten den Atem an und taten so, als wären wir nicht da. Schließlich hörten wir sie seufzend den Flur entlangschlurfen. Paul flüsterte mir ins Ohr, dass sie erst gestern frische Bettwäsche gebracht hätte. Ich musste lachen, und er wurde wütend auf mich, so angespannt war er. Dann ging sie endlich aus dem Haus, wir zogen uns an und schlichen wie Einbrecher die Treppe hinunter. Als wir draußen waren, rannten wir los und liefen ihr an der Ecke, wo sich Kaiser's Kaffee Geschäft befindet, direkt in die Arme. Wir blieben alle drei abrupt stehen und starrten uns einen Augenblick lang stumm an, dann sagte sie: »Na so was! Herr Speer, das hätte ich nie von ihnen gedacht« und ging kopfschüttelnd nach Hause. Aber man stelle sich vor: Sie gab uns ihren Segen (wenn mir nur ihr Name einfallen würde!). Als wir einmal damit angefangen hatten, gab es kein Halten mehr, und mein Zimmer kam nicht in Frage: Um es zu erreichen, musste man durch jedes Zimmer im Haus gehen, wie durch die Waggons eines Zugs, es war kafkaesk oder dostojewskiesk. (Ah, jetzt erinnere ich mich: Der Name war Feucht, ja, so hieß sie!). Sie war erst um die vierzig und bereits Witwe. Ihr Mann war Briefträger gewesen. Dass sie unter ihrem Dach einer sündigen Leidenschaft Vorschub leistete, war für sie wohl eine Art Ersatzbefriedigung.

Sie freundete sich mit mir an und zog mich ins Vertrauen, sie erzählte mir ihre Probleme und ihre Lebensgeschichte, gestand, dass ihr Mann nicht gerade ein toller Hecht war (ich war überzeugt, dass sie ihn völlig überfordert hat) und gab schließlich zu, dass sie selbst schon ein Auge auf Paul geworfen hätte, dass sie aber froh sei, dass er eine so hübsche Freundin gefunden habe, das sei prima, sie hätte absolut nichts dagegen einzuwenden. Es ging soweit, dass sie uns das Frühstück ans Bett brachte und ein paar zusätzliche Briketts in den Ofen warf. Manchmal setzte sie sich sogar auf den Bettrand, während wir noch im Bett lagen, um ein bisschen zu plaudern. Das klingt vielleicht merkwürdig – war es aber nicht; zwischen uns herrschte eine Art unbeschwerter, leichter und natürlicher Intimität.

Paul musste aber lange Zeit über immer wieder beschwichtigt werden, bis er dann schließlich seine Bedenken überwand und es in Ordnung fand, dass wir miteinander schliefen. Wochen vergingen, bevor ich ihn nackt sah (und das will etwas heißen in einem so winzigen Zimmer!) und er war völlig verstört, wenn er einmal mehr als nur einen kurzen Blick von mir erhaschte. Ich fand das ziemlich lächerlich, aber man konnte ihn nicht darauf ansprechen. Seine sexuelle Ahnungslosigkeit war abgrundtief, und er ertrug es nicht, wenn der Akt zum Gesprächsgegenstand wurde. Nur ganz allmählich betrachtete er seinen und meinen Körper als ein Instrument der Lust. Vielleicht war es doch eine ganz gute Sache – Sex blieb für ihn immer ein nüchternes Ritual, das vollzogen werden musste…

SAMSARA

Fräulein Gerber ist dreiundvierzig (sagt D-J, der es wissen muss), sie hat kurze Beine, eine lange Taille, ein hübsches Gesicht und einen Pfirsichteint. Nach ihren Vorlesungen über Faust und Phonetik geht sie jeden Abend ins Oleo, zusammen mit ihrer kleinen, eher müden und ständig wechselnden Entourage von Französinnen, Schwedinnen, Italienerinnen und Amerikanerinnen (die alle angeblich Deutsch lernen).

Sie ist eine geborene Buddhistin, eine Träumerin mit hübschen Grübchen und einem Bratkartoffel-Karma. Sie hatte der Partei angehört: die einzige Verbindung, die sie je in ihrem Leben eingegangen ist.

Inzwischen ist nichts mehr für sie wirklich existent: Wie eine Witwe ihre Trauerkleidung, trägt sie eine mörderisch angehauchte Nettigkeit zur Schau. Wenn sie etwas nicht glauben will, ist es nicht wahr, und für das, was sie glaubt, entschuldigt sie sich permanent; sie ist so bescheiden, dass es ihr peinlich ist, die Kellnerin nach dem Zucker zu fragen, wenn diese ihn vergessen hat. Was immer sie während der Besatzungszeit an Unannehmlichkeiten in Kauf nehmen musste, war für sie eine natürliche Folge der erbarmungslosen Nachkriegsjahre: Beflissen wie eine Pfadfinderin schloss sie sich den Reihen der Entnazifizierten an. Das gehörte zu den Dingen, die eben sein mussten, die von einem erwartet wurden. Fräulein Gerber hält sich mit Wassertreten über Wasser.

Aber sie ist eine alte Jungfer und D-J (omnipräsent) spricht ständig von ihrer »Verfassung« (wie er es nennt) und impliziert eine nicht wahrnehmbare Empfindsamkeit und einen nicht vorhandenen Intellekt: Sie fühlt sich so geschmeichelt und gebauchpinselt, dass sie es nicht mehr auf ihrem Platz aushält. Nur ab und zu fällt es ihr ein, dass sie wütend auf ihn ist und absentiert sich mit einem vernichtenden Blick und hochgerecktem Kinn. Wenn sie dann wieder zurückkommt, gestattet ihr D-J ohne viel Aufhebens, ihm zu verzeihen, und Fräulein Gerber kann ihre Dankbarkeit für so viel Entgegenkommen kaum verbergen.

AHNUNGSLOSIGKEIT

Auf dem Flur vor dem Hörsaal 11 steht Professor Albert Oestler, er hat sich von dem Strom der hinausdrängenden Studenten abgewandt, ohne ihn jedoch völlig aus den Augen zu lassen. Er beißt den Filter seiner Overstolz ab und zieht gierig den Rauch ein. Ein Lächeln erhellt sein Gesicht, er sagt: »Brückmann!« und Stefan dreht sich nach ihm um. Gemeinsam gehen sie zu seinem Sprechzimmer.

Grüning, der Assistent, spricht sie vor der Tür an: »Entschuldigen Sie, Herr Professor, jemand erwartet Sie drinnen, eine Frau.«

»Ah ja, danke«, sagt Oestler. Er bittet Stefan hinein und flüstert ihm zu: »Es wird nicht lange dauern.«

Als sie eintreten, springt eine stark geschminkte Frau mittleren Alters mit gefärbtem Haar, Federhut und drei hin- und herschwingenden Strängen aus falschen Perlen aus dem Drehstuhl des Professors hoch und stürzt auf sie zu. Oestler hat die Hand ausgestreckt und will gerade die üblichen Begrüßungen austauschen, als sie einen gellenden, Busen und Perlen in Bewegung setzenden Schrei ausstößt; sie schlägt ihm die Zigarette aus der linken Hand und tritt sie in den Boden. »Igitt!«, schreit sie und nähert ihr Gesicht dem seinen; ihre Augen sprühen Funken. Oestlers Mund öffnet und schließt sich wie ein Fischmaul. Er schluckt und weicht zurück.

»Unaussprechlich!«, dröhnt sie. »Ich bin Frau Birnenhof!«

»Ach so, ja ...«, sagt Oestler.

»Ja!«, bekräftigt sie, um keine Zweifel aufkommen zu lassen.

Oestler blickt sich verzweifelt um, in der Hoffnung, sie mit irgendetwas ablenken zu können. »Frau Birnenhof, darf ich Ihnen Herrn Brückmann vorstellen?«, fragt er mit schwacher Stimme.

Sie weicht etwas zurück, kneift die Augen zusammen und mustert kritisch den Happen, der ihr vorgeworfen wurde, dann öffnet sie den Mund und entblößt eine Reihe furchteinflössender Zähne; sie lächelt das Lächeln einer Menschenfresserin und streckt ihre kolbenähnliche Hand aus. Stefan ergreift sie schnell und sagt: »Es freut mich.«

»Wiederholen Sie!«, brüllt sie.

»Es freut mich ...«

»Aha!«, ruft sie, »dacht ich mir's doch!« Sie geht einen kleinen Schritt zurück, reckt den Finger in sein Gesicht und verkündet triumphierend: »Hungaro-amerikanisch!« Sie kneift ihn ins Kinn und konstatiert mit hervortretenden Augen und im Brustton der Überzeugung: »Stimmt doch!«

Stefan steht wie gelähmt da. »Stimmt!«, ruft sie.

In der Absicht, seinen Stuhl für sich zu reklamieren, bevor sie ihn wieder beansprucht, pirscht Oestler um den Schreibtisch. Seine Hand liebkost heimlich seine Zigaretten. Er setzt sich: Sie lehnt sich bereits mit der Autorität einer Löwin über den Schreibtisch. »Und nun!«, röhrt sie. »Kommen wir zum Geschäftlichen: Ich hab meinen nächsten Termin in ...« (sie nimmt ihren fleischigen Arm hoch: ihre Armbanduhr scheint wie eine goldene Aderpresse in das Fleisch eingewachsen) »genau sieben Minuten.«

»Bitte nehmen Sie Platz«, haucht der Professor. Sie blickt misstrauisch um sich und vergewissert sich, ob tatsächlich ein Stuhl vorhanden ist und lässt sich dann majestätisch darauf nieder.

»Aussprache«, zischt sie und kräuselt die Lippen, so dass sie einem zugeschnürten Tabakbeutel gleichen. »Wiederholen Sie: Ah-nungs-lo-sig-keit.«

»Ahnungslosigkeit«, sagt Oestler, zu gleichgültig zu seinem eigenen Schaden. Sie springt auf die Füße und schlägt mit der Faust auf den Schreibtisch. »Nein! Nein! Nein!« Oestler erbleicht. »Lauter!«, bellt sie. »AH-NUNGS-LO-SIG-KEIT!«

Er kann gerade noch rechtzeitig die Hand auf seine Papiere legen, um sie am Davonflattern zu hindern. Im selben Moment fängt Stefan, der sich in sicherer Entfernung in einer Ecke niedergelassen hat, kräftig an zu niesen. Frau Birnenhof dreht sich nach ihm um und wirft ihm einen drohenden Blick zu. »Gesundheit!«, befiehlt sie. (Gott sagte: Es werde Gesundheit und es ward Gesundheit.)

Wieder zu Oestler gewandt, unheilschwanger: »Na?«

Das Wort zittert auf seinen Lippen; einen Augenblick lang droht es zu entwischen, aber er kann es gerade noch rechtzeitig zurückholen und stößt es hastig in ihre Richtung: »Ahnungslosigkeit.«

Sie rollt die Augen und stöhnt, das Zahnfleisch entblößend. »Amerika hat Sie verdorben!«, sagte sie. »Ich hab in meinem ganzen Leben keine miserablere ›Ahnungslosigkeit‹ gehört. Ich schwör's. Nie! Sagen sie ›Ah‹.«

»A?«

»Nein! Ah!«

»Anhh …«

»Ah! Ah! Aaaaaah!« (Berlin Zoo, 1932, denkt Oestler.)

»Aa …«, er zuckt entschuldigend die Schultern.

Sie schlägt sich gegen die Stirn und lässt sich angewidert auf ihren Stuhl fallen. Den Ellbogen auf den Schreibtisch gestützt, deutet sie mit einem rotlackierten Finger auf ihn: »Na schön!«, sagt sie unheilvoll. »Es gibt nur eines – üben!«

»Üben?«

»Ü-üben!«

»Was üben?«

»Glottale, dentale, palatale, laryngale und pulmonale Übungen. Ihnen fehlt praktisch jede Voraussetzung«, Frau Birnenhof bebt vor Überzeugung.

»Oh«, sagt Oestler.

Sie schüttelt ihre Mähne. »Morgen um diese Zeit bringe ich eine komplette Liste mit allen Übungen mit, die wir dann gemeinsam durcharbeiten, sorgfältig, und danach besprechen wir alles Weitere. Es wird ein langer, steiniger Weg sein, aber Sie dürfen nicht aufgeben: das Ziel ist Sprachbeherrschung! Und Selbstbeherrschung! Dazu ist es nie zu spät – auch nicht in Ihrem Fall. In der Zwischenzeit kann ich Ihnen nur dringend ans Herz legen: Geben Sie Ihrer eigenen Gesundheit und unseren gemeinsamen Anstrengungen zuliebe dieses unsägliche Laster auf!«

Sie erhebt sich und streckt sich. Oestler selbst kann sich nicht aus seinem Sessel rühren. Stefan hat sich neben der Tür postiert. Sie stolziert durch den Raum, bleibt vor ihm stehen, entblößt ihre Zähne zu einem noch entsetzlicheren Lächeln und streicht ihm neckisch übers Gesicht: »Hungaro-amerikanisch!«

Oestler gelingt es, sich aus seinem Sessel zu hieven und geht widerstrebend auf die Tür zu, da er befürchtet, das könne sie am Gehen hindern. Sie dreht sich mit ausgestrecktem Arm nach ihm um: »Auf Wiedersehen, lieber Herr Professor. Wir sehen uns morgen!«

Die Fenster klappern, der Professor lächelt schwach und murmelt unhörbar etwas vor sich hin.

»Ein letzter Ratschlag!«, röhrt sie im Hinausgehen: »Gurgeln!«

WER KANN SCHON WHITEHEAD LESEN?

Oestler lässt sich in seinen Sessel fallen und scheint den Tränen nahe. Er ist so verstört, dass er sogar seine Zigaretten vergisst. Stefan nimmt den Platz ein, den Frau Birnenhof geräumt hat, und bietet ihm lächelnd eine Gitanes an. Oestler sieht sich die Packung an und lacht. »Oh! Nein, danke. Ich rauche lieber meine eigenen.«

Sie zünden ihre Zigaretten an und erholen sich von dem Schrecken.

»Was, um Himmelswillen, war denn das?«, fragt Stefan schließlich.

Oestler errötet verlegen. »Es muss eine Stimmlehrerin sein. In der letzten Zeit hat es so viele Klagen wegen meiner schwachen Stimme gegeben, dass ich dachte, ich müsste etwas dagegen unternehmen. Vollmer hat zwar noch vor dem Ende des Jahrhunderts eine Lautsprecheranlage in Aussicht gestellt, aber ich hielt es für angebracht, mich in der

Zwischenzeit nach jemandem umzusehen, der meine Stimme stärkt. Ich hab im Ersten Weltkrieg einen Lungenflügel verloren.«

»O ...«

»Nun ja, ich hab dann im Telefonbuch diese Frau ausfindig gemacht, als ich sie aber gestern Abend anrief, war sie nicht zu Hause und ich hab eine Nachricht hinterlassen. Heute Morgen hat sie mich dann um sieben Uhr früh zurückgerufen. Meine Frau hat sich zu Tode erschrocken.« Er deutet mit dem Finger auf die Gitanes: »Mögen Sie diese Dinger wirklich?«

»Ich hab erst vor einem Jahr mit dem Rauchen angefangen, in Paris. Immanuel hat mir immer wieder seine Zigaretten angeboten, bis ich schließlich welche nahm – ich denke, es war nur meine Faulheit. Ich kann nicht behaupten, dass ich sie mag. Vielleicht gelegentlich. Wenn sich in meinem Leben etwas ändert, werde ich wieder damit aufhören. Aber fragen Sie mich bitte nicht, was sich ändern soll.«

Oestler mustert ihn neugierig. »Wie haben Sie ihn kennengelernt – de Bris meine ich?«

»Das ist eine lange Geschichte«, sagt Stefan. »Überlegen Sie sich gut, ob Sie sie hören wollen. Es war kein schlechter Tausch: Er hat mich übernommen, und ich hab seine Zigaretten übernommen.«

»Ich bin ihm letzten Herbst zum ersten Mal begegnet, auf einer Konferenz in der Normandie. Alle Argumente waren schon längst beigelegt, und keiner wollte noch diskutieren, dachte ich zumindest, aber de Bris hielt dann einen ziemlich intelligenten, unmarxistischen Vortrag, etwas zu naiv und zu humanistisch für meinen Geschmack, aber auf jeden Fall ehrlich, und ich bin anschließend mit ihm essen gegangen. Ich hätte ihn hier nicht erwartet ...« »Und wieso sind Sie mit ihm nach Deutschland gekommen? Oder ist das auch eine Frage, die ich besser nicht stellen sollte?«

Stefan zuckt die Schultern. »Ich hab keine Ahnung, warum ich je was getan habe, egal was. Es hat sich so ergeben, und ich lass es zu. Das Problem ist nur, dass ich häufig meine eigene Kraft überschätze, ich sollte nicht davon ausgehen, dass die Leute, die mir über den Weg laufen, das aus einem bestimmten Grund tun ... doch das ist metaphysischer Quatsch. Von meinem Standpunkt aus verhalte ich mich ihnen gegenüber immer gleich; ich lege mich ins Zeug, bis sich in mir alles Mögliche angehäuft hat und ich dann plötzlich nicht mehr kann. Dann renne ich weg. Der eigentliche Grund, warum ich mit Immanuel nach Deutschland gekommen bin – falls es überhaupt einen Grund gibt – hat kaum etwas mit ihm zu tun, dass ich geblieben bin hingegen schon. So oder so, als ich mir die Sache überlegte, wusste ich, dass ich genauso gut gehen konnte, ja, vielleicht sogar gehen musste: Als wäre Paris nur eine Art Etappe gewesen und ich immer nur auf dem Sprung, ohne es zu wissen«. Er zieht verlegen die Schultern hoch.

Oestler starrt ihn immer noch mit einem merkwürdigen Gesichtsausdruck an. Er kichert: »Ich muss gestehen, ich habe de Bris alle möglichen Fragen zu Ihrer Person gestellt. Aber er konnte mir nicht viel weiterhelfen ... er sagte, Sie seien in Bezug auf Ihre eigene Person nicht gerade gesprächig. Inzwischen kann auch ich sehen, was er damit meinte.« Er lächelt, weniger freundlich als provozierend. Stefan runzelt die Stirn. Oestler fährt fort: »Er schätzt Sie aber sehr. Tatsächlich war ich häufig versucht, ihn der Übertreibung zu bezichtigen.«

Stefan sagt nichts; Oestler interpretiert seine Reaktion als Bescheidenheit.

»Ist in Ordnung«, sagt Oestler nach einer kleinen Pause, »wir haben viel Zeit.« Stefan wirft ihm einen Blick zu: Oestler beobachtet ihn immer noch aufmerksam. »Ich wollte Sie fragen, ob Sie Lust haben, am Samstagabend vorbeizukommen, zum Abendessen mit meiner Frau und mir. Ich lade öfters Leute zu uns ein, meistens sind es Studenten, die auf einen Kaffee vorbeikommen; wir sitzen einfach herum und unterhalten uns. Daraus ist schon ein richtiges Samstagsritual geworden. Meine Kollegen sind eher skeptisch – sie meinen, man sollte keinen allzu familiären Umgang mit den Studenten pflegen – aber ich bin da anderer Meinung. Werden Sie kommen? – Sie sind ja eigentlich kein Student ...«

»Ich hoffe, nicht ... Aber ja, sehr gerne, vielen Dank.«

»Gut«, sagt Oestler, steht auf und geht um seinen Schreibtisch herum. Auch Stefan hat sich erhoben, Oestler nimmt seinen Arm, und sie gehen zur Tür. Er sagte lachend: »Als ich Vollmer erzählte, Whitehead hätte einmal bemerkt, dass er als Lehrer nur existieren würde, wenn er seinen Studenten nicht nur vor sich, sondern auch um sich hätte, wissen Sie, was er geantwortet hat? ›Ja, aber wer kann schon Whitehead lesen?‹«

PAUL / DREI

Er hat mir oft vorgelesen: Seine Stimme war leicht und angenehm, überhaupt nicht dramatisch – als würde er die Worte zu einer unhörbaren Musik sprechen. Er las Stefan George und Hölderlin und Georg Heym und Rilke in einem sanft fließenden, leicht bayerisch angehauchten Deutsch. Meistens um die Wirkung zu verstärken – er hatte die ersten zehn Jahre in Wien verbracht, beide Eltern waren Österreicher, sie sind aber kurz vor dem Krieg nach München gegangen. Die ganze Familie war sehr musikalisch: Als Paul ein Kind war, ging Anton Weber bei ihnen ein und aus; sein Vater spielte Geige, seine Mutter Clavicord...

Er fühlte sich zum Dichter berufen, hielt aber das, was er geschrieben hatte, strikt unter Verschluss, auch vor mir. Er sagte, dass er seit dem Tod seiner Mutter vieles ganz anders sehen würde; unter anderem hätte er den Gedanken aufgegeben, dass er ein deutscher Rimbaud sein würde. Hitler sei sozusagen sein Verlaine gewesen, sagte er, und der Krieg ein Abessinien, das er nie kennengelernt habe – deshalb habe er die meisten seiner frühen Gedicht zerstört ...

ASPEKTE EINES WANDERVOGELS

Adolf Weichart ist Studienrat (letztes Neujahr wurde er vierundsechzig Jahre) und arbeitet am Übersetzerinstitut; auch privat gibt er Deutschstunden, die Stunde für DM 2,50. Er und Fräulein Gerber sind »per Du« (eine frühere Romanze?), aber sie reden sich respektvoll mit »Kollege« an. Er ist ziemlich groß und geht etwas gebückt, den Kopf mit der riesigen Mähne hält er gesenkt, als würde er nach verlorenem Kleingeld suchen; er leckt sich dabei ständig die Lippen. Er kann tagelang herumlaufen, ohne zu essen, ohne zu schlafen, ohne etwas zu denken und verbrennt innerlich, langsam, unmerklich. Seine Nase, die der Alkohol zusammen mit dem Heufieber im Lauf der Jahre anschwellen ließ, ist mit einem dünnen weißen Flaum bedeckt, was sie wie einen kleinen, rosafarbenen Tennisball aussehen lässt. Aber obwohl er wie ein bemitleidenswerter und leutseliger Clown wirkt, gibt es etwas in seinen Augen (eine Andeutung nicht von Verletztsein oder Schmerz, sondern von lauernder Gewalt oder einem geheimen Laster), das die Leute davon abhält, sich über ihn lustig zu machen. In seiner Jugend ist er sehr massig und muskulös gewesen (nicht im klassischen Sinn), hatte dann aber in seinen späten Zwanzigern und frühen Dreißigern immer mehr zugenommen (unterwegs, seine Jugend in Venedig, Alexandrien und Algier vergeudend). Der Krieg erwischte ihn irgendwo in Nordafrika, er brannte das Fett weg und ließ seine Haut (die die unschöne Farbe eines Brathähnchens hatte) wie eine Nachkriegs-robe-de-chambre von seinem repatriierten Körper herunterhängen.

PAUL / VIER

Er war schlank und beweglich, gut proportioniert und ein bisschen größer als der Durchschnitt. Seine Hornbrille ließ ihn schrecklich seriös und mindestens zehn Jahre älter aussehen; wenn er lächelte, wirkte das einfach komisch. Aber ohne diese Brille war er der ewige Jugendliche, der nie älter als zwanzig wurde …

Er war ein leidenschaftlicher Redner, und diese Leidenschaft schien aus einer unsichtbaren, hinter seinem Nervensystem verborgenen Quelle zu kommen; oberflächlich betrachtet schien seine Energie nicht Teil seiner selbst zu sein. Wenn sie aus ihm herausbrach, war er danach meistens erschöpft und leicht gereizt – wie übrigens auch seine Umgebung. Hatte er sich einmal auf ein Thema eingeschossen, konnte man davon ausgehen, dass er erst davon ablassen würde, wenn er es Punkt für Punkt auseinandergenommen hatte. Man kann sich nicht vorstellen, wie faszinierend diese obsessiven Energieschübe waren. Nichts war charakteristischer für ihn als Mann. Ich meine damit nicht nur seine Überzeugungskraft oder seine scharfe Logik, vielleicht sollte ich statt Obsessionen besser von Zwängen sprechen, weil ich wirklich überzeugt bin, dass die Quelle dieser Schübe, die ihn beim Arbeiten und Reden überkamen, außerhalb seiner Person lagen: Ich konnte nur zuschauen und ihn bewundern oder einfach zuhören. Deshalb unterscheide ich sie auch von seiner Logik oder Überzeugungskraft – diese Ebene war mir vertraut, mit ihr konnte ich mich anfreunden, identifizieren. Während ich seinen Geist und seine Art zu denken eher als feminin betrachtete (falls man das so sagen kann), gehörten sein Elan und seine Energie einer anderen Kategorie an, zu der mir der Zugang fehlte. Oh, ich bring alles durcheinander; einer Frau fällt es immer schwer zu beschreiben, was ihr an einem Mann gefällt ...

SPELÄOLOGIE

Freddies Bleibe: ein winziges Zimmer auf dem vierten Stock eines alten Bürogebäudes, das einem Onkel von ihm gehört. Ursprünglich gab es dort nur eine Spüle, da es als Abstellraum oder Werkraum diente. Freddie hat sich aber inzwischen ein paar schreckliche, ausrangierte Möbelstücke hineingestellt – ein durchhängendes Bett, einen alten Tisch, ein Sofa, das (immer noch) ein halbes Dutzend Mäuse und große Staubwolken (Staub aus der Zeit vor dem Ersten Weltkrieg) ausspuckt, wenn man sich daraufsetzt, ein paar in Auflösung begriffene Korbstühle, eine zweibeinige, auf den Kopf gestellte Zeitungsablage etc., etc. Immer wenn ein neues entsetzliches Teil von diesem Sammelsurium eintraf, erwartete es Freddie mit der Säge in der Hand und schnitt sofort die Beine von Bett, Tisch und Stühlen ab: Danach konnte sie dann nur ein japanischer Zwerg von den Unebenheiten im Fußboden unterscheiden. Ein Schrank ist nicht vorhanden: Kleidungsstücke, die nicht einfach auf dem Boden landen, werden an Nägeln aufgehängt (die jetzt meistens dazu dienen, riesige Leinwände in Holzrahmen zu befestigen. Manchmal bleibt ein Hemd oder eine Jacke daran hängen und verdeckt ein »Bild« oder verbessert vielmehr den allgemeinen Aspekt des Zimmers. Ein schmales Fenster gestattet (gelegentlich) einen Blick auf eine triste Steinmauer: Gewöhnlich ist es jedoch mit einem schmutzigen Bettlaken verhängt, das aussieht, als wäre ein Huhn darauf geschlachtet worden (obwohl Freddie schwört, es sei Haushaltslack). Das Heizgerät neben der Spüle könnte eine ganze Scheune erwärmen (Freddie scheint nie zu schwitzen) und liefert genug kochendes Wasser für eine Tasse Nescafé am Morgen.

DER FREMDE AUS DEN TROPEN

Reinhardt Gerstenmaier (eigentlich überhaupt kein Fremder) im zerknitterten, weißen Leinenanzug mit abgeschabtem Revers (die Außentemperatur beträgt 15 Grad minus), einem Hosenboden, der beinahe bis zu den Schenkeln reicht, zwei offenstehenden Hosenknöpfen (braune Monster aus Knochen), Hosenbeinen, die sich ziehharmonikaförmig um die Knöchel legen.

Er dreht sich um: die Schrittnaht ist aufgegangen.

Er lässt sich einen Bart wachsen; inzwischen ist er drei Tage alt.

Seine Seele wird von unsichtbaren Motten (oder Mündern?) gefressen.

BATEAU IVRE

Weicharts kräftiges, aus dem Bauch kommendes Lachen füllt die Pausen eines Freitagabends im »Keller«. Es sind immer dieselben Gäste: zukünftige Rechtsanwälte, die schon mit zwanzig eine Glatze und Schmisse haben, zerzauste Philosophen mit randlosen Brillen und eingeübten Verhaltensweisen, ein paar stramme schwarzhaarige junge Mädchen: eine ränkeschmiedende Weißrussin, die unter ihrer Nase (unterm Tresen) eine Gegenrevolution bärtiger Jazz-Bolschewisten anzetteln will. Abgesehen von dem maître, der seinem Steinhäger treu bleibt, trinken alle Libella Früchtepunsch.

Alle umarmend sitzt er in einem schlingernden Ruderboot: Seine Passagiere halten sich fest. Er fängt an zu keuchen und schlägt sein Wasser ab, der Boden seiner Stimme fällt heraus, Masten stürzen, er röhrt: sein Gesicht bläst sich auf wie ein Schwimmgürtel. Ein Evakuierungsbefehl ergeht: hundert Schiffe erwarten sein SOS.

Aber irgendwie schafft er es, die Ruder einzuziehen; er beugt sich langsam vor, hustet das Wasser aus seinen Lungen und fällt zurück, kraftlos, mit wässrigen Augen. Saxophone ölen das Meer.

DER KANNIBALE, DER ALLES AUSSPUCKT

— Glaub mal nicht, ich hätte nicht gewusst, was sich zwischen dir und Immanuel abspielte – ich wusste Bescheid.

— Was meinst du?

— Du weißt genau, was ich meine. Mir ist das egal, was nicht heißt, dass ich blind bin.

— Nein, nicht blind, sondern einfach nur verrückt, weiter nichts.

PAUL / FÜNF

Was immer wir uns ausdachten, wie wir unsere ersten gemeinsamen Ferien verbringen würden, es löste sich in Luft auf – das Ganze war ja auch nur reines Wunschdenken. Ich bin nach Hanau zu meinem Vater gefahren, während Paul nach München ging und arbeitete. Obwohl sein Vater (der 1945 zum Invaliden wurde, als ein Gebäude einstürzte) seine Studiengebühren und Miete bezahlen konnte, musste sich Paul das Geld für Essen und sonstige Ausgaben dazuverdienen. Seine Stiefmutter, Elisabeth Raabe-Speer (auf sie komme ich gleich noch zu sprechen), verfügte zwar über ein beträchtliches Eigenvermögen, hatte aber geschworen, dass Paul keinen Pfennig von ihr bekommen würde, wenn er nicht Jura studierte, wie sie das wollte. Ich nehme an, sein Vater war zu gleichgültig, zu resigniert oder was auch immer, um bei ihr einen Sinneswandel zu bewirken. Ich kann nur sagen, dass es keine Frage des Stolzes war. Jedenfalls hatte Paul in den Semesterferien immer in einem kleinen Verlag gearbeitet und einen stolzen Wochenlohn von siebenunddreißig Mark verdient.

Wir haben einander beinahe jeden zweiten Tag geschrieben, aber es gab eine Sache, die ich ihm verschwieg. Als im Mai die Vorlesungen wieder anfingen, war ich etwas über drei Monate schwanger. Ich hatte Angst gehabt, ihm das in einem Brief zu schreiben; ich war überzeugt, dass ich ihn dann nie wieder sehen würde, dass es auf jeden Fall meine »Schuld« wäre, nicht seine. Oh, ich hab über hundertmal versucht, ihm zu schreiben und alle Briefe wieder zerrissen. Aber so hat es schließlich mein Vater erfahren – eines Tages ließ ich einen dieser Briefe auf meinem Schreibtisch liegen, wo er ihn dann gefunden hat. Er sagte gleich, dass er Bescheid wüsste, und ich werde ihm immer dankbar sein, dass er mir die Entscheidung überließ. Als ich sagte, ich wolle Paul heiraten, müsse ihn aber sehen, um mit ihm zu sprechen, ließ er mich auf die Universität zurück.

Ich bin also hingegangen, hab meinen ganzen Mut zusammengenommen und es Paul erzählt. Von zusammengenommen kann eigentlich gar nicht die Rede sein, ich bin einfach damit herausgeplatzt. Paul wurde etwas blass und fragte: »Und was sollen wir jetzt machen?« »Was auch immer, ich will's auf jeden Fall behalten«, sagte ich defensiv. »Natürlich behalten wir es«, meinte er vorwurfsvoll. »Das meinte ich nicht.«

Im Juli, kurz vor den Sommerferien, haben wir auf dem Hanauer Standesamt geheiratet. Mein Vater ließ mich ziehen; Paul hatte er drei Wochen davor kennengelernt und sofort gemocht. Ich habe einen Bruder gehabt, der in den ersten Kriegstagen gefallen ist – und obwohl Paul alles andere als ein Bruder für mich war, freute sich mein Vater, wieder einen Sohn zu haben.

Pauls Eltern erfuhren von der Heirat erst, als wir bei ihnen vorbeikamen und es ihnen erzählten. Vor seinem Vater oder dem, was er sagen würde, hatte Paul keine große Angst – es war seine Stiefmutter, die ihm Kopfschmerzen bereitete, und das mit gutem Grund ...

PULSLOSES LEBEN / ZWEITER TRAUM

Als er die schmerzlose Entdeckung macht, dass auf der Innenseite seines linken Arms eine blaue Linie hochläuft, wird ihm plötzlich klar, dass er eine Blutvergiftung hat. Seine Angst bleibt abstrakt, obwohl diese Linie schon bedrohlich lang ist, weigert er sich, sie ernst zu nehmen. Er sucht einen Arzt auf, auf dem Weg gibt es aber immer wieder kurze, merkwürdig komische Aufenthalte. Der ganze Traum spielt sich sozusagen in einer Sekunde ab – als er nämlich auf der anderen Flussseite den Arzt mit dem Rücken ihm zugewandt dastehen sieht, durchzuckt ihn der Gedanke, dass er vielleicht sterben könnte, dass er vielleicht schon im Begriff ist zu sterben. Seine Weigerung, diese Einsicht zu akzeptieren, lässt ihn abrupt aufwachen.

PAUL / SECHS

Raabe-Speer muss auf die Fünfzig zugehen, aber man sieht ihr das nicht an. Sie ist eine Eiskönigin, groß, mit rabenschwarzem Haar, keiner einzigen Falte, weder im Gesicht noch am Hals, für immer und ewig konserviert, unbeugsam, unbestechlich.

In ihrer Jugend stand sie auf der Bühne, so viel ich mich erinnere, war das in Hamburg; ihr erster Ehemann war ein Matinée-Idol aus den Dreißigern; im Krieg, als er an der Front war, machte sie (kurz nach dem Tod von Pauls Mutter) die Bekanntschaft von Egon Speer; er war in Uniform, ein schneidiger Mann in den besten Jahren. Als im selben Jahr ihr Mann in Italien fiel, haben sie und Pauls Vater sofort geheiratet.

Einmal Schauspielerin, immer Schauspielerin – sie kann jede Rolle spielen, von der liebenden Mutter und der hingebungsvollen Frau bis zum Partygirl und der hochmütigen, unschuldigen Märtyrerin, und wenn es hart auf hart kommt, auch die der Hure und der Fischhändlerin. Die meisten Frauen scheinen sie irgendwie zu durchschauen, vielleicht weil sie sich teilweise mit ihr identifizieren oder weil sie eifersüchtig sind, wer weiß – nicht so die Männer, sie fallen auf jeden ihrer Tricks herein. Ob sie nun von ihrer Schönheit oder was auch immer geblendet sind, sie sind völlig hypnotisiert und lassen sich ohne den geringsten Schmerzenslaut bei lebendigem Leib von ihr verschlingen. Und ich denke dabei nicht nur an Paul und seinen Vater.

Aber die Frau, die uns bei unserer Ankunft in München begrüßte, wo wir hingefahren waren, um unsere Heirat bekannt zu geben, übertraf meine schlimmsten Befürchtungen. Das Bild, das Paul von ihr gezeichnet hatte, war das einer gestrengen, aber gerechten Frau, einer Art weibliche Jehova. In dem Augenblick, in dem ich sie sah, läuteten bei mir sämtliche Alarmglocken. Und ich hatte mich nicht geirrt: Ich konnte mir noch so oft vorsagen, dass sie auch ihre guten Seiten haben musste und auch ehrlich und selbstlos sein konnte, es war aber immer das Gegenteil der Fall. Sie lässt sich überhaupt nicht so monströs beschreiben wie sie ist, ohne dass man sich selbst dabei lächerlich macht. Ich bin mir sicher, sie ist wahnsinnig, es gibt nur keinen Namen für ihre Krankheit. Und eins muss man ihr lassen: So verrückt sie auch ist, ihr Wahnsinn hat Methode; sie lebt in einer Welt, die Gott weiß wer erschaffen hat, in einer Welt, in der nie etwas vergeben oder vergessen wird, wo eingebildete Kränkungen, eingebildete Verstöße einen solchen Hass und solche Rachegelüste bewirken, wie es tatsächliche Vorkommnisse gar nicht könnten. Das Schlimmste an der Sache oder die eigentliche Erklärung dafür, die mit ihrer Sicht der Dinge absolut übereinstimmt, ist jedoch, dass alles, was sie tut, ausschließlich von ihrem maßlosen Egoismus bestimmt wird. Es ist in ihren Augen immer richtig, und ihre Opfer scheinen nur allzu bereitwillig ihre schlimmsten Machenschaften zu unterschreiben: Sie legen sich hin und sterben ...

Pauls Beziehung zu ihr war äußerst merkwürdig. (Von ihrem perversen Standpunkt aus, war sie in ihn verliebt: Ich war von dem Augenblick an, als ich ihr Haus betrat, eine Rivalin und musste mich entsprechend verhalten; die Tatsache, dass ich Pauls Frau sein würde, zählte für sie überhaupt nicht – ich weiß nicht, wie viele Male ich von ihr in die Defensive gedrängt wurde und auf dem Rücksitz landete.) Paul war ungefähr siebzehn, als sein Vater sich wieder verheiratete: Man könnte meinen, ein Junge in diesem Alter würde sich nicht bedingungslos an das durch dieses Heirat entstandene künstliche Familienschema anpassen. Aber Paul hatte seine Mutter über alles geliebt – doch es war ein Ausdruck seiner Bedürfnisse, nicht der ihren. Sie liebte ihn, aber seine Bemerkungen bestätigten mir, dass seine Mutter wusste, wie abhängig er von ihr war, und dass sie das eher beunruhigend fand. Er beschrieb sie nie als zu besitzergreifend, obwohl sie das eigentlich hätte sein müssen, denn nur so erklärt sich die ungeheuere Abhängigkeit, die er entwickelte. Aber all das lässt sich nicht mehr verifizieren. Ich denke, bis zu einem bestimmten Grad muss er gespürt haben, dass sie von seiner Abhängigkeit wusste und dass sie ihr Angst machte. Deshalb ließ er diese Angst – bewusst oder unbewusst – als übertrieben erscheinen oder versuchte es zumindest, um die Befriedigung seiner Bedürfnisse nicht zu gefährden. Jedenfalls war ihr Tod ein schrecklicher Schock für ihn (sein Vater war zwar in Deutschland, aber während der Kriegsjahre nur selten zu Hause), die möglichen emotionalen Auswirkungen hatten sich jedoch noch nicht manifestiert, als Raabe-Speer die Bühne betrat. Paul fing sofort an, sich komplizierte Begründungen auszudenken, um sie als eine Art Stellvertreterin akzeptieren zu können, nicht jedoch als Objekt seiner Liebe (er musste seine Stiefmutter nicht lieben, solange er zu ihr hielt und ihre Wünsche respektierte), sondern als Ersatzmutter, mit der er die losen Fäden seiner früheren Abhängigkeit verknüpfen konnte. Für sie muss die Situation aber ganz anders ausgesehen haben, und sie hatte keine Skrupel, sich in ihn zu verlieben, er war eine leichte Beute, und der Unfall, der Pauls Vater nach zwei Ehejahren zum Krüppel gemacht hatte, bedeutete, dass sie (für eine Zeit lang zumindest) keine wirkliche Bezugsperson hatte, abgesehen von Paul. Sie verlor keine Zeit: Mit sicherem Instinkt registrierte sie seine Eigenheiten und seine Bedürfnisse und begann für ihre eigenen Zwecke damit zu spielen, bis es ihr gelang, ihn an sich zu binden und eine Art leidenschaftlicher Hörigkeit zu bewirken, so dass sie ihn umso leichter manipulieren konnte.

Als sie erfuhr, dass Paul und ich geheiratet hatten, war ihre erste Reaktion, mich zu beschuldigen, ich hätte ihr den Sohn weggenommen – ihren Sohn! – und mir zu unterstellen, dass ich absichtlich schwanger geworden sei, damit er mich heiratete. Und dann wurde der Ton noch etwas melodramatischer: Sie beklagte den unvermeidlichen Verlust eines Talents, das er mit einer Frau und einem Kind im Schlepptau nicht mehr entfalten könnte – ein Talent, das nur sie erkannt hatte. Paul protestierte (nicht allzu heftig), sie habe es ihm wahrhaftig nicht leicht gemacht, das zu studieren, was er studieren wollte, doch sie wehrte sich mit Händen und Füßen: Nur zu deinem eigenen besten!, schrie sie. Falls er einen Scheidungsanwalt bräuchte? Sie hätte genügend Anwälte, die eine Heirat für nichtig erklären konnten, sie würde ihn dann wieder auf die Universität schicken, auf die Universität seiner Wahl ... oh, er müsse sich unbedingt scheiden lassen (mit vernichtenden Blicken in meine Richtung), das Ganze könnte nur in einer Katastrophe enden ...

Aber am nächsten Morgen war sie wie ausgewechselt: Sie war uns immer um Meilen voraus. Beim Frühstück überfiel sie uns mit einem strahlenden, wohlwollenden Lächeln, das einen Eisberg zum Schmelzen gebracht hätte, und sagte: »Meine lieben Kinder, der erste Schock auf die Ankündigung hin, dass zwei so junge Leute wie Ihr geheiratet haben, hat bei mir, wie ich zugeben muss, eine zutiefst unfaire Reaktion ausgelöst – Ihr müsst mir das verzeihen, ich bitte euch, meine herzlichsten Glückwünsche entgegennehmen.« Sie war so voller Verständnis und so zuckersüß, dass mir der Kiefer herunterklappte. Sie fügte noch hinzu, dass sie nolens volens unsere Heirat akzeptiert habe. Man müsse jetzt vor allem an das Kind und an Pauls Karriere denken (sie hat das Wort »Karriere« mindestens fünfzig Mal in den Mund genommen) – ob er wieder auf die Universität zurück wolle? Wenn ja, und wenn er damit einverstanden wäre, nach München zu ziehen, würde er von ihr die notwendige Unterstützung bekommen. Er könne ihr das Geld zurückzahlen, wenn er berühmt sei, sie würde wirklich an ihn glauben. Ohne eine Antwort abzuwarten, wandte sie sich mir zu, und mit seelenvollem Gesichtsausdruck fing sie an, mir einen langen Vortrag über meine Pflichten und Verantwortlichkeiten zu halten – jetzt, wo ich einen Künstler zum Mann hatte. Sie hob Pauls Genie in den Himmel, zitierte Goethe und ließ mich wissen, dass es sowohl eine Ehre wie eine Herausforderung sei, einen »Auserwählten« (das hat sie gesagt, ich schwör's!) geheiratet zu haben und dass sie hoffe, dass ich dieser Aufgabe gewachsen wäre – wenn ich mich bemühte und meine Bemühungen von Erfolg gekrönt wären, könnte sich vielleicht doch noch alles zum Guten wenden, und ich wäre in ihrem Haus ein willkommener Gast und so weiter und so fort ...

Nun, wir haben den Köder geschluckt. Schließlich hatten wir auch gar keine andere Wahl. Und Paul war mehr als bereit, diese Chance wahrzunehmen und gleichzeitig unendlich erleichtert über diesen Stimmungsumschwung, so dass ich einfach nicht den Mut oder den Weitblick oder was auch immer aufbrachte, um auf meine innere Stimme zu hören. Angesichts ihrer unglaublichen Heuchelei, ihrer effronterie, die alles, nur nicht das, was dann kam, vermuten ließ, gab ich schließlich klein bei und fragte mich sogar, ob nicht ich die Hysterikerin gewesen war und absichtlich alles in den falschen Hals bekommen hatte und damit ihre erste Reaktion provoziert hatte – vielleicht war es doch nur ein schnell bereuter, aber ganz natürlicher Ausbruch einer leicht neurotischen, aber liebenden Mutter (oder Stiefmutter – ich hatte ja nie eine gehabt) gewesen, und ich würde tatsächlich Pauls Zukunft (wie auch meine und die des Babys) gefährden, wenn ich ihn (und uns) ihrer Hilfe beraubte; wohin hätten wir auch gehen können, was hätten wir schon machen sollen? ...

Bei all dem hab ich die Rolle von Pauls Vater eher vernachlässigt. Damals, als ich ihn kennenlernte, war er nur noch ein Schatten seiner selbst; er war fünfundvierzig, sah aber aus wie sechzig. Durch den Unfall, den er mit einundvierzig gehabt hatte, als er noch mitten im Leben stand, war seine ganze rechte Seite gelähmt. Und sein Haar war beinahe über Nacht schlohweiß geworden. Die Nachricht von unserer Hochzeit berührte ihn allem Anschein nicht besonders: Er lächelte nur schwach und sagte: »Oh? Na dann ist doch alles gut.« Ich mochte ihn, er war immer sehr nett zu mir, gleichzeitig aber auch völlig abwesend, müde und teilnahmslos und ohne das geringste Interesse für irgendetwas. Ich nahm mir jeden Tag Zeit, um ihm entweder etwas vorzulesen oder mit ihm zu reden, solange, bis ich bemerkte, dass er müde wurde.

Nachdem wir im Anschluss an Max' Geburt einige Monate bei ihnen verbracht hatten, meinte er eines Tages ziemlich überraschend: »Falls du dich wunderst, mein Kind, was mich noch am Leben hält, so sind das zwei Dinge: Zum einen weiß ich, dass es mich, so wie ich beschaffen bin, weniger Mut kostet, den Rest meines Leben so weiterzumachen als zu sterben – und zum anderen, weil ich sie liebe. Der zweite Grund ist für dich vielleicht schwerer zu akzeptieren oder zu verstehen, für mich ist er aber bei Weitem der wichtigste.« Ich gebe zu, dass das tatsächlich schwer für mich war. Wenn Raabe-Speer überhaupt wegen irgendeines Menschen geblieben war, dann wegen Paul. Sein Vater wurde tagsüber von einer Krankenschwester versorgt und seine Stiefmutter lebte am andern Ende des Trakts, in einem Zimmer, das sich an unseres anschloss. Wenn sein Vater morgens herausgeschoben wurde, tauchte sie kurz auf und küsste ihn pflichtbewusst auf die Stirn, das wiederholte sich dann abends, bevor er ins Bett gebracht wurde – aber ich bezweifle, dass sie in der ganzen Zeit, in der ich dort war, mehr als zehn Minuten am Tag mit ihm verbracht hat. Darauf kam es ihm auch gar nicht an: Er war ein außerordentlich gut aussehender und sehr männlicher Mann gewesen, der nichts anbrennen ließ. Pauls Mutter hatte er nie so geliebt oder so vergöttert wie Raabe-Speer, auf sie war einfach nur Verlass gewesen: Sie war der sichere Hafen, bescheiden, geduldig und scheu, eine nette, häusliche Frau, die keine großen Leidenschaften entfachte. Raabe-Speer hingegen war eine Eroberung gewesen, und ich glaube, er wagte sich nicht einmal die Frage zu stellen, warum sie bei ihm, einem Krüppel, geblieben war – oder vielleicht ahnte er es auch; jedenfalls war er ihr bedingungslos und grenzenlos dankbar, und diese Dankbarkeit hielt ihn am Leben.

In diese Umgebung wurde also unser Kind hineingeboren, und in ihr haben wir das erste Jahr unserer Ehe verbracht. Leben im Mausoleum oder etwas in der Art. Bis ich die Flucht ergriff – und ich meine Flucht – hatte ich nie das Gefühl gehabt, dass mein Kind mir gehörte. Raabe-Speer kümmerte sich um seine geistige Entwicklung und überließ mir die Rolle des Kindermädchens und der Windelwechslerin. Auf körperlichen Kontakt kam es ihr nicht an, obwohl sie sich fünfzig Mal am Tag davon überzeugte, dass es noch da war. Aber sie wollte nicht daran erinnert werden, dass diese kleine Kreatur auch einen Körper besaß – als man nämlich sehen konnte, dass es mein Haar und meine Augen haben würde, hätte sie es am liebsten zurückgeschickt und umgetauscht; ihr heißkalter Stolz auf es entsprach der einseitigen Zufriedenheit, die der Besitzer einer gut geölten und auf Hochglanz polierten

Präzisionsmaschine empfindet, wenn er sie in seinen Besitz gebracht, aber noch keinen Gebrauch von ihr gemacht hat …

CAMERA OBSCURA

Sie sitzen auf dem Teppich neben dem Bücherregal. Um sie herum liegen Bücher und Zeitschriften.

»Da sind sie«, sagt Barbara, die hinter *Menschheitsdämmerung* und *A History of the Great War* einen gelben Umschlag entdeckt hat. Sie öffnet ihn, zieht ein Bündel Fotografien heraus, streift den Gummiring davon ab und dreht sie um wie Spielkarten von einer ungewöhnlichen Größe. Die fünfte oder sechste reicht sie Stefan. Es ist ein missglückter Schnappschuss von zwei verschwommenen Personen neben einem verschwommenen Zelt.

»In Frankreich«, sagt sie. »Sommer zweiundfünfzig.«

»Sind Sie das?«

»Ziemlich mollig, was?«

»Ich würde sagen – nicht wiederzuerkennen.«

Sie reicht ihm eine weitere, auf der Paul im Profil zu sehen ist; er hält ein lachendes Baby an sein Gesicht.

»Frankfurt«, sagt sie, »nach unserer Flucht aus München. Die Aufnahme stammt von mir. In dem Licht sieht sein Haar ganz dunkel aus.« Sie geht ohne sich groß zu konzentrieren durch den Stoß.

»Halt«, sagt Stefan, der etwas entdeckt hat. »Kann ich das mal sehen … Nein, das Bild davor.«

Sie gibt sie ihm, es ist ein großes, eher zufälliges Porträt von Paul mit Brille. Er sieht aus wie vierzig. Der Abzug ist nicht besonders gut, aber die Unschärfe verleiht dem Bild etwas Weiches, Anziehendes. »Mir hat das nie besonders gefallen«, sagt sie. »Es sieht ihm zwar einigermaßen ähnlich, aber er hat das Haar zurückgekämmt, und das macht die Stirn zu hoch.«

Stefan sieht sich das Foto genauer an und erschauert unwillkürlich, als hätte er Zugluft abbekommen. »Wann wurde es aufgenommen?«, fragt er.

Sie versucht sich zu erinnern. »Ich bin mir nicht ganz sicher – ich glaube, als wir *Bruchstücke* herausbrachten … Sie nimmt es ihm aus der Hand und widmet sich wieder dem Stapel, bis sie auf ein weiteres postkartengroßes Foto stößt: Es zeigt Paul in einem weißen Anzug auf einem Gartenstuhl, dieses Mal ohne Brille »Das ist mein Lieblingsbild«, sagt sie und hält es ihm hin. »So hat er ausgesehen, als wir uns kennenlernten. Alles stimmt: Sein Haar ist zur Seite gekämmt – und man kann beinahe erraten, dass er grüne Augen hat, nicht wahr! – die Falte von der Nase zu den Mundwinkeln und dieses schöne Lächeln, das eigentlich gar kein Lächeln ist ...«

Das Foto zittert leicht in Stefans Hand:

Hannes.

PAUL / SIEBEN

Paul ging also auf die Universität zurück und zog sein Studium durch. Mit dem Dichten hatte er vorläufig aufgehört; er magerte ab und wurde immer reizbarer. Für das Baby interessierte er sich nur gelegentlich, manchmal konnte er es wochenlang aus seinem Bewusstsein verbannen. Wenn er nach Hause kam, war ich immer da, gelangweilt, aber so verliebt in ihn wie eh und je. Weggegangen sind wir nur ganz selten, und wir haben praktisch nie etwas gemeinsam unternommen. Oh, zweimal habe ich es geschafft, meinen Vater in Hanau zu besuchen, das eine Mal zusammen mit Paul und dem Baby, das andere Mal allein. Raabe-Speer kam und ging, bestimmt hatte sie einen Liebhaber, doch sie verhielt sich absolut diskret. Ich existierte nicht für sie und bin ihr auch nach Möglichkeit aus dem Weg gegangen. Pauls Vater saß wie eine Mumie herum, selbst das Vorlesen war zu viel für ihn. Paul brauchte zum Studieren ein Zimmer für sich, wo er dann häufig einschlief, und auch unser Liebesleben ist immer mehr eingeschlafen. Raabe-Speer tauchte des öfteren unter dem Vorwand auf, mit ihm reden zu müssen, und sie hielt ihn dann bis zwei oder drei Uhr morgens wach, um sicherzugehen, dass ich inzwischen eingeschlafen war. Oder sie schaukelte etwas hoch, bis wir uns wegen einer Nichtigkeit in die Haare gerieten, um dann die Vermittlerin zu spielen, immer darauf bedacht, einen Punkt ungeklärt zu lassen, so dass sie davon ausgehen konnte, einer von uns würde später darauf zurückkommen, und der Streit ginge wieder von vorne los. Es passierte einfach zu oft, um dahinter keine böse Absicht zu vermuten ...

Ich frage mich, wie ich das so lange ausgehalten habe. Es hätte auch gut noch ein Jahr so weitergehen können, bis zu Pauls Abschluss oder sogar noch länger – ich hätte ganz einfach nur den Verstand verloren. Aber eines Tages – kurz vor Weihnachten 1949 – hat Max den Baum umgerannt und Raabe-Speer bekam einen Anfall. Paul hat sich mehr oder weniger mit ihr solidarisiert, und mir wurde das Ganze einfach zu viel. Ich hab erst gar nicht mit ihr diskutiert, sondern bin einfach hochgegangen und hab meine Koffer gepackt. Ich musste so schnell wie möglich aus dem Haus, denn ich hatte Angst, sie könnte mich überzeugen (sie war zu allem fähig), dass ich im Unrecht sei, dumm oder egoistisch, auch wenn ich das gar nicht war. In dem Augenblick, als Raabe-Speer das Haus verließ und Paul außer Sichtweite war, bin ich dann abgehauen und nach Hanau gefahren.

Drei Wochen lang hab ich gewartet – es waren die schlimmsten meines Lebens. Mein Vater hat mich am Telefon verleugnet und alle Anrufer abgewimmelt, oder er hat erst gar nicht abgenommen. Endlich ist dann Paul gekommen; er hatte den schrecklichsten Kampf seines Lebens hinter sich, innerlich und äußerlich: Er brach sein Studium ab und ist ebenfalls geflüchtet. Was immer das für ihn bedeutete, ob er es gegen seinen Willen oder völlig spontan getan hat – er nahm jedenfalls sein Schicksal in die Hand – seines, meines und das des Babys ...

WIE VIELE PFUNDE BRINGT EIN HELD AUF DIE WAAGE

Barbara ist in ihrem Seminar (Chaucer); Stefan, der mit ihr das Material für *Zerstückelung* durchgeht, versucht, in ihrem Zimmer einen riesigen Stapel Briefe chronologisch zu ordnen (auch die vielen undatierten Briefe). Dabei fällt ihm ein mit Tusche geschriebener Brief in die Hände, er schiebt seine Arbeit zur Seite und liest ihn:

Darmstadt, 13. *VI.* 1955

Liebste Barbara,

Wie schön, nach all dieser Zeit von dir zu hören! Käthe und ich haben deinen Brief mit Tränen der Freude und Bewunderung gelesen. Dass du beschlossen hast, dein Studium wieder aufzunehmen, zeugt von außerordentlicher Courage! Es ist einfach bewundernswert, wie du die Prüfungen des letzten Jahres überstanden hast!

Ich kann dir gar nicht sagen, wie sehr mich Pauls Wertschätzung berührt, die du in deinem Brief erwähnst. Glaub mir, ich habe ihm gegenüber dieselben Gefühle, und die schreckliche Wunde, die sein Tod hinterlassen hat, wird nie ganz heilen. Wie viele andere junge Dichter schulde ich ihm soviel, dass ich ihm gar nicht genug danken kann für seine Freundschaft, seine konstruktive Kritik, seinen unermüdlichen Zuspruch, außer vielleicht mit meinem Werk.

Deshalb fällt es mir umso schwerer, dir zu sagen, was ich dir auf deine Bitte hin, Kopien von Pauls Briefen zu schicken, sagen muss. Ich weiß, wie viel dir diese Arbeit bedeutet, mit der man dich beauftragt hat, diese Hommage an Paul, den Weggefährten und den Künstler. Doch was mich betrifft, so muss ich dir in dieser Angelegenheit leider eine Absage erteilen (du kannst nicht wissen, wie leid mir das tut). Wäre der Grund nur der persönliche Inhalt vieler dieser Briefe, könnte ich ja neutralere Passagen aussuchen, kopieren und dir zuschicken. Aber es gibt noch einen schwerwiegenderen Grund für meine negative Antwort, und ich habe mein Gewissen einer gründlichen und hochnotpeinlichen Untersuchung unterzogen, bevor ich mich dazu entschlossen habe, ihn zu Papier zu bringen, denn ich befürchtete, dass du falsche Schlüsse daraus ziehen könntest, und ich dich verletzen könnte, was ich auf keinen Fall möchte. Die Sache ist die: Paul war ein großer Künstler, höchstwahrscheinlich sogar ein Genie, dessen Gesamtwerk zum Zeitpunkt seines Todes aus ein paar schmalen Gedichtbänden und einigen wenigen poetischen Aufsätzen bestand, doch bin ich überzeugt, dass sie ausreichen, um ihn als einen der größten Lyriker unserer Zeit auszuweisen, und das nicht nur in Deutschland. Das von dem Werk eines so früh Verstorbenen sagen zu können, tröstet uns zwar nicht über den Verlust hinweg, verschafft uns aber die beruhigende Gewissheit: Er hat nicht umsonst gelebt. Und mir gibt es den Mut, zu sagen, was ich sagen muss.

Natürlich wurden viele Briefe gewechselt, die als integraler Bestandteil eines dichterischen Werkes gelten müssen. Doch die Briefe Pauls gehören meiner Meinung nach nicht dazu. Nicht dass sie deswegen weniger wichtig sind, nein, sie entspringen nur einer anderen

Absicht, einem anderen Bereich seines Wesens. Die Gefühle können noch so stark sein, noch so überwältigend, die Ideen und Reaktionen in Pauls Briefen (zumindest an mich) dürfen nicht mit seiner Kunst verwechselt werden. Im Gegensatz zu Pauls Gedichten haben sie einen bestimmten Adressaten, und es war Paul, der Mann, der Freund, der sie geschrieben hat. Sie siedeln sich nicht auf einer abstrakten Ebene an, sie sind persönlich – nicht nur im Sinne des Privaten (wer bin ich schon?), sondern auch durch ihre Nacktheit, ihren (häufig) apologetischen Ton, ihre Sympathie und Verständnis heischende Art, ihre Bereitwilligkeit (oder vielmehr ihren Eifer), zu irren und belehrt zu werden! Wie könnte ich sie aus der Hand geben? Nur um die Neugierde gewisser Leute zu befriedigen, um ihnen analytische Hinweise auf seinen Charakter zu geben – nein, Barbara, Paul, mein Freund Paul, ist tot, und ich sehe keinen Grund, ihn den Augen und dem Verstand von Leuten auszuliefern, die ihn nicht verstehen und auch gar nicht zu verstehen brauchen – von Leuten, die sich nicht darauf berufen können, ihn zu lieben und somit nicht das Recht haben, den Mann selbst zu sezieren.

Bitte, liebste Barbara, missversteh mich nicht, nicht dir verweigere ich diese Briefe – ich verweigere sie dem Rest der Welt. Ich bin überzeugt, in jedem großen Künstler steckt auch ein großer Mensch. Aber dieser manifestiert sich in seiner Kunst (vielleicht ist das auch nur in unserer Zeit so), sie allein hilft dem Individuum, das eigene Leid zu verarbeiten, unsterblich zu machen, zu transzendieren. In ihr zeigt sich Pauls ganze Größe, und sie ist auch für alle zugänglich. Warum sollte jemand die Puzzleteilchen seines Alltags oder die Bruchstücke seiner Vergangenheit zusammensetzen wollen? Welche Bedeutung oder welches Interesse kann das für einen Außenstehenden haben? Fallgeschichten sind wie Häute, die abgeworfen werden. Pauls Kunst ist aus einem Guss, autonom: Sie (er) wird sich durchsetzen; sie ist das einzige Vermächtnis eines Mannes, der das Kreuz von Leben und Kunst nicht tragen konnte. Der Rest sind unleserliche Bruchstücke, die von seinem Kampf zeugen, als Mensch in einer Welt zu leben, für die er als Künstler nicht geschaffen ist, Bruchstücke, die seine Versuche dokumentieren, ein Leben zu leben, von dem er wusste, das es nicht sein Leben war, jedenfalls nicht das, was er sich darunter vorstellte – ein Leben von unerreichbarer Vollkommenheit und Fülle.

Pauls letzter Brief an mich enthielt folgende Zeilen: Sie können als kleine, aber aufschlussreiche Fußnote für alle seine Briefe und vielleicht auch für sein Leben gelten:

Herbst und wieder Herbst und immer Herbst –
Warum kein Segen?
Hart war der Weg und nun nicht mehr.
Wohin der Regen?

Komm uns bitte bald besuchen, liebe Barbara, bring auch den kleinen Max mit und bleib eine Weile, damit wir reden können – (Schließlich wohnen wir hier in Darmstadt und nicht am Ende der Welt!). Auch von Käthe soll ich dir viel Glück und Freude in Deinem Leben wünschen.

In alter Verbundheit,
ganz herzlich,
KARL-HEINZ HARDENFELD

TISCHGESPRÄCHE

PROFESSOR IGNATZ BAERMAN: Wer weiß, vielleicht ist der Konsonant – via Bilder – das Bindeglied zwischen den Phänomena der natürlichen Welt und ihrer linguistischen Zeichen.

CHRISTIAN BROEDESACKE, stud. phil.: Nichtsdestotrotz wird der Ausdrucksgehalt des Noumenon am besten durch den Vokal e-voziert.

PROFESSOR ALBERT OESTLER: In diesem Fall wäre der Vokal der Ursprung des dualistischen Irrtums, aber dem ist nicht so.

JOSEPH LIEBLICH, PH.D.: Universität von Jerusalem: Vor allem nicht, wenn er dem Konsonanten als Versuch einer Sprache vorangeht.

STEFAN BRÜCKMANN: Aber woher wollen Sie wissen, dass er ihm vorangeht? Vielleicht hat uns die Sprache, unsere Sprache, dieses Konzept von seiner Priorität aufgezwungen. Ich sehe nicht ein, warum ein Zischen oder Zähneknirschen eine weniger legitime Äußerung sein soll als ein *Ooh* oder *Aah*. Oder warum es erst später dazu gekommen sein soll ...

UND SO WEITER

— Bis vierzig war ich nicht in der Lage, Goethe zu lesen.
— Ich hab ungefähr zur selben Zeit aufgehört, Rilke zu lesen.
— Noch etwas Streuselkuchen, Herr Professor –
— Nein, mein Lieber, die Lehre von der ewigen Wiederkehr lässt sich einfach nicht rational begründen und auch nicht mit der christlichen Eschatologie vereinbaren, die hauptsächlich persischen und semitischen Ursprungs ist. Sie müssen verstehen, der Kosmos in der griechischen Philosophie –
— diese Elemente tauchen mysteriöserweise auch in ganz anderen Zusammenhängen auf und evozieren frühere Wahrnehmungen in ihrer ganzen affektiven Präsenz, an die man sich als solche vielleicht gar nicht mehr erinnert hätte, sondern nur über –
— ich geh also auf eine Tür zu, öffne sie und schließe sie wieder hinter mir, und genau in diesem Augenblick werde ich durch eine reale, ins Schloss fallende Tür wach. Wie lässt sich das erklären? Kann man rückwärts träumen, die Zeit so komprimieren, dass –
— Wir sollten Englisch sprechen: Ich befürchte, unser junger Freund, Mr. Kallergis, kann uns nicht folgen –
— Nein, bitte, ich versteh alles, ich kann mich nur nicht dazu äußern –
— Richtig! Im zweiten Buch mit seiner absichtlich lockeren Komposition und seiner vorweggenommenen Moral wird uns eine Form von –
— Ich weiß, mein Lieber. Ich wünschte mir nur, Frau Birnbaum könnte Sie sehen, sie –

— wäre eine Sensation gewesen, kein Zweifel. Es ist bestimmt das erste Mal, dass ein junger Jude so offen seine Eindrücke von dem »neuen Deutschland« beschrieben hat; aber ich glaube, die Empörung kann noch so ehrlich sein, es wird einfach kein Echo geben, zumindest nicht auf das, was man sagen will. Man wird immer noch viel zu schnell in die Defensive gedrängt. Selbst eine objektive Aussage ist für den durchschnittlichen deutschen Leser in höchstem Maße polemisch, da er nicht mehr daran gewöhnt ist –
— falls er es jemals war –
— berühmt dafür, dass er Teile einer unfertigen Arbeit praktisch für alle laut vorgelesen hat –
— und ein Freund ist gewöhnlich am wenigsten geeignet, diese Dinge zu beurteilen, abgesehen vielleicht von dem Ausmaß seiner eigenen

Eifersucht, die kann er sehr wohl beurteilen, vor allem, wenn er selbst Schriftsteller ist.
— und hat sich über Brod hinter dessen Rücken lustig gemacht –
— und die ganzen Auslassungen! Demnächst wird man uns anhand von Beispielen aus den kürzeren Werken, und vor allem aus dem *Prozess und Amerika*, erzählen, dass Kafka heimlich zum Katholizismus übergetreten ist, wetten –
— der typisch marxistische Fehlschluss. Und was für Beispiele! Man stelle sich vor: ein lächelndes kleines Mädchen auf einer sonnigen Straße mit einer Eistüte in der Hand, hinter ihm all die Kathedralen und Festspiele von –

KAMAKURA

— was ich nie verstehen konnte: Wie war es möglich, ein Mann, der sich so intensiv mit Zen beschäftigte, der fünf Jahre lang darauf verwandte, eine Kunst zu beherrschen, der sich einer solchen Disziplin unterwarf
— wie konnte ein solcher Mann ein so tollwütiger Nazi werden –
— in der Buch-Gemeinschaft, ein paar Jahre vor dem Krieg und Suzuki oder –
— Besant. Aber Steiner wiederum hatte –
— Graf Keyserling –
— nach *Sein und Zeit* in einer SS-Uniform und mit der Faust das Rednerpult traktierend.
— wenn es stimmt, dass Haushofer ihn durch China und Tibet begleitet hat –
— die konkave Welt, Glühbirnen als Sterne –
— im Edo-Park ausgestellt, wuchernde Krebsgeschwüre, eiternde Wunden, Mutationen als Landschaften, Tiere und Pflanzen und Mineralien austauschbar, nicht mehr zu unterscheiden, die sichtbare Psyche und Sexualorgane als samenschleudernde Früchte oder verwesende Steine, Aschen und Vivisektionen und überall, in tausend Metamorphosen, die große weiße Wolke –
— die erste Vorlesung hielt er über *Moby Dick*, von dem ich noch nie etwas gehört hatte. Allmächtiger, wie sehr er die Japaner gehasst hat! ... und Yamaguchi hat sich immer nur freundlich lächelnd verbeugt und

ist wieder nach Tokyo zurückgefahren – beinahe jeden Tag, sechs Wochen lang. Man stelle sich das vor: Nein danke, wir gehen auf keinen dieser verdammten japanischen Dampfer! Warum – weil sie ihm nämlich mit größtem Vergnügen die Kehle durchgeschnitten hätten. Keine Ahnung, wie er das geschafft hat, aber Yamaguchi konnte schließlich Passagen auf einem amerikanischen Schiff für sie ergattern, und an dem Tag, als sie abreisten, hat sich die ganze Fakultät versammelt, und alle sind zum Bahnhof gegangen; die Frauen der Professoren hatten Blumensträuße dabei und weinten – ungelogen, sie weinten! Aber sein Hass war unerbittlich, bis zum Schluss ... Ich hatte das überwältigende Gefühl, direkt in die geistige Landschaft hineinzugehen, die Lawrence in *Kangaroo* beschreibt, ein Roman, den ich gerade vor ein paar Jahren gelesen hatte, nur war das Amerika und nicht ... in einem schrecklichen Zustand, überall lagen Flaschen und Müll herum, das Bett war ungemacht und starrte vor Dreck. Es war ein Schock für mich, ihn unter solchen Umständen wiederzusehen, und natürlich war überhaupt nicht die Rede davon, dass er mir das Geld zurückzahlen würde – und er hat es übrigens auch nie getan. Aber Sie meinen, er sei inzwischen berühmt? ... die Ratten. Ich glaube, in den Vereinigten Staaten schätzt man, dass auf eine Person drei oder vier Ratten kommen. Es gab Zeiten, da hatten wir zehntausend oder mehr davon ... immer nur auf Oberflächliches fixiert und deshalb unfähig, die feinen Unterschiede zu erkennen, auf die es ankommt –

ÜBER FEUER UND WASSER TANZEN

JOHN KALLERGIS, Austauschstudent. Nein, ich kann nichts dazu sagen. Ich hörte immer nur, dass ich damals zu jung gewesen sei, um mich an den letzten Krieg zu erinnern. Schließlich war ich erst zehn, als er anfing, und fünfzehn, als er vorbei war. Außerdem kann ich als Amerikaner sowieso nicht mitreden, wenn es darum geht, wie es tatsächlich war – auch wenn ich mitgekämpft hätte, hätte das keinen Unterschied gemacht, da ich allein aufgrund meiner Staatsangehörigkeit automatisch jemand bin, der sich keine Gedanken macht und auch keine machen sollte – jedenfalls nicht insoweit Ihr Europäer betroffen seid. Anscheinend habt Ihr den Krieg für euch allein gepachtet. Und man ist sich auch einig, dass Ihr einfach sensibler seid als wir – sensibler und leidensfähiger und was weiß ich noch. Warum, ist eine andere Frage. Wir sollen uns jedenfalls aufrecht hinsetzen und wie brave Jungs und Mädchen zuhören, wenn unsere älteren Cousins reden, und wir sollen so tun, als wären wir zusammen in ein- und demselben großen alten Haus aufgewachsen – sind wir aber nicht. Das sei unser Pech, sagt Ihr, aber ich bin mir da nicht so sicher. Davon abgesehen, gibt es eine ganze Menge Dinge, bei denen ich mir nicht ganz sicher bin, unter anderem hinsichtlich der Frage, wie viel Ihr eigentlich zu diesem Krieg zu sagen habt. Ich glaube, man kann auch an etwas zu nahe dran sein, zu involviert sein, und von dem Gewicht der Dinge, die man weder stemmen, noch verstehen kann, erdrückt werden, oder aber man versucht, sie zu vergessen, je schneller, desto besser. Obsessionen sind für mich Atavismen. Jedenfalls hab ich's satt, mir von euch sagen zu lassen, wie ich die Dinge sehen soll: Euer Alter und eure Erfahrung sind euer Problem, nicht meines; ich hab in meinem ganzen Leben noch nicht so viele Erklärungen und Selbstrechtfertigungen gehört wie seit meiner Ankunft hier – ich hab aber nicht darum gebeten, und ich brauche sie auch nicht. Sie lassen mich kalt; das Ganze betrifft mich nicht, jedenfalls nicht so, wie Ihr es gerne hättet. Ihr könnt nicht in einem Atemzug euch selbst und mir eine Lehre erteilen. Wenn Ihr euch rechtfertigen oder euer Gewissen erleichtern wollt, dann vergesst doch einfach den ganzen Kram oder schließt ihn weg – das müsst Ihr jedenfalls mit euch selbst ausmachen, ich kann euch da nicht helfen – Ihr erinnert euch: Ich hab das alles nicht erlebt, ich wurde nicht in Stücke gerissen, ich sah nichts mit eigenen Augen, und ich muss auch nicht den Rest meines Lebens damit verbringen, Bruchstücke zusammenzukleben oder versuchen, zu vergessen.

Aber etwas möchte ich noch sagen: Zu dem Krieg selbst kann und will ich mich äußern. Es ist eine Gewissensfrage, und ich werde auch »diese feinen Unterschiede« in den Griff bekommen. Für Leute wie mich und meine Altersgenossen, die dieselbe Erziehung genossen haben wie ich, und die dort lebten, wo ich lebte, für solche Leute war der Krieg weit weg, aber gleichzeitig auch unglaublich nahe und allgegenwärtig, was unsere Empfindungen und Gefühle betraf. Er hat uns ständig beschäftigt, als etwas Unausweichliches, das uns auf hunderttausend verschiedene Arten an seine Existenz irgendwo da draußen erinnerte; er war einfach »er«. Schon damals, als wir noch nichts begriffen hatten, fühlten wir seine Gegenwart in allem um uns herum, und zwar mit jedem Tag intensiver. Inzwischen sind Leute wie ich, seine herangewachsenen Kinder, die Einzigen, oder beinahe die Einzigen, für die »er« noch etwas bedeutet, etwas bedeuten muss, die ihn immer noch nicht bewältigt haben, aber wissen, dass sie damit fertig werden müssen, um weitermachen zu können. Wir sind die Einzigen, die keinen Groll hegen, die kein großes Wissen besitzen, die nur ihre Gefühle haben, die falsch oder richtig sein können. Und wir haben auch keine Lehrer, nur unser Gedächtnis und unser Gewissen – ein Gewissen, das nicht unbedingt rein bleiben will, falls uns das hilft, mit uns selbst und dem Krieg ins Reine zu kommen ...

PAUL / ACHT

Mein Vater half uns, in Hanau eine winzige, aber extrem billige Wohnung zu finden, und Paul ergatterte sich in einer Kopieranstalt einen Halbtagsjob. Er verdiente zwar nicht viel, aber wir kamen damit aus. Und er fing auch langsam wieder an zu schreiben. Als erstes machte er ein paar Übersetzungen, ein Experiment – alle Texte stammten von amerikanischen Lyrikern. Anfangs dachte er nicht daran, sie zu veröffentlichen. Die meisten Dichter, die er sich ausgesucht hatte, gehörten einer älteren Generation an: Pound, Williams, Marianne Moore, Wallace Stevens, aber er arbeitete auch mit ein paar jüngeren Black-Mountain-Dichtern zusammen, mit denen er auch korrespondierte.

Er versuchte nicht so sehr, die Gedichte zu übersetzen als umzudichten. Als erstes zerlegte er sie in eine Art individuelles, rudimentäres Deutsch. Ich fertigte eine englische Interlinearübersetzung an, denn sein Englisch war keineswegs perfekt, und manchmal diskutierten wir stundenlang über ein einzelnes Wort. Er hatte ein unglaublich feines Ohr, einen ausgeprägten Sinn für Gewichtung und Balance, und er spürte den sprachlichen Reichtum, den Rohstoff, wie er es nannte, des Englischen. Er saß vor einer Übersetzung und entschlüsselte analog zu dem amerikanischen Gedicht mühselig die Strukturen seiner eigenen Sprache, bis er das Rohmaterial für neue Muster, neue Synthesen im Deutschen zusammenhatte. Er probierte Rhythmen aus, legte jedes Worte auf die Goldwaage, war immer neuen Klängen auf der Spur und belebte alte Resonanzen, sein eigenes Deutsch bis an die Grenze der Belastbarkeit strapazierend, doch nie darüber hinaus. Ich las dann die Texte laut vor, und er hörte stundenlang zu, während er mit der Spitze seines Kugelschreibers auf das Blatt Papier vor ihm klopfte – die Ränder seiner Notizblätter waren immer mit Tausenden von winzig kleinen Punkten übersät, die aussahen als wären sie daraufgesprüht; er hörte zu und klopfte, und sein Rhythmus bildete sich heraus. Das Ergebnis war immer ein kleines Wunder, eine geglückte Transplantation, originalgetreu, und las sich gleichzeitig wie ein deutsches Gedicht.

Ihn hat der Prozess immer mehr interessiert als das Ergebnis: Was ihm eigentlich am Herzen lag, war, einen neuen Rhythmus für seine eigenen Gedichte zu finden – und für die der andern, die lesen und hören konnten. Ich erinnere mich, dass er mir eines Tages – er hatte gerade Pounds *ABC of Reading* gelesen – die Passage, in der Pound der deutschen Dichtung vorwarf, in den letzten sieben Jahrhunderten nichts wirklich Neues entwickelt zu haben, zeigte. Er war wütend. »Selbst wenn er recht hätte, wäre mir das egal«, sagte er. Das kleine Buch hat ihn wirklich in Fahrt gebracht; er fühlte sich persönlich angegriffen und machte sich daran, der ledergebundenen, traditionellen Lyrik-Diktion neues Leben einzuhauchen: Er wollte ganz gezielt einen alchimistischen Prozess in Gang setzten: von Gold zu Blei und wieder zurück zu Gold als einen ersten Schritt, bei dem der Dichter sich in der von ihm erzeugten Hitze selbst temperierte …

Ich besitze diese Übersetzungen und kann sie dir bei Gelegenheit zeigen. In gewisser Hinsicht finde ich sie sogar interessanter als seine eigenen Gedichte, nicht nur, weil ich bei ihrer Entstehung dabei war, sondern weil sie uns seine Geburt als Dichter nachvollziehen lassen. Diese selbst auferlegte Disziplin ließ ihn ein unglaublich feines Gespür für die Musikalität seiner eigenen Sprache entwickeln: Sie war genauer und natürlicher als die der Dichter vor ihm, ja vielleicht …

Ich ermutigte ihn, die Übersetzungen an Verlage zu schicken, denn ich dachte, man würde ihn vielleicht mit einer ganzen Sammlung von Gedichten beauftragen. Und er hat das auch getan. Aber wir waren schrecklich naiv. Obwohl wir mit beinahe allen Autoren in Verbindung standen, haben wir nie daran gedacht, uns um die Rechte zu kümmern, und die deutschen Verleger, an die wir die Übersetzungen schickten, wollten einfach nur eine Option darauf erwerben. Sie schrieben uns,

Pauls Übersetzung hätte zwar ihre uneingeschränkte Bewunderung, aber zu ihrem größten Bedauern hätten sie sich bereits anderweitig festgelegt. Natürlich waren sie nur an kostenlosen Tipps interessiert. Später, als dann die ersten deutschen Übersetzungen erschienen, war es offensichtlich, dass sie vieles beinahe wortwörtlich übernommen hatten. Aber wir konnten nichts dagegen unternehmen. Letztendlich wurde auch keines der Gedichte in einem Buch veröffentlicht. Ein paar haben wir in *Bruchstücke* abgedruckt, inzwischen sind jedoch beinahe alle diese Dichter, die sich Paul für seine Experimente ausgesucht hatte, mit großem Erfolg in sehr viel schlechteren Übersetzungen herausgekommen ...

VERGNÜGUNGSTEMPEL

Man stelle sich (ungefähr) ein Dutzend fanatischer Lyrik-Liebhaber vor (manche jung, manche weniger jung), die auf ausgebreiteten Mänteln und Kissen um eine niedrige Tischplatte herumsitzen oder lagern, an deren einem Ende Freddie Bühler den Vorsitz führt, mit einem Buch in der Hand und wie ein Buddha auf dem gleichschenkligen Dreieck aus zwei Oberschenkeln und einem Unterschenkel thronend. Auf der Tischplatte befinden sich zwei angeschlagene Teekannen sowie ein Dutzend Becher, ein Dutzend Keramiktassen (aus den Brennöfen der Firma Vallauris, mit dem Einverständnis der Gemeinde übernommen von Honoré Lambert), ein Honigglas ohne Deckel, eine schartige Büchse Vierfrucht-Marmelade, eine größere Anzahl von Messern und Teelöffeln, nicht zusammenpassende Teller, zwei Zellophanpackungen Lachs, ungefähr ein Pfund Rama-Margarine, 250 Gramm Tilister, ein Stück Brie, eine Rolle Handkäse mit Kümmel, kalter Aufschnitt mit vier oder fünf verschiedenen Sorten Fleisch und Wurst, Leberkäse, verschiedene abgepackte Vollkornbrote, Pumpernickel und Weizenschrot, Quark mit fein gehackten Zwiebeln und drei Flaschen billiger Muskateller (mit spanischem Etikett von Jakob Seltzer und Söhne, Weinhändler, Schlierbach/Neckar). Man muss sich den Verlauf ungefähr so vorstellen: Stumm vor sich hinkauend nimmt die Clique an einer Lesung von primitiven afrikanischen Gedichten teil, die Freddie mit dünner Stimme vorträgt. Mit dem Tag geht auch der Tee zuende; Thorwald von Berg, kniend und mit den Armen fuchtelnd, hat gerade angefangen, den Prolog von Faust zu rezitieren. Als nächstes erfolgt dann das Weinritual, und gegen neun Uhr abends haben sich ein tiefblauer Schleier von Gemütlichkeit und Reval-Rauchschwaden ausgebreitet, und *The Waste Land* hat sich in religiöses Schweigen aufgelöst (Beeilt euch! Polizeistunde!), während der Tisch nur noch ein klebriges Durcheinander ist und die Gäste zum Keller aufbrechen, um dort unter anderem Vorzeichen weiterzufeiern.

DER MINIMALIST

Auf der kleinen Post gegenüber der alten Universität stößt Stefan auf Baermann, und als dieser sagt, dass sie beide in dieselbe Richtung gehen müssen, schließt er sich ihm an.

»Ist Lieblich immer noch da?«, fragt er.

»Nein!«, sagt Baermann, »er ist nach Berlin zurückgegangen. Er lebt jetzt dort.«

»Ich dachte, er hätte mal gesagt, er käme aus Tel Aviv.«

»Er ist dort aufgewachsen. Geboren wurde er in Berlin. 1936 sind er und seine Mutter nach Palästina ausgewandert.«

»Oh.«

»Würde ich auch sagen, ein ziemlich verwirrter junger Mann, dieser Lieblich. Und verbittert. Wie seine Mutter. Ich bin seinen Eltern nur einmal in meinem Leben begegnet. Sein Vater war wirklich eine Persönlichkeit und auch sehr clever. Einer der letzten richtigen Juden aus meinem Bekanntenkreis.«

Stefan schweigt.

»Sie sind auch ziemlich eigenartig«, sagt Baermann. »Aber Sie würde ich nicht als verwirrt bezeichnen.«

Stefan lacht. »Danke.«

»Nein, ich denke das wirklich. In Ihnen schlummert ein gesunder Sinn für Humor, eine Art jiddischer Skepsis ... Sie sind nicht zufällig auch Jude?«

»Nein, noch nicht, fürchte ich.«

Baermann schüttelt den Kopf und kichert: »Das ist auch eine Antwort! – Aber was frag ich?« Und tief aufseufzend: »Wer ist heutzutage noch Jude? Man ist es nur durch Geburt, nicht weil man es sein will.

Sehen Sie mich an: ich wurde als Jude geboren, als Jude von jüdischen Lehrern erzogen und als Jude eingesperrt und verfolgt; ich hab gesehen, wie die Deutschen ihre Juden umbrachten, und jetzt lehre ich Gojim-Studenten eine verwässerte theologische Version des *Alten Testaments* – vorzugsweise. Und wohl auch ein bisschen aus Gewohnheit, aber das ist eine neuere Entwicklung ... Ich liebe Deutschland, verstehen Sie.«

Stefan schaut ihn an. Baermann lächelt.

»Nein, Sie verstehen nicht, was ich meine ... ist auch in Ordnung.«

»Nein, ich versteh schon, ich wollte nur Ihr Gesicht sehen.«

Baermann schweigt einen Augenblick und fährt dann fort: »Ja! Was immer die Deutschen uns angetan haben, sie haben es getan, ohne zu wissen, dass es danach so etwas wie den deutschen Juden nicht mehr geben würde. Ich wurde Deutscher aufgrund der Tatsache, dass ich überlebt habe und zurückgekehrt bin. Jetzt helfe ich meinen Landsleuten, ihre Selbstverstümmelungen zu heilen, oder ich versuch's zumindest – aber nicht völlig selbstlos. Ich möchte mich auch selbst heilen, und ich könnte das nicht, wenn ich immer noch Jude wäre ...«

»Und Oestler?«

Baermann scheint überrascht. »Oestler? Was ist mit ihm?«

»Wie lässt er sich einordnen?«

»Einordnen. Er lässt sich nirgendwo einordnen. Oh, er ist ein guter Mann; ja, Albert ist ein guter Mann, liberal, ein Feigling von der netten Sorte, eifersüchtig auf Künstler, eingeschüchtert von Wissenschaftlern, voller Angst vor Männern der Tat und misstrauisch gegenüber Theologen. Ich kenn ihn beinahe mein ganzes Leben lang ...« Er wirft Stefan einen Blick zu: »... abgesehen von siebzehn Jahren. Und genau diese siebzehn Jahre sind der Grund, warum er sich nicht einordnen lässt: Er wurde gebraucht. Und jetzt ist er weder Jude noch Deutscher, obwohl er sich manchmal als Jude und manchmal als Deutscher und manchmal sowohl als Jude wie auch als Deutscher ausgibt. Aber das ist unmöglich. Seine Prognose einer nationalen Krankheit und sein rechtzeitiges Verlassen des befallenen Volkskörpers waren die ersten Symptome seiner eigenen Krankheit. Jetzt, wo der übel zugerichtete Volkskörper sich physisch wieder zu erholen scheint, kehrt er zu ihm zurück, um in seiner Krankheitsgeschichte obsessiv nach Symptomen für den eigenen, unaufhaltsamen Verfall zu suchen. Unschuld ist kostspielig ... Trotzdem kann die Universität froh sein, dass sie ihn hat – als Erinnerung an eine vergangene Epoche, in der so ambivalente Männer wie er in einer säkularen und mehr oder weniger organischen Gesellschaft noch ihren Platz hatten. Andere können an seinem Beispiel ermessen, was ihnen verloren gegangen ist, ihre Verarmung; sie können ihm zuhören, ihn beobachten und erkennen, dass er intellektuell zwar im Recht ist, moralisch aber im Unrecht, als Analyst notwendig, als Mentor aber untauglich. Sie müssen wissen, die meisten Deutschen sind heutzutage latent schizophren: Ohne echte Wahlmöglichkeiten können sie nicht zwischen den beiden Kulturen hin- und herpendeln. Als Ex-Jude bedauere ich diesen Zustand zutiefst; früher war das Jüdische eine Art Gegenpol zum Deutschen, und Deutschland selbst war das Ergebnis dieser kreativen Spannung. Jetzt ist der Jude entweder ein Fremdkörper, so wie Lieblich, oder er wurde absorbiert, so wie ich, oder eliminiert, so wie die meisten. Nur zweitrangig Entwurzelte wie Oestler fanden ein Echo. Genie verwundet, doch die besten sind tot, und Mittelmaß kann tödlich sein ...

Was Sie betrifft, mein junger Freund, so sollten Sie erst gar nicht versuchen, Jude zu sein – Auch die beste Imitation ist immer nur eine Imitation. Seien Sie Deutscher, vielleicht gelingt es Ihnen ja; ohne ein paar richtige Deutsche können wir nie wieder Juden sein, und ohne Juden kein Deutschland ...«

PAUL / NEUN

Das erste Jahr in Frankfurt hatte aber auch dunkle Seiten. Paul wurde von schrecklichen Depressionen geplagt. Wochenlang war er unfähig zu arbeiten, und allein der Anblick des Babys machte ihn wütend; er geriet wegen der geringsten Kleinigkeit außer sich, und ich hörte ihn auch zum ersten Mal sagen, er würde sich am liebsten umbringen. Ein paar Mal brach es aus ihm heraus – es waren hysterische Anfälle, in ihrer Intensität kaum vorstellbar. Eines Tages hielt ich es nicht mehr aus; ich brach in Tränen aus und schrie ihn ebenfalls an; ich erinnere mich nicht mehr, was ich sagte, jedenfalls rannte er die Tür hinter sich zuknallend aus dem Haus und brüllte, ich könnte froh sein, wenn ich ihn jemals wiedersehen würde.

Aber ein paar Tage später war er wieder da. Obwohl ich ihn schon tausendmal tot geglaubt hatte, kam er immer wieder zurück und war jedes Mal wie ausgewechselt. Er hing an mir wie ein Kind und folgte mir den ganzen Tag, ohne jemals über seinen Ausbruch oder seine Abwesenheit zu sprechen, offensichtlich weil er insgeheim hoffte, ich würde es auch nicht tun. Dann fing er wie ein Verrückter an zu arbeiten, während ich noch lange Zeit über bei ihm im Zimmer bleiben musste. Nicht um zu reden, sondern einfach nur um da zu sein. Gelegentlich drehte er sich nach mir um, wartete, bis ich seinen Blick bemerkte und lächelte, dann kniff er eine Sekunde lang die Augen zusammen und machte sich wieder an die Arbeit. Und wenn er mich liebte, war es, als würde in seinem Innern eine Quelle aufbrechen, die er nicht eindämmen konnte; er schien sich in mir auflösen zu wollen.

In diesem Sommer hat sich die Idee konkretisiert, selbst ein kleines Magazin herauszubringen. Alle, denen wir davon erzählten, hielten uns für verrückt; wir hatten eigentlich überhaupt kein Geld; es reichte gerade, um uns selbst über Wasser zu halten, als aber Paul eine Reihe von Essays an die Allgemeine Zeitung verkaufte (insgesamt waren es vier mit dem Titel »Für einen Nachkriegs-Surrealismus«) und die unvorstellbare Summe von 360 Mark dafür bekam, beschlossen wir, den Geldregen in unseren Plan zu investieren. Wir wussten, dass es nur ein Tropfen auf den heißen Stein war, aber die Sache war bereits zu einer fixen Idee geworden. Wir setzten uns also hin und entwickelten ein Konzept für eine Literaturzeitschrift, die die Welt (oder zumindest Deutschland) auf den Kopf stellen würde.

Die wenigen, auf Literatur spezialisierten Magazine druckten damals vor allem Übersetzungen, und wir hatten wirklich zu kämpfen, denn selbst die größeren und etablierteren und häufig von Verlagen unterstützten Zeitschriften hatten es schwer. All das kümmerte uns nicht: Wir würden die Dinge anders und in kleinerem Maßstab angehen. Die Summe von 360 Mark reichte mehr oder weniger für das Porto der Briefe, die wir an alle, die wir kannten oder auch nicht kannten, verschickten, um unser Projekt vorzustellen und um Geldspenden, Abonnements und Beiträge zu bekommen. Paul wollte sogar bei seiner Stiefmutter anfragen, aber dagegen legte ich mein Veto ein. Wir entwarfen ein ausgeklügeltes Abonnement-System, druckten Broschüren und verschickten sie in ganz Deutschland, in die Schweiz und nach

Österreich. Paul hatte schon für diverse Zeitungen gearbeitet – Buchrezensionen und Artikel für das Feuilleton geschrieben, solche Dinge – und wir verließen uns auf seine Kontakte zu Kritikern, die uns haufenweise Abonnenten bescheren würden. Mit dem Charme und der Unverschämtheit der Jugend hatte Paul den Besitzer einer kleinen Druckerei dazu überredet, uns für das erste Heft einen Kredit einzuräumen. Und als dann im September das Magazin aus der Presse kam, hatten wir tatsächlich dreiundsechzig reguläre Abonnenten und über dreitausend Mark Schulden. Aber wir waren ekstatisch. Die Ausgabe war von Paul nach einem seiner Anfälle verfasst worden. Sie war die Leistung eines einzelnen Mannes und unter diesem Geschichtspunkt einfach phänomenal. Auf Pauls Leitartikel, eine Art Manifest mit dem Titel »Der Dichter in der Mitte des Jahrhunderts«, folgten drei Gedichte von Ezra Pound, zwei Gedichte von Wallace Stevens, die Paul übersetzt hatte, eine Studie über Benns Spätwerk und eine Besprechung von zwei völlig übersehenen jungen deutschen Lyrikern.

Wir trugen die Exemplare zur Post, verteilten sie und brachten sie in jeder Buchhandlung unter, die sie haben wollte, und dann warteten wir. Drei Wochen lang haben wir nur das getan: gewartet. Tage, die sich endlos hinzogen, ohne dass auch nur die kleinste Reaktion erfolgte, während wir immer mutloser wurden. Paul stand kurz vor dem nächsten Ausbruch, ich konnte es spüren. Aber dann tat sich plötzlich was: An einund demselben Tag kam ein Brief von den beiden jungen Lyrikern, die Paul besprochen hatte; sie bedankten sich und fragten, ob sie auch für die nächste Ausgabe einen Beitrag liefern könnten. Weitere Briefe folgten, selbst von ganz unverhoffter Seite – ein sehr schöner Brief von Gottfried Benn persönlich; er schrieb, das Magazin habe auf ihn gewirkt wie das plötzliche Auftauchen eines Freundes, der als gefallen gemeldet worden war. Ein begeisterter, emeritierter Literaturprofessor an der Sorbonne bestellte gleich drei Abonnements. Und ich werde nie den Morgen (oder Pauls Gesichtsausdruck) vergessen, als der Postbote eine Ausgabe von *Die Tat* brachte, und wir entdeckten, dass die ganze erste Seite einem Artikel von Ernst-Robert Curtius gewidmet war, in dem er *Bruchstücke* als »die vielversprechendste und überraschendste Erscheinung am deutschen Literaturhorizont seit den zwanziger Jahren« bezeichnete.

Auch wenn unsere Liste nie die Zahl von 150 Abonnenten überschritt, so waren wir doch euphorisch genug, um eine zweite und auch noch eine dritte Nummer herauszubringen, und sie waren keinen Deut schlechter als die erste. Paul musste nun nicht mehr die ganze Arbeit selbst machen: Wir wurden überschwemmt mit Beiträgen. In der dritten Ausgabe waren, abgesehen von zwei von Paul übersetzten amerikanischen Dichtern und dem Leitartikel, ausschließlich junge, deutsche Lyriker vertreten. Die meisten wurden zum ersten Mal veröffentlicht. Danach nahmen wir jedoch wieder Vernunft an: Die Zeitschrift bekam zwar unglaublich viel Beifall, aber keinerlei finanzielle Unterstützung – und uns war klar, dass wir, wenn wir so weitermachten, in kürzester Zeit pleite wären. Aber *Bruchstücke* hatte seine Spuren hinterlassen: Sie hatte Paul geholfen, seine eigenen Ziele zu erkennen, und sie hatte einem Dutzend junger Künstler zu einer Erstveröffentlichung verholfen und bewiesen, dass »Deutsch immer noch eine moderne Sprache ist«. Es war ein fabelhafter *succès d'estime*, ein Glaubensbekenntnis, das der deutschen Sprache und der Erneuerung der deutschen Literatur in der Nachkriegszeit galt ...

Paul korrespondierte plötzlich mit Dutzenden von Leuten und bekam mehr Angebote von Zeitschriften als er annehmen konnte; er fing an, für den Südwest-Rundfunk zu arbeiten und stellte einen Band mit seinen neuesten Gedichten zusammen, der im Sommer '52 herauskam, als wir gerade Ferien in Frankreich machten. Inzwischen konnten wir wenigstens die Zinsen unserer Schulden bezahlen, auch wenn wir von unserm Schuldenberg selbst kaum etwas abtragen konnten. (Raabe-Speer dachte offensichtlich, wir wären Millionäre geworden: Sie fing an, von Paul das Geld einzufordern, das sie ihm für sein Studium in München geliehen hatte – und ich brauche wohl kaum zu betonen, dass wir sofort bezahlten.)

Zum ersten Mal zeigte Paul auch Gefühle für Max, der gerade drei Jahre alt geworden war. Er sei glücklich, meinte er, dass er mir nachschlagen würde und nicht ihm. Und er wurde sehr viel gelassener – ich spürte das in allem: in seiner Art zu arbeiten, sich zu gedulden, ja sogar zu lieben, in einem Wort, er nahm allmählich seine Rolle als verheirateter Mann an und war nicht mehr der übersensible Junge, der den Ehemann spielte. Selbst ihm fiel das auf, und ich glaube, es überraschte ihn; seine größte Angst war immer gewesen, er würde seine – ich weiß nicht, wie ich es nennen soll – nicht seine Tiefe, sondern seine Genialität verlieren, wenn er für sein prekäres Gleichgewicht auch nur ansatzweise einen anderen verantwortlich machte. Ich glaube, er hatte mich nicht wirklich als seine Frau betrachtet – ich war einfach ein namenloses, weibliches Wesen, das er brauchte, ohne seine Abhängigkeit zugeben zu wollen. Wir mussten also gewissermaßen vier Jahre Ehe absolvieren, um schließlich verheiratet zu sein.

DURCH DIE BLUME

»Als wir hier ankamen«, sagte Oestler, auf einen Schneehügel zeigend, »versuchte ich, da drüben Rosen zu pflanzen ...«

»Mmm«, meinte Stefan, als sie ihren zwanzigminütigen Rundgang durch die verschneiten Blumenbeete des Professors beendet hatten.

»... aber es hat nicht geklappt. Hier war einmal ...« (er legt Stefan die Hand auf die Schulter und weist auf die Dachrinne mit ihren wie Zähne aneinandergereihten Eiszapfen) »ein Abflussrohr, das von hier oben herunterkam, mit einem ziemlich großen Durchmesser, und es muss irgendwelche giftigen Rückstände in den Boden geschleust haben. Im ersten Jahr hatten wir die schönsten Blumen, doch im zweiten sahen sie wie Schrumpfköpfe aus.« Er lachte über seinen eigenen Vergleich, und seine Hand veränderte ihre Lage, um Stefan über die matschige Auffahrt zur Rückseite des Hauses zu dirigieren. »Hier hinten gibt's eigentlich nicht viel zu sehen: nur vom letzten Jahr übriggebliebene Zwiebeln und ein paar überlebende Exemplare von den Lilien, die ich aus Connecticut mitgebracht habe.« Er wirft Stefan einen Blick zu, der, Interesse vortäuschend, höflich nickt. »Meine Frau hat ihren Kräutern den größten Teil des Gartens eingeräumt – sie finden in der Küche und als Heilkräuter Verwendung. Sie macht aus allem etwas: Die Hälfte der Zeit riecht das Haus wie eine Apotheke ...,« (er lächelt, und Stefan lächelt zurück) »vierundvierzig verschiedene Sorten bei der letzten Zählung – von denen ungefähr vierzig bei uns im Haus überwintern, entweder in Töpfen oder getrocknet.«

Er bückt sich und fegt an der hinteren Treppe etwas Schnee weg: Ein dickes Büschel Petersilie kommt zum Vorschein, dessen grünschwarze Farbe mit dem Weiß kontrastiert. Er pflückt zwei Zweigchen, »eines von denen, die draußen bleiben«, sagt er und steckt sich eines in den Mund, während er das andere Stefan anbietet, der den Kopf schüttelt.

»Außerordentlich gesund«, drängt ihn Oestler.

»Nein, danke«, sagt Stefan. »Ich rühr so was nicht an.« Er schüttelt sich.

»Sie frieren – trinken wir einen Kaffee. Es ist nicht gerade die beste Jahreszeit für einen Rundgang im Garten«.

Stefan lacht: »Das stimmt, ich wollte es nur nicht sagen.«

MUSICA ANTIQUA

Frau Frobenius (mit süßem Lächeln und eng zusammenstehenden Augen) hat ihnen gebackene Bohnen mit Speck und Knoblauch serviert. »Unerhört!«, ruft Stefan und schaufelt sie lustvoll in sich hinein.

»War das Einzige, was bei uns während der Besatzung auf den Tisch kam«, jammert Barbara im Tonfall einer verzweifelten Hausfrau.

»Bei uns nicht«, sagt Richard Frobenius.

Frau Frobenius lächelt (süß).

Cembalo vom Plattenspieler.

»Kaffee für alle?«, fragt Frau Frobenius, als sie vom Tisch aufstehen.

Richard Frobenius öffnet eine Flasche Dujardin und dreht die Platte um.

»Jetzt, wo die Juden weg sind, gibt es kein richtiges Essen mehr.«

»Kein Hühnerfett, keine dicken, fetten Dillgurken mit Knoblauch ...«

»Und Reis auch nur ganz selten.«

»Und schwarzer Pfeffer, wie steht's damit?«

»Echter Lachs, geräuchert ...«

»Das Brot ist immer noch gut.«

»Ab und zu eine fette Thüringer ...«

»Igitt«, schnaubt Wilma.

»Die Leberwurst bestand meistens nur aus Schmalz.«

Kaffee. Richard Frobenius öffnet einen Kasten mit holländischen Zigarren.

»Mein Onkel hat 1939 eine Schiffsladung mit brasilianischem Tabak bekommen«, sagt Barbara. »Er hat sie den ganzen Krieg über versteckt und danach ein Vermögen damit gemacht. Selbst hat er aber nie welche geraucht.«

»Wer erinnert sich noch an Muckefuck. Kann man das Zeug immer noch kaufen?«

»Nichts gegen Muckefuck«, sagt Stefan. »Ich hab ihn in bester Erinnerung.«

»Jedenfalls besser als im Helm gekochtes Unkraut«, erklärt Richard Frobenius.

»Bis 1947 waren die Zigarren meines Onkels die besten in ganz Deutschland«, sagt Barbara.

»Großartig!«, begeistert sich Wilma.

»Ja, die guten alten Zeiten.« Richard Frobenius sagt: »Auf die guten alten Zeiten von 1946 und 47!« Er hebt seine Zigarre, als wolle er einen Toast aussprechen und steckt sie sich in den Mund.

»Sind Sie zufällig mit Leo Frobenius verwandt?«, fragt Stefan.

»Nein ... aber mein Vater«, antwortet Richard Frobenius. »Ich hab keine Verwandtschaft, nur meine Frau.« Er deutet auf die Narbe auf seiner Stirn. »Damit verabschiedete ich mich von allem.«

»Oh! Erzähl ihnen doch von dem Schmiss«, meint Wilma.

»Ja«, sagt er, »das muss sein. Eine Geschichte mit einer Moral. Ich saß im Hinterzimmer der Eule bei einem frühen Abendessen, als ein Bursche in voller Montur – blau, rosa und gelb – hereinkam. Er hatte eine Narbe vom Auge bis zum Kinn, die mit auffällig großen Stichen genäht worden war (was mich übrigens an eine andere Geschichte erinnert, die von dem idiotischen Sohn eines Schiffsbesitzers, der endlich seinen lang ersehnten Schmiss bekommen hat und zu einem Arzt trottete, um ihn nähen zu lassen. Alles war voller Blut. ›Ich möchte einen richtigen Schmiss‹, verkündete er, ›nicht zu auffallend, nicht zu hell, nicht zu dick und nicht zu dünn – können Sie mir weiterhelfen, Herr Doktor?‹ ›Wie wär's mit einem Reissverschluss?‹, sagt der Arzt) – na ja, dieser komische Igitur kommt also rein, setzt sich mir gegenüber und starrt mich an. Starrt einfach nur. Nach einer Weile wurde ich nervös und fragte ihn: ›Können Sie mir verraten, was an mir so interessant ist?‹ Er wurde rot und stammelte: ›Ihr Schmiss, mein Herr, er ist einfach toll, der schönste, den ich je gesehen hab. In welcher Burschenschaft haben Sie den bekommen, wenn ich fragen darf?‹ Und da ich Komplimente nie zurückweise, antwortete ich sehr ernsthaft in perfektem Latein: ›Germania-Russia‹. Mein junger Bewunderer runzelte die Stirn, dachte einen Augenblick nach und erklärte dann verwirrt und leicht beunruhigt: ›Tut mir leid, aber von dieser Burschenschaft hab ich noch nie was gehört; könnte es sein, dass das noch vor dem Krieg war?‹«

DAS MARIONETTENTHEATER

Die Frauen verziehen sich in die Küche; Frobenius legt Scarlatti auf und schenkt Stefan einen weiteren Weinbrand ein.

»Ich wollte schon seit längerem mit Ihnen sprechen«, sagt er. »Es ist Ihnen doch nicht unangenehm?«

»Nein«, sagt Stefan.

»Vielleicht geht mich das ja nichts an, aber ich möchte Ihnen eine ganz einfache Frage stellen ...«

»Schießen Sie los.«

»Nur das: Lieben Sie Barbara? Ich meine damit nicht, ob Sie sie heiraten wollen, nur, ob Sie sie lieben?«

»Ja«, antwortet Stefan.

Frobenius lehnt sich zurück. »Gut«, sagt er. »Mehr wollte ich nicht wissen. Eine offene, ehrliche Antwort! Ich möchte nämlich nicht, dass sie verletzt wird. Sie braucht nicht einfach nur einen Liebhaber.«

»Ich weiß«, sagt Stefan.

»Ja, ich nehme Ihnen das auch ab«, sagt Frobenius und dann: »Hat sie denn mit Ihnen über ... das letzte Jahr hier gesprochen? Ich meine, war sie offen?«

»Ja, schon, aber sie war auch immer auf der Hut. Sie möchte, dass ich gewisse Dinge weiß, aber nicht, dass ich meine eigenen Vermutungen anstelle. Was ich natürlich tue, und was sie auch weiß. Es ist kein Problem, aber ich bin mir nicht sicher, ob sie weiß, dass sie nicht nur einen Liebhaber braucht.«

»Glauben Sie, dass sie nur das in Ihnen sieht? Ich kann Ihnen versichern, dem ist nicht so.«

»Nein, aber die Sache ist etwas komplizierter – sie kann sich ihre Gefühle nicht eingestehen. Paul ist wie ein Fernrohr, das sie verkehrt herum hält, so dass ich weit weg erscheine. Vielleicht sollte ich es nicht beschwören, aber ich spüre, dass wir auf eine Sackgasse zusteuern – Paul wird sich wie eine riesige Mauer zwischen uns erheben, über die keiner von uns beiden klettern kann, und sie wird das auch gar nicht wollen – latent verspürt sie bereits eine Art Groll, der diesen Augenblick vorweg nimmt und ihr hilft, sich auf das Ende unserer Beziehung einzustellen. Ich will das alles nicht, frag mich aber, was ich tun soll, um es zu verhindern. Wenn unser Verhältnis ausschließlich erotisch wäre, müsste es nicht notwendigerweise ein böses Ende nehmen, aber genau das wird eintreten, wenn wir so weitermachen. Erotisch ist es jedenfalls nicht nur und das ist umso frustrierender, gerade weil ich sie liebe und sehe, wie nahe sie manchmal dran ist, auch mich zu lieben und sich von der Last zu befreien, die Paul für sie bedeutet ... was sie braucht, ist eine Art Schock, etwas, was das Fernrohr und die Mauer, die sich abzeichnet, zerstört – aber ich kann ihn nicht herbeizaubern, und selbst wenn ich das könnte, wüsste ich nicht, ob ich das sollte, denn die Dinge sind in einem so prekären Gleichgewicht, dass sie mich danach nur hassen würde ...«

Frobenius betrachtet ihn nachdenklich. »Und was könnte ihn Ihrer Meinung nach herbeiführen ... diesen Schock?«

»Wenn ich das wüsste, würde ich nicht hier sitzen und so distanziert darüber reden, als würde der Ausgang von vornherein feststehen. Es ist wirklich seltsam: Sie erzählt mir stundenlang von Paul – und ich bin mir sicher, dass sie aufrichtig ist, ›korrekt‹ wäre vielleicht das bessere Wort – aber irgendwie weiß ich auch, dass das, was sie erzählt, lückenhaft, einseitig ist – nicht dass sie absichtlich Dinge auslässt, doch scheint es auch welche zu geben, die sie nicht erzählen kann, ohne sich selbst mit ins Spiel zu bringen. Das Bild, das sie von sich zeichnet, ist realistisch genug, aber Paul wird nur lebendig, wenn sie von seiner ›Arbeit‹ spricht. Ansonsten ist nur von ›der Ehe‹ die Rede, und diese Ehe ist für mich nur von ihrer Seite aus nachvollziehbar. Paul ist eine Art Marionette – oder nicht einmal das, eine Puppe, der sie mir zuliebe Leben einhaucht. Ich habe das unangenehme Gefühl, dass sie mich unbewusst zur Beschwichtigung ihrer Schuldgefühle benutzt.«

»Aber welcher Schuldgefühle?«

Stefan zuckt mit den Schultern. »Ich bin kein guter Analytiker. Ich kann zwar zuhören und alles aufnehmen – aber ich fürchte, wenn ich Schlüsse ziehen soll, schieße ich über das Ziel hinaus. Sie versucht jedenfalls, sich irgendwie zu rechtfertigen ...«

»Was den Selbstmord angeht?«

»Nein, nicht unbedingt ... Natürlich kam dadurch das Ganze ins Rollen, aber das Schuldgefühl war schon vorher da. Ich glaube, sie kann den Selbstmord vor allem nicht in Verbindung mit ihrer Ehe akzeptieren – deshalb versucht sie verzweifelt, sich einzureden, dass er außerhalb dieses Rahmens stattgefunden hat. Nur lässt ihre Erinnerung das nicht zu ...«

»Quatschen, quatschen, immer nur quatschen«, ruft Wilma, die aus der Küche auftaucht.

»Hier sind wir wieder, ob's euch passt oder nicht«, sagt Barbara.

DIE UNÜBERSCHREITBAREN GRENZEN DES MENSCHLICHEN KÖRPERS SIND EINFACH NUR SCHRECKLICH

In Oestlers russischem Seminar wird gerade das Vorlesungsprotokoll vorgelesen (Oestler hatte aus irgendeinem unerfindlichen Grund Stefan gebeten, daran teilzunehmen), als die Tür aufgeht und ein Fremder geräuschlos hereinkommt. Oestler blickt hoch, lächelt verständnisinnig und bedeutet dem jungen Mann, neben ihm, am Ende des Tisches, Platz zu nehmen. Stefan mustert den Neuankömmling, der hinter den Studenten auf der anderen Seite des Tisches entlangschleicht. Er ist erschreckend, ja beinahe schon abstoßend mager – und unglaublich blass. Er hat langes, dunkles, von feinen Marmoradern durchzogenes Haar. Er könnte dreißig sein? Oder vierzig? Schlanke, knochige Arme, die sich beim Gehen nicht mitbewegen.

Mit gesenkten Augen nimmt er an der Ecke des Tisches Platz; Oestler beugt sich zu ihm hinüber und flüstert ihm etwas zu (das Protokoll wird immer noch heruntergebetet), und er blickt daraufhin zu Stefan hinüber, der ihn immer noch beobachtet; er runzelt leicht die Stirn und senkt sofort wieder den Blick. Stefan bemerkt plötzlich, dass er unerklärlicherweise am ganzen Körper zittert und blickt auf seine Hände: Auch sie zucken völlig unkontrolliert. Sein Blick wandert wieder zu dem Fremden hinüber, und ihn überläuft eine Gänsehaut. Der Raum ist gut beheizt. Nein, er fröstelt nicht: Ein merkwürdiges Gefühl hat ihn überwältigt: das eines drohenden Verlustes, bei dem die Dinge umgekehrt verlaufen, falls das überhaupt möglich ist, so als würde er in einem Spiegel beobachten, wie er sich langsam auflöst. Er fühlt sich bedroht, aber von was? Er versucht, die Empfindung zu ergründen. Mit immer noch zuckenden Fingern zündet er sich eine Zigarette an (um ihn herum öffnen Studenten ihre Bücher und gehen durch ihre Papiere; Oestler sagt etwas) – mein Körper ... was ist los? Was will er mir sagen? Kenn ich diesen Mann?

Für den Rest der Stunde kämpft er gegen ein flaues Gefühl im Magen an, etwas in den Stimmen scheint Gefahr anzukündigen. Aber alles ist rein gefühlsmäßig: Es gibt keine konkreten Anhaltspunkte. Sein Blick prallt von den knochigen Schultern und dem ausdruckslosen Gesicht des Fremden ab, der nicht mehr zu ihm hinüberblickt: Ein winziges Äderchen klebt an seiner Schläfe wie ein Fischhaken, seine Züge sind regungslos, sein Teint ist abwechselnd weiß und gelb. Seine Knöchel stechen wie weiße Kiesel von seiner Faust ab. Stefan: Was sehe ich tatsächlich? Wann hat dieser Austausch begonnen (denn es ist ein Austausch)? Tropfen um Tropfen, die Zähne von Höhlen, die im Dunkeln wachsen. Warnsirenen, ungewöhnliche Reaktion ...

DIE VERLORENEN JAHRE

Nach dem Seminar treffen sie aufeinander; es war Oestlers Idee. Der Fremde heißt Peter Faber. Er gibt Stefan die Hand, aber seine Augen sind anderswo, überall – beschreiben erkennbare, aber nicht voraussehbare Muster wie Fliegen in den unsichtbaren Dimensionen eines riesigen Raums.

Sie nehmen in Oestlers Studienzimmer Platz; der Lärm in der Halle und im Treppenhaus nimmt allmählich ab, bis schließlich vollkommene Stille herrscht. Auf eine nüchterne wie auch feierliche Art fängt Oestler an, Peter Faber zu befragen. Faber beantwortet jede Frage direkt und erstaunlich präzise, ab und zu blickt er zu Stefan hinüber: Nein, dort ist keiner mehr ... ja, er war zwölf Jahre Gefangener ... die meiste Zeit im Ural ... achtzehn, als er gefangengenommen wurde ...

Oestler verströmt Mitgefühl, ist übertrieben geduldig (zumindest hat Stefan diesen Eindruck: Er wundert sich, dass Faber nichts bemerkt, oder falls doch, dass es ihn nicht zu stören scheint). Das rötliche Licht der Lampe, die neben Oestlers Schreibtisch steht, schmeichelt dem Gesicht des jungen Mannes, und man sieht, dass er tatsächlich noch ziemlich jung ist. Stefan verspürt immer noch ein leichtes Würgen, obwohl er sich etwas entspannt hat: Er will Faber nicht kennenlernen, hatte ihn noch nie kennenlernen wollen. In Fabers Gesicht rufen sich tausend verdrängte Gesichter gewaltsam in Erinnerung; seiner ganzen Erscheinung haftet etwas Makaberes, unerbittlich Abstoßendes an:

Er hat das starre Aussehen eines Toten. Zwölf Jahre! Selbst Märtyrer sterben nach ein paar Stunden; was er durchgemacht haben musste...

Aber auf was will Oestler hinaus? Was hat diese Befragung, die beide anscheinend nicht unangenehm finden, zu bedeuten? Stefan fühlt sich immer mehr in die Enge gedrängt und fragt sich: Inszeniert er das für mich? Benutzt er Faber als Stemmeisen, um mich aufzubrechen? Warum muss ich diesem erniedrigenden Schauspiel beiwohnen? Die Jahre haben Namen, ich kenne sie ...

Ein Stuhl wird gerückt, und Stefan fällt auf, dass er ein paar Minuten lang nicht zugehört hat. Oestler und Faber erheben sich, und Stefan kann gerade noch rechtzeitig aufspringen, um auf Fabers Händedruck und steife Verbeugung reagieren zu können (offensichtlich ist es einfacher, einen Mann zu brechen als ihn umzuerziehen!).

»Guten Abend«, sagt Faber. »Bitte entschuldigen Sie mich, mir geht's nicht besonders gut. Ich bin erst seit ein paar Wochen hier. Man sieht sich hoffentlich in nächster Zukunft.«

Stefan wartet, bis er die Tür hinter sich geschlossen hat und wendet sich dann Oestler zu, der ein eigenartiges Lächeln auf den Lippen hat. »Ich möchte Ihnen auch eine gute Nacht wünschen, Herr Professor.«

»Einen Augenblick haben Sie doch noch Zeit, nicht wahr?«, sagt Oestler mit leiser Stimme.

Stefan zuckt die Schultern. »Ja, ich denke schon«, sagt er zögernd und nimmt wieder Platz. Oestler geht um den Tisch herum und setzt sich auf den Stuhl ihm gegenüber.

»Armer Kerl«, sagt er. »Deprimierend.«

»Ja«, sagt Stefan.

»Er kam Anfang letzter Woche zu mir und fragte, ob er als Gasthörer an meinem Seminar teilnehmen kann. Sich regulär einzuschreiben, ist nämlich erst im Herbst wieder möglich. Offensichtlich hat er Probleme, etwas stimmt nicht mit ihm, aber ich wusste nicht, wie ich es anstellen sollte, um Genaueres von ihm zu erfahren. Ich dachte, er hätte vielleicht einen Aufenthalt in einem Sanatorium hinter sich; auf den Gedanken, dass er dort ... gewesen ist, wäre ich nie gekommen. Aber wie sich herausstellte, brauchte ich ihn gar nicht lange zu bedrängen: Er war ganz offen und erzählte mir alles – es ist schon erstaunlich, wie Leute auf etwas Mitgefühl reagieren – ja, er schien richtig begierig, darüber zu sprechen. Einfach erschütternd ... Natürlich sagte ich, dass ich mich freuen würde, ihn in meinem Seminar zu haben …«

Stefan wartet ab. Oestler hat den Blick gesenkt und knetet seine Hände, dann blickt er hoch und sieht, dass Stefan ihn beobachtet. »Ich weiß nicht … wie ich es formulieren soll«, sagte er, sein Zögern ebenso wie seine Worte abwägend, »aber ich hab mich den ganzen Abend – eigentlich die ganzen letzten Tage über – gefragt, ob Sie vielleicht … ob Sie sich nicht mit dem jungen Mann anfreunden könnten.« Er schiebt die Brille hoch und massiert sich die Augen. »Eigentlich wollte ich Sie fragen, ob Sie vielleicht nicht etwas Zeit für ihn haben, ein oder zwei Stunden, wenn die Gelegenheit sich bietet, solange bis er sich hier eingewöhnt hat … hier, in Heidelberg? Für ihn muss das eine überwältigende Erfahrung sein, und das ist wahrscheinlich noch untertrieben. Ich tue natürlich, was ich kann, ich hab ihn zu mir eingeladen und so weiter, aber meiner Meinung nach braucht er – und bestimmt wäre er unendlich dankbar dafür – die Gesellschaft eines Menschen, der etwas … Sie wissen schon, etwas –«

»Etwas was?«, unterbricht ihn Stefan.

Die Frage ist unerwartet direkt. »Etwas … jünger ist«, sagt Oestler, Stefans Frage mit seiner Antwort sondierend. »Er hat keine Freunde hier; er muss das Gefühl haben, auf einem seltsamen Planeten gelandet zu sein, in einer ganz anderen Welt als die –«

»Warum ich?«, fragt Stefan mit derselben Direktheit.

Oestler schießt das Blut ins Gesicht. »Ich versuche nur, einem jungen Mann zu helfen, der tatsächlich auch auf Hilfe angewiesen ist«, sagt er. »Das liegt doch auf der Hand. Ich habe mich an Sie gewandt, da Sie vielleicht als einziger Peter Fabers Gefühle und Probleme verstehen können. Natürlich zwingt Sie niemand, etwas zu tun, was Sie nicht wollen, vor allem nicht, wenn Ihnen das unangenehm ist …«

»Was es tatsächlich auch ist«, sagt Stefan.

Oestler schlägt die Beine übereinander. »Ich versteh Sie nicht, Brückmann. Offen gesagt, Ihre Reaktion enttäuscht mich. Vielleicht ist das ungerecht, aber ich muss gestehen, dass ich von Ihnen etwas anderes erwartet hatte und muss mir deshalb vorwerfen, dass mir da ein Irrtum unterlaufen ist.« In diese letzten Worte hat sich ein deutlich verärgerter Ton eingeschlichen.

»Nein, es ist Ihr gutes Recht, von mir enttäuscht zu sein«, sagt Stefan. »Allein der Anblick von Peter Faber ließ mich in Panik geraten; ich bin einfach nicht in der Lage, mich auf ihn einzulassen. Fragen Sie mich nicht, warum – sein Aussehen oder seine ganze Person –, all das brach über mich herein, ich fühlte mich wie in einer Falle, und bei mir gingen sämtliche Alarmglocken an. Zweifellos ist das sowohl mein Fehler wie auch seiner, vor allem aber meiner, jedenfalls kann ich's nicht ändern – und ich kann's auch nicht versuchen. Tut mir leid.«

Oestler scheint nachzudenken, schüttelt dann aber den Kopf und blickt Stefan mit einem schiefen Lächeln an: »Denken Sie nicht, dass Sie ... Ihre nervöse Empfindlichkeit vielleicht etwas übertreiben?«

»Nein, bestimmt nicht. Ich musste mich schon zwingen, nach dem Seminar mit Ihnen hierherzukommen; es wäre besser gewesen, wenn ich gesagt hätte, tut mir leid, ich bin in Eile, und dann gegangen wäre – ich wusste, dass es so kommen würde ... früher oder später so kommen musste.«

»Was meinen Sie mit ›so kommen‹?«, fragt Oestler.

»Dazu«, sagt Stefan. »Seien Sie ehrlich, glauben Sie wirklich, dass ich ihm helfen kann? Haben Sie dabei wirklich nur an ihn gedacht?«

»Jedenfalls tat ich es nicht für mich«, sagt Oestler zusehend verärgert.

»Warum haben Sie ihn dann all diese Dinge wiederholen lassen?«

»Welche Dinge?«

»Sie wissen schon – seine ganze Geschichte, die er Ihnen, wie Sie sagten, bereits erzählt hatte; Frage um Frage, Antwort um Antwort, alles musste er noch einmal durchexerzieren, die ganze Show. Und für wen? War es seinetwegen oder meinetwegen? Sie hätten uns einfach miteinander bekannt machen können und dann warten, bis er gegangen wäre, um es mir zu erzählen. Warum diese Performance?«

Oestler hat sich erhoben. »Also, ich muss schon bitten!«

Auch Stefan ist aufgestanden: »Nein, jetzt, wo ich schon dabei bin, möchte ich es auch zu Ende bringen. Der arme Kerl, warum musste er das alles runterbeten? Für wen war das gedacht? Haben Sie es genossen?«

Oestler macht einen Schritt auf ihn zu. »Herr Brückmann, ich verbitte mir diesen Ton!«, sagt er heiser. »Sie kennen mich nicht gut genug, um so mit mir zu sprechen ... um meine Motive oder ehrlichen Absichten in Frage zu stellen. Es war wohl ein großer Fehler, Sie ins Vertrauen zu ziehen? Sie als Freund und Gleichgesinnten in mein Haus einzuladen. Ganz offensichtlich!« Er wird lauter: »Ihr mangelnder ...

Takt, Respekt, lässt sich unmöglich mit Ihrem Alter entschuldigen. Sie sind kein Kind mehr! Sie können mir glauben, das nächste Mal werde ich nicht so offen, nicht so leichtgläubig sein, wenn ich mit dem singulären Phänomen eines jungen Mannes konfrontiert werde, der viel hinter sich hat, dem äußerlich aber kaum etwas anzumerken ist. Ich werde mich zwingen, ihn als einen von Natur aus gefühllosen Menschen zu betrachten, dem es einfach nicht gegeben ist, sich zivilisiert zu benehmen und die Gefühle seiner Mitmenschen zu respektieren. Mir wird auch klar sein, dass jeder Versuch, sich mit ihm anzufreunden oder ihm zu helfen, reine Zeitverschwendung ist, ja, vielleicht sogar gefährlich werden kann! Bitte seien Sie so nett und gehen Sie!«

Draußen verspürt Stefan dann doch Gewissensbisse: nicht so sehr, weil er eine Krise in seiner Beziehung zu Oestler herbeigeredet hat (sie wäre unvermeidbar gewesen, wenn er geblieben wäre), sondern weil er den älteren Mann zu einem so offenen, verstörenden und letztendlich unnötigen Gefühlsausbruch provoziert hat.

Doch das ließ sich nicht mehr rückgängig machen.

WIND IN DEN WEIDEN

Weichart hat seine Stimme verloren, aber das Lachen kann er sich nicht abgewöhnen. Er raucht Kette und betatscht die Knie seiner Kumpanen, wenn er Bestätigung braucht. Ein mühsam hervorgestoßenes Flüstern, gefolgt von einer Woge der Heiterkeit: Man kann hören, wie es ihm die Kehle zerreißt. Seit Tagen hat er sich nicht rasiert. (Er hustet in den steifen Knoten seines roten Halstuchs)

DAS PFAND

Richard Frobenius: »Ja, bevor ich zur »Verteidigung des Vaterlandes« einberufen wurde, hab ich neununddreißig und vierzig ein paar Semester hier unterrichtet. Siebenundvierzig bin ich dann wieder zur Universität zurückgegangen. Ich hatte vielleicht viel im Kopf, aber wenig in der Tasche. Barbara war eine der ersten, die ich hier kennenlernte. Ein eigenartiges junges Mädchen, rundlich, strahlend, ernsthaft. Ein- oder zweimal sind wir zusammen ausgegangen, aber wir haben uns immer nur unterhalten: Schon damals zeigte sie ein echtes Verständnis für Dinge, die die meisten ihrer Kommilitoninnen überhaupt nicht interessierten. Ich verliebte mich in sie oder dachte es zumindest: Jedenfalls fühlte ich mich in ihrer Gesellschaft wohl, was bei mir eher selten vorkam. Aber jedes Mal, wenn ich ihr meine Gefühle zeigen wollten, lenkte sie ab – sie wusste, was sie wollte, und ich gehörte leider nicht dazu. Sie ließ mich erst gar nicht Anlauf nehmen: Sie spielte nicht.

Jedenfalls hat sie dann Paul getroffen und das war's. Als sie ein paar Monate darauf heirateten und wegzogen, haben wir uns für die nächsten Jahre aus den Augen verloren. Ich beendete mein Studium, machte meinen Doktor und freundete mich mit Wilma Schlegel an; sie war auf der Suche nach einem Ehemann, und ich dachte, vielleicht wäre ich ja der Richtige.

Das Wiedersehen mit Barbara war ein ausgesprochener Zufall, falls es so etwas gibt. Im Sommer zweiundfünfzig haben Wilma und ich mehrere Wochen in Südfrankreich gezeltet und eines Abends in der Nähe von Uzes auf einem Campingplatz an einem Fluss unsere Zelte aufgeschlagen – und wer in aller Welt erwartete uns dort: Paul und Barbara. Barbara hatte zwar noch ein paar Pfunde zugelegt, war aber ansonsten unverändert. Sie und Wilma haben sich auf Anhieb verstanden (Wilma ist tatsächlich eine der wenigen Frauen, mit der Barbara zurechtkam), und in den nächsten Wochen waren wir meistens zu viert unterwegs. Paul kannte ich nur vom Sehen. Natürlich ist mir *Bruchstücke* nicht entgangen, und sein Name tauchte damals auch immer häufiger in den Zeitungen auf, aber ich konnte ihn einfach nicht mit dem bebrillten Jugendlichen von 1948 zusammenbringen. Nun, er war brillant, das stand außer Frage: Er wusste einfach alles, es gab nichts, was er nicht gelesen hatte, und er besaß die seltene Gabe, Dinge erfassen und gleichzeitig eine Synthese bilden zu können. Wirklich warm geworden bin ich aber nicht mit ihm. Er hatte einen grausamen Zug, wie ich instinktiv erkannte. Seine Fantasie ging mit ihm durch, sie war obsessiv, was dazu führte, dass er nur noch mit den Menschen spielte. Ich mochte das überhaupt nicht, und konnte mir auch nicht erklären, warum er das tat.

Wenn ich Ihnen jetzt ein paar Dinge erzähle, die ich noch niemandem erzählt habe, dann tu ich das nicht, weil sie auf die eine oder andere Art für Sie von Interesse sein könnten, sondern einfach, weil es außer Ihnen noch keinen gab, mit dem ich so über Barbara sprechen konnte. Sie haben mein vollstes Vertrauen, und ich bin überzeugt, dass Sie auch Barbara verstehen. Aber ich muss Sie bitten, das, was ich Ihnen jetzt erzähle, für sich zu behalten ... es dient sozusagen Ihrer eigenen Erbauung. Barbara braucht Hilfe, und ich kann ihr nicht helfen, ich tauge vielleicht noch zum Anlehnen, als eine Art Freund-in-der-Not, aber mehr kann ich nicht für sie tun. Ich weiß zwar nicht, inwieweit Sie ihr helfen können, aber ich möchte Ihnen trotzdem meine kleine Geschichte erzählen, auch wenn sie nur ein paar Lücken füllt, was die andere Seite von Ihrem Bild von Paul betrifft ...

Ein paar Tage nach unserer Ankunft auf dem Campingplatz parkte ein kleiner Wohnwagen neben unseren Zelten, und in den folgenden Wochen haben wir dann auch seine Bewohner kennengelernt – es waren zwei elegante Lesben aus Paris. Ich weiß zwar nicht warum, aber Männer scheinen Lesbierinnen gleich richtig einordnen zu können, während Frauen überhaupt nichts zu bemerken scheinen, und wenn, dann klammern sie diese Tatsache total aus, als würde was weiß ich davon abhängen. Jedenfalls waren Wilma und Barbara so blind wie Fledermäuse, während die beiden Damen in dem Wohnwagen gerade mal zwei Sekunden brauchten, um sie als Beute ins Auge zu fassen; ihre Absichten waren für mich unmissverständlich. (Die Maskulinere von den beiden hat sich – das nur nebenbei – für Barbara, nicht für Wilma entschieden.) Es dauerte nicht lange, und unsere Frauen verbrachten den größten Teil des Tages in dem Wohnwagen von nebenan. Paul fiel nichts auf, und falls doch, schien es ihn nicht zu interessieren. Ich setzte mich aber nach ein paar Tagen mit Wilma zusammen und redete mit ihr – mit dem Ergebnis, dass sie einen Wutausbruch bekam. Sie sagte, ich hätte eine schmutzige Fantasie, und sie würde sich verdammt nochmal ihre Freunde selbst aussuchen.

Ich entdeckte jedoch – um auf den Punkt zu kommen –, dass die Tatsache, dass Barbara sich von dieser jungen Frau angezogen fühlte, Paul insgeheim großes Vergnügen bereitete, und dass er sie auf subtile Weise sogar ermunterte. Aber ich möchte die Sache nicht überstrapazieren – ein Außenstehender hätte das Ganze sicher nur amüsant gefunden –, doch als ich bemerkte, dass Paul nicht nur ein harmloses Spiel spielte, sondern Barbara absichtlich anstachelte, mehr als nur eine unschuldige

Begeisterung für die junge Frau zu empfinden (die tatsächlich auch sehr klug und kultiviert zu sein schien) – hat mich das ziemlich verstört. Ich konnte mir nicht vorstellen, was ihn dazu trieb, aber was immer es war, es war schlicht und einfach pervers.

Das Ganze kam zu einem Ende, als die Trailer-Bewohnerinnen zu einem Essen in ihrem Trailer einluden: *Seulement pour nous femmes*. Ich sprach ein Machtwort und sagte Wilma, ich würde sie, falls nötig, an allen vieren fesseln, doch diesen Abend könne sie vergessen. Ich versuchte mit Paul darüber zu sprechen, er lachte aber nur und meinte: ›Lass sie doch machen, sie sind keine Schulmädchen mehr. Sie werden uns schon erzählen, was Sache ist‹. Das reichte, ich marschierte schnurstracks zu dem Wohnwagen und sagte zu den beiden, ich wüsste, was sie im Schilde führten, sie sollten das mal hübsch bleiben lassen. Meine Bemühungen brachten mir Beschimpfungen wie »Nazi« ein, aber die Verführungsparty fand nicht statt, und am nächsten Tag war der Wohnwagen weg. Zuvor hatte es aber noch einen tränenreichen Abschied gegeben, bei dem die beiden Lesbierinnen und unsere vom Weg abgekommenen Frauen kleine Geschenke und meiner Meinung nach unanständig viele Küsse austauschten. Ich hab vergessen, was Wilma von ihrer Freundin bekommen hat – ich glaube, es war eine Flasche Eau de Cologne oder etwas ähnliches –, aber ich erinnere mich noch genau an das Geschenk, das Barbara von ihrer Verehrerin erhielt, weil ich es nämlich unter ziemlich merkwürdigen Umständen wiedersah, und hätte es diese nicht gegeben, könnte ich Ihnen meine Geschichte jetzt nicht als eine Art Vorspiel erzählen. Es war eine Kette mit einem winzigen Amulett aus handgearbeitetem Silberfiligran, ein außergewöhnlich schönes, altes Schmuckstück. Wir haben es alle bewundert – aber danach verschwendete ich keinen weiteren Gedanken darauf. Damals zumindest.

Ein gutes Jahr später war ich zufällig zur selben Zeit wie Paul und Barbara in Paris (wir standen brieflich in Verbindung), und wir hatten uns an einem Nachmittag im Café Cluny mit ihnen verabredet. Ich erinnere mich, dass es geregnet hat, dass ich aber trotzdem vom Louvre bis zu dem Café zu Fuß gegangen bin. Unter dem überdachten Entrée des Cafés stand eine kleinere Ansammlung von Leuten herum. Wie mir Barbara am Telefon gesagt hatte, wollten sie in der oberen Etage auf mich warten.

Ich hatte Barbara noch nie so schlank gesehen: Sie war eine ganz andere Frau, ihr Haarschnitt war so wie jetzt, und sie sah einfach umwerfend aus. Als ich mich dann setzte, fiel mir an ihrem Wesen noch eine sehr viel subtilere Veränderung auf. Gewöhnlich bemerke ich solche Dinge nicht, aber in ihr Verhalten hatte sich eine merkwürdige Aggressivität eingeschlichen, die ich sofort registrierte. Sie manifestierte sich als eine Art Beschützerinstinkt sich selbst und Paul gegenüber, der sehr besitzergreifend wirkte, so als würde sie ihm nicht zutrauen, seine eigenen Interessen zu vertreten, und sich selbst nicht getrauen, einfach den Mund zu halten. Ich habe das auch bei anderen »Künstlergattinnen« festgestellt, doch meistens hatten ihre Ehemänner sie genau wegen dieser Eigenschaft geheiratet, und sie war nicht erworben wie bei Barbara.

Paul hatte sich eine Art Spiel ausgedacht, und als ich mich setzte, machte er zu Barbaras wachsendem Ärger gleich damit weiter. Ab und zu hielt er ein, zwei Minuten inne, um uns zuzuhören, ohne jedoch an der Unterhaltung teilzunehmen. Und in diesem Stil ging es weiter, bis wir schließlich aufhörten zu reden und ihn nur noch beobachteten. Er hatte sich Folgendes ausgedacht: Von seinem Platz aus konnte er sehen, wie die Leute die Treppe hochkamen, und wenn jemand seine Aufmerksamkeit erregte, fing er an, sich für ihn eine fiktive Biographie auszudenken und auszuschmücken, bis sich sein Protagonist an einem Tisch niederließ, oder ein anderer sein Interesse erweckte. Zum Beispiel – ich will ihn nicht nachahmen, sondern nur eine Vorstellung von seinem Treiben vermitteln – beschrieb er eine eher schäbig aussehende Frau mittleren Alters mit einem durchnässten Hut folgendermaßen: ›Madame Geneviève de la Tour, vierundfünfzig, geboren in Reims, sündigte im Schatten des Kreuzes, heiratete mit dreizehn einen aus dem Priesteramt verstoßenen Akrobaten und danach noch drei Mal, sechs eheliche Kinder, zwei davon krank, hinzukommt noch eine Katze, Hysterektomie, Stimmlage Alt, erklomm am Nikolaustag 1922 zum letzten Mal die Bühne der Skala, war dann vorübergehend Concièrge im Leichenschauhaus von Menilmontan ...‹ und so weiter und so fort ... Es war ziemlich komisch, einiges zumindest, doch alles hatte einen eindeutig hysterischen Unterton. Ich lachte gegen meinen Willen, behielt Barbara aber immer im Auge. Sie hatte die Lippen zusammengepresst, und aus ihrem Gesicht war alle Farbe gewichen. Etwas war nicht in Ordnung, aber ich hatte keine Ahnung, was ...

Inzwischen hatte es aufgehört zu regnen, und die Leute vor dem Café zerstreuten sich. Paul verstummte. Plötzlich lehnte er zu mir herüber und fragte mich in vertraulichem Ton: ›Wie geht's Wilma? Immer noch heil und unversehrt?‹ ›Ja‹, antwortete ich. ›Es geht ihr gut.‹ Er lächelte: ›Gut‹, sagte er, ›das hört man gerne.‹ ›Oh Paul‹, sagte Barbara.

Im selben Augenblick fing Paul wieder an: ›Gaston du Gard, zu spät, bâtard, canard, en garde ...‹ Barbara zuckte zusammen, ich drehte mich um und sah einen jungen Mann die Treppe hochkommen. Er kam direkt an unsern Tisch, nickte, blickte mich fragend an und nahm Platz. Er war blass, glatt rasiert, gut gekleidet und sehr jung, nicht älter als zwanzig. Paul stellte ihn, etwas vor sich hinmurmelnd, vor (er schien tatsächlich Gaston zu heißen, was das ›du Gard‹ betraf, war ich mir nicht sicher), und dann begannen sich die beiden flüsternd zu unterhalten. Barbara wand sich auf ihrem Platz, doch ich konnte sie nicht dazu bringen, mich anzuschauen. Schließlich platzte sie wütend heraus: ›Verdammt nochmal, hört auf damit!‹, und beide blickten wie ertappt hoch, Gaston leicht verschämt. Paul schlug mit der Hand auf den Tisch und sagte, ›O Pardon, Pardon. Gaston, sag Pardon‹. ›Pardon‹, sagte Gaston gehorsam und nicht im geringsten ironisch. Ich sah, dass er zitterte. Barbara stand auf. ›Ich gehe‹, sagte sie, ›tut mir leid, Richard‹. Paul streckte die Hand aus, packte sie am Arm und zwang sie, sich wieder zu setzen. ›Nein, du gehst nirgendwo hin‹, sagte er scharf, ›und wenn sich jemand entschuldigt, dann ich, nicht du.‹ Einen Augenblick lang saß sie stumm da, und ich dachte, sie würde gleich anfangen zu weinen. Dann beugte sie sich aber plötzlich vor und schrie Gaston an: ›Warum haust du nicht ab? Warum lässt du uns nicht in Ruhe!‹

Ich hatte immer noch keine Ahnung, was es mit Gaston auf sich hatte. Irgendwie tat er mir leid. ›Ich gehe, wenn er mir das sagt‹, sagte er mit Geisterstimme, ›ich hab mich nicht aufgedrängt, Ihr wisst das.‹ Barbara warf Paul einen flehenden Blick zu; ich hielt den Atem an. Paul ließ ihren Arm los, den er immer noch gewaltsam festgehalten hatte, und nickte, Gaston zugewandt: ›Ja, Gaston, zieh weiter‹, sagte er. Gaston erblasste, er stand immer noch zitternd auf, öffnete den Mund und schloss ihn wieder; dann griff er in seine Tasche, fischte etwas heraus und reichte es Barbara. ›Es ist wirklich nicht meine Schuld‹, sagte er, und das kleine Amulett vom letzten Jahr fiel auf den Tisch. Wortlos dreht er sich um und rannte die Treppe hinunter. Ich blickte zu Paul hinüber: Er schaute ihm nach, und ich sah, dass er Tränen in den Augen hatte. Ich konnte mir die ganze Sache nicht erklären. ›Gaston du Gard, trop tard, pardo …‹, sagte Paul.

Daraufhin herrschte Schweigen, bis wir dann auf der Straße standen und uns verabschiedeten. Paul hab ich nie wieder gesehen, Barabara auch nicht (obwohl wir ein oder zwei Briefe austauschten), bis sie dann letztes Jahr hierherkam. Ich hab mich nie getraut, sie zu fragen, was damals passiert ist – und sie kam auch nie von sich aus darauf zu sprechen. Vielleicht können Sie sich das Ganze erklären, ich hab's zwar immer wieder versucht, aber ohne Erfolg; ich fürchte, die Geschichte ist zu irrational für mich …

DAS AUGE FING FEUER, FING BLUT

Gerstenmaier hungrig, abgemagert: nur ein kleiner Funken, tief im Mesenterium, hält ihn am Leben. Er wird von Kräften beherrscht, die er nicht kennt; wenn eine bestimmte Regung an die Oberfläche seines Bewusstseins kommt, wenn es so aussieht, als müsse er etwas unternehmen und sei sich dessen bewusst, fängt er vor Kälte an zu zittern, eine Kälte, gegen die er nicht ankommt, eine Art paranoider Schüttelfrost. In anderen Worten, er besitzt alles, was einen deutschen Revolutionär ausmacht, das heißt, einen Revolutionär, der mit dem Akt, sich in der Öffentlichkeit in der Nase zu bohren, sehr viel mehr weltbewegende Dinge verbindet als mit dem Laden einer echten Pistole in der Abgeschiedenheit seines Zimmer, mit der er dann loszieht, um den Kaiser zu töten.

Als er zum Beispiel in Bernadette verliebt war (oder war es Nathalie?), verbrannte er innerlich wie ein Kaktus, schwarz, intensiv, und wie durch Telepathie gelang es ihm, unter ihre Haut zu dringen, wie ein winziger Wurm, um (wie er dachte) Irritation, Mitleid und Neugierde hervorzurufen. Ah, diese wenigen Wochen: die stumme Qual, die ersten Regungen seines Todes, die Duftmarke der Schizophrenie. Sein Blick folgte ihr von Wolke zu Wolke, und als sie landete, lag ihm die Zunge schwer im Mund. Er konnte sie stundenlang anstarren, und seine Augen beschlugen sich mit Dampf, während er lächelte, ein Lächeln, das ein unsterbliches, von einer tragischen Verschwörung bedrohtes Wir andeutete.

Natürlich hat sie seine Existenz nie bemerkt.

PAUL / ZEHN

Anfang April 1952 ist Pauls Vater plötzlich gestorben. Raabe-Speer sah in Schwarz zehn Jahre jünger aus und hat es deshalb ungefähr einen Monat lang getragen, dann vermietete sie das Haus in München, verkaufte ein paar Dinge und zog nach Frankfurt, »um in der Nähe des einzigen Menschen zu sein, der mir geblieben ist«. Ich mied sie nach Möglichkeit, aber Paul fand die Vorstellung, sie wiederzusehen, keineswegs nur abschreckend, und was hätte ich schon sagen können? Ich war mir sicher, dass sie irgendetwas ausheckte, aber ich hatte keine Idee, was das sein konnte. Sie spannte mich nicht lange auf die Folter: Eines Tages konfrontierte mich Paul mit einem *fait accompli* – sie hatte ihn dazu überredet, sie als Bürgen für die durch *Bruchstücke* entstandenen Schulden zu akzeptieren. Ich war fassungslos, als er damit herausrückte; er hatte einfach unterschrieben, ohne mich zu fragen. Wie er meinte, würden wir nur davon profitieren und auf die Dauer auch viel Geld sparen, gleichzeitig könnten wir uns mit dem Abstottern der Schulden mehr Zeit lassen. Ich fand seine Leichtgläubigkeit unbegreiflich, aber was blieb mir anderes übrig, als gute Miene zum bösen Spiel zu machen und auf das Beste zu hoffen. Ha!

Bei seinem Geschäftssinn hätte es mich nicht gewundert, wenn er auch unsere Seelen verkauft hätte, sie hätte nur sagen müssen, es wäre »zu unserem Besten«. Ich schaffte es, ihn in jenem Sommer nach Frankreich zu verschleppen. Max brachten wir bei einer Tante von mir unter – mein Vater wäre überfordert gewesen wäre – und unsere Sachen lagerten wir ein, dann machten wir drei Monate frei. Es war herrlich, keiner von uns beiden hatte sich je so unbeschwert gefühlt. Wir trafen immer wieder neue Leute (Immanuel de Bris zum Beispiel), und sogar Richard Frobenius, den ich seit Heidelberg nicht mehr gesehen hatte, ist uns über den Weg gelaufen. Er hatte inzwischen geheiratet und sah wesentlich älter aus. Es war wirklich komisch, zu beobachten, wie er allmählich domestiziert wurde, wie eifersüchtig und nervös er war, und wie er in Wilma aufging. Paul war richtig gemein, er hat den armen Richard von morgens bis abends nur geneckt …

Tja, und bei unserer Rückkehr wartete dann Raabe-Speer mit einer weiteren kleinen Überraschung auf: Wir hatten ihr von unterwegs einen Scheck geschickt, mit dem sie die Lagergebühren für unsere Sachen bezahlen sollte – sie beglich jedoch damit die Schulden, die wir bei ihr hatten. Die Folge war, dass ein halbes Dutzend Kisten mit unseren wertvollsten Büchern versteigert wurde. Als wir zurückkamen, war der Schaden nicht mehr rückgängig zu machen. Ich saß einfach nur da und heulte. Sie war völlig ungerührt. »Das Wichtigste zuerst«, sagte sie. Ich muss zugeben, dass selbst Paul etwas fassungslos war; unter den verloren gegangenen Büchern waren ein paar sehr wertvolle Bände gewesen, wie zum Beispiel eine komplette Insel-Serie und mehrere Kinderbücher, die ihm seine Mutter gekauft hatte ...

Abgesehen davon hat sich in diesem Jahr und danach nichts Bemerkenswertes abgespielt. Paul arbeitete immer häufiger für den Rundfunk, und er bekam auch ein paar sehr gut bezahlte Aufträge vom Fernsehen. Diese Art von Arbeit ging ihm leicht von der Hand, und er verschwendete keine Energie darauf, die er für seine eigene Arbeit brauchte. Sein zweiter Gedichtband erschien, und er verkaufte sich sogar; wir unternahmen eine weitere Stippvisite nach Frankreich – dieses Mal nach Paris –, um über die französische Veröffentlichung von Pauls »ausgewählten Gedichten« zu sprechen. Alle Herausgeber, die seine früheren Übersetzungen abgelehnt hatten, um es sich dann doch anders zu überlegen und sie legal stahlen, belagerten ihn praktisch Tag und Nacht und baten ihn, doch bei ihnen zu veröffentlichen, zu seinen Bedingungen – plötzlich wollten alle seinen Namen haben. Und das Beste war, er konnte es sich sogar leisten, nein zu sagen.

KROATISCHES ESSEN

Auf der Tafel in Moritz' Kaschemme (gegenüber vom Keller) steht als Tagesgericht (für eine Mark zwanzig) gebratene Schweineleber mit Röstzwiebeln, Kartoffelbrei, Erbsen und Karotten und Kopfsalat (zwei braune Blätter in wässrigem Apfelessig). Außerdem gibt es für siebzig Pfennige auch noch »Freddies's Reisschale«. Was die Getränke betrifft, so hat man die Wahl zwischen Bier, Milch, Kaffee und Sprudel (der Coca-Cola-Mann liefert erst wieder, wenn hundertneunundzwanzig fehlende Flaschen bezahlt werden). Wer einfach nur Leitungswasser haben will, muss am Hintereingang der Küche darum betteln.

Vera Eichhorn (rothaarig) steht hinterm Tresen und gibt nummerierte Abholzettel aus; sie ruft auch die Bestellungen aus, wenn die Teller aus der Küche kommen, und ermahnt die Kunden, sie nach dem Essen zurückzubringen, außerdem schnauzt sie jeden an, der nicht das passende Kleingeld parat hat. In dem winzigen Raum hinterm Tresen, wo gekocht wird, fischt Moritz die Leberscheiben aus dem tiefschwarzen Fett einer tiefschwarzen Bratpfanne. Auf dem Hocker neben ihm schält Freddie, der zum Schutz vor Fettspritzern einen alten Strohhut trägt, rohe Kartoffeln in einen riesigen Topf, oder schlägt die gekochten in einem anderen Topf zu Brei.

Unter einem Poster, das immer noch Sidney Bechets Auftritt vom letzten Jahr ankündigt, sitzt Peter Faber allein an einem Tisch und wartet auf den Reis, den er bestellt hat. Ein Hocker nach dem andern wurde von seinem Tisch geklaut, so dass viel freier Platz um ihn herum entstanden ist, und man glauben könnte, er würde bei irgendwelchen Festivitäten den Vorsitz führen, so wie er dasitzt, starr über den Raum blickend, die gefalteten Hände auf dem Bücherstapel vor ihm, die Beine unter seinem Hocker angezogen.

Vera Eichhorn ruft seine Nummer aus. Er reagiert nicht. Ungeduldig brüllt sie ein zweites Mal in den Raum. Die anderen Essensanwärter blicken auf ihre Zettel und fangen an, im Chor die Nummer zu skandieren: Vierundvierzig! Vierundvierzig! Vierundvierzig! Die Zahl dringt wie ein fernes Signal an Peter Fabers Ohr: er reckt den Kopf und blickt auf seine gefalteten Hände. Abwesend spreizt er die Finger und entdeckt den feuchten Fetzen Papier, der an einem seiner Handballen klebt – vierundvierzig. Er steht abrupt auf und geht zum Tresen.

»Sind Sie taub oder was?«, fragt Vera Eichhorn.

Er schüttelt den Kopf. »Tut mir leid«, sagt er.

»Da warten noch mehr außer ihnen«, sagt sie.

»Tut mir leid«, wiederholt er.

Sie schnaubt und schnappt sich sein Tablett und knallt es vor ihn auf den Tresen. »Leber«, sagt sie. »Macht eine Mark zwanzig. Wollen Sie auch was zu trinken?«

Er scheint sie nicht zu hören, seine Augen kleben an dem Tablett.

»Etwas Beeilung bitte, ich hab nicht den ganzen Tag Zeit!«

Er fängt an, den Kopf zu schütteln, langsam und bedächtig, dann öffnet er den Mund, um Luft zu holen, und dreht den Kopf dabei immer energischer von der einen zur anderen Seite; aus seiner Kehle kommen jämmerliche, beinahe stimmlose Protestlaute. Er scheint zu ersticken. Vera Eichhorn bekommt es mit der Angst zu tun.

»Was ist los?«, fragt sie und starrt ihn an.

Statt einer Antwort macht er eine ausholende Handbewegung und befördert das Tablett auf den Boden. Vera Eichhorn heult auf; die Leute springen hoch.

»Neeeiin ...«, schreit Peter Faber und stürzt aus dem Lokal wie ein Betrunkener, während sein Kopf zur Seite wegkippt. Draußen bleibt er auf der schmalen Straße vor einem Bierlaster stehen und keucht, bis er Blut spuckt.

SCHRIFTROLLEN VOM TOTEN MEER

Ein Artikel mit dem Titel »Kanzler und Kirche« , der in der Januar-Nummer von *These und Synthese* erschienen ist, hat in akademischen Kreisen für ziemlichen Aufruhr gesorgt. Zum ersten Mal seit seiner großen Zeit hat Professor Erich Vollmer versucht, sich über politische Moral zu äußern, aber sein Artikel verrät leider auch nicht mehr Scharfsinn als die Beiträge, die er damals für die Frankfurter Zeitung geschrieben hatte. Tatsächlich scheint man sich nicht einmal auf die Epoche einigen zu können, von der die Rede ist. Ein Rezensent im Tageblatt vertritt die Meinung, er würde über das späte römische Kaiserreich schreiben, was aber nur das Ergebnis einer äußerst oberflächlichen Lektüre sein kann, da in jeder zweiten Zeile des Artikels Adenauer erwähnt wird. Ein gewissenhafterer (aber anonymer) Leser vertritt in einem an den Herausgeber von T.u.S. adressierten Brief die Meinung, dass »Adenauer« für »Kaiser Wilhelm« stünde, und untermauert diese These mit einem Verweis auf ein wenig bekanntes, 1920 in Graz erschienenes Werk *Kaiser und Kirche* von Waldemar Wentz. In derselben Ausgabe argumentiert ein lutherianischer Pfarrer sehr überzeugend, man müsse nur »Kanzler« durch »Papst« ersetzen, dann wäre es auch nicht notwendig, Adenauer (der natürlich nicht in der Regierung vertreten ist) zu transponieren. Oestler soll angeblich mit offensichtlichem Sarkasmus und in einem privaten Kontext gesagt haben, dass Weltschmerz »Geschwür« und Seinsgrund »Hämorrhoiden« bedeutete, falls irgendein Begriff in Vollmers Artikel überhaupt etwas bedeuten würde. Den Nagel auf den Kopf getroffen hat jedoch Dr. Ignatz Baermann, der an diesem Morgen in Hörweite von mindestens fünfzig Studenten von einer Seite der Hauptstraße auf die andere hinüberbrüllte: »Was haben Sie sich eigentlich vorgenommen, Vollmer – Ihre eigenen Schriftrollen vom Toten Meer zu schreiben?«

PAUL / IN KLAMMERN

... Ich fühle mich wie ein zu lebenslänglicher Haft Verurteilter, dessen Zelle nur ein einziges kleines Fenster hat, das auf den Hinterhof seiner eigenen Vergangenheit hinausgeht ... seine Erinnerung via Fernglas ... er verfolgt jede Bewegung, die dort stattfindet ... aber keiner der Verwandten oder Freunde, die er beobachtet, sind sich dessen bewusst ... Alle halten ihn für tot. Vielleicht ist er das auch ... oder ich bin es ... Einer ist es ...

Paul und ich lebten ein völlig unwirkliches Leben ... diese ganzen Jahre über ... und als sein Vater starb ... Raabe-Speer wie ein Geier ... Frankreich ... alles unwirklich ... Wir gaben vor, offene, freie, brilliante, junge, unschuldige Europäer zu sein ... Zwanzig Jahre oder vielleicht auch hundert zu früh oder zu spät ... Wir haben uns in die eigene Tasche gelogen ... wir zogen ... alle Register... haben unsere ganze Energie verpufft, eine moralische Energie, die wir nicht hatten, die eigentlich auch nicht unsere Energie war, sondern die unserer Generation ... Wir paktierten ... absurd ... wir waren verrückt, beide, wahnsinnig ... zwei Jahre ... hin und her ... keine einzige Einladung abgelehnt ... tausend Leute, die in unserm Leben ein- und ausgingen ... ein zweijähriges Moratorium, das für alles galt ... Sieben oder achttausend Mark Schulden – wen kümmert's? Max – er wird auch ohne unser Zutun wachsen.

Die Neger und die Bärte / haben immer recht / Wer sind wir? Paul sagte ... größere und große Extreme ... was wir wollten ... was tut man, wenn man Literatur in Leben verwandeln will? Als erstes macht man daraus Literatur ... aber das zahlt sich nicht aus, glaub mir.

War es unsere Unfähigkeit? Waren wir von Grund auf unehrlich? Alle unsere Ratgeber sagten das ... sie trugen alle Bärte ... aber zunächst sah es so aus, als würden wir es schaffen ... *Der Gedanke an das, was ich liebte und nicht mehr länger liebte, und auch die Erinnerung an das, was ich noch immer liebe und verloren habe ist einfach unerträglich* ... Wer sagte das? Ich. Paul stand mit dem Rücken zur Wand ... aber ach! Die Wände stürzten ein und dahinter stand ich, seine Feindin ... Ich genügte ihm nicht ... ich war nicht ... Oh, ich bin betrunken und sentimental ... Warum hast du mich so betrunken gemacht?

EIN SELBSTERNANNTER SEBASTIAN / DRITTER TRAUM

Jemand, den er nicht richtig erkennen kann, stürzt in einer schrecklichen Verfassung auf ihn zu – zusammengeschlagen, die Kleidung zerfetzt, das Gesicht voller Blutergüsse. Wer hat Sie so zugerichtet?, fragt Stefan. Paul Speer, sagt der Andere gottergeben. Aber warum?, fragt Stefan. Der Andere zuckt hilflos die Schultern. Was wollen Sie tun?, fragt Stefan. Was kann ich tun?, antwortet der Andere niedergeschlagen; es ist sinnlos, niemand würde mir glauben.

Stefan wacht mit der Erkenntnis auf, dass das Gesicht und der Eindruck von der zusammengeschlagenen Person in seinem Traum nur Paul Speer selbst zugeordnet werden konnten.

MITTE FEBRUAR

»Was machst du da?«, fragt Stefan, als er ins Zimmer kommt.

»Ich lackier mir die Nägel«, antwortet sie und spreizt bewundernd die Finger.

»Grün?«

»Warum nicht grün? Wir gehen doch auf einen Faschingsball, oder nicht?«

Er zuckt die Schultern und lächelt. »Ich dachte, ich bin farbenblind geworden. Kann ich deinen Rasierer haben?«

»Da«, sagt sie stolz. »Die Zehennägel sind bereits fertig.«

»Oh, fabulös«, sagt er. Sie wirft ihm einen misstrauischen Blick zu, doch er ist zum Waschbecken gegangen, und sie kann sein Gesicht nicht sehen. Er zieht das Hemd aus und fängt an, sich das Gesicht einzuschäumen. Er bewegt sich etwas zur Seite, um sie im Spiegel zu beobachten: Sie tut so, als wäre sie völlig in ihre Tätigkeit vertieft. Sie lackiert sich gerade den rechten Daumennagel, dabei berührt sie mit dem kleinen Finger ihrer linken Hand den Zeigefinger ihrer rechten, um den Pinsel ruhig zu halten.

»Im Regal liegt eine neue Klinge«, sagt sie, ohne hochzuschauen.

Er wechselt die Klinge und fängt an, sich zu rasieren; sie nimmt ihre linke Hand in Angriff. Er hört sie leise *O Tannenbaum* summen. Er lächelt.

»Morgen ist Pauls Geburtstag«, verkündet sie plötzlich. Er wirft ihr im Spiegel einen Blick zu, sagt aber nichts. Sie schaut nicht von ihrer Hand auf. »Sein neunundzwanzigster«, sagt sie nach einer kleinen Pause.

Langes Schweigen.

»Mir ist das noch nie aufgefallen«, sagt sie. »Ihr seid beide Wassermänner. Aber Ihr seid euch überhaupt nicht ähnlich.«

Er lacht.

»Sollten wir?«, fragt er und dreht ihr das halbrasierte Gesicht zu.

Sie bläst auf ihre Nägel, um sie zu trocknen. »Um hmm.«

Er lacht wieder: »Das Problem ist folgendes: Soll ich eher wie er sein, oder er eher wie ich, oder sollen wir uns in der Mitte treffen?«

»Mach dich nicht lustig. Ich mein's ernst.«

»Gehören Astrologie und grüne Fingernägel zusammen?«

»Sehr witzig.«

Er rasiert sich weiter. Sie lackiert sich den linken Daumennagel. Als sie damit fertig ist, schraubt sie den Pinsel in das kleine Fläschchen, macht aber aus Versehen eine ruckhafte Bewegung mit der Hand, so dass der Lack auf den Teppich kippt. »Verdammt!«, schreit sie. »Zum Teufel damit!«

Sie lässt sich neben dem Fleck auf die Knie fallen und starrt darauf. Mit tropfendem Kinn legt Stefan den Rasierer zur Seite und kauert sich neben sie. Er hebt ihr Gesicht hoch: Sie ist wütend.

»Ich hoffe, du bist jetzt zufrieden!«, schreit sie und läuft zur Kommode, holt eine Flasche Nagellackentferner und einen Lappen heraus, mit dem sie sich erbost den grünen Lack von den Nägeln wischt.

DIE FREUDLOSE GASSE

Weichart ist tot. Fräulein Gerber, das Gesicht auf Halbmast, trifft auf dem Nachhauseweg von der Beerdigung auf D-J und lässt sich von ihm überreden, ein Lokal in der Nähe aufzusuchen, wo sie sich die Augen mit einem Papiertaschentuch betupft und ihr Herz ausschüttet.

Anscheinend hatte der alte Mann sein Zimmer (in der Bunsenstraße) vor einer Woche verlassen und sich mit unbekanntem Ziel auf den Weg gemacht, einen kleinen Koffer in der Hand. Vor zwei Tagen war er zurückgekommen (mitten in der Nacht) und hatte Sturm geläutet, bis seine Zimmerwirtin (Frau Hilde Laub) aufwachte (schwaches Herz) und ihm aufmachte. Zuerst erkannte sie ihn überhaupt nicht, so schrecklich sah er aus – »Als hätte man ihn von innen ausgesaugt«, das Haar »wie Struwwelpeter«, das Gesicht bleich und grau, die Kleidung in Fetzen und am ganzen Leib zitternd. Als sie ihn in diesem Zustand sah, fing Frau Laub an zu schreien. Zähneklappernd und tränenüberströmt entschuldigte er sich, mit einer Stimme so dünn wie ein Faden, tausendmal dafür, sie aus dem Bett geholt zu haben, ihm seien seine Schlüssel abhandengekommen, seine Mappe und überhaupt alles sei ihm geklaut worden, an die näheren Umstände könne er sich aber nicht mehr erinnern. Als er im Haus war, ging er sofort auf sein Zimmer (wollte weder Bouillon, noch Tee, noch Schnaps), schloss sich ein und ließ Frau Laub, einem Nervenzusammenbruch nahe, draußen stehen. Sie rief so lange seinen Namen, bis er schließlich antwortete: »Ja, ja, ich bin immer noch da, legen Sie sich schlafen.« Und schließlich, als sie seinen keuchenden Atem auf der anderen Seite der Tür hörte, ging sie zu Bett. Es muss nach sieben Uhr gewesen sein, als er wieder aus dem Haus ging, da sie bis sieben wach gelegen war. Er hatte seine mit Notizen und Papieren vollgestopfte Aktentasche, zusammen mit ein paar anderen persönlichen Gegenständen mitgenommen, als hätte er geplant, über Nacht wegzubleiben, und er hatte sich auch rasiert und die Kleidung gewechselt. Um acht Uhr überquerte er den Platz der Alten Universität, blieb dann in der Nähe des Brunnens plötzlich stehen und stürzte wie ein hohler Baum, schwankend und in sich zusammensackend. Ein paar Leute sahen ihn fallen, als sie ihn aber erreichten, war er schon tot. Seine dreiundneunzigjährige Mutter, die in der Ostzone lebte, durfte nicht zu dem Begräbnis ausreisen, weil man ihr »so kurzfristig« keine Genehmigung ausstellen konnte.

PAUL / ELF

Kurz vor Weihnachten 1953 rief Raabe-Speer aus Berlin an, um ihre Verlobung mit einem Architekten namens Eller bekannt zu geben. Wir hörten zum ersten Mal von dieser Romanze, ja, wir hatten nicht einmal gewusst, dass sie nach Berlin gezogen war. Sie ließ uns wissen, dass sie in der nächsten Zeit nicht nach Frankfurt kommen könnte, und das in einem Ton, als müsste es uns das Herz brechen. Hurra!

Ich ärgerte mich immer noch über die Schuldenüberschreibung, aber im Februar hatten wir unseren Schuldenberg bis auf knapp fünftausend Mark abgetragen. Gleichzeitig hatten wir genügend zusammengespart, um eine Anzahlung auf eine Wohnung in einer Neubausiedlung tätigen zu können. Max ging inzwischen in den Kindergarten, der sich zwischen dem Platz, an dem wir wohnten, und der neuen Wohnung befand, so dass er beim Umzug nicht den Kindergarten wechseln musste. Und da er vormittags nicht mehr zu Hause war, konnte ich in einer amerikanischen Grundschule arbeiten, das Geld, das ich dort verdiente, legten wir für die neue Wohnung zurück. Es war etwas völlig Neues ... wir waren so voller Enthusiasmus, wie Kinder, die einem neuen Spielzeug entgegenfiebern ...

DER BLAUE REITER

Es ist kurz vor Mitternacht, ein bitterkalter, feuchter Abend. Sie sind auf dem Nachhauseweg vom Keller und durchqueren gerade die Parkanlage. Das Pflaster ist mit einer Eisschicht überzogen; Barbara rutscht darauf aus und schürft sich die Hand auf, danach hält Stefan ihren Arm fest. Als sie am Bunsen-Denkmal vorbeikommen, kommt Freddie angeschlittert und fragt, ob er sich ihnen anschließen darf. Sie sind überrascht, ihn hier zu sehen: Als sie aufbrachen, hatte er immer noch Hof im Keller gehalten, und sie haben unterwegs nirgendwo Halt gemacht. Er trägt einen dünnen, für die Kälte völlig ungeeigneten Gabardinemantel und scheint seine Handschuhe verloren zu haben. Stefan bietet ihm seine an, aber er lehnt mit einem merkwürdigen Lächeln ab. Ohne dass ein weiteres Wort fällt, gehen sie langsam weiter; gelegentlich bleibt Freddie stehen und gibt auf einem Bein balancierend Stefan seine Krücken, um in seine bereits blau angelaufenen Hände zu hauchen. Stefan bietet ihm jedes Mal aufs Neue seine Handschuhe an, und Freddie lehnt immer wieder mit demselben verkniffenen Lächeln ab.

Als sie Barbaras Wohnung erreicht haben, fragt sie ihn, ob er nicht auf einen Kaffee reinkommen und sich etwas aufwärmen wolle. »Hmm«, sagt er und folgt ihnen. In ihrem Zimmer setzt er sich aufs Bett, lässt die Krücken auf den Boden fallen und steckt die Hände in die Taschen. Er klappert mit den Zähnen. Barbara will ihn dazu bringen, seinen Mantel abzulegen: Er reagiert nicht; sie wirft Stefan einen Blick zu, der im Schneidersitz auf dem Boden sitzt. Freddie durchläuft ein Schauer, und er schaut sich um, als wäre ihm plötzlich bewusst geworden, wo er sich befindet; langsam schält er sich aus seinem Mantel und gibt ihn Barbara, damit sie ihn aufhängen kann. Barbara setzt Kaffeewasser auf, zieht sich einen Stuhl heran und raucht eine Zigarette; sie reibt sich die Augen. Betretenes Schweigen. Stefan nimmt einen Bildband mit expressionistischen Gemälden aus dem Regal und blättert auf den Knien Seite um Seite um. Freddie trägt ein ausdrucksloses Lächeln zur Schau; er reckt den Kopf, um die Lithos an der Wand hinter ihm zu begutachten. Barbara steht auf und öffnet das Fenster einen Spalt breit: Vom Fensterbrett weht etwas Schnee herein. Sie überbrüht den Kaffee: Freddie schaut grinsend zu. Die Tassen mit den Händen umklammernd sitzen sie da, Franz Marcs farbenfrohe Pferde spielen auf Stefans Knien. Freddie räuspert sich: Die beiden andern drehen sich sofort nach ihm um.

»Soll ich eine Geschichte erzählen?«, fragt er.

ZUM FRESSEN SÜSS

In einem fernen, exotischen Land wird ein Reisender auf das Landgut reicher Grundbesitzer eingeladen. Er findet ein üppiges Festmahl vor – riesige Braten, Geflügel, Wildbrett und Spanferkel, gebratenen Fisch, alle Arten von Gemüse und Salate, Melonen, Käse, exquisite Weine und so weiter. Die Tafel in der Mitte eines geräumigen Salons mit Fenstern nach drei Seiten ist für zwölf Leute gedeckt. Der Reisende nimmt Platz, und sein Blick wandert zufällig nach oben. Von einer Öffnung in der Decke, beinahe direkt über seinem Kopf, wird ein praktisch nacktes, an Händen und Füßen gefesseltes kleines Kind an einem Seil heruntergelassen. Er schaut mit offenem Mund zu. Ungefähr einen Meter über seinem Kopf wird dieser Vorgang gestoppt, und das Kind schaukelt nur noch leicht hin und her. Der Reisende entdeckt, dass es völlig mit Honig beschmiert ist; seine Augen sind offen und völlig ausdruckslos, es scheint kaum noch zu atmen. Der Reisende blickt in die Runde: Keiner der am Tisch Versammelten scheint Anstoß daran zu nehmen. Er wendet sich an die Gastgeberin: »Darf ich mir erlauben, Eure Ladyschaft zu fragen, was das Kind über meinem Kopf zu bedeuten hat?«

Ihre Ladyschaft lächelt liebreizend und sagt: »Zunächst sollten Sie wissen, dass wir hier jeden Tag punkt zwei Uhr die Fenster öffnen und genau eine Stunde lang offen lassen.«

Der Reisende blickt auf seine Taschenuhr: Es ist zwei Minuten vor zwei.

»In dieser Zeit«, fährt die Gastgeberin fort, »können die Fliegen natürlich ungehindert hereinkommen; da wir aber gleichzeitig auch unser Mittagsmahl einnehmen, müssen wir dafür sorgen, dass sie abgelenkt werden, sonst würden sie sich nämlich auf dem Tisch niederlassen und unser Essen verzehren. Wir beschaffen uns also ein Kind, das in Honig getaucht wird, denn einen besseren Köder gibt es nicht: Die Fliegen können ihm einfach nicht widerstehen.«

Dem Reisenden fällt auf, dass der Raum sich während der Erklärungen seiner Gastgeberin immer mehr verdunkelt, gleichzeitig nimmt er ein Geräusch wahr, das sich anhört, als würde mit einer elektrischen Säge Holz zerschnitten. Er blickt auf die gegenüberliegenden Fenster und sieht, dass sie schwarz vor Fliegen sind. Er wendet sich wieder an seine Gastgeberin: »Aber warum lässt das Kind das alles mit sich machen?«

Ihre Ladyschaft errötet. »Sie müssen uns entschuldigen«, sagt sie. »Es ist nicht so einfach, sich jeden Tag ein frisches Kind zu besorgen. Dieses hier haben wir schon eine ganze Woche benutzt, wie ich zugeben muss, und es ist beinahe tot.« Sie hebt beschwichtigend die Hand: »Sie brauchen sich keine Sorgen zu machen. Selbst wenn es während des Essens stirbt, erfüllt es immer noch seinen Zweck. Die Fliegen merken keinen Unterschied ...«

Die Fenster werden also geöffnet, und das Mahl beginnt ...

GEGENSEITIGE VERSTÜMMELUNGEN

Längeres Schweigen. Aus irgendeinem Grund ist Freddie ungeheuer zufrieden mit sich selbst. Stefan starrt ihn einfach nur an. Barbara steht auf, und im selben Augenblick fragt Freddie: »Hast du eine Schere?«

»Ja«, sagt Barbara. »Zu was brauchst du eine Schere?«

»Gib sie mir, bitte«, sagt Freddie.

Sie holt sie und überreicht sie ihm misstrauisch.

»Und meinen Mantel, bitte«, sagt Freddie.

Barbara nimmt seinen Garbardinemantel vom Haken und legt ihn stirnrunzelnd in Freddies Schoß. Freddie grinst: »Danke.« Er holt tief Luft, hält den Mantel mit einer Hand hoch stößt die Schere in die rechte Schulter, dann ändert er die Richtung und schneidet blitzschnell den Arm ab. Auf diese Weise amputiert er auch den andern Arm, danach attackiert er die feste Naht unterhalb des Kragens und schneidet den Stoff an der Stelle, wo der Rücken zusammengenäht ist, etwas ein und reißt dann den Mantel in zwei Teile. Stefan und Barbara halten den Atem an. Freddie scheint sie völlig vergessen zu haben. Methodisch zerlegt er die beiden Mantelhälften, bis ein Haufen Stofffetzen vor seinen Füßen liegt. Er hält sich die Schere vors Gesicht und starrt einen Augenblick darauf. Dann seufzt er auf, seine Augen bohren sich kurz in die Stefans und fixieren dann Barbara; ein unerwartetes Lächeln, und er legt die Schere mit übertriebener Vorsicht aufs Bett zurück, beugt sich nach vorne und schnappt sich seine Krücken. Dann richtet sich auf, sagt gönnerhaft »Gute Nacht« und schwingt sich an ihnen vorbei zur Tür. Sie hören, wie er hinausstapft und die Haustür hinter sich zuschlägt.

DER BESCHEIDENE EPHEBE

Ein nebliger Morgen. Reinhardt Gerstenmaier taucht immer wieder im Oleo auf und bedrängt Stefan, »ein paar Minuten zu erübrigen«, bis er schließlich nachgibt. Wie sich herausstellt, ist Gerstenmaier ein Mallarmé-Fan. Sie drehen also eine Runde nach der anderen um den Häuserblock bei der Neckarmole (die Kähne für die Überfahrt liegen dicht aneinandergereiht, der winterliche Fluss ist stark angeschwollen und sein reißendes Wasser von einem intensiven Graugrün), während Gerstenmaier wie ein Irrer in sich hineinkichert und triumphierend mit den Armen wedelt, laut und heftig debattiert, um dann in todernsten Posen zu erstarren, bis Stefan seinen Arm nimmt (er spürt, wie er erbebt) und ihn zum Weitergehen drängt.

Dieser kleine Spaziergang hat zur Folge, dass Gersenmaier beinahe die ganze Nacht über wach liegt und sich fragt, ob er es wagen könne, Stefan den Vorschlag zu machen, dass sie sich in der zweiten Person Singular anreden. Stefan indessen hat sich eine Erkältung eingehandelt.

PAUL / ZWÖLF

Ende April, kurz bevor wir unsere neue Wohnung bezogen, brachten wir Max zu meinem Vater und fuhren nach Baden-Baden, um einer alten Freundin, Frau Olvig Grumbeck, der Witwe eines berühmten Psychotherapeuten aus den zwanziger Jahren, einen Besuch abzustatten. Der 1934 verstorbene August Grumbeck war Deutscher, die alte Dame hingegen ist Schwedin – aus Uppsala, soweit ich mich erinnere. Paul pflegte sie wegen ihres Holzfällerakzents zu necken, innerhalb von sechzig Jahren, sagte er, hätte sie nicht einmal einen einzigen Baum damit geschafft. »Mein lieber Junge«, erwiderte sie darauf, »ich hab es nie für nötig befunden, die deutsche Sprache zu erlernen, da es mir so viel leichter erschien, einfach Schwedisch mit deutschen Worten zu sprechen.« Sie servierte den besten Schnaps meines Lebens – er schmeckte wie ein sehr exquisiter, seltener Marc – und sie bot uns auch immer winzige Zigarren aus einem Lackkästchen an; sie selbst nahm sich gewöhnlich auch eine, die ihr über den ganzen Nachmittag half ...

Sie drohte zu erblinden, aber sie hatte in den letzten Jahren, als auch die Freunde ihres Mannes allmählich wegstarben, einen regen Briefwechsel mit jungen Leuten begonnen, die sie interessant fand, oder über die sie gelesen hatte. Es ist mir ein Rätsel, wie sie es schaffte, sich immer auf dem Laufenden zu halten, da sie praktisch jeden Brief mit einer riesigen Lupe lesen musste. Paul und ich hatten sie über *Bruchstücke* kennengelernt – einundfünfzig bekamen wir eines Tages einen Brief von ihr, in dem sie schrieb, sie hätte Curtius' Besprechung in *Die Tat* gelesen und würde gerne die Zeitschrift abonnieren; Paul antwortete, und sie begannen zu korrespondieren. Ihre Briefe waren erstaunlich, und am erstaunlichsten war das Gespür, das sie in Bezug auf Paul bewies, obwohl sie ihn damals noch nicht persönlich kannte! Ich erinnere mich, dass sie einmal schrieb: »Sie sind Werther mit einer jüdischen Seele: Es wird Ihnen nie gelingen, Ihre eigenen Idole anzubeten. *Vorsicht!*«

Die frühen Monographien ihres Gattes hatten großen Einfluss auf Freud, doch Dr. Grumbeck schloss sich nie offiziell der »Bewegung« an ... er zog es vor, sich in Baden-Baden niederzulassen, das er als »das Herz der deutschen Landschaft« bezeichnete; dort richtete er ein kleines Sanatorium ein und wählte sich aus einer Armee von unheilbaren Nachkriegskranken seine Patienten aus, die er entweder heilte, oder denen er all die Dinge erlaubte, die ihnen aufgrund ihrer fortgeschrittenen Krankheit verboten worden waren. Er war ein ausgezeichneter Sprachenkenner und konnte sich in einem guten halben Dutzend Sprachen ausdrücken – er war überzeugt, dass man mit Hilfe von Wortassoziationen zu den Wurzeln einer Krankheit vorstoßen konnte, auch wenn die Quelle, oder der »direkte Grund«, wie er sagte, ein Unfall und keine körperliche Fehlfunktion war. Er vertrat die Ansicht, Unfälle würden sich nur durch ihre sofortigen Auswirkungen von Krankheiten unterscheiden, und psychische Störungen könnten sowohl physische wie auch frühe psychische Ursachen haben, physische Leiden hingegen würden immer auf psychische Ursachen zurückgehen. Man konnte ihn als Paracelsius-Schüler betrachten: Er selbst sah sich gerne als Seelendiagnostiker (»Psychiker«, wie er halb im Scherz in seinem Buch *Ego Over, Ego Under* schrieb), und weniger als Arzt. Er behandelte seine Patienten nicht, sondern wollte ihnen helfen, ihren eigenen Körper wieder in Besitz zu nehmen.

Er spottete über das Konzept einer »nationalen« Medizin, das damals gerade populär wurde. Doch blieb er immer einem gewissen Dualismus zwischen Theorie und Praxis verhaftet, den Paul als »deutschen Idealismus« bezeichnete: eine Art ethnischer Konditionierung unterhalb der Bewusstseinsschwelle, die sowohl biologistisch wie mythologisch war. Er erzielte fantastische Resultate bei seinen Patienten, aber seine »Methoden« ließen sich nicht vermitteln. Sein ganzes Leben lang bekämpfte er Krebs als eine psychische Krankheit und brachte ihn in über hundert hoffnungslosen Fällen zum Stillstand, bis er knapp sechzigjährig selbst daran starb. Paul meinte, der Körper hätte schließlich doch über den Geist triumphiert, aber davon wollte Frau Grumbeck nichts wissen. Ein Mann, der sich sein ganzes Leben lang um die Wiederherstellung einer Harmonie, eines psychosomatischen Gleichgewichts bei anderen bemüht habe, sagte sie, hätte sich bewusst aus diesem Gleichgewicht bringen müssen: Er musste sozusagen seinen eigenen Körper in die Waagschale werfen. Und obwohl sein ganzes Streben auf die eigene Ganzheit gerichtet gewesen war, musste er als Heiler die eigene Heilung hintanstellen. Trotzdem hatte sich der eigene Körper behaupten und immer wieder behaupten müssen, das sei sozusagen unumgänglich gewesen, denn die vollkommene Vergeistigung des Körpers sei eine schreckliche Vorstellung – aber die Tatsache, dass der Körper nicht nur sein eigenes Recht einfordert, und das häufig auf sehr drastische Art und Weise, würde nicht beweisen, dass er vor dem Geist rangiert. Das Ziel würde immer ein Gleichgewicht sein, und dieses Gleichgewicht könne nur der Geist herstellen ...

Auf unserer Baden-Baden Reise haben Paul und ich einen Dokumentarfilm gesehen, einen französischen Film, der eine der ersten langen Kriegsdokumentationen war, die hier gezeigt wurden. Das Kino war voll mit französischen Soldaten und ihren Frauen – wir waren beinahe die einzigen Deutschen –, und während der ganzen Vorführung mussten wir uns ihre Kommentare anhören. Zumindest ich; Paul saß völlig unbewegt da und hat mich kein einziges Mal angeschaut, und als wir das Kino verließen, hat er sich kategorisch geweigert, über den Film zu reden. Am selben Abend schrieb er in unserer Pension das kleine Stück mit dem Titel: *Wer bringt die Toten zum Sprechen?*. Bei der Durchsicht seiner Korrespondenz ist mir jedoch klar geworden, wie sehr der Film, oder das, was er implizierte, seiner geistigen Verfassung von damals entsprach.

Am nächsten Morgen besuchten wir dann ein letztes Mal Frau Grumbeck. Sie sah sofort, dass Paul etwas beschäftigte und fragte ihn, aber er ging nicht darauf ein. Als wir uns verabschiedeten, zog sie mich kurz auf die Seite und flüsterte mir genau diese Worte zu: »Er muss etwas gesehen oder gehört haben, was bei ihm extreme Schuldgefühle hervorrief. Sie müssen auf ihn aufpassen: Er braucht Sie mehr denn je als die Frau an seiner Seite.«

RESONANZEN

Barbara im Keller: trägt Slacks und eine Matrosenbluse, lehnt mit überkreuzten Beinen an der Wand, raucht, perlmuttfarben lackierte Nägel, forciertes Lachen, erwartet, dass jemand, irgendjemand, die Treppe herunterkommt, und zerquetscht in der Zwischenzeit den Strohhalm einer nie endenden Cola ... unglücklich, gelangweilt und überwältigt von dem Gedanken, wie früh es ist und wie viel Zeit sie noch hier verbringen muss. Ohne dass man sie dazu gezwungen hat. Gerstenmaier umkreist Stefan, Freddies Bein blockiert den ganzen Verkehr, und seine wässrige Stimme durchneidet die Rauchschwaden. Schwarze und grüne Streifen auf den Wänden, eine Klarinette, und plötzlich ein Glas-Xylophon. Die Mädchen sehen alle wie aus dem Wasser gezogen aus, und von den jungen Männern trägt keiner eine gut sitzende Hose. Ein Tisch kippt um, und Flaschen gehen kaputt; Herr Dr. Jur. Herbert Braun kommt hereingerannt. Jalousien fallen herunter, die Musik hört auf. Stefan kann sie nicht sehen: Wo bist du, Barbara?

ZWEI GEGENLÄUFIGE UHREN

Etwas von seinem Traum ist haften geblieben und entfaltet sich, ohne deshalb greifbar zu werden, auch nicht, nachdem er wach geworden ist. Er spricht den ganzen Tag über kaum ein Wort, und der Traum steigt immer wieder bis an die Oberfläche seines Bewusstseins hoch, ohne sie jemals zu durchstoßen. Am klarsten war er kurz vor dem Aufwachen, bevor sein Verstand einsetzte und er sich wieder zu hassen begann. In diesem Augenblick empfand er sich als ein winziges Partikel der Wahrheit mit einem transparenten Körper, und ihm wurde schmerzhaft bewusst, dass das Ich, das er zurückgelassen hatte, weiterträumt, dass aber alle Versuche, den Traum nach dem Aufwachen zurückzuholen, zum Scheitern verdammt sind. Er und das Kind in seinem Traum (das

Kind einfacher Wahrheit) erleben dieselben Enttäuschungen, aber sie werden einander nie in die Augen schauen.

DER JUNGE AUSERWÄHLTE

Das Dachgeschoss, das Gerstenmaier bewohnt, ist zwar riesig, aber die Schräge auf beiden Seiten ist so extrem, dass es keine richtigen Wände gibt (abgesehen von den beiden Enden), sondern nur einen schmalen Mittelstreifen, in dem man aufrecht stehen kann. Es gleicht eher dem Gipfel einer Pyramide, an deren einem Ende ein kleines Fenster ist, durch den sich ein winziger Lichtfinger schiebt und das Dunkel kitzelt.

Gerstenmaier knipst das Licht an: eine Hundert-Watt-Birne hängt wie die Vorrichtung eines Hypnotiseurs tief über dem Bett (das aus irgendeinem Grund genau in der Mitte des Raums aufgestellt wurde). Stefan bleibt an der Türschwelle stehen: Einen Augenblick lang vermittelt ihm das gleisende Licht das Gefühl, sich in einer Abtreibungspraxis zu befinden. Gerstenmaier geht zum Fenster, drückt es auf und setzt das Grammophon in Betrieb (die Nadel liegt auf einer nicht zu Ende gespielten Platte, und als sie anfängt, sich zu drehen, lässt sich ein tiefer Seufzer vernehmen). Gerstenmaier dreht sich nach Stefan um: Die Glühbirne hängt zwischen ihnen, so dass Stefan sein Gesicht nicht sehen kann. (Das Grammophon klingt jetzt völlig normal: Die Platte stellt sich als *Parsifal*-Aufnahme heraus).

»Bitte«, sagt Gerstenmaier.

Stefan tritt ein, immer noch irritiert von dem Licht; außer dem Bett kann er nichts unterscheiden. Die Laken sind zerknittert und starren vor Dreck. Stefan sieht, wie Gerstenmaier sich völlig verwirrt mit einem geisterhaft blassen Gesicht hinunterbeugt und schnell eine rostbraune Steppdecke über das Bett wirft. »Bitte, nehmen Sie Platz«, sagt er. Stefan blickt sich um. »Hier«, sagt Gerstenmaier und zeigt auf das Bett. »Schubsen Sie die Bücher einfach auf den Boden. Möchten Sie Kaffee? Leider kann ich Ihnen sonst nichts anbieten.«

»Danke. Nur keine Umstände«, sagt Stefan, und stellt die Bücher sorgfältig auf den Fußboden.

»Das macht überhaupt keine Umstände«, meint Gerstenmaier und schließt eine Heizspirale an.

»Ich kann nicht lange bleiben«, sagt Stefan. »Sie sagten, Sie wollten mir etwas zeigen.«

Gerstenmaier macht sich zwischen den angeschlagenen Tassen und den verschimmelten Pfannen und Töpfen zu schaffen. »Ja«, sagt er.

Stefan wartet darauf, dass er weiterredet, hört aber nur das Ah! einer Entdeckung. Er blickt sich um, genervt von seinen erfolglosen Versuchen, die Lichtbarriere zu durchdringen: Es ist das reinste Schlachtfeld, eine Feuerfalle aus Büchern, Magazinen, alten Zeitungen, zerbrochenen Platten und Kleidungsstücken.

»Was ist es denn?«

»Bitte, warten Sie, der Kaffee kommt gleich«, erwidert der unsichtbare Gestenmaier. »Es ist ungeheuer wichtig für mich«.

Stefan greift nach einem der Bücher, die neben ihm auf dem Boden liegen, und schaut sich den Umschlag an: Es ist der erste Band von *Die Grundlagen des 19. Jahrhunderts*. Er blättert darin und stößt auf eine Strichzeichnung von Dante Alighieri, alias Aigler, und legt es wieder zurück. Gerstenmaier kommt mit zwei Kaffeetassen in der Hand um das Bett, eine überreicht er Stefan, mit der andern lässt er sich auf der anderen Seite des Betts nieder. »So!«, sagt er.

Stefan lächelt aufmunternd.

Gerstenmaier erwidert sein Lächeln, springt dann aber sofort wieder hoch, läuft zum Grammophon und legt *Des Knaben Wunderhorn* auf. Als er zurückkommt, hat er ein Buch in der Hand. Er überreicht es Stefan. »Nehmen Sie das, ich bitte Sie!«, sagt er heiser. »Ein Geschenk.«

Stefan nimmt das Buch entgegen: Es ist eine alte Paperbackausgabe von *Ich und Du*.

»Schauen Sie bitte rein«, drängt ihn Gerstenmaier.

Stefan öffnet das Buch: Es ist eine Erstausgabe. Er sieht eine Widmung in steiler Schrift: *Georg Flemmig, im Gedächtnis der gemeinsamen Stunden und zu einem Zeichen der gemeinsamen Ewigkeit. Weihnachten 1923. Martin Buber*. Stefan blickt zu Gerstenmaier hoch, der mit feuchten Augen wartet. »Wirklich, ich kann das nicht annehmen«, sagt Stefan. »Es muss Ihnen viel bedeuten.«

»Oh, bitte! Sie müssen es annehmen, bitte, Sie müssen. Deswegen hab ich Sie doch hochgebeten«, sagt Gerstenmaier, dem die Tränen in die Augen steigen.

»Aber ... ich versteh' nicht. Ich hab's nie gelesen, wenn das ...«

»Nein, ich wollte nicht über das Buch sprechen, nein«, stammelt Gerstenmaier. »Ach, begreifen Sie doch! Sie würden mir ein großes Geschenk machen... Da, der Titel.«

Stefans Magen zieht sich leicht zusammen; er versteht überhaupt nichts.

Gerstenmaier kippt seinen restlichen Kaffee wie einen Schnaps hinunter und lehnt sich zu Stefan hinüber. »Ich ... möchte so gerne Ihr Freund sein«, sagt er. »Bitte nehmen Sie das Buch ... als Zeichen, dass ich Ihnen das Du anbieten darf.«

Stefan hätte am liebsten laut herausgelacht; er nimmt schnell einen Schluck Kaffee und erklärt mit großem Ernst: »Aber wir können uns auch dutzen, ohne dass du das Buch aus der Hand geben musst. Du hängst bestimmt daran ...«

Gerstenmaier beugt sich vor, nimmt Stefans rechte Hand in beide Hände und presst sie überglücklich. Tränen laufen ihm an den Wangen herunter. »Oh, ich danke ... dir«, ruft er ekstatisch. »Ich getraute mich nicht ...« Er würgt und kann nicht weiterreden.

Stefan hat sich erhoben; er fühlt den grausamen Reflex seines Gelächters in sich hochsteigen und ist sich nicht sicher, ob es ihm wieder gelingen wird, es zu unterdrücken. »Ich muss los«, sagt er und fügt hilflos und feige hinzu »mein Freund.«

»Verstehe, verstehe«, stößt Gerstenmaier hervor und erhebt sich, um ihn zur Tür zu begleiten. Stefan betet, dass sein neuer »Freund« sich nicht einfallen lässt, ihn zu küssen: Er kann praktisch hören, wie Gerstenmaiers Gehirn, ganz Sturm und Drang, fieberhaft nach literarischen Parallelen voller Umarmungen sucht.

An der Tür dreht sich Stefan mit bereits ausgestreckter Hand um; Gerstenmaier blickt auf sie und drückt sie wieder mit beiden Händen. »Auf Wiedersehen, mein Freund, bis nächstes Mal. Ich danke dir.«

»Ach, nichts zu danken«, sagt Stefan und entzieht sich seinem knetenden Griff, so dass Gerstenmaier ihm nur noch mit Tränen in den Augen nachstarren kann, während er die Treppe hinuntergeht.

Unten angekommen hört er eine verzweifelte Stimme aus dem Dachgeschoß seinen Namen rufen; er bleibt stehen und wartet, bis Gerstenmaier die Treppe heruntergerannt kommt, einen Gegenstand in der Hand schwenkend.

»Dein Buch«, ruft er. »Du hast dein Buch vergessen!«

PAUL / DREIZEHN

Sechs Wochen waren wir in der neuen Wohnung, sechs Wochen, und alles war in bester Ordnung, nichts war schiefgelaufen. Nun ja, in der ersten Woche entdeckten sie, dass die Wasserleitung nicht richtig installiert worden war, und ungefähr eine Woche lang wussten wir nicht, ob und wann es fließendes Wasser gab. Max war im siebten Himmel, er hatte ein Zimmer ganz für sich allein. Paul hatte gleich am ersten Tag nach unserm Einzug angefangen zu arbeiten und nicht eine Minute lang pausiert – die einzige Sache, über die er sich beklagte, waren die Briefe, die er schreiben musste, für die er aber keine Zeit fand. Ich hatte ihn noch nie glücklicher und ausgeglichener erlebt, und er nahm auch den ganzen Kleinkram, über den er sich sonst so geärgert hatte, sehr viel gelassener hin. Ihn als extrovertiert zu bezeichnen, wäre zwar übertrieben, aber die Stimmung, in der er sich befand, konnte man in seinem Fall schon beinahe euphorisch nennen. Wir waren beide richtig berauscht von dieser plötzlichen Atempause ...

Wir hatten sogar einen Hausgast, einen jungen amerikanischen Lyriker, einen Farbigen aus Kalifornien namens Robert Ashburn, von dem Paul in der dritten Nummer von *Bruchstücke* ein Gedicht veröffentlicht hatte – ein Gedicht, das in einem unbekannten, kleinen Magazin mit dem Titel *Solvent* in San Francisco erschienen war – und mit dem er seitdem in Verbindung stand. Als wir das letzte Mal in Paris gewesen waren, hatten wir ihn knapp verpasst; jetzt war er, wie er erzählte, als Fulbright Scholar in Marburg. Als wir ihn fragten, warum er uns nicht schon früher kontaktiert hätte, meinte er ganz ernsthaft, er hätte sich das erst getraut, nachdem sein Deutsch besser geworden war. Inzwischen war es so gut, dass man glauben konnte, er sei schon seit Jahren in Deutschland – Paul war total beeindruckt. In den drei Tagen, die er bei uns war, haben Paul und er so viel geredet, dass sie kaum ein Auge zutaten. Noch nie war Paul so auf jemanden zugegangen wie auf »Bop«, wie er ihn nannte. Ich mochte ihn auch, fand ihn aber etwas merkwürdig, irgendwie zu intensiv: Wahrscheinlich schüchterte er mich etwas ein; er war groß und schlank und hatte sehr feine Züge, aber eine tiefschwarze Haut ...

Er sagte, er wolle nach seinem Jahr in Deutschland (also Ende Juli) nach Indien gehen – und so viel ich weiß, hat er das auch getan. Kurz nach Pauls Tod schickte er mir ein handschriftliches Gedicht ohne Begleitschreiben ... Seitdem habe ich nichts mehr von ihm gehört. Möchtest du es sehen?

MAHAYANA (für Paul Speer)

... unterm Rosenapfelbaum, seine Zukunft erahnend ...

Der Bock, der zum Adler sich verwandelte,
fährt die Krallen ein und fliegt
ohne Vergangenheit –
bis er verschwunden ist, unser elfenbeinfarbener Begleiter!

Seine luftleere Hülle hält
eine Träne zurück: *Des Körpers einziger Trost*
Ist der Abscheu vor sich selbst!

Sollten wir vorschnell diese grausame Vergeltung
Liebesentzug nennen?
Oder *wie Vögel im Regen darauf warten,*
dass der Schmerz verebbt?

Keine Erde zwischen den tönernen Füßen
und *Köpfe, die in Wolken erwachen ...*
von hier aus scheinen die Berge
in Klammern verloren gegangen zu sein,
und ich bin zurückgeblieben
eine Welt ohne Worte umklammernd,
um Platz zu machen für kleine Sorgen

ROBERT ASHBURN

PAUL / DREIZEHN (Fortsetzung)

Und dann dieser Tag. Seit einer Woche hatte es nicht geregnet, der Himmel war wolkenlos, und kein Regen war angesagt. Als wir, oder vielmehr ich aufwachte, wehte eine leichte Brise. Paul war bereits aufgestanden und summte im Badezimmer vor sich hin. Ich hatte ihn noch nie allein singen gehört, wenn er überhaupt sang, dann nur mit anderen. Die Sonne strömte in die Wohnung, es war kühl, ein ungewöhnlicher Sommertag, ganz anders als wir es gewohnt waren, so dass schon in diesem Augenblick etwas nicht stimmte. Wie soll ich es erklären – manchmal öffnen sich Dinge und erweisen sich als unnatürlich blank und steril, man nimmt Anstoß daran, wird unruhig, ohne zu wissen warum. Man reißt sämtliche Fenster auf, wandert noch nicht angezogen herum; alles erscheint irgendwie zu einfach, man ist faul, nichts eilt, trotzdem verspürt man eine merkwürdige Unruhe. Man bemerkt, dass man eine Stunde früher als sonst aufgestanden ist, nichts passt zusammen. So war dieser Tag ...

Paul ging aus dem Haus und kam mit einem Dutzend frischer Brötchen zurück; er sagte, die vom Vortag könnte ich wegwerfen. Während wir unsern Kaffee tranken, kam Max splitternackt, nur mit der Zahnbürste in der Hand, hereingewatschelt. Ohne ein Wort zu sagen, bestrich sie Paul mit Butter, und Max' verblüffter Gesichtsausdruck ließ uns in atemloses Gelächter ausbrechen. Wir lachten auch über alles, was wir in der Zeitung lasen: Sie war voll mit den komischsten Geschichten. Es war noch früh am Tag, und ich brühte eine zweite Kanne Kaffee auf. Wir verschlangen sämtliche Brötchen, jeder ein gutes halbes Dutzend. Unsere Wohnung war immer noch voller Sonne. Max saß auf Pauls Schoß. Ich schlug vor, den Tag mit meinem Vater zu verbringen, mit dem Schiff den Fluss hinunterzufahren oder einfach spazieren zu gehen. Max musste nicht unbedingt zum Kindergarten gehen. Aber Paul sagte: »Oh, er soll ruhig gehen, um eins ist er ja sowieso wieder zurück. Dann ist noch genügend Zeit für einen Ausflug. Ich sollte auch noch etwas erledigen, warten wir bis zum Nachmittag«. Und das taten wir auch.

Wir planten also den Nachmittag ein. Ich brachte Max zum Kindergarten, und Paul zog sich in sein Arbeitszimmer zurück. Auf dem Rückweg kaufte ich Zigaretten für ihn, machte zu Hause den Abwasch und räumte auf. Der Morgen zog sich in die Länge; das Radio dudelte vor sich hin, und je mehr Zeit verging, desto mehr verstärkte sich der Eindruck, dass der Tag noch gar nicht angefangen hatte.

»Ich ließ das fertige Mittagessen in der Küche stehen und ging zu Paul, um ihm zu sagen, ich wäre sofort zurück, ich würde nur Max im

Kindergarten abholen, danach könnten wir dann zusammen essen; und er meinte: »In Ordnung, ich warte«.

Und das war alles, was er sagte: »in Ordnung, ich warte«, ein Lächeln und wieder zurück an die Arbeit. Ich machte mich auf den Weg.

Als ich den Kindergarten erreicht hatte und mich vor dem Gebäude unter einen Baum stellte – ich erinnere mich genau an all diese Eindrücke, welche Art von Baum das war, was ich anhatte – genau in diesem Augenblick streifte mich etwas, ich verspürte eine Art prickelnder Hitze, die ... die was war? Eigentlich war es gar nichts, und es war auch sofort vorbei, aber irgendwo war etwas geschehen, alles war einfach zu normal und gleichzeitig überhaupt nicht normal: Autos fuhren vorbei, das blendende Licht, ein Haus auf der anderen Seite, das mir noch nie aufgefallen war. Ich verspürte eine leichte Übelkeit, ein komisches Gefühl, irgendwie angenehm und gleichzeitig auch schrecklich. Aber auch das ging vorbei. Max kam herausgerannt, für ihn war das jedenfalls sein Tag. Ich nahm ihn an die Hand, und wir liefen auf der schattigen, mit Bäumen bestandenen Straßenseite zurück, er immer etwas voraus und ausgelassen an meiner Hand ziehend. Ich erinnere mich an diesen Spaziergang unter den Bäumen, wie an ein Echo eines grünen Tunnels, der von Max' Gelächter erfüllt war, ein Tunnel aus gleißendem Sonnenlicht: Man konnte den schmelzenden Teer, den Staub riechen; das Gras glitzerte, die Blätter waren gelb.

Wir kamen zu der Ecke, an der wir die Straße überqueren mussten, um zu unserm Haus zu gelangen. Plötzlich zeigte Max auf etwas hinter uns, ich drehte mich um und ließ dabei die Mappe fallen, die ich unter den Arm geklemmt hatte – warum nur hab ich sie fallen lassen? – Ich bückte mich automatisch, um sie aufzuheben, in diesem Moment ließ er meine Hand los und rannte auf die Straße. Ich wandte mich blitzschnell um und verlor beinahe das Gleichgewicht: Er war schon halb über der Straße, als ein Mann auf einem Motorrad auftauchte. Ich fing an zu schreien, Max blickte zurück, lachend, verdutzt; der Mann trat auf die Bremse und lehnte sich weit auf eine Seite, um auszuweichen, streifte ihn aber trotzdem. Max fiel zu Boden, ich schrie, rannte zu ihm und schnappte ihn mir. Er war so erschrocken, dass er keinen Ton herausbrachte. Der Mann ließ sein Motorrad auf der Verkehrsinsel liegen und kam kreideweiß im Gesicht zu uns zurück. Ich zitterte am ganzen Körper und kann mich an keines seiner Worte erinnern, nur seine Wut ist mir im Gedächtnis geblieben. Ich habe Max geschlagen –, es war das einzige Mal in meinem Leben, dass ich ihm Schläge verpasste – doch nicht, um ihn zu bestrafen. Rückblickend scheint es mir, als hätte ich mit diesen Schlägen etwas aufhalten wollen, oder den Kurs ändern, den der Tag nahm. Ein Polizist tauchte auf, der mir Fragen stellte, und ich sagte, es sei meine Schuld gewesen und musste mir von beiden, von ihm und dem Motorradfahrer, eine Predigt anhören; ich hatte das Gefühl, sie würden nie aufhören zu reden. Immer wieder schaute ich zu unserem Haus hinüber, und es schien aus dem grellen Licht zurückzustarren. Der Polizist ist schließlich gegangen, und der Mann fuhr weiter; ich riss Max hoch und rannte mit ihm wie mit einem Paket unterm Arm über die Straße, in das Haus und die Treppe hoch, von einem unkontrollierbaren Zittern überwältigt und biss mir die Lippen blutig ...

Die Tür zu unserer Wohnung war verschlossen. Ich hatte keinen Schlüssel dabei. Ohne lange anzuklopfen, hämmerte ich gegen die Tür und versuchte, sie einzutreten. Ich hatte gewusst, dass sie verschlossen sein würde. Max fing an zu schreien, und aus den anderen Wohnungen kamen Leute herausgelaufen, die mich wegzogen und festhielten. Ich war völlig hysterisch, konnte keinen klaren Gedanken fassen und bekam kaum noch Luft. Jemand rief die Polizei. Ich schrie wie eine Wahnsinnige, ich brauchte nicht erst auf die Polizei zu warten: Ich wusste, was passiert war.

Schließlich kam dann die Polizei, oder die Feuerwehr, oder wer auch immer und brach die Tür auf, und das Gas strömte heraus. Es war genau der Geruch, den ich beim Aufwachen in der Nase gehabt hatte ...

SEELE IN HANDSCHELLEN

Der folgende, eine Woche alte Brief erwartete Stefan an diesem Morgen in der amerikanischen Botschaft:

Le parc de l'Air, 16.11.1956

Mein lieber Stefan,

dieser Brief wird Sie vielleicht nie erreichen, doch mehr als das befürchte ich, dass er Sie zwar erreicht, aber unbeantwortet bleibt. Ich kann nur hoffen, dass das nicht der Fall sein wird. Sie haben jedenfalls eine Entscheidung getroffen, und wir müssen beide damit leben: Ich werde Sie nicht mehr in Beschlag legen (das war's doch, was Sie am meisten gestört hat, nicht wahr?). Aber, mein junger Freund, Sie werden noch früh genug erkennen, dass die Befreiung von einer disziplinierenden Instanz (selbst wenn sie so diskret ist wie die meine) uns weniger von einer Pflicht als von der Verantwortung entbindet, aber ohne Verantwortung verliert das Leben seinen Reiz. Keiner von uns lebt in einem Rabelais'schen Kloster, wo man tun und lassen kann, was man will (ob das nun gut ist oder nicht, jedenfalls ist das eine rein theoretische Frage). Ich möchte mit meinem Schreiben keine alten Ressentiments aufwärmen oder die Ermahnungen meines letzten Briefs wiederholen. Wenn ich das so sagen darf, meine Erwartungen an Sie sind immer noch dieselben, und ich kann nur hoffen, dass Sie sich nicht in sinnlosen Aktivitäten oder in einer Umgebung verlieren, die Ihrer unwürdig sind. Man kann so viel tun, und Sie haben so viel beizusteuern.

Der Parc de l'Air (Sie haben bestimmt bemerkt, dass dieser Brief nicht aus Paris kommt) ist eine kleine Domäne in der Nähe von Arles, wo Edith und ich unsere Flitterwochen verbringen. Ja, wir haben geheiratet und das schon vor einer Woche – und wir sind beide noch nie glücklicher gewesen. Ich hoffe, dass diese Ankündigung kein allzu großer Schock für Sie ist, sondern dass Sie unser Glück teilen können.

Bitte antworten Sie! Ein paar Worte würden genügen, um uns zu beweisen, dass wir noch für Sie existieren. Ihr hartnäckiges Schweigen kann eigentlich nur eines bedeuten (natürlich nur, wenn dieser Brief nicht zurückkommt): absolute Gleichgültigkeit. Und das würde ich unendlich bedauern: Ich denke dabei weniger an mich als an Sie.

Wir werden voraussichtlich am 23. wieder in Paris sein, wo wir Ihrer Antwort entgegenbangen.

Wenn Sie noch in Heidelberg sind, grüßen Sie bitte Frau Speer und auch Professor Oestler, den Sie bestimmt als einen sehr sensiblen Mann mit viel Charme kennen und schätzen gelernt haben.

In steter Freundschaft und Verbundenheit verbleibe ich

Ihr
DE BRIS

Stefan starrt längere Zeit ins Leere, als schwankte er zwischen Lachen und Weinen. Schließlich stopft er den Brief (eher ungehalten) in seine Tasche und geht hinaus.

Über Mittag trifft er sich mit Barbara in der überfüllten Kantine der Neuen Universität; er hat sie in den letzten beiden Tagen nicht gesehen: Sie muss ihre Zusammenstellung von Pauls »posthumen Schriften« durch ein Nachwort ergänzen, was eine wahre Tortur für sie ist. Sie wirkt abwesend, unkonzentriert, hat dunkle Ringe um die Augen und einen riesigen Pickel im Nacken, beinahe so groß wie ein Furunkel. Während er ihr in dem Lärm gegenübersitzt und seine von zahllosen Zigaretten verdorbene Milch trinkt, sich ihre unzusammenhängenden Klagen anhört und sich über ihr vernachlässigtes Aussehen ärgert, spürt er eine desillusionierende Leere, eine müde Indifferenz, die an die Stelle seiner Zuneigung tritt, und er ist froh, als sie zu ihrer Vorlesung geht.

Er verbringt den ganzen Nachmittag in einem abgelegenen Café und entwirft immer wieder eine neue Antwort auf Immanuels Brief, bis er schließlich zufrieden feststellt, dass seine Worte weder absichtlich lügen, noch sich sklavisch an die Wahrheit halten.

Aber nachdem er den Brief in den Kasten geworfen hat und ihn nicht mehr zurückholen kann, taucht plötzlich Edith vor seinen Augen auf, Edith, die seinen Brief liest, und er wünscht sich einen Augenblick lang, er hätte noch ein paar weitere Worte hinzugefügt: verschlüsselte Zeichen seiner Zuneigung, die nur sie verstehen würde.

SZENEN AUS EINEM BILDUNGSROMAN

Sie haben sich die Spätvorstellung von *Le jour se lève* (die Originalfassung) im Camellia angesehen. Als sie aus dem Kino kommen, hört es gerade auf zu schneien, die Luft ist kalt und trocken, und ein schneidender Wind kommt auf: Pulverschnee wirbelt durch die Luft. Er legt vorsichtig seine Hand auf ihre Schulter, denn er weiß, dass sie seine Berührung eigentlich nicht bewusst spüren will. Sie erreichen die Brücke, ohne dass ein einziges Wort fällt. Plötzlich blickt sie zu ihm hoch; kleine Schneeflocken kleben an ihrem Gesicht, ohne zu schmelzen. Dann senkt sie wieder den Blick.

»Sag schon.«

Er fühlt, wie sie unter seinem Arm mit den Schultern zuckt und ein selbstironisches Lachen ausstößt. Sie gehen weiter, sie streicht sich eine Haarsträhne aus den Augen.

»Das letzte Mal als Paul und ich in Paris waren ... sahen wir die amerikanische Version mit Henry Fonda, soviel ich mich erinnere. Paul fand sie schrecklich, er meinte, er könne nicht verstehen, wie Amerikaner gleichzeitig so verdorben und sentimental sein können ... Mir hat der Film gefallen, ich hatte aber die Version, die wir heute Abend gesehen haben, nicht gekannt und auch nicht gewusst, dass es ursprünglich ein französischer Film war, bis er es mir sagte. Wahrscheinlich meinte ich ziemlich halbherzig, dass die Charaktere in der amerikanischen Version ziemlich glaubwürdig gewesen seien. Paul hat nur gelacht und gesagt: »Seit wann müssen Leute glaubwürdig sein; wer ist schon glaubwürdig?«

Sie sind auf der anderen Seite der Brücke angelangt; der Wind treibt sie über die Straße, und sie gehen Richtung Bismarckplatz.

»Ich mag den andern immer noch lieber«, sagt sie. »Damals konnte ich nicht wirklich sagen, warum ...«

»Wie endet er?«, fragt er plötzlich. »Endet er genauso?«

Sie blickt ihn scharf an. »Hast du ihn gesehen?«, fragt sie.

Er schüttelt den Kopf.

Sie bleibt abrupt stehen. Er dreht sich nach ihr um und sieht, dass sie verärgert ist. »Was ist los?«, fragt er.

»Er stirbt nicht!«, erwidert sie heftig. »Der Film endet nicht mit seinem Tod, was mir viel besser gefiel. Warum hätte er auch sterben sollen? Welchen Grund gab es – außer dass man den Leuten dadurch suggerieren wollte, dass sie etwas gesehen oder gehört haben, was sie nicht verstanden haben? Der amerikanische Film hatte auch kein Happy End, er war einfach nur glaubhafter, das ist alles, es hat nichts mit Logik, Schauspielerei oder Kunst zu tun ... Gabin war großartig, aber er hätte sich nicht umbringen müssen ... das ist einfach nicht realistisch!«

Er nimmt ihren Arm: Sie schüttelt ihn ab.

»Ich hab ja nur gefragt; ich sagte nicht, dass ich anderer Meinung bin«, meint er.

»Du musst nicht meiner Meinung sein«, ruft sie gereizt. »Paul sagte, ich erinnere mich, der französische Film würde mit seinem Tod enden, und weißt du, wie er das formuliert hat? Er meinte, das wäre leider das einzig mögliche Ende... Und ich sagte, nein; das Leben muss auch nicht unbedingt logisch sein, die Kunst kann es sein. Jedenfalls gibt es keinen Grund, mit den Dingen so lange herumzuspielen, bis sie irrationaler erscheinen als sie es tatsächlich sind. »Warum soll man überhaupt diesen Unterschied zwischen Leben und Kunst machen?«, fragte er. »Sein Tod ist so oder so logisch genug. Du hast nicht einmal die andere Version gesehen, schau sie dir erst mal an und ärgere dich dann, wenn du willst ... Okay, ich hab sie gesehen, und ich bin im Recht; er nicht ...«

Ihre Lippen fangen an zu zittern; sie ist den Tränen nahe.

»Komm«, sagt er sanft. »Es ist zu kalt, um hier herumzustehen ...«

Sie gehen weiter.

»Tut mir leid«, sagt sie.

»Es muss dir nicht leid tun«, erwidert er.

»Bist du meiner Meinung?«, fragt sie.

PAUL / VIERZEHN

Am Abend desselben Tages, an dem die Zeitungen über Pauls Tod berichteten, erhielt ich ein Telegramm von Frau Grumbeck, in dem sie schrieb, wie sehr sie diese Nachricht erschüttert und schockiert habe, ein Brief würde folgen, und dieser Brief traf dann auch am Morgen nach der Beerdigung ein. Aber damals konnte ich nicht nachvollziehen, was sie schrieb – ohne lange nachzudenken hat sie sich über alles geäußert, was ihr durch den Kopf ging. Ihr Brief war wie ein Messer, das in der Wunde umgedreht wird, und obwohl ich inzwischen eingesehen habe, dass er mir half, mit meinen Schuldgefühlen fertig zu werden, oder sie zumindest in Schach zu halten – so hatte mich ihr Brief damals unendlich irritiert, er erschien so objektiv, so pompös, so gleichgültig gegenüber dem, was Pauls Tod in mir auslöste ... und in vielerlei Hinsicht bin ich immer noch nicht darüber weggekommen.

Sie argumentierte folgendermaßen: Sie erinnerte mich an das, was sie mir vor ein paar Wochen (die mir wie Jahre vorkamen) gesagt hatte – dass er mich mehr als je zuvor brauchen würde – und fügte dann hinzu, sie wolle mir nicht das Gefühl vermitteln, nicht alles getan zu haben, und in manchen Dingen als seine Frau, oder überhaupt als Frau, versagt zu haben. Sie würde das nur erwähnen, damit solche Gedanken erst gar nicht aufkämen – sie wären für später, wenn ich in der Lage wäre, mich damit auseinanderzusetzen, nicht für jetzt und auch nicht für die nächsten Wochen gedacht. »Wir versagen alle«, sagte sie, »und laufen alle Gefahr, die ganze Verantwortung auf uns nehmen zu wollen, wenn wir im nachhinein unser Versagen erkennen, vor allem, wo die Erinnerung mit so vielen verbalen Stützen aufwartet, die uns helfen, uns selbst anzuklagen. Ich nehme also zurück, was ich gesagt habe«, sagte sie, »es ist für später, wenn Sie alles in dem größeren Rahmen Ihrer Erinnerung an Paul sehen können, und nicht nur im Rahmen Ihrer Ehe. Trauern Sie um ihn, und nicht um den Verlust anderer Dinge.«

Ich war sofort irritiert – schließlich war es mein gutes Recht, auf meine Art zu trauern und auch so lange wie ich wollte. Aber in dem Brief stand, »bitte lesen Sie weiter, liebe Barbara, hören Sie jetzt nicht auf.« Und ich las weiter, immer empörter über das, was sie sich anmaßte. Ihr sei ein Irrtum unterlaufen, meinte sie: Sie habe Paul immer sehr geschätzt – sein Temperament sei dem ihres Mannes sehr ähnlich gewesen, – und sie habe sich ihm gegenüber viel zu nachsichtig gezeigt. Dadurch habe sie mir Unrecht getan und sich selbst belogen – sie habe sich ihre eigenen Fehler als Ehefrau verziehen, indem sie zuschaute, wie ich sie wiederholte. Pauls natürlichen Egoismus als Künstler habe sie übersehen oder ignoriert und sie sei auf meine Kosten tolerant gewesen. Sie bat mich, ihr zu verzeihen – man stelle sich das vor –, ihm nie die Schuld gegeben zu haben, und nicht den Mut aufgebracht zu haben, oder zu egoistisch gewesen zu sein, auch seinen Charakter zu hinterfragen, wo doch vieles schon von Anfang an ganz offensichtlich gewesen sei ...

»Leider nützt das jetzt überhaupt nichts, aber die eigentliche Schuld lag bei Paul«, sagte sie (mein armer, toter Paul!). »Wir Frauen sind auch nur Menschen, und das gilt vor allem für verheiratete Frauen und insbesondere für Künstlergattinnen; ganz gleich wie oft wir das, was die Kunst unserer Männer ausmacht, ihr männliches Genie, zu erkennen glauben, wir bleiben auf eine sehr viel direktere, durchgängigere, sinnfälligere Weise mit dem Leben verbunden« (das sind ihre Worte) » – und wir können uns nie völlig für sie aufopfern, auch wenn wir sie noch so lieben oder sie uns. Wir müssen mitspielen, aber wir dürfen nicht völlig abheben.«

»Paul wusste das«, sagte sie, »er wusste es, weil sein Gefühl ihm das sagte, ein Gefühl, das man normalerweise als weibliche Intuition bezeichnet. Er widersetzte sich nicht nur dem Sog seines eigenen individuellen Ichs, sondern auch der Bürde, die die Ehe bedeutet, der Verantwortung, die er als Vater hatte, sowie jeder isolierenden Kontrolle auf gesellschaftlicher Ebene. Er hasste seine eigene Komplexität, trotzdem sollte sie ihm helfen, alles zu begreifen, was die menschliche Erfahrung ausmacht – intellektuell zumindest. Und er versuchte – aus der Distanz zumindest –, der totale Künstler, der totale Schauspieler, Schöpfer und Zerstörer zu sein und dabei auch selbstgenügsam, unabhängig und unfehlbar. Ihm ging jeder Tod nahe, nur nicht der eigene.

Letztendlich ist für uns Frauen Kunst nicht das Allerwichtigste«, sagte sie, »jedes Mal, wenn wir das Wort ›Kunst‹ aussprechen, bedeutet es etwas anderes für uns; wir glauben nicht, dass Dinge so kompliziert, ja, so völlig falsch, so unabänderlich sind, wie es uns die Künstler weismachen wollen. Und auf der menschlichen Ebene und von unserm eingeschränkten Standpunkt, von unserer eigenen, unmittelbareren Perspektive aus, haben wir auch recht. Der Druck, den wir ausüben, der Sog, darf nicht absolut sein, er muss aber diese Spannung bewirken, aus der sich eine neue menschliche Daseinsform entwickelt, die weder Gott noch Staub ist. Eine andere Möglichkeit gibt es nicht. Man kann nicht von uns verlangen, dass wir diese Spannung allein erzeugen, auch der Mann muss sich bemühen und vor allem einsehen, dass er unmöglich den ganzen Weg allein gehen kann – er kann sich noch so stark, so selbstgenügsam, so autark fühlen – er muss sich dem Leben gegenüber öffnen und auf ein Bündnis einlassen, das vor seiner Kunst rangiert. Und das verspricht er auch, wenn er heiratet, ob ihm das nun bewusst ist oder nicht, ob er dazu bereit ist oder nicht. Nicht Sie haben versagt: Pauls Tod ist eine Last, die mit der Erinnerung an ihn einhergeht«, sagte sie. »Der Versuch, sie auf sich zu nehmen, würde bedeuten, dass Sie sich völlig von ihm absorbieren lassen, im Nichts landen. Das, was Sie Ihrer Erinnerung an ihn, Ihrer Liebe für ihn, seiner Unvollkommenheit zuschreiben müssen, darf Sie nicht zerstören…«

Ich weiß nicht wie viele Male ich an jenem Morgen den Brief las, mit Tränen der Wut, der Frustration … und des Selbstmitleids in den Augen. Und ich las ihn auch noch tausendmal danach, und selbst wenn ich heute zugeben kann, dass ihr das, was sie sagte, aus dem Herzen kam, und dass sie auch überzeugt war, es in diesem Augenblick und nicht später sagen zu müssen, so habe ich ihr immer noch nicht ganz verziehen …

Sie bat mich, sie zu besuchen, was ich nie getan habe – aus diesem oder jenem offensichtlich vorgeschobenen Grund. Der eigentliche Grund war, dass ich eine Aussprache nicht ertragen hätte, denn ich wusste, dass ich auf jeden Fall versuchen würde, Paul zu verteidigen, ohne mir wirklich sicher zu sein, ob ich das auch könnte ... Sie hatte auf eine inakzeptable Art und Weise recht. Und nun ist auch sie tot ...

Ich war gerade dabei, ihren Brief zur Seite zu legen, als Raabe-Speer auftauchte. Eller, der sich als ein ganz sympathischer Bursche herausstellte, wartete im Auto; sie waren auf dem Weg nach Berlin. Sie hat weder viel Zeit noch viele Worte vergeudet. Sie schaute mir einfach in die Augen und sagte völlig ausdruckslos: »Bist du jetzt zufrieden?« In diesem Augenblick wurde mir klar, welche Sorte Mensch die Aufsicht in den Konzentrationslagern gehabt hatte; ich hätte nicht gezögert zu schießen, wenn ich eine Pistole zur Hand gehabt hätte. Sie wollte ein paar Dinge abklären: Sie würde die Restschulden bezahlen, dafür aber alle Rechte an Pauls veröffentlichten Werken bekommen, und zwar auf unbegrenzte Dauer. Ich stammelte, nein, ich würde die Schulden abzahlen, das sei mir wichtig, denn die Rechte gehörten jetzt mir, wie auch die Gedichte und alles, was von ihm übrig geblieben sei. »Dir ist nur eine Sache geblieben, und das ist dein schmutziges Gewissen«, sagte sie, »und das kannst du gerne behalten. Was den Rest betrifft, so werden wir sehen, was die Gerichte zu sagen haben ...«

Und ich hab's gesehen. Innerhalb weniger Monate hat sie alles aufgelöst, auch die Wohnung. Das einzige, was sie mir gelassen hat, war Max, obwohl sie tatsächlich auch versucht hat, mich für unzurechnungsfähig erklären zu lassen. Und wenn sie noch etwas gewartet hätte, wäre ich das auch gewesen und noch mehr als das ...

Als sie an jenem Tag dann endlich gegangen war, war ich einem Nervenzusammenbruch nahe. Mein Vater wollte mich wenigstens dazu bringen, dass ich mich hinlegte, um mich zu beruhigen, aber ich war nicht ansprechbar, ich konnte nicht hören, nicht sehen, nicht denken. Ich wollte explodieren, den Raum um mich herum ausfüllen, ein Gefühl, das mir ein richtiges Kribbeln in den Fingerspitzen verursachte. Ich rannte aus dem Haus und schaffte es gerade bis zu der obersten Stufe der Eingangstreppe, wo ich dann stolperte, die Stufen runterfiel und mich am Rücken verletzte. Ich bin sofort ohnmächtig geworden. Als ich aufwachte, war ein Notarzt da, und ich lag mit dem Gesicht nach unten auf einer über dem Pflaster ausgebreiteten Decke, und er klopfte meinen Rücken ab. Ich war noch so benommen, dass ich bis zum nächsten Morgen glücklich vor mich hindämmerte; ist ja noch einmal gutgegangen, dachte ich.

»MACH DIE TÜR AUF«, SAGTE GOLDEN

Als Stefan den Eingang der öffentlichen Badeanstalt passiert, hört er ein »Hallo!«. Er dreht sich automatisch um (»Mach die Tür auf«, sagte Golden, »es könnte dein Schutzengel sein«) und Peter Faber kommt über das ganze Gesicht strahlend, mit klatschnassem Haar und einen ramponierten Beutel schwingend auf ihn zugerannt, ein eher grotesker Anblick.

»Guten Tag!«, sagt er herzlich.

»Morgen«, erwidert Stefan perplex. »Ein paar Runden geschwommen?«

»Ja«, nickt Faber energetisch und immer noch strahlend. »Ich mach das jeden Tag jetzt. Ist gut für den Kreislauf«, fügt er hinzu.

»Oh«, sagt Stefan. »Sie sollten vorsichtig ein, man fängt sich schnell eine Erkältung ein.«

»Ach nein«, protestiert Faber, »ich doch nicht.«

Stephan zuckt die Schultern und geht etwas schneller, Faber hält mit ihm Schritt und schwenkt seinen Beutel wie ein Schuljunge.

»Gehen Sie in die Vorlesung?«, fragt Faber hoffnungsvoll.

»Oestlers? Nein, nicht heute. Sie?«

»Aber ja«, erwidert Faber. »Es ist seine letzte in diesem Semester.«

Schweigen, und als sie auf den Bismarckplatz kommen: »Gehen Sie die Hauptstraße lang?«

Stefan ist versucht zu lügen, sagt dann aber doch »ja« und verlangsamt unbewusst seine Schritte. Er hat Faber noch nie so aufgekratzt gesehen und hat ihn in Verdacht, das Ganze nur seinetwegen zu inszenieren, kann sich aber nicht vorstellen, warum. Gleichzeitig fragt er sich, seine Worte im Geist sorgfältig abwägend, was ihn eigentlich so an ihm abstößt. Verunsichert wirft er ihm einen Blick zu. Im selben Augenblick überholt ihn Faber mit ein, zwei Schritten, dreht sich nach ihm um und zwingt ihn stehenzubleiben, dann platzt er heraus, als hätte er seine Gedanken gelesen:

»Was haben Sie eigentlich gegen mich?«

Stefan klappt der Kiefer herunter; er schüttelt den Kopf: »Aber ich ...«

Faber fuchtelt mit dem Finger vor seinen Gesicht herum. »Nein«, tadelt er ihn, »Sie sollten nicht etwas abstreiten, von dem Sie genau wissen, dass es stimmt.«

»Aha, ist dem so?«, sagt Stefan und ärgert sich, dass er sich von ihm in die Enge treiben lässt.

»Da es so offensichtlich ist, würde ich schon gerne wissen, warum«, insistiert Faber. Sie blockieren den schmalen Bürgersteig: Die Vorübergehenden drängen sich mit verärgertem Gemurmel an ihnen vorbei. Faber zieht Stefan in einen Hauseingang. »Es macht mir nichts aus, wenn Sie mich für einen Narren halten«, sagt er gleichmütig, ja schon beinahe vertraulich, »schließlich bin ich ja einer, mein Schicksal hat mich dazu gemacht ... aber ich bin ein selbsternannter Narr.«

Stefan lässt erkennen, dass er nicht gewillt ist, ihm zuzuhören.

»Es ist mir egal, wenn Sie nicht mit mir gesehen werden wollen, oder nicht mit mir reden wollen; es ist Ihr gutes Recht, mir aus dem Weg zu gehen – oder vielleicht sich selbst, wer weiß? Sie haben aber nicht das Recht, mich zu verachten – ich meine, mich in sich zu verachten – nicht einmal jetzt, wo ich mich Ihnen aufdränge ...«

Er zögert eine Sekunde, und Stefan nutzt die Gelegenheit, um wieder auf die Straße zu treten. Doch Faber zieht ihn zurück, die Augen alarmierend weit aufgerissen. »Schauen Sie mich an!«, sagt er rauh, ohne die Stimme zu erheben. »Wissen Sie, wie alt ich wirklich bin? Auf meiner Geburtsurkunde steht 1926, das heißt, ich wäre jetzt dreißig ... Aber wissen Sie, wie alt ich wirklich bin? Nein, wer weiß das schon? Wer könnte es wissen? Ich bin eine Kuriosität, eine Spezies für sich, ein nutzloser, erbärmlicher Anachronismus: Man sieht's mir an, ich fühl mich so, und ich bin's auch. Ja! Es ist purer Zufall, dass ich außerdem auch noch ein solcher Schwächling bin, es ist wirklich ein Witz, eigentlich dürfte ich überhaupt nicht mehr leben, so schwach wie ich bin. Ich brauch all das Mitleid, das ich kriegen kann, nicht nur von denen, die zu viel davon haben und es gerne verschenken, sondern auch von den anderen, die eigentlich keines haben, deren Gelächter es aber auch tut: Sie ermöglichen es mir, mich, und nicht sie zu hassen, weil ich zu schwach zum Sterben war. Sie sehen, ich kann was damit anfangen, mit dem Mitleid, und verdien's deshalb auch. Ich bin nicht unsensibel: Je scheinheiliger das Mitgefühl ist, desto deutlicher wird mir, wie sehr sich meine Welt von ihrer unterscheidet, von dieser Welt, in die ich zurückgekehrt bin. Sie lässt mich das Ausmaß meiner Schwäche erkennen und sagt mir, was ich hören muss: Dass ich im Grunde nicht mehr und nicht weniger tot bin als diese Leute, die mich bemitleiden.

Aber Sie, nein, Sie können kein Mitleid aufbringen; Sie verachten mich sogar. Mein Glückwunsch! Sie sind anders als der Rest, Sie sind stärker, und das ist es, was ich nicht begreife: Sie sind der Einzige, der in der Lage sein sollte, mich anzuschauen und zu verstehen, warum ich so wurde, wie ich bin. Für Sie sollte das ganz leicht, ja völlig natürlich sein. Aber Sie weigern sich! Wovor haben Sie Angst – dass Sie sich selbst in mir sehen? Oder haben Sie das bereits getan? Jedenfalls ziehen Sie sich nicht aus der Affäre, wenn Sie so tun, als existierte ich nicht. Viel ist zwar nicht von mir übriggeblieben, aber immer noch genug für Sie – etwas, was unabhängig von Ihnen ist, aber zur gleichen Zeit existiert und Ihre Verachtung nicht verdient hat. Das zu sehen und zu akzeptieren, ist notwendig – für mich, um Mitleid anzunehmen und für Sie, um es zu verweigern ...

Wenn Sie mit mir nichts zu tun haben wollen, so ist das Ihr gutes Recht, aber nur mit mir als Individuum, nicht als etwas Allgemeines, Abstraktes, vor dem Sie Angst haben. Es reicht, wenn Sie mich überhaupt sehen, etwas Platz für mich schaffen, nur ein einzige Mal und nur ganz kurz. Sonst wird eines Tages nicht einmal das Erbarmen des Erlösers ausreichen, um meine Existenz zu rechtfertigen. Das ist keine Drohung, es ist die Wahrheit.«

Stefans Brust wird plötzlich von einem Krampf geschüttelt: Er streckt unwillkürlich seine Hand aus, berührt Faber am Ärmel und verharrt dort. Ein stechender Schmerz, wie er ihn noch nie verspürt hat, durchläuft seinen Körper und durchbricht die Panzerung, die er sich im Lauf der Jahre zugelegt hat, um in das empfindsame Herz mit seinen Erinnerungen zu dringen. Einen Augenblick lang kann er weder atmen, noch etwas sehen. Dann, während er langsam ausatmet, lässt der Schmerz allmählich nach. Peter Faber erscheint wieder: unruhig, anders.

Lange Zeit kann sich keiner entschließen, das Schweigen zu brechen, dieses Schweigen, das alles beherrscht: Selbst die Straße ist wie eine stumme Prozession auf einer Leinwand. Schließlich nimmt Stefan Fabers Arm und sagt: »Mach schon, du kommst sonst noch zu spät zu Oestlers letzter Vorlesung ...«

»Ja«, sagt Faber. Er fährt sich mit dem Handrücken über den Mund und lächelt.

AUFBRUCH

Reinhardt Gerstenmaier, der falschen Zitate müde, konsterniert und mit gebrochenem Herzen, besteigt die Bahn, die am Königsstuhl vorbeifährt, und nummerierte Bäume erkundend bricht er auf nach Dänemark, um Dänisch zu lernen und Kierkegaard im Original zu lesen. Er hinterlässt ein dramatisches Chaos bestehend aus unbeglichenen Rechnungen, Müll, ausgeleierten Platten (Mahler, Schumann, Wagner), ungemischten Gefühlen und ungebrochenem Herzen. Adieu! Tschüss!

UM DREI UHR MORGENS

— Fass mich bitte nicht an.
— Ich fass dich nicht an. Du musst schlafen.
— Nein ... Ich möchte einfach nur im Bett liegen, und du sollst mit mir reden. Komm ein bisschen näher. Da, so ist es gut. Aber nicht anfassen. Oh, es ist so heiß. Die Dinge schwimmen davon ... und diese Fliegen!
— Da gibt es keine Fliegen.
— Ich schließe die Augen und höre, wie du atmest, ich öffne sie und kann dich nicht mehr hören und nicht mehr sehen. Sag mir, dass du da bist ...
— Ich bin da, schlaf jetzt, schlaf ...
— Wenn ich mir nur sicher sein könnte, ganz sicher ...
— Arme Barbara ...
— Paul ...
— Ja ... aber schlaf jetzt.
— Morgen ... Übermorgen ... endlich ...

AMOR FATI / VIERTER TRAUM

Stefan wird von einem Auto verfolgt. Er kann gerade so schnell rennen, dass er einen Abstand von ein paar Schritten halten kann, vielleicht sogar noch etwas schneller, aber er weiß, wenn seine Kräfte nachlassen, überrollt ihn das Auto. Biegt er nach einer Seite ab, so biegt das Auto auch ab, und er sieht, dass er, obwohl er dessen Gefangener ist, trotzdem die Richtung des Fahrzeugs bestimmen kann.

Es gelingt ihm, sich umzudrehen und ohne langsamer zu werden ein paar Sekunden lang rückwärts zu laufen, so dass er in den Wagen schauen kann. Keineswegs erstaunt stellt er fest, dass er selbst hinterm Steuer sitzt; zumindest besteht zwischen ihm und dem Fahrer eine große Ähnlichkeit, auch wenn der Fahrer etwas älter zu sein scheint, und eine wilde Entschlossenheit, einen eisernen Willen, zur Schau trägt. Ein, zwei Sekunden schaut ihm Stefan direkt in die Augen, doch er zeigt keine Reaktion. Er führt eine (leichte, pirouettenhafte) Drehung aus und rennt wieder geradeaus, ohne einen weiteren Gedanken an den Fahrer zu verschwenden.

Er ist überzeugt, dass er genug Kraft hat, um noch lange, ja, vielleicht für immer, seine Geschwindigkeit aufrechtzuerhalten – aber der knappe Abstand zu dem Auto irritiert ihn immer mehr. Er hat etwas Gesetzmäßiges, als bestünde zwischen ihnen eine unsichtbare starre Verbindung. Aber wer hat sie hergestellt?

Diese Gesetzmäßigkeit wird immer unerträglicher, und er legt sich einen Plan zurecht: Er wird ganz allmählich seine Geschwindigkeit reduzieren (wobei er sich darauf verlässt, dass der Wagen seine Geschwindigkeit beibehält), und so unmerklich den Abstand verringern, bis er das Fahrzeug berührt. Als erstes: Dieser Kontakt muss zustandekommen; er spürt, wie ihn ein extremes Selbstvertrauen durchströmt, die ganze Spannung einer großen Entdeckung. Auf diese Weise verändert er dann sein Tempo, oder er hat vielmehr den Eindruck, dass es sich von selbst verlangsamt. Ein Kinderspiel: Er spürt im Rücken, wie der Wagen näherkommt. Inzwischen scheint er zu gleiten, so fließend sind seine Bewegungen: Mit jedem seiner sorgfältig kalkulierten Schritte verringert sich der Abstand zu dem Fahrzeug. Und jetzt: diese Kraft hinter ihm soll ihn berühren, anstoßen, hochheben. Während sich der Wagen in seinen Körper schiebt, suchen sich seine Augen schon eine neue Route aus ...

Für den Bruchteil einer Sekunde sieht er als aktiver, außenstehender Träumer sein eigenes Gesicht aus nächster Nähe: Es erscheint etwas älter und lässt eine wilde Entschlossenheit, einen eisernen Willen erkennen …

Er verliert den Boden unter den Füßen …

ISIS VERLIEBT

Kurz vor Tagesanbruch schreckt er aus dem Schlaf hoch. Barbara liegt auf der Seite und kehrt ihm den nach außen gedrehten Rücken zu. Vorsichtig, um sie nicht zu stören, schiebt er die Decke weg: einen Augenblick lang ist ihr Rücken von den Schultern bis zu dem kleinen Dreieck am unteren Ende des Kreuzbeins unbedeckt. Die Gegenstände haben noch keine Farbe angenommen, ihr Fleisch gleicht einem bräunlich-grauen Kupfertiefdruck. Der Wirbel oberhalb des Steißbeins steht leicht hervor; er erscheint etwas verschoben, und da das Licht darauf fällt auch heller. Als würde er Wache halten, denkt er.

Sie erschauert; er deckt sie wieder zu: Sie rollt sich auf den Bauch, aber ihr Gesicht ist immer noch nicht zu sehen. Mit einem großen Schritt steigt er über sie hinweg und aus dem Bett, dabei streift er sie mit dem Bein, und sie bewegt sich.

Sein Bauch ist hart und gespannt, und er verspürt ein schmerzhaftes Ziehen. Er hat eine Erektion. Seine Haut weigert sich, auf die Kälte zu reagieren, und er will auch nicht völlig wach werden. Leise öffnet er die Tür und geht über den Flur zum Bad.

Als er zurückkommt, ist seine Erektion immer noch vorhanden; die Kälte lässt seine Muskeln erstarren, sie geht ihm durch Mark und Bein, und er ist inzwischen hellwach. Das Licht hat sich verändert: Der Raum ist graublau; zwei oder drei gelbe Gegenstände stechen hervor – eine Bluse, ein Buchumschlag, ein Lampenschirm.

Er sieht, dass sie auf dem Rücken liegt und die Arme auf der Decke verschränkt hat; als er näherkommt, dreht sie den Kopf in seine Richtung; ihre Augen sind offen, und ihr Blick wandert an seinem Körper entlang. Er bleibt neben dem Bett stehen und lächelt auf sie herab; sie schaut ihm kurz in die Augen. Ein unsicheres Lächeln lässt ihre Mundwinkel zucken, wie bei einem Tick; dann senkt sie wieder die Augen und holt plötzlich tief Luft, zitternd wie ein Kind, das lange geweint hat. Er betrachtet von oben ihr Gesicht: In der Dämmerung ist es das eines Kindes mit weit aufgerissenen Augen. Der Anblick rührt ihn, und er ist gleichzeitig erregt und verlegen. Er beugt sich über sie, um sie zu küssen und sich zu setzen, da er seine Nacktheit verbergen will – sie blickt überrascht hoch und sagt mit heiserer Stimmte: »Nein, bleib einfach so stehen, eine Minute nur, bitte.«

Er richtet sich wieder auf: Er verspürt ein banges, leidenschaftliches Verlangen. Sie atmet schwer. Sie streckt die Hand aus: Gleich würde sie ihn streicheln.

Als sie ihn berührt, erschauert er unwillkürlich. Ihre Hand tötet das Verlangen, das er empfindet; er kämpft dagegen an, innerlich, äußerlich bleibt er passiv. Sie zieht erfolgreich ihr eigenes Ritual durch. Er hat nichts damit zu tun, er wird schwächer und fühlt sich hilflos und von ihrem Akt der Anbetung ausgeschlossen. Seine Beine zittern, er steht bis zu den Hüften in kaltem Wasser; sein Körper zieht sich zusammen, bis er es nicht mehr aushält und ein paar Schritte zurücktritt, um außer ihrer Reichweite zu sein, ohne dass er sich dessen bewusst ist.

Fragend blickt sie zu ihm hoch, dann dreht sie sich weg und vergräbt das Gesicht im Kissen.

ALL DIESE TRÄUME NUTZLOSER WUT

— Du bist es und nicht nur dein Körper, der sich zu mir legt, und es ist auch nicht nur mein Körper, sondern ich bin es, und all das geschieht jetzt in diesem Augenblick, nicht im letzten Jahr, nicht vor fünf Jahren, und wenn wir uns lieben, dann lieben wir uns jetzt. Ich liebe dich hier, nicht irgendwo, und ich hab mich der verrückten Vorstellung hingegeben, dass du mich vielleicht auch liebst oder lieben könntest. Es war mir egal, ob du dich darauf einlässt oder nicht, oder wie lange es dauern würde, bis du ihn nicht mehr in mir oder einem andern suchen würdest. Aber du kannst oder willst nicht begreifen, dass er tot ist, und dass du noch so viele Liebhaber haben kannst, noch so viele Ersatzphalli, ohne ihn deshalb zurückzubekommen oder stellvertretend lieben zu können. Er ist tot, nur noch seine Worte leben. Dir ist nicht klar: Paul der Künstler und Paul der Mann waren nicht einmal ein- und derselbe Mensch, sie sind es nie gewesen und wären es auch nie geworden; du konntest sie damals nicht zusammenbringen, und es wird dir auch jetzt nicht gelingen. Du hast das Buch fertiggestellt, als wäre das des Rätsels Lösung, doch es ist nur ein Testament und falls überhaupt: ein Abbild. Der Körper ist und bleibt tot. Wen, glaubst du, hältst du, wenn du im Dunkeln deine Arme um mich legst? Wen siehst du, wenn du die Augen schließt? Schaust du dir selbst zu, wenn du das tust, was du tust, wenn du das sagst, was du sagst? Denkst du, dass du eine Schuld abträgst, die du empfinden möchtest, aber nicht kannst, wenn du dich für so nutzlose Zaubertricks hergibst, für so verrückte erotische Inszenierungen? Denkst du, du könntest ihn damit zum Leben erwecken?

PERIHEL

SEINE LIEBLINGSRUINE

Ein dunkelhaariger junger Mann ist nach vielen Jahren wieder in Berlin und irrt ziel- und planlos in den Grenzbezirken seines Gedächtnisses herum.

Ein bestimmtes Haus in Moabit steht nicht mehr.

Keiner lebt mehr in der Brunnenstraße oder jenseits der Bahnlinie.

Er lässt sich von einer Art harmlosem Wahnsinn treiben, während ihm die Tränen auf den Wangen brennen. Die Gehsteige scheinen völlig neu und kaum begangen, und selbst auf den Straßen hat man die Pflastersteine umgedreht. Verlorene Stimmen, verbannte Lieder, die in den Ulmen, in noch ungeöffneten Knospen, hängen.

Für eine Weile setzt er sich auf eine Bank (Leonce scharrt in der Erde und nagt an Grasbüscheln): Etwas weiter weg, gut beschützt, lassen die Schatten von Mietshaus-Bewohnern ihre Laken von den Hauptleitungen der Hinterhöfe wehen; abgestellte kleine braune Güterwagen bilden eine kilometerlange, unbewegliche Schlange; ein rauchiger Geruch nach Kohl und Kohlefeuern liegt in der Vorfrühlingsluft.

(Aber nur ein einziger steinerner Schwan ist stehen geblieben, eine einzige jüdische Pavlova in einem weiten, weißen Trümmerfeld.)

JEDEN MORGEN VOR DEM FRÜHSTÜCK

Auf der Terrasse des Hotels am Botanischen Garten sitzt Barbara Speer mit Georg Lohs Vertretern, Rudolf Munin und Eugen Hugin. Es ist halb elf Uhr morgens; Stefan ist in aller Frühe aus dem Hotel gegangen. Loh sei (wie man ihnen gestern Abend bei ihrer Ankunft sagte) »bedauerlicherweise nicht in der Stadt«; Deckeler sei tot *(plötzlich verstorben!)*, und bis Loh zurückkäme, würden sich Hugin und Munin um sie kümmern. Machen Sie das Beste daraus, Barbara!

Im Augenblick planen sie und Munin ihre Unternehmungen (er ist ein dicklicher Mann mit geöltem, schwarzem Haar und gelben Fingern). Hugin scheint zuzuhören *(gebannt und zustimmend)*, doch das täuscht. Unter dem Tisch liegt seine schmale *(perfekt manikürte)* Hand auf den Rippen einer streunenden Dalmatinerhündin; langsam lässt er sie an ihrem Rumpf entlang zu ihren Hüften hinuntergleiten; der Atem der Hündin geht schneller.

(Barbara lacht.)

Hugins Finger krümmen sich an den oberen Knöcheln und üben einen leichten Druck aus: Ein blaues Geflecht aus Adern und drei weiße Sehnen treten hervor.

(Munin kichert.)

Langsam und beinahe unmerklich wandert seine Hand tiefer. Die Hündin reckt den Kopf, dreht ihn nach unten und etwas zur Seite: Die Zunge rollt leuchtend rosa aus ihrem Maul.

»Morgen ist er aber wieder zurück, nicht wahr?«, fragt Barbara.

Hugins freie Hand greift nach seiner Kaffeetasse. Er führt sie an den Mund, trinkt aber nicht.

»Auf jeden Fall«, sagt Munin.

Barbara wendet sich Hugin zu. Ohne mit der Wimper zu zucken, erwidert er ihren Blick, die Tasse immer noch an den Lippen.

»Haben Sie das Manuskript gelesen?«, fragt sie.

»Hmmm?«, murmelt er.

Sie wendet sich an Munin: »Haben Sie es gelesen?«

(Hugin leert seine Tasse)

»Ja, hab ich«, sagt Munin, »Und ob ich's gelesen hab!«

Hugin jault plötzlich auf; der Hund kläfft und springt weg.

»Alle haben wir es gelesen«, sagt er. »Ist Ihnen die Heine-Routine ein Begriff?«

»Die Heine-Routine?«, fragt Barbara. »Nein, ich fürchte, nein.« Hugin und Munin fassen sich an den Händen und rezitieren in einer Art Singsang:

Ich bin ein deutscher Dichter,
Im ganzen Land bekannt.
Und wenn die große Namen fallen,
Werd ich auch stets genannt.

»Das kenn ich«, erklärt Barbara.

»Warten Sie, es geht noch weiter:

Was mir fehlt, mein Kleines,
das fehlt dem ganzen Land.

Alle Klagen, alle Schmerzen,
ich öffne nur die Hand!«

»Aua!«, schreit Munin.

Hugin kichert: »Ich nehm an, wenn ich einen sehe, erkenn ich ihn.«

Munin keucht: »Yup! Yup!«

»Was wollen Sie damit sagen?«, fragt Barbara etwas ratlos.

Hugin setzt eine ernste Miene auf: »Dass wir es kaum erwarten können, auch den Rest in die Finger zu kriegen«, sagt er.

Von Krämpfen geschüttelt, fällt Munin vom Stuhl.

DIE HÖLDERLIN-ROUTINE

Nach einem anstrengenden, dem Zoo und diversen Kriegsdenkmälern gewidmeten Nachmittag finden sie Stefan im Hotel vor, wo sie zusammen Abendessen und sich dann mit mehreren Flaschen Doppelgänger Rotkopf '47 auf Barbaras Zimmer zurückziehen.

Inzwischen sind alle Flaschen geleert, und Stefan ist auf dem Bett eingeschlafen; Munin hat einen Krampf im linken Oberschenkel, und Hugin massiert ihn. Barbara scheint sich mit der Situation abgefunden zu haben, sie ist so erschöpft, dass sie sich kaum noch rühren kann.

MUNIN: Stärker! ... Ahh, ja, so ...

HUGIN (*zu* BARBARA): Sie behaupten, Sie hätten noch nie was von der Hölderlin-Routine gehört? Das gibt's doch nicht, und Sie wollen die Witwe eines Dichters sein!

BARBARA *(widerstrebend)*: Nein, hab ich nicht, und ich weiß nicht, ob ich's tatsächlich auch hören will.

HUGIN: Na, na! Wer das nicht kennt, hat nicht gelebt. So ahnungslos darf man nicht durchs Leben gehen!

MUNIN: Mach schon und klär sie auf, du Gründgensverschnitt!

HUGIN *(nimmt eine dichterische Pose ein)*: Die Götter sind nicht Eigentum der Menschen. (*zu* MUNIN) Besser so?

MUNIN: Weiterkneten.

HUGIN: Sie sind ein Teil der Welt. Und lächeln sie uns an, sind wir ein Teil von ihnen ...

(MUNIN *flattert mit den Wimpern und lächelt affektiert.*)

HUGIN: Lass deine Augen sich ergötzen an Aglaia! Sieh nur, wie sie mir zulächelt und mich zu ihrem Gefangenen macht.

(MUNIN *schürzt die Lippen zu einem abstoßenden Lächeln und lässt die Hände auf* HUGINS *Schulter fallen.*)

HUGIN *(A-part):* Dies Lächeln gehört nicht nur demjenigen, dem sie gehört!

MUNIN *(schmollend)*: Ich bin keine Aglaia, ich bin eine Pomona.

(Er stöhnt)

Ein bisschen höher ... ahh, ja, da.

HUGIN: Eine bessere Aglaia kann's gar nicht geben als dich. Aber Allmächtiger, das Wasser hier ...

MUNIN *(alarmiert)*: Welches Wasser?

HUGIN: Fall mir nicht dauernd ins Wort! ... Das Wasser hier sollte etwas klarer sein ...

(MUNIN *kichert*)

HUGIN: ... Wie das Wasser von Kephisos oder die erechtheische Quelle.

MUNIN: Was für eine Quelle?

HUGIN: Die erechtheische!

MUNIN: Oh, tumirleid.

HUGIN: Und wie es ihm leid tut. Eine Göttin hat Besseres verdient als dieses Schlammloch.

MUNIN: Richtig!

HUGIN: Aber schließlich ... *(tremolierend)* sind wir nicht in Griechenland.

MUNIN: Ooh, der Herr ist Grieche?

HUGIN *(niedergeschlagen)*: Ich fürchte, nein. Leider, mein traurig Los ist ... Deutscher zu sein.

(MUNIN *versagen die Beine*)

BARBARA: War's das? Sagt mir rein gar nichts, das Ganze!

HUGIN: Das Ganze? Wie ›Das Ganze?‹ *(Er zieht die Brauen hoch, senkt die Lider und bringt einen seelenvollen Ausdruck zustande.)* Es geht hier um Unsterblichkeit.

BARBARA: Unsterblichkeit?

HUGIN *(emphatisch)*: UN-STERBLICHKEIT!

(MUNIN, *der wie durch ein Wunder wieder auf die Beine kommt, beginnt auf einer imaginären Geige zu spielen.*)

HUGIN: Alles, was gut ist, als Gedanke und als Tat, jeder schöne Gegenstand, all das ist unsterblich, ein Genius, der uns nie verlässt. Unsichtbar begleitet er uns durch unser ganzes Leben bis zum *(sotto voce)* Grab. Doch dann! Vom Grab steigt er empor und schließt sich den Armeen von Genies an, den Genies der ganzen Welt ...

MUNIN *(greift sich an den Hals)*: Würg, würg, hier drin kann man ja nicht atmen vor lauter Genies!

HUGIN: Würdest du mich freundlicherweise ausreden lassen ... den Genies der ganzen Welt, die unablässig daran arbeiten, diese zu verbessern, zu verwandeln, zu vervollkommnen.

(MUNIN, *der sich vernachlässigt fühlt, hinkt zum Bett hinüber. Er mustert Stefan, rüttelt am Bett, um sicherzugehen, dass er nicht schläft, dann setzt er sich und streicht ihm übers Haar.* HUGIN *beobachtet ihn aus den Augenwinkeln.*)

BARBARA: Machen Sie weiter.

HUGIN: Aha! Dieser Teil gefällt Ihnen wohl besser? Wo bin ich stehen geblieben?

BARBARA: Vervollkommnen.

HUGIN: Ja, richtig, stimmt. Also: Diese Genies, gnädige Frau, werden geboren, oder sie sind, wenn Sie so wollen, ein Teil unserer Seele. Nur sie machen ihre Unsterblichkeit aus.

BARBARA *(bewegt)*: Wie schön!

HUGIN: Warten Sie! Ich bin noch nicht fertig. Und die großen Künstler ihrer Zeit hinterließen uns in ihren Werken Repräsentationen ihres Genies ... nicht aber das Genie selbst. Nein, ihre Arbeiten sind nur Spiegelungen auf der dunstigen Oberfläche unserer Erde, wie das Bild der Sonne auf dem Wasser – oder besser: auf dem dichten Nebel, der uns umgibt. Das, meine Liebe, ist die Hölderlin-Routine.

BARBARA *(plötzlich unruhig)*: Aber Paul, wo bleibt Paul?

HUGIN *(scheinbar bekümmert)*: Paul? Paul? Ach, nein, mein Herz, nicht Paul. Vielleicht hat dieser Paul damals, vor langer Zeit, eine unsterbliche Seele gehabt, aber jetzt, jetzt ... ich fürchte, ist diese Seele entwichen ...

MUNIN *(springt vom Bett)*: Oh, wo ist mein unsterblicher Paul, unsterbliche Seele, unsterblicher Paul. Wo ist sein Genie hin?

(BARBARA *schluchzt leise vor sich hin.*)

STEFAN *(fährt aus dem Schlaf hoch)*: Was ist los hier?

HUGIN: Ihr sind vor Lachen die Tränen gekommen.

MUNIN: Ihr sind vor Lachen die Tränen gekommen.
STEFAN: *(wütend)*. Zum Teufel mit euch beiden.
BARBARA *(tadelnd)*: Stefan! Du bist ihr Gast!

PALIMPSEST

Georg Loh erhebt sich hinter seinem Schreibtisch (stehend ist er kaum größer als sitzend). Mit ausgestreckten Händen eilt er auf seine Gäste zu, um sie zu begrüßen.

»Ahh, endlich, liebe Frau Speer!«

Stefan, der hinter ihr steht, beobachtet seinen Auftritt: Von der Tür bis zu seinem Schreibtisch sind es gute zehn Meter.

»Gewöhnlich steht er gar nicht auf«, flüstert Munin. »Das ist ein ganz besonderes Ereignis.«

Doch hier kommt er, durch eine auf Hochglanz polierte Hartholzlandschaft auf dem vierzehnten Stock eines Betonberges. Und voilà: Eine seltsame Mischung aus primitiven und überzüchteten Eigenschaften: ein massiver Bauernschädel auf einem zarten Hals und ein schmaler Oberkörper mit viel zu kurzen Armen und unverhältnismäßig kleinen Händen ...

Er entlässt Barbara aus seiner Umarmung und wendet sich Stefan zu: »Und das ist Herr ...?«

»Brückmann«, sagt Hugin.

»Herr Brückmann. Aha!«

Er ist beinahe acht Zentimeter kleiner als Stefan (das heißt, er ist ungefähr 165). Er hat nur ein einziges, winzig kleines Auge (das andere ist durch eine Augenklappe verdeckt), eine niedrige Stirn, langes rostig-graues Haar und schlechte Zähne. Er ist noch nicht ganz sechzig, sieht aber wie eine alte Frau aus.

Und Stefan erkennt ihn, trotz allem.

DER KLEINE DÄUMLING

Hugin und Munin flankieren Loh; Barbara (die den ganzen Tag mit ihm verbracht hat) sitzt ihm gegenüber; Stefan (wer immer das ist!) hat sich neben sie gesetzt. Das Restaurant (»Waldgrotte«) riecht nach verbranntem Fleisch. Alle haben zu viel Rinpils getrunken.

LOH: Herr Brückmann, Sie essen ja gar nicht! Das ist doch ein Fest.

STEFAN *(schüttelt den Kopf)*: Tut mir leid, ich bin kein großer Esser.

LOH *(rülpst und lockert seine Krawatte)*: *Dis-moi çe que tu manges, je te dirai çe que tu es.* (Er lässt sein eines Auge zu BARBARA hinüberwandern.) Und Sie, meine Liebe, ist alles nach Wunsch?

BARBARA: Oh, ja. Kaum zu glauben, dass ... wir erst seit zwei Tagen hier sind.

HUGIN: Wir haben ihr viel gezeigt, wir haben für Unterhaltung gesorgt.

MUNIN *(nickt)*: Das mindeste, was wir tun konnten.

*(*STEFAN *macht ein anzügliches Geräusch;* BARBARA *blickt ihn wütend an.)*

BARBARA *(zu* LOH*)*: Sie waren wirklich schrecklich nett.

LOH *(der um beide die Arme legt)*: Meine beiden rechten Augen, meine wandelnden Lexika, meine Jungs, sie sind die Welt für mich!

STEFAN *(herausfordernd)*: Wie haben Sie Ihr Auge verloren?

LOH *(zieht die Klappe etwas herunter)*: Mein Auge? *(er wendet sich an* HUGIN *und* MUNIN*: Sie zucken nur mit der Schulter.)* Oh, der Krieg, der Krieg ... man zahlt, aber man lernt.

STEFAN *(nicht zufrieden)*: Wo haben Sie es verloren? In welchem Jahr?

HUGIN: Dreiundvierzig.

MUNIN *(gleichzeitig)*: Vierundvierzig.

STEFAN *(hakt sofort nach)*: Also wann genau?

LOH: Fünfundvierzig, wenn Sie's genau wissen wollen. Warum interessieren Sie sich so für mein Auge?

STEFAN *(ausweichend)*: Sie sehen wie ein Pirat damit aus.

LOH *(fährt hoch und fällt schallend lachend wieder auf seinen Sitz)*: Hahaha! Sapperlott, Sie sind göttlich, mein Junge! (*zu* BARBARA): Da haben Sie einen guten Griff getan, meine Liebe! Paul wäre stolz auf Sie.

BARBARA *(zweifelnd)*: Meinen Sie?

HUGIN *(gekränkt)*: Hmm!

MUNIN: Würde ich auch sagen.

LOH *(immer noch kichernd)*: Sie sollten sich das merken, mein Junge; man sagt nicht ohne Grund: Wenn einer nicht die richtige Größe hat, muss er kräftig zulangen.

(HUGIN *und* MUNIN*, besänftigt, brechen in lautes Gelächter aus.*)

Unter Lohs Augenklappe rollt eine Träne hervor.

»Aber was ist denn, Herr Loh«, sagt Barbara beschwichtigend.

»Nennen Sie mich Georg.«

»Georg.«

Er lächelt tapfer und fährt sich mit der Hand durch das vergilbte Haar, um sie dann wie eine Krabbe auf die ihre fallen zu lassen.

»Heinrich Deckelers Tod war ein schrecklicher Schock für mich. Er war mein einziger wirklicher Freund ... die einzige ... verwandte Seele.«

Ein Schauer durchläuft ihn.

»Das Herz?«, fragt Barbara.

»Das Herz? Hmm, ja, sein Herz ... mein Herz. Sehen Sie, wir waren wie ... wie die beiden Seiten einer Münze – nein, das ist zu banal. Das Schicksal hatte uns füreinander bestimmt ... er war der ruhende Pol, ich der Herumtreiber .... er war die Sonne, ich sein Planet ... Er die Deichsel, ich der Ochse auf dem Dreschboden der Geschichte ...

(Es folgt ein weiteres Dutzend solcher Metaphern; Barbara sitzt einfach nur da und nickt wie eine Frau in tiefer Trauer.)

Voller Schwermut hebt er an: »1915, als mein Vater starb, bin ich von zu Hause weggerannt. Mein Herz schlug für Deutschland, ich ging nach München, Städte sind wie Öl im Feuer zorniger junger Männer, und dort traf ich Heinrich, zusammen gingen wir zum Militär – Artillerie. Schon damals, als er kaum erwachsen war, verehrte ich ihn wie einen Heiligen, dessen ungewöhnliche seelische Tiefe, Vaterlandsliebe, Ernst und Gewissenhaftigkeit mich vor Ehrfurcht erstarren ließen ... er wurde zu einem Anker für meinen ebenfalls von Deutschland durchdrungenen Geist, auch wenn dieser Geist damals noch unentwickelt war und unsere Wege sich trennen sollten. Immer war er für mich da ... und ich wusste das. Trotzdem (und das ist außerordentlich wichtig!) konnte ich nur der sein, der ich sein musste – damals. Ich war der Kreuzritter, er der Wächter, ich war draußen, er war drinnen, ich war der Wirrkopf, er der Gelassene, ich der Wanderer, er der Verwurzelte, ich der Profane, er der Gläubige ... Keiner von denen, die meinen Weg kreuzten, oder die ihren Weg mit mir zusammen gingen, haben je bemerkt, wie groß sein Einfluss auf mich war. Sie haben ihr Leben weggeworfen, und ich war nur eine Art Beschleuniger ihres Untergangs.

Tatsächlich lebte ich aber schon auf einer anderen Ebene und war nur ihm gegenüber verantwortlich, auch wenn ich das damals nicht wusste ... Als erster musste Cesar gehen, dann Blum: Ich konnte ihnen nicht helfen, von Geburt an beschnitten und per Gesetz samt Kippa gekippt! Der nächste war Däumler in Berlin, das war während der zweiten Periode, die ich mit Heinrich verbrachte (auch die vergeudet! Ich war noch jung, blind und lebenshungrig!) ... Däumler verfing sich in dem Netz zwischen uns beiden, was nicht ausschließlich sein Fehler war ... aber dann sein Sohn, die personifizierte zweite Chance, aber auch er aufgrund seiner Chromosome dem Untergang geweiht! (Er lacht). Fragen Sie mich nicht, meine Liebe, laut zu denken, hat etwas wundervoll Ironisches ... Auch Radsinski, diesem armen Narren, versuchte ich zu helfen – ha! – drei Jahre lang ... hatte das Schicksal uns vereint... Aber lassen wir das!«

Seine Züge entspannen sich; er rückt etwas näher an sie heran: »Und endlich wieder zurück, nach all diesen Irrungen und Wirrungen, nach diesem langen, großen Krieg, nach all den verschleuderten Energien, den wilden Exzessen der Freiheit ... zurück von den Kreuzzügen, dem Bedürfnis, zu zerstören, zu zündeln, zu konsumieren, zu externalisieren, zu reformieren, zu verändern ... zurück aus dem Hexenkessel – und zu Hause erwartete mich Heinrich mit offenen Armen. Er ließ mich die wahre Natur meiner Seele erkennen, einer Seele, die in einem labyrinthischen Treck nach nirgendwo gefangen war – jede Abweichung, jede Sackgasse, jeder Höhepunkt, die den Weg zur Unendlichkeit markierten, all das war letztendlich völlig unwichtig, ein Haufen bedeutungsloser Steine: meine Runen, sein Anagramm. Ich habe sein Leben verschlungen; er war der Charakter, den ich nicht hatte, mein Demian; ich hatte ihn von frühester Jugend an verraten.«

Er schluchzt und nimmt Barbaras Hände in seine.

»Eine große Hoffnung ... Paul war sein Vermächtnis an mich ...«

Barbara atmete schwer.

»Ja, Paul, liebste Frau Speer, Sie müssen unbedingt wiederkommen. Ihr Paul, unser Paul, wird für uns einstehen. Uns ist nur noch die Rolle von Restitutoren geblieben ... wir können unsere Geister, unsere Fehler nur beschwören, indem wir ihnen einen Körper geben! Versprechen Sie mir, wiederzukommen – um Heinrichs und um unser selbst willen, vor allem aber (heiser) Deutschland zuliebe. Diese Arbeit, die wir uns vorgenommen haben, muss getan werden: auf dem Spiel steht (flüsternd) Die Erneuerung der Welt im Mikrokosmos.

»Oh, ja!«, ruft Barbara überwältigt. »Ja, Georg!«

Von seinen Gefühlen überwältigt, keucht er: »Ach, wie kann ich Ihnen danken, liebste Frau Speer ...«

BIER LÄSST SICH NUR DURCH PROBIEREN TESTEN

»Aber warum haben Sie das getan?«, fragt Stefan. »Mich interessiert nur das.«

»Ich hab's nicht getan«, sagt Loh.

»Ich kann Sie doch nicht erfunden haben!«, schreit er.

»Warum nicht? Sie haben doch schon öfters gelogen, stimmt's? Durch gelegentliche Wahrheiten werden Lügen jedenfalls nur glaubhafter; nicht die Logik zählt, sondern die Wiederholung.«

»Nein. Lügen sind wie Alices Spiegel: Wenn man auf der anderen Seite ist, macht es keinen Unterschied, in welche Richtung man geht, vorwärts, rückwärts oder im Kreis, man kommt immer zu seinem Ausgangspunkt zurück. Daneben gibt es diese ›Gelegenheits-Wahrheiten‹, die unvermeidlich sind und auch ihre Berechtigung haben. Ich gebe also zu, gelogen zu haben, aber nicht, was Sie betrifft. Sie sind eine Art Einstieg.«

»Hmm«, meint Loh unbeeindruckt. »Sie haben auf alles eine Antwort, was?«

»Antworten sind eigentlich eine andere Form von Fragen«, erwidert Stefan (mit bewundernswerter Treffsicherheit).

»Jeder produziert sich auf seine Weise?«, spottet Loh. »Geht in Ordnung, und was sagen Sie jetzt!«

Er entfernt seine Augenklappe und ein völlig gesundes Auge blinzelt ihn an. Sein Haar ist mit Henna gefärbt und geschnitten.

»Heinrich, alter Freund!«, ruft Paul Speer von der Tür und eilt in seine Arme.

»Da, sehen Sie!«, ruft Loh triumphierend. »Wo bleibt Ihr Hannes jetzt?«

»Wo mein Hannes bleibt? Das ist nicht Hannes, das ist Paul. Und Sie heißen auch nicht Heinrich!«

»Sie sind wirklich eine Nervensäge«, erklärt Loh. »Man kann nicht alles haben!«

»Ich will nicht Sie und auch nicht ihn – ich will nur wissen, warum Sie Hannes getötet haben.«

Loh stemmt die Hände in die Hüften: »Mein Lieber, allmählich verlier ich die Geduld. Können Sie mir vielleicht erklären, was jeden Idioten mit einem Skelett im Schrank dazu treibt, mir die Schuld zuzuschieben? Jeden Tag taucht ein anderer von Ihrer Sorte von – Todesengeln an meiner Tür auf. Man hat mir hunderttausend Tode an den Hals gewünscht: Ich sollte gesteinigt, genagelt, zerhackt, verflucht, durchbohrt und was weiß ich noch alles werden. Das nervt, glauben Sie mir. Und jetzt kommen Sie mit ihrem kleinen Knochensack daher. Verschwinde einfach, mein Kleiner! Und nimm sofort meine Augenklappe ab!«

Stefan reißt sie sich erstaunt ab und gibt sie ihm zurück.

»Wie komme ich überhaupt dazu?«, ruft er verärgert.

Loh reicht sie ostentativ Paul: »Willst du mal probieren?«

»Oh, danke, Heinrich«, sagt Paul und setzt sie voller Stolz auf.

Stefan wirft ihm einen empörten Blick zu; Paul lächelt freundlich zurück. »Wo ist Barbara?«, fragt er naiv. »Sollte sie nicht hier sein?«

»Höchstwahrscheinlich sucht sie dich«, sagt Stefan.

»Noch immer?«, ruft Paul ungläubig.

»Oh, mach dir wegen ihm mal keine Sorgen; unser kleiner Schwarzer hat schlechte Laune.«

Stefan will gerade etwas erwidern, als Barbara hereinstürmt, verschwitzt und außer Atem. Sie geht direkt auf Paul zu und küsst ihn pflichtbewusst. Als ihr Blick auf Stefan fällt, richtet sie sich überrascht auf.

»Ah, ich sehe, Ihr beiden kennt euch«, sagt sie.

Paul nickt eher gleichgültig.

»Ha!«, schreit Barbara Stefan an. »Wusst ich's doch!«

»Warum so aggressiv«, sagt Stefan und lässt den Kopf hängen.

»Richtig«, sagt Paul, während er ihr rundes Gesicht zu sich dreht. »Du hast lange genug gebraucht, um dich zu entscheiden. Wo warst du die ganze Zeit?«

»Mein Lieber!«, sagt Loh. »Das ist der reinste Undank. Ich denke, alles in allem hat sie sich wirklich tapfer gehalten, denk mal nach.«

»Tut mir leid«, sagt Paul.

»Aufhören! Aufhören!«, schreit Stefan plötzlich. »Lassen Sie ihn einfach in Ruhe!«

Loh scheint höchst erstaunt. »Na! Na!«, ruft er, »was, in Gottes Namen, hat diesen kleinen Ausbruch bewirkt? Wen, bitte schön, soll ich in Ruhe lassen? Warum setzen Sie sich nicht irgendwohin und halten den Mund, wenn wir Ihre Meinung hören wollen, werden wir Sie fragen.«

»Nein!«, schreit er außer sich. »Dieses Mal steh ich nicht einfach nur rum und lass Sie machen.«

Loh spreizt die Hände, um seine Unschuld zu beteuern: »Was, bitte schön, lassen Sie mich machen, Sie Wirrkopf?«

Völlig außer sich wendet sich Stefan an Paul: »Du musst ihn daran hindern, ich bitte dich. Alles Übrige ist mir egal ... bitte.«

Paul zuckte mit den Schultern, hilflos, resigniert; seine Augen sind so sanft wie die eines Lamms.

»Barbara?«, fragt Stefan ohne große Hoffnung.

Sie schlingt die Arme um Paul und starrt ihn herausfordernd an.

»Na schön«, sagt Loh, »das ist die Antwort, und behaupten Sie nicht, Sie hätten das nicht gewollt.«

NACHTGEDANKEN

Er träumt, schreit auf – kommt dann aber in einer Stille aus toten Gewichten und nächtlichem Dunkel wieder zu sich. Barbara drückt mit ihrem ganzen Gewicht gegen ihn: Ihr Körper ist warm und feucht. Sein rechtes Bein ist verkohlt, ein unerträgliches Gefühl. In seinen Augen explodiert ein grelles Licht nach dem andern, ein Licht, das nichts erhellt, nichts ankündigt. Er kann nicht mehr einschlafen; die Schlaflosigkeit, er weiß das, ist ein Zustand, den er einfach ertragen muss.

Baermann sagte: Seien Sie Deutscher, vielleicht gelingt es Ihnen ja.

Und Oestler sagte: Sie sind einfach nur gefühllos.

Und Immanuel: Sie und Ihre schmutzige Unschuld! Entscheiden Sie sich! Zwischen dem Mythos einer verloren gegangenen oder kommenden Gemeinschaft, Ihrem lächerlichen Traum von Universalität und dem unvermeidbaren Bewusstsein von Schmerz können Sie keine Legende erstehen lassen.

Und Moon: Ich bin einen Tag zu früh gestorben, Stevie-Boy. Ein Tag mehr und ich hätte dir die Welt auf einem Silbertablett gereicht, meine Welt. Ein Wort der Unterwerfung. Aber nein, du taugst nichts, tut mir leid, du hast in deinem ganzen Leben noch keine Menschenseele geliebt, und deinen Egoismus konnte man dir auch nie vorwerfen, es war dir egal. Aber ich verzeih dir. Komm zurück. Hier, schau, hier sind meine Hände ...

Und Paul. Er kann es spüren: Selbst Paul schließt sich diesen Anschuldigungen an – über Barbara, deren Vorwürfe er zulässt, die er im Augenblick einfach zulassen muss. Aber sie schlägt sich immer mehr auf Pauls Seite; bald wird sie sagen: Paul ist das Vorbild, nach dem du dich richten musst, wenn du mich haben willst.

Wahrscheinlich kann sie gar nicht anders, denkt er. Ich muss auf ihn hören, ihn ertragen, seinen Platz einnehmen. Ich könnte das auch tun, aber würde sie mich dann wollen? Im Augenblick braucht sie mich noch, aber Paul gewinnt an Boden. Liebe ich sie genug (und wäre das Liebe?), um zuzulassen, dass sie ihr Schuldbewusstsein auf mich überträgt? Muss auch ich um Paul trauern?

Oh, diese verdammten Toten! Immer fordernd, immer insistierend: Dreh dich um! Schau runter! Berühr unsere Gesichter! Umarme uns! Schwör, dass du uns nicht vergisst! – nicht das Andenken an uns, sondern uns, bleibende Materie, unbeugsame ... Körper! Hilflos, feige, impotent! Hasserfüllte Stimmen, gefangen im Raum und nur auf eine Sache fixiert: Zeit.

(Nur Golden ...)

Aber ach! Großer Gott, weiß ich denn, wie stark ich bin? Ja, ich liebe sie. Ich wollte sehen, was sich daraus entwickelt. Ich hoffte, ich dachte ... Das hab ich nie erwartet. Aber was ist dieses »das«? Was hab ich da beschworen? Hab ich die Sache selbst in Gang gesetzt? Wollte ich diese verrückte Konfrontation? Was für eine Erscheinung ist Loh? ... Ein Anderer, der Andere ... wo? Waren der Ort und die Zeit der Geschichte, so wie ich sie erzählt habe, nie mein Ort, nie meine Zeit? Gibt es keinen grundlegenden Unterschied zwischen ihnen? – zwischen Hannes und Paul, zwischen Lokowandt und Loh? Wo bin ich gelandet auf der Suche nach diesem einen Gesicht von Hannes? Gibt es noch eine andere Version von mir, und ist das hier einfach nur verlogene Unschuld?

Wie soll ich das herausfinden?

MORITAT

An einem zu dieser Jahreszeit eher mysteriösen Abend stöckelt die Witwe Barbara in einen Hof hinter dem Alexanderplatz. Sie trägt hohe Absätze, raucht, ist stark geschminkt und auffallend gekleidet. Sie schiebt eine ramponierte, auf die Räder eines Kinderwagens montierte Drehorgel vor sich her. Auf sie folgt Loh, der Bänkelsänger mit Einbrechermütze und rotem Stirnband, nach allen Seiten hin lächelnd. Er hat Paul und Hannes im Schlepptau, zwei unterernährte Gassenjungen, die sich zum Verwechseln ähnlich sehen. Sie schleppen seine Requisiten. Zu guter Letzt erscheint der räudige, hinkende Hotelpagen-Affe an einer langen Leine, die zu Barbaras Takelage gehört.

In der Mitte des Hofs kommt die Prozession zum Stehen, und Lohs Assistenten richten in aller Eile ein eisernes Gestell auf. Aus den Fenstern der umgebenden Häuser hängen gesichtslose Mieter wie Bettlaken aus den Fenstern. Hannes (oder ist es Paul?) lässt von der schiefen Stange des Gestells eine Wachsleinwand herunter, auf der in ungelenker Frakturschrift zu lesen ist:

EINE WINTERTRAGÖDIE

Loh nimmt einen langen Holzstab in die Hand, schlägt damit ein paar Mal auf die Drehorgel (woraufhin die Witwe Barbara sich zu drehen anfängt) und versetzt dem Affen Stefan einen kräftigen Stoß (damit er zu tanzen anfängt), dann schnippst er mit den Fingern in die Richtung seiner beiden Handlanger. Sie enthüllen das erste Bild: Das Innere eines alten Heustalls mit ausgehungerten Pferden. Mit heiserer Stimme fängt Loh an zu singen:

In dieser Scheune zwischen Heu und Pferden
zwei müde Burschen fanden ihre Ruh.
Sie dachten: es wird schon alles wieder werden,
wenn wir im Westen sind, auch ohne einen Sou ...

Die Witwe Barbara winkt und grimassiert zu der anonymen Zuschauergalerie hin. Loh bedeutet seinen Handlangern, das zweite Bild zu enthüllen: Zwei zerlumpte Obdachlose liegen im Heu; von einem Balken über ihren Köpfen baumelt ein Mispelzweig. Lohn zeigt auf sie und singt:

Das ist der Ältere von den beiden,
der eine, der wird schwächer, der andere immer kühner,
der eine hat gar viele Leiden
dem andern erscheint das Leben grüner

Er versetzt dem Affen Stefan einen weiteren kräftigen Stoß, damit er zu hüpfen anfängt, dann zwinkert er seinen Helfern zu, die mit abgewandtem Blick das dritte Bild enthüllen: Mit einem scheußlichen Lachen lässt der jüngere der beiden Burschen eine Axt auf den Kopf seines Kompagnons heruntersausen.

Das ist die schlimmste aller Taten,
so blutig und so schändlich und so traurig
dass nur noch Tränen unsern Zorn verraten,
die Worte fehlen uns, denn es ist allzu schaurig

Von den gebannt lauschenden Häuserfassaden hallt ein ganzer Chor von Seufzern. Der Affe Stefan beginnt zu kreischen und zu protestieren; er versucht, Loh ins Bein zu beißen. Die Witwe Barbara kurbelt etwas langsamer, so dass ein klagender, stampfender Rhythmus entsteht, zu dem Loh auf das Tier einschlägt. Der Stab bricht auseinander, Loh kickt die blutige Masse weg und klatscht in die Hände: Die Musik wird wieder schneller, und das nächste Bild wird gezeigt: Man sieht den jugendlichen, blauschwarz kolorierten Mörder, der breit grinsend die Axt hochhält.

Loh singt:

Ach, hätten sie sich doch getrennt, die Beiden!
Ein Paar wie dieses kann nur Böses wollen
Getrennt, um so die Bluttat zu vermeiden.
Jetzt muss jedoch der Kopf des Mörders rollen!

Aus den Fenstern kommt ein einziger Aufschrei der Empörung; die beiden Handlanger schluchzen lautstark; die Witwe Barbara kneift vor Schmerz die Augen zusammen und dreht ihre Orgel noch langsamer. Das letzte Bild enthüllt Loh persönlich: Über der winzigen, in einer verschneiten Landschaft verlorenen Scheune geht majestätisch die Sonne auf. Loh stellt den Fuß auf den Tierkadaver, öffnet die Arme zum Publikum hin und singt mit großem Pathos:

> Doch lassen wir den Bösewicht
> und gehen zurück in unsere Stuben!
> Was ist die Moral von der Geschicht
> Und aus dem Treiben dieser Buben?
> Man fürchte Gott und liebe alle,
> doch leider tappt man immer wieder
> den bösen Buben in die Falle

Der Applaus lässt die Häuserwände beben. Ein Geldregen von Billionen von Weimarer Banknoten und Zweipfennigstücken begräbt den leblosen Affen unter sich.

DER BETTLER MEINER ART, DER AUF LEUTE IHRER ART TRIFFT

Jetzt wird gleich die Tür aufgehen, und Paul, so wie er leibt und lebt, wird eintreten, ein blasser, selbstbewusster Bräutigam. Ich werde nichts weiter als der verräterische Rauch von Zigaretten sein, der sich verflüchtigen muss.

Sie ist jetzt unberührbar. Aber ich liebe sie.

Sie lieben? Es war hoffnungslos, noch viel hoffungsloser als ich gedacht hatte.

Noch drei Stunden. Ich getrau mich nicht einzuschlafen. Loh hat eine Waffe, gegen ihn komm ich nicht an.

Das ist kein Spiegel: Seine Oberfläche ist wahr.

O dieser ach so zögerliche deutsche Frühling: Wo sind deine wahren Städte, Deutschland? Deine wahren Ausflugsziele?

FRÜHLINGS-ÄQUINOKTIUM

Ich weiß, ich hing
an windigem Baum
neun lange Nächte
vom Speer verwundet
und Odin gegeben
selbst mir selber,
an jenem Baum,
so Niemand weiß
aus welcher Wurzel er sprang.

(Edda, Odins Runenlieder)

WIR STERBEN, UM ZU LEBEN

Stefan hängt über einem riesigen Vakuum, seine Füße befinden sich kilometerweit unter ihm, ihm ist kalt, so kalt wie noch nie. Er starrt in eine weiße Sonne hoch, und obwohl er es immer wieder versucht, kann er die Augen nicht von ihr abwenden. Unter ihm das Durcheinander unendlich vieler Stimmen, deren Geschrei eine Kakophonie unbekannter Sprachen bildet. Wenn er nur sehen könnte, woher sie kommen, dann würden die Schreie schon aufhören, davon ist er überzeugt – doch er kann den Kopf nicht nach unten beugen. Was versuchen seine Füße zu ertasten? Nichts. Er kann zwar die Hände spreizen, aber mit seinen Schultern scheint etwas nicht zu stimmen: Mit Mühe nimmt er die Arme hoch und spürt, dass sie wie riesige Pendel anfangen hin und herzuschwingen. Er geht die Aufstellung seines unsichtbaren Körpers durch und hakt einen Körperteil nach dem andern ab: Jede Extremität hat eine Stimme, mit der sie antwortet. Und jede Stimme, die er identifiziert, fängt an, sich auszudehnen und den luftleeren Raum unter ihm zu füllen, und das mit erschreckender Ausschließlichkeit. Wenn er nur sehen könnte!

Jetzt ist nur noch sein Gesicht übrig, aber er fürchtet sich davor, es zu beschwören. Seine Augen hat er bereits aufgerufen und schließt sie, als sie anschwellen: Die weiße Sonne ist immer noch über ihm: Er öffnet den Mund, und seine Stimme vereinigt sich mit den unzähligen Stimmen unter ihm. Aber sie geht sofort in ihnen unter, und er kann sich selbst nicht mehr hören …

Inzwischen ist er nur noch Auge, und dieses Auge starrt auf eine Art Kreuzigungsszene, die ihm vertraut vorkommt. Die weiße Sonne steckt in ihm, sie ist so hartnäckig wie ein kalter, schmerzender Zahn. Er umkreist seinen schwebenden Körper, erforscht seine Umrisse, liest seine Linien in dem grellen Licht, das er ausstrahlt, zählt die Poren, die Vertiefungen, die feinen Haare, die sich wie Seegras auf ihm bewegen, die Leberflecken, die wie Ölflecken aussehen. Der Nabel ist ein flacher Krater; aus einer Quelle gleich neben ihm strömt ununterbrochen ein dünner blauer Faden zu den seichten Stellen, wo sein gestrandetes Geschlechtsteil hängen blieb. Er bewegt sich weg, auf eine unbekannte Geographie zu, in der das Auge aller Wahrnehmungen außer seiner eigenen beraubt ist; er selbst ist taub und kann die Stimmen nicht registrieren. In einer Meeresenge gleitet er an den Klippen einer Inselkette entlang, von dem unterschwelligen Geruch seines Todes eingehüllt.

Am Hinterkopf zögert er kurz, bevor er in ihn eindringt, um die Welt seines Körpers wieder in Besitz zu nehmen ...

Trotz seiner überdimensionalen Ausmaße wird Stefan durch eine extrem enge Öffnung gesaugt, und als zu guter Letzt sein Kopf durchkommt, schreit er vor Schmerz laut auf und hört endlich seine Stimme wieder. Sofort sind auch alle anderen Stimmen wieder da, dieses Mal ganz deutlich und vertraut, aber er ist zu erschöpft, um zuzuhören und sie zuzuordnen. Regungslos liegt er da und fühlt die Nähe bestimmter Formen; mit geschlossenen Augen lässt er sich treiben, und es wird ihm immer wärmer, eine hereinkommende Flut überspült ihn mit einer Woge nach der andern, während er seine Passivität und die sanfte Wiederherstellung seines Körper genießt.

LOTS FRAU

»Stefan ...«

Er versucht, die Augen zu öffnen, aber sie sind fest versiegelt.

»Stefan.«

Er öffnet den Mund und weiß einen Augenblick lang nicht, wie er einen Laut formen soll.

»Ich bin's, Barbara ...«

Er konzentriert sich auf ihre Stimme.

»Du hast geschrien. Ist alles in Ordnung?«

Er fährt sich mit der Zunge über die Lippen; seine Augen wollen sich nicht öffnen. »Ja«, sagt er. »So weit so gut.«

»Soll ich einen Arzt rufen?«

»Nein, nicht nötig, es ist vorbei.«

»Was ist passiert?«

Er versucht zu lächeln. »Das ist nichts Neues. Es ist gleich vorbei.«

»Du warst einfach weg; das hat mir Angst gemacht.«

»Bist du schon lange hier?«

»Seit ein paar Minuten. Als ich hochging, traf ich D-J, er wusste nicht einmal, dass du, dass wir, zurück sind. Was hast du?«

»Ich bekomm die Augen nicht auf, das ist alles.«

»Du musst völlig ausgehungert sein ... kann ich dir was holen?«

Er lässt den Kopf auf dem Kissen hin- und herrollen. »Nein, ich bin einfach nur erschöpft, aber es ist vorbei ... Ist es Nacht?«

»Nein, Dienstagfrüh.«

»Drei Tage?«, fragt er ungläubig. Er schüttelt den Kopf und lacht.

»Warum lachst du?«, fragt sie.

»Ich muss gewusst haben, dass es nicht Nacht sein kann.«

Einen Augenblick lang sagt sie nichts, dann: »Ich fahr nach Hanau.«

»Wann?«

»Demnächst ... Max ist krank; mein Vater hat angerufen.«

»Oh?«

»Es ist nur eine Erkältung, aber er hat schwache Lungen ... Und dann hab ich ihn seit Weihnachten nicht gesehen, ich vermisse ihn«, sagt sie leicht defensiv.

»Ich hab ihn überhaupt noch nie gesehen«, sagt er. Sie reagiert nicht. »Wann kommst du zurück?«, fragt er.

»Ich bleib nur ein paar Tage. Auf keinen Fall länger. Es gibt einiges zu tun hier«, antwortet sie. »Wenn du Lust hast, kannst du morgen nachkommen?«

»Wohin?«

»Nach Hanau – es gibt ein Gästezimmer.«

Auf seiner Stirn erscheinen Falten; nervös kichernd erklärt er: »Irgendwie krieg ich die Augen nicht auf – vielleicht will ich ja auch nicht. Es ist verrückt.«

Sie fährt leicht mit den Fingern darüber. »Sie sind total verklebt ... Kommst du nach?«

»Vielleicht«, lügt er und tastet nach ihrer Hand. Sie legte sie in seine; er drückt sie.

»Bist du denn da, wenn ich zurückkomme?«, fragt sie in einem merkwürdigen Ton.

Er bewegt die Lippen, antwortet aber nicht.

»Wahrscheinlich nicht, oder doch.« Es ist keine Frage; er runzelt die Stirn: Sie legt ihm die Hand auf die Stirn.

»Bitte nicht«, sagt er, als würde es wehtun.

Sie nimmt die Hand weg. »Ich muss gehen. Der Zug fährt um zwei, und ich muss noch meine Tasche packen. Brauchst du etwas?«

»Nein, ich möchte nur schlafen; ich kann noch nicht klar denken ...«

»Ich sag Frau Isenfels, sie soll mal reinschauen.«

»Nicht nötig, es ist wirklich in Ordnung.«

»Bist du sicher?«

»Ja«.

Schließlich nimmt sie ihre Hand aus seiner und steht auf.

»Na, gut«, sagt sie.

»Barbara ...«

»Ja?«

»Ich möchte nur sagen ... Ich liebe dich, ja, ich liebe dich.«

Keine Antwort; ihre Lippen machen ein seltsam schmatzendes, feuchtes Geräusch, das er wahrnimmt.

»Bekomm ich einen Kuss?«, fragt er.

Sie beugt sich zu ihm hinunter, sich mit den Händen auf dem Bettrand abstützend, und ihre Lippen berühren seine. Er nimmt die Arme hoch, legt sie um sie und zieht sie zu sich herunter. Sie verliert das Gleichgewicht, löst sich aus seiner Umarmung und steht auf.

»Auf Wiedersehen!«, sagt sie, als würde sie ihn zurechtweisen, und wiederholt in einem anderen Ton, schon etwas weiter weg: »Auf Wiedersehen, Stefan.« Stefan beißt sich auf die Lippen, er hört, wie sie die Tür aufmacht, und sagt dann mit gedämpfter Stimme: »Leb' wohl Barbara ...«

Er weiß nicht, ob sie ihn gehört hat oder nicht, aber bevor die Tür ins Schloss fällt, herrscht einen Augenblick lang Stille. Und er versinkt beinahe sofort in einen tiefen, traumlosen Schlaf.

ANONYMES LEBEN

Stefan reibt sich die Augen, bis er sie schließlich aufbekommt. Es ist dunkel. Er setzt sich auf; das Blut strömt ihm in die Füße wie flüssiges Blei, verfestigt sich und prallt von den Innenwänden ab; er vergräbt das Gesicht in den Händen und hält dabei den Kopf tiefer, um nicht ohnmächtig zu werden. Nach einer Weile steht er vorsichtig auf, geht zum Fenster und schaut hinaus. Über der Kirche hängt ein Vollmond; die Kirchturmuhr zeigt halb acht.

Im Spiegel examiniert er seine gelben Augen, sein fahles Gesicht, seinen Dreitagebart. Er schüttelt den Kopf, fährt sich durchs Haar und beginnt sich anzuziehen, nervös über den Schwindel kichernd, der ihn erfasst. Er zieht an seinem Mantel und verliert seinen Pulloverärmel irgendwo auf Ellbogenhöhe.

DER INKUBUS DES DICHTERS WIRD ABGEWORFEN

Barbara steigt aus dem hinteren Wagon des gelben Schienenbusses, wird von einem heftigen Niesen geschüttelt, springt über den Straßengraben, rutscht auf der anderen Seite aus, ihre Reisetasche platzt auf, und der Inhalt ergießt sich auf das Gras. Gereizt kniet sie auf den Boden und schaufelt alles wieder in die Tasche zurück, ohne die Tränen wahrzunehmen, die ihr über die Wangen laufen. Paul ist tot. Sie schließt die Tasche, und ihr Blick fällt auf ihre Handrücken; sie nimmt sie automatisch hoch und hält sie sich vor die Augen, dreht sie etwas, so dass das Licht von der Seite auf die Venen fällt und beugt sich dann etwas vor, um sie zu inspizieren. Paul ist tot. Ihr Pullover rutscht nach oben und ein Stückchen nackter Rücken wird sichtbar. Sie kippt auf den Absätzen leicht nach hinten, nimmt eine kauernde Position ein und richtet sich dann wieder auf. Im Gras liegt wie ein silbernes Gekritzel ein Amulett an einem dünnen Kettchen. Paul ist tot. Die Tasche schwenkend läuft sie mit zerzaustem Haar die Martin-Luther-Straße hinunter. Das Licht am Hauseingang brennt. Es wandert über die senkrechten Vordachstützen. Sie springt die Treppenstufen hoch, und ohne die Schmerzen in ihrer linken Brust zu beachten, klopft sie an die Tür. Schritte: ihr Vater. Die nackten, tapsenden Füße eines Kindes: Max! Um ihn zu begrüßen, geht sie in die Knie. Paul ist tot. Leb' wohl, Barbara!

DER MENSCH IST EIN WUNDERBARES, ABER VERWUNDBARES TIER

Das Oleo brummt. Der fette Carlo schwitzt hinter seiner Theke, er stippt und drippt pausenlos in die Eisbehälter. Als Stefan hereinkommt, blickt er kurz auf, grinst, und macht weiter. Die im linken Teil angesiedelte Moped-Gestapo fragt Emile, einen fünfzigjährigen, spastischen

Alumnus von Theresienstadt, nach dem *Stürmer*. Doch er hat nur noch die *Abendpost*. Eine Busladung bayerischer Touristen mit Strohhüten hat den polnischen Korridor besetzt, und dicht hinter ihnen verschlingt eine Gruppe junger Italienerinnen und Schwedinnen aus dem Übersetzer-Institut ihre Spaghetti und beschaffen drei Jugendlichen vom Englischen College, einem Prinzen mit einem Porsche und einem amerikanischen GI namens Tannenbaum, eine Übernachtungsmöglichkeit.

Fräulein Gerber ist zur Abendvorstellung im Studio-Lux aufgebrochen, wo *Das Flötenkonzert von Sanssouci* gezeigt wird, ihr absoluter Lieblingsfilm.

Stefan hängt seinen Mantel an die Garderobe und setzt sich in die hinterste Ecke, mit dem Rücken zum Spiegel. Frau Riegel kommt herangeeilt: Er bestellt eine heiße Schokolade, zieht seine Zigaretten heraus, zündet sich eine an und stützt die Ellbogen auf dem Tisch auf. Er weiß nicht, warum er hierhergekommen ist: die Macht der Gewohnheit höchstwahrscheinlich, doch von den Gästen kommt ihm keiner bekannt vor. *Eine Kleine Nachtmusik* kommt aus der Musikbox. Die Bayern brüllen vor Lachen und bestellen sich ein Bier nach dem andern. Emile schreit mit schriller Stimme die Gestapo an. Der bebrillte, große, amerikanische Archäologe am Nebentisch wird immer nervöser. Stefan blendet den Lärm aus und versucht zu überschlagen, wie oft er schon mit Barbara hier gewesen ist. Abgesehen von dem letzten verschmelzen alle Gäste zu einem einzigen: Auf den Stühlen sitzen immer die gleichen Wachsfiguren. Zum ersten Mal seit seiner Rückkehr nach Deutschland hat er den Eindruck, tatsächlich auch in Deutschland angekommen zu sein. Mittelalterlicher Karneval, spitz zulaufende Giebeldächer und sich neigende Mauern: Schnappschüsse von Schlössern: Polyphonie: übertapezierter Gips: Konditoreien. Aus irgendeinem Grund blieben die Stadtmauern unversehrt. Plötzlich gibt es zwischen seinem affektiven Gedächtnis und den zufälligen Gestalten an diesem Ort und zu diesem Zeitpunkt tatsächlich eine Verbindung. Er fasst sich an die Stirn: Sie fühlt sich immer noch etwas fiebrig an. Selbst Berlin (inzwischen schon weit weg) und Loh (er spricht den Namen leise und mit übertrieben gespitzten Lippen aus und zuckt zusammen, als sein Herz nicht schneller geht), ja, vor allem Loh, gehören zu dieser Zwischenwelt, in die ihn Immanuel mitgenommen hatte, und nicht zu dem Deutschland, an das er sich erinnert, er hat damit nichts zu tun. Aber wenn nicht er, wer dann? – Alles ist Lärm, Bewegung, und an diesem Abend vor allem das Durcheinander von Stimmen. Aber die Gestalten sind konkret genug, und auf jeden Fall auch präsent genug. Zumindest als Hypothese. Aber er bemerkt, dass er sie nicht ernst nimmt, und zum ersten Mal sieht er in seiner Gleichgültigkeit auch eine Warnung: Ist er bereit, ihnen zu verzeihen, aber was will er überhaupt verzeihen? Dass sie so sind, wie sie immer waren? Waren Abwesenheit und Ausgrenzung nur sein Problem? Wenn ja, dann hätte er sich auch alles Übrige ausgedacht. Er denkt: Das lässt sich nicht sagen, nicht, wenn ich von mir ausgehe. Ein rationales Gegenargument: Wenn das, was passiert ist, nicht einem selbst widerfahren ist, wem ist es dann widerfahren, und was hat man wiederum selbst erlebt? Er lächelt über seine eigene Spitzfindigkeit: Er ist immer noch krank. Ja, sein Lächeln gilt ihm selbst. Nicht ihnen.

Sein Kakao kommt; er sagt »Danke schön!« und Frau Riegel entfernt sich wieder. Automatisch sucht er in seiner Tasche nach Kleingeld, legt sechzig Pfennige auf den Tisch, schlürft das Sahnehäubchen herunter, fährt sich mit dem Handrücken über den Mund und lässt den Rest stehen.

Plötzlich bläht ein Windstoß die schweren Türvorhänge auf. Zwei kleine Hände erscheinen in dem Spalt und schieben sie auseinander. Zwei Kinder kommen herein: zuerst ein sehr dunkelhäutiges, ungefähr zwölf Jahre altes Mädchen, zu dem die Hände gehören, und dann ein kleiner Junge von zehn Jahren. Man sieht sofort, dass es Zigeunerkinder sind. Beide stecken in viel zu großen, knöchellangen Mänteln und haben dasselbe Lächeln aufgesetzt. Frau Riegel geht mit den funkelnden Augen einer erzürnten Bäuerin auf sie zu, und ihre Hände flattern schon bei dem Gedanken, die beiden Eindringlinge wieder hinauszuscheuchen. Aber der fette Carlo lehnt sich über den Tresen und stoppt sie mit einem Eisportionierer. Sie verschränkt die Arme und wartet ab.

Die beiden Kinder bleiben im Türrahmen stehen, bis sie alle Blicke auf sich gezogen haben. Dann tritt das Mädchen vor und erklärt mit fester, klarer Stimme:

»Wir ... sind ... Akrobaten!«

Ein paar Leute lachen, ein, zwei klatschen. Ohne den Kopf zu bewegen, das Kinn hochgereckt und ihren Spruch noch etwas hinauszögernd, blickt sich das Mädchen scharf um. Die Leute verstummen. Nur die Musikbox dudelt weiter: Glenn Millers *Chattanooga Choo Choo*. Das Mädchen hebt mit dramatischer Geste den Arm (er steckt in einem riesigen Ärmel), die Hand ist steif nach hinten gebogen. Sie fährt sich mit der Zunge über die Lippen. Ihre Hand senkt sich, als wäre sie auf einer Spirale, und zeigt auf einen der bayerischen Gäste:

»Wenn der Herr ... mit dem wuuuderschööönen Hut (Gelächter) ... so nett ist und uns bei unsern Vorbereitungen etwas hilft ... dann können wir gleich anfangen!«

Der nicht nur leicht angetrunkene Herr mit dem schööönen Hut wird von seinen Freunden auf die Beine gestellt und wartet, etwas verunsichert von all den Blicken, die auf ihn gerichtet sind, auf weitere Befehle. Das Mädchen macht einen Schritt auf ihn zu: Massig und leicht schwankend blickt er nervös um sich und starrt auf sie hinunter. Sie wedelt mit dem Arm (Ärmel):

»Die Tische da – zurückschieben! Einen Tisch abräumen und hierher rücken!«

Der Bayer setzt sich blitzschnell in Bewegung. Die Leute der weggeräumten Tische werden umgesetzt. Er hebt einen Tisch hoch: Ein Löffel rutscht auf den Boden. Carlo versetzt Frau Riegel einen kleinen Stoß, die daraufhin die leeren Flaschen und die schmutzigen Teller einsammelt. Das Mädchen tänzelt zu dem Jungen zurück, der sich nicht von der Stelle gerührt hat, und beide lassen gleichzeitig ihre Mäntel fallen, so dass ihre bunten, aber verdreckten und geflickten Harlekin-Strumpfhosen zum Vorschein kommen. Sie werfen sie über einen Stuhl am Gestapo-Tisch (Emile ist entkommen) und gehen in die Mitte des Raums, wo genügend Platz geschaffen und der leere Tisch vorbereitet wurde. Das *Choo-Choo* ist zu Ende; mehr *Nachtmusik*. Mechanisch macht das Mädchen ihren Knicks, der Junge überkreuzt die Füße, breitet die Arme aus und verbeugt sich beinahe bis zum Boden. Das Mädchen legt den Kopf etwas zur Seite und reckt dabei das Kinn; sie setzt ein lächerlich professionelles Lächeln auf, entblößt die Zähne und gibt dann bekannt:

»Meine Damen und Herrn! Bitte alle herhören! Heute Abend, und nur heute Abend ... haben Sie die einmalige Gelegenheit ... sich eine wirklich ... außergewöhnliche Vorstellung von Akrobaten anzuschauen! Mein Bruder (sie streckt auf ihn weisend die Handfläche aus: Er lässt seine Zähne blitzen) und ich (sie neigt ihren Kopf, um ihn gleich wieder hochschnellen zu lassen) werden zu Ihrem Vergnügen ... einige unserer tollkühnsten... atemberaubendsten ... unvergleichlichsten akrobatischen Nummern zeigen.«

Applaus. Sie verneigt sich. Ihr Bruder ebenfalls. Sie schnippt mit den Fingern: Der Junge, todernst, geht einen Schritt vor, legt die Hände auf den Tischrand, wirft die Beine in die Luft, verharrt einen Moment in einem Handstand, setzt erst den einen und dann den andern Fuß auf den Tisch und schnellt in eine aufrechte Position zurück. Applaus. Das Mädchen streckt die Hände aus, geht ein, zwei Schritte zurück, trippelt zum Tisch, hebt abrupt ab, macht einen Salto in der Luft und landet in der Hocke neben ihrem Bruder. Sie springt auf. Mehr Applaus. Beide verbeugen sich und hüpfen vom Tisch.

Stefan hat seit dem Auftauchen der beiden Kinder das Mädchen nicht aus den Augen gelassen. Seine erste Reaktion ist, sich verlegen umzudrehen, sieht sie aber dann in dem Spiegel hinter ihm, mit dem er nicht gerechnet hat. Er nimmt also wieder seine alte Position ein und schaut gebannt zu. Als es klar ist, dass sie die Situation im Griff hat und dass sie bleiben würde, überkommt ihn ein seltsames Gefühl der Verbundenheit, der Identifikation, das ihn verwirrt und neugierig macht. Hinter der glatten Fassade ihres Auftritts, hinter dem Ernst eines überstrapazierten und unterernährten Körpers, hinter dem diktatorischen Auftreten und einem bewusst konfrontativen Verhalten, das ihr hilft, sich durchzusetzen, weil es keinen Raum für Zweifel lässt – hinter all dem sucht er nach etwas: nach einem Phantom, einer Bestätigung seines Gefühls, nach Hinweisen auf ein vergessenes Selbst. Er sieht nur einen Körper, der sich einer Disziplin unterwirft, die nicht von außen kommt, nicht von den Zuschauern und nicht einmal von dem kühnen Akt, den er vorführt, sondern von einem schwer zu beschreibenden Selbstverständnis dieses Körpers (soweit er das nachempfinden kann) als einem Instrument. Dieses Instrument reicht so weit, dass es seine Umgebung unweigerlich erreicht, und je schwieriger die Aufgabe ist, desto brillanter scheint es sie zu bewältigen – wie in einer Art implizitem Einvernehmen mit den Zuschauern, obwohl sich diese nolens volens seinen Darbietungen unterordnen. Aber sie werden nicht funktionalisiert; nein, seit ein paar Minuten (wessen Minuten?) sind sie von der Pflicht befreit, zuschauen zu müssen, entscheiden zu müssen. Sie haben einfach nur reagiert. Und auch Stefan hat sich diesem flexiblen Instrument untergeordnet und den Gedanken an etwas Persönliches hinter dem reibungslosen Ablauf aufgegeben, um sich ganz seinem Vergnügen als Zuschauer hingeben zu können.

Der Applaus hat aufgehört: Die Körper des Jungen und des Mädchens fügen sich ineinander und lösen sich wieder wie die Teile eines chinesischen Legespiels. Alle scheinen in einem einzigen tiefen und siegreichen Atem gefangen, Atemluft, die hochgestiegen ist und gehalten wird und jetzt darauf wartet, entweichen zu dürfen. Der Junge ist so angespannt, dass er zittert, seine Schenkel sind schweißbedeckt, seine Zähne aufeinandergepresst, seine Augen blicklos, während das kleine Mädchen alles mühelos zu bewältigen scheint. Seine dunkle Haut ist trocken. Nur das Weiß ihrer Augen glänzt, und ihr Lächeln ist immer gleich unpersönlich, künstlich, herausfordernd: Zwischendurch verständigt sie sich durch gezischte Befehle und halbe Worte mit ihrem Bruder. Er steht abwartend dabei, während sie im Spagat auf dem Tisch landet, ihr hinteres Bein herumwirbelt und am Tischrand sitzen bleibt. Sie lehnt sich leicht zurück, nimmt beide Beine hoch, schiebt die Füße unter ihren Körper und rutscht etwas weiter nach hinten. Sie streckt dem Jungen ihre Hände entgegen und faucht ihn an; nach einem kurzen Sträuben springt er nach vorne, legt seine Hände auf ihre Knie, rollt sich zusammen, um dann mit einem vollen Handstand auf sie zu springen. Dann tauschen seine Hände plötzlich ihren Platz, und er setzt erst den einen und dann den andern Fuß auf ihre ausgestreckten Hände. Ihre Beine gehen nach oben: Sie hat immer noch dasselbe starre Lächeln, während der Junge vor Anstrengung die Stirn kräuselt. Sie platziert die Ellbogen seitlich neben ihrem Körper auf den Tisch, schiebt die Füße des Jungen zusammen und stemmt gleichzeitig ihre Beine hoch: Der Junge lässt ihre Knöchel los und steht mit ausgestreckten Armen auf ihren Händen. Er beugt die Knie, sie stößt ihn nach oben, und er katapultiert sich vom Tisch; das Mädchen lässt die Hände auf den Tisch fallen und geht sofort in einen Handstand über, sie spreizt die Beine, bis sie einen überstumpfen Winkel bilden, schaukelt etwas vor und zurück und landet dann mit einem Radschlag neben ihrem Bruder auf dem Boden. Der Junge wischt sich die Nase an seinem Ärmel ab: er taumelt vor Erschöpfung. Der Mädchen verneigt sich und entlässt ihn und ihre Zuschauer: Die Vorstellung ist zu Ende.

Stefan sitzt regungslos da und beobachtet immer noch wie in Trance das Mädchen. Sie sagt etwas zu ihrem Publikum, was er nicht versteht. Ihr Bruder ist wieder in seinen Mantel geschlüpft und sammelt an den Tischen bei der Tür Geld ein, die Manteltaschen weit aufhaltend (was ihn wie einen absurd kleinen, hochschwangeren Bären aussehen lässt). Das Mädchen hat sich ihr Tamburin geschnappt und geht zu den hinteren Tischen, wo sie mit demselben starren Lächeln die Leute ermunternd anstubst und gleichzeitig mit scharfem Auge jedes Geldstück registriert, um immer wieder mit tonloser Stimme und automatischem Zungenklick »Danke!« zu sagen.

Als Stefan sie kommen sieht, ist seine erste Regung wegzurennen. Doch er weiß, er kann nicht. Und er fragt sich, ob es vielleicht noch etwas anderes als ihr extrem kontrolliertes Verhalten gibt. Warum hat ihr Auftauchen all diese Gefühle bei ihm bewirkt? Warum hat es überhaupt Gefühle bei ihm bewirkt? Wahrscheinlich versteckt sich hinter dieser perfekten Disziplin ein Kind, das bereits so geschädigt ist, dass man es nicht mehr erreichen kann, selbst wenn man den Willen, das Verständnis oder das Einfühlungsvermögen aufbringt – ein Kind, das (wie er) so verschlossen ist, dass es keine Nähe zulässt oder das, falls es doch reagiert, viel zu klug und abgebrüht ist, um sich auf irgendetwas einzulassen. Wie gelähmt bleibt er auf seinem Platz sitzen und überhäuft sie mit allen möglichen hypothetischen Anschuldigungen, Vorwürfen, Zweifeln, gleichzeitig gedemütigt durch diese krasse Projektion seiner selbst.

Als sie aber auf ihn zukommt – er ist als einziger übrig, nur in seiner Ecke herrscht noch Schweigen und Widerstand, um ihn herum haben alle bezahlt und vergessen bereits –, verwandelt sich der dramatische Augenblick in etwas Anekdotisches, in einen bedeutungslosen und ungefährlichen Bodensatz von Erinnerungen – und als sie jetzt ihr Tamburin fordernd vor seinem Gesicht schwenkt, weiß er plötzlich, was er tun muss; er nimmt seinen ganzen Mut zusammen und blickt ihr in die Augen. Sie zögert einen Augenblick, blickt ihn vollkommen teilnahmslos an, und schüttelt dann wieder ungeduldig und herausfordernd das Ding, entschlossen, ihn aus der Fassung zu bringen.

Aber er ist sich seiner Sache sicherer geworden; seine Hände entspannen sich, er spürt, wie er von einer Woge des Selbstvertrauens getragen wird, und setzt ein breites Grinsen auf. Sie starrt ihn an, ohne auf ihn einzugehen, bis schließlich ein leichter Schleier der Erschöpfung ihre Augen überzieht. Es gelingt ihr, nicht zu blinzeln: Die beiden roten Pünktchen in ihren Augenwinkeln schwellen an, und sie senkt langsam ihr Tamburin; ihre Lippen zucken ein, zweimal und dann – oh! Sie schenkt ihm ein Lächeln, ein echtes, schmelzendes Lächeln, ein unerträgliches Lächeln, das er halten kann, bis es ihr Gesicht auftaut, und sie zu dem macht, was sie ist – zu einem zwölfjährigen Mädchen. Instinktiv streckt er die Hände aus, um ihre Hände in seine zu nehmen: Das Tamburin klingelt; ihre Hände erschlaffen, geben nach. Er beugt sich zu ihr herunter und küsst sie auf die Stirn; sie murmelt etwas – ist es Schmerz? Freude? Er lässt sie los, erschrickt, verliert die Kontrolle über das überwältigende Gefühl, das in ihm aufsteigt, ein Gefühl, das er nicht benennen kann, das ihn aufbrechen wird, auseinanderbrechen lässt, er weiß das und möchte schreien, er schnappt sich seinen Mantel und rennt aus der Tür, erschüttert von dem Wissen um herannahendes Leben.

ISMAEL AM ANDERN UFER

Wie betäubt wandert er leichtsinnigerweise mit offenem Mantel über die alte Brücke und folgt dann dem Fluss in Richtung Neuenheim; er lässt den Mond nie aus den Augen, er ist süchtig nach ihm und immer noch leicht fiebrig. Über seinem Kopf gleiten Scheinwerfer vorbei, das schwarze Hochwasser des Neckars saugt an dem Gras unter seinen Füßen; er versucht, den Mond zu enträtseln: Er weiß nicht einmal, welcher Tag es ist, kommt aber zu dem Schluss, dass es nach dem zwanzigsten sein muss, um die Tag- und Nachtgleiche – doch das ist weniger eine Schlussfolgerung als Wunschdenken.

DIE WOHNWAGEN GOTTES

Die Kirchuhr schlägt zehn, als er über die Steinpfeilerbrücke geht: Er ist schon seit ungefähr einer Stunde unterwegs. Vor ihm liegen die Festwiesen, aber es brennen kaum noch Lichter. Er geht weiter und erreicht einen Feldweg, der an einem offenen Feld entlangführt. Er folgt ihm: Ganz in der Nähe entdeckt er eine Reihe von Wohnwagen – es sind einzelne, aus Holz gezimmerte Wagen auf Stützböcken oder Holzblöcken und ein paar schwarze Autos. Am Ende der Wagenreihe angekommen, sieht er hinter dem letzten ein Feuer brennen, um das sich ein halbes Dutzend Zigeuner geschart hat, die sich mit gedämpfter Stimme unterhalten. Stefan kommt näher: Sie sehen ihn und verstummen.

»Was wollen Sie?«, fragt ein alter Mann ungehalten.

»Nichts, ich ...«

»Warum sind Sie dann hier?«

»Diese Kinder, *kako* ...« Das Wort entschlüpft ihm einfach.

»Ah? *Halt tu minna yo mello rom?* (Bist du einer von uns?) Komm etwas näher, damit ich dich sehen kann.«

Stefan geht einen Schritt auf sie zu. »Diese Kinder ...«, sagt er unbeholfen.

»Welche Kinder?«, fragt der alte Mann und schaut ihn an. »Bist du nun einer von uns oder nicht? Sag schon!«

»Ja«, sagt Stefan mit einem Achselzucken.

»Dann setz dich zu uns.«

Ein ungefähr sechzehnjähriger Junge meldet sich zu Wort: »Ich denke, er ist ein *busno*.«

»Halt den Mund«, sagt der alte Mann. »Niemand interessiert es, was du denkst. Ich hab ihn eingeladen, sich zu uns zu setzen.« Er wendet sich Stefan zu und fragt ihn etwas freundlicher: »Wie heißt du?«

»Stefan Brückmann.«

»Hah!«, ruft der Junge

»Und dein anderer Name?«

»Murshkar«, erwidert Stefan leise, froh, so nahe am Feuer zu sein, da es die Röte, die ihm ins Gesicht schießt, überdeckt.

Der Junge lacht hämisch.

»Ich hab dir gesagt, du sollst still sein!«, befiehlt ihm der alte Mann. »Diese Kinder«, fragt er freundlich, »haben sie dich hierhergeschickt? Wir haben dich nicht erwartet.«

»Nein. Ich dachte nur, ich könnte sie hier finden ... es ist aber nicht so wichtig.«

»Woher kommst du?«, fragt ein Mann, der auf der anderen Seite des Feuers sitzt.

»Die Fragen stelle ich«, sagte der alte Mann. »Wie geht es deiner Mutter, deinem Vater, deinen Schwestern und Brüdern?«, erkundigt er höflich.

»Sie sind tot, *kako*.«

Der alte Mann nickt verständnisvoll, als hätte er es gewusst. »Du sollst all die Jahre leben, die sie nicht gelebt haben – ist es lange her?«

»Ja, ziemlich lange.«

»Hast du eine Zigarette?«, fragt der alte Mann.

Stefan reicht ihm seine Packung: Der alte Mann nimmt sie, reicht sie weiter und gibt ihm die leere Packung wieder zurück.

»Wie lange bleibt Ihr noch?«, fragt Stefan.

»Morgen früh brechen wir auf«, sagt der alte Mann und zündet sich seine Zigarette mit einem brennenden Zweig an.

»Und wohin geht Ihr?«

»Oh, zuerst für eine Weile nach Norden, dann nach Westen und dann nach Süden«, sagt er vage.

»Wir gehen auch nach Saintes-Marie, zu dem Fest!«, fügt der Junge hinzu.

»Ja, früher oder später gehen wir auch dahin«, meint der alte Mann. »Warst du schon einmal dort?«

Stafan schüttelt den Kopf

»Sie kennen es auch noch nicht«, der alte Mann zeigt auf die Runde. »Aber ich war schon oft dort, damals, als wir *rom* noch nicht motorisiert waren und später dann mit dem Wohnwagen meiner Eltern und nachdem ich geheiratet habe, mit meinem eigenen. Meine Frau ist schon lange tot, und meine Kinder auch, bis auf den da (er zeigt auf den Jungen): Er heißt Farthi. Er ist schon in Ordnung, aber die andern, die gestorben sind, waren besser. Alles war besser, je länger es her ist, desto besser – für uns zumindest – aber vielleicht täusch ich mich da auch, ich bin eben ein *phuro rom* ...« Er verfällt in längeres Schweigen, dann fragt er plötzlich: »Kannst du schreiben? Hast du Schreiben gelernt?«

»Ja«, sagt Stefan zögernd.

»Siehst du!«, ruft Farthi. »Er ist ein *lavengro*! Er will nur über uns schreiben und uns ausspionieren!«

»Ha!«, schnaubt der alte Mann. »Was könntest du ihm schon erzählen?«

»Ich hab mal einen *lavengro* gekannt«, behauptet der Mann, der ihnen gegenübersitzt. »Er war ein echter Gentleman, ein richtiger *baro rai*. Er hat auch richtig gut bezahlt.«

»Deswegen bin ich nicht hier«, protestiert Stefan.

»Schhht«, sagt der alte Mann. »Kümmere dich nicht um ihn. Wir haben unsere Leben, du hast deines. Ich hab ja nur gefragt; du gefällst mir, ich werde dir eine Geschichte erzählen, für umsonst, ich kenne alle *paramishe*, die's gibt – selbst eine, deren Held Murshkar heißt.«

»Klar doch!«, ruft Farthi. »Es gibt aber keine solche Geschichte. Sonst hätten wir sie schon gehört!«

»Weil sie nicht für deine Ohren war, deshalb hast du sie nicht gehört«, sagt der alte Mann; er rückt etwas näher an das Feuer heran und breitet die Hände aus ...

MURSHKARS GESCHICHTE

Brüder! Seelenbrüder! Rückt zusammen und hört mir zu. Ich erfreue mich bester Gesundheit und hoffe, Ihr euch auch, und wenn nicht, geb ich euch was davon ab! Hört mir gut zu und schenkt meinen Worten Glauben.

All das geschah zu einer Zeit, in der es manches noch gab und manches noch nicht, wie mir ein Mann erzählte, der's mit eigenen Augen gesehen hat. Die Zeiten waren vorbei, als die Männer alle noch Könige waren – doch die Roma hatten immer noch einen richtigen König, er war wohlauf und wurde von allen Stämmen anerkannt. Er herrschte über die Puszta und die Délibáb darüber. Und er hielt Hof in einer Stadt, die sich über zwei Seiten eines Flusses erstreckte.

Sein Karavan war der schönste zwischen Theiß und Rhone. Das Holz seiner Rundbögen war dunkler als die dunkelste Braue, die Nägel waren aus Messing und glänzten wie die Augen einer Braut. Der Baldachin war aus Lammwolle und mit Goldfäden durchwirkt, seine gelben Troddeln glichen in Streifen geschnittenen, dünnschaligen Zitronen. Unter dem Fahrgestell (gut versteckt) befand sich eine Kiste mit einem Riesenvermögen – mehr Gold und Silber, als Ihr es je in euerm Leben gesehen habt oder sehen werdet. Dieser Schatz hat seinem Vater und dem Vater seines Vaters gehört, aber weder der König, noch sonst ein *rom* durfte das Gold vor dem Tag unserer Rückkehr in die Heimat anrühren (ansonsten würden die *mulos* in der Nacht – noch in dieser Nacht! – zurückkommen und uns zwischen den Zähnen zermalmen).

Die Zeit verging, bis dann eines Tages der König, der sich alt und gebrechlich fühlte, seinen einzigen Sohn, den Prinzen mit dem Namen Murshkar, zu sich rief und sagte: »Mein Sohn, es ist an der Zeit, dass du heiratest. Auf meinem Haupt lastet das Gewicht vieler Tage und es wird nicht viele weitere ertragen. Mach dich auf und finde eine Frau, eine Prinzessin, und mein *vardo* und alles, was ich besitze, wird dir gehören. Du wirst einen Beinamen tragen und der Hüter eines Vermögens sein, das bis zu unser aller Rückkehr in die Heimat nicht angetastet werden darf. Eines Tages werden die Frauen, die meinen Tod beklagen, auf dich hören und verstummen und mit ihren ausgerauften Haaren deinen Weg polstern.« Er ließ ein schönes, kräftiges Pferd vorführen und schenkte es Murshkar zusammen mit einem Beutel voller Golddukaten. Dann versetzte ihm jeder seiner Onkel einen kräftigen Schlag auf Kopf und Schultern (wie das immer noch der Brauch ist), und er ertrug die Schläge standhaft wie ein Mann. Sein Vater gab ihm also seinen Segen, während seine Mutter mit verhülltem Gesicht weinend und wehklagend in der Ecke saß.

Und er ritt von dannen, immer nach Westen. Er trug ein rotgoldenes Gewand (die Farben des Königs) mit silbernen Paradeknöpfen; den Beutel mit den Dukaten hatte er in der Tasche, im Gepäck eine Geige. Ein echter Prinz, jung und stattlich! Und mit dem Segen seines Vaters – mit dem sich jeder Berg erklimmen lässt, wie ich hörte – sang er fröhlich seine Lieder.

Aber er war noch nicht weit gekommen, als er einem hageren, zerlumpten Mann begegnete, der ihn grüßte und ihm zurief: »Haltet kurz an, Bruder Storch, Junger Prinz, und spielt mir ein Liedlein auf eurer Geige vor. Danach revanchier ich mich mit einem.«

»Ich hab noch einen langen Weg vor mir und darf keine Zeit verlieren«, erwiderte Murshkar und wurde etwas langsamer. »Ich bin nämlich auf der Suche nach einer Frau, einer Prinzessin.«

»Oh, gebt mir eine Meile von eurer Zeit«, sagte der Vagabund, »und ich mach eine Reise für euch.« Mit diesen Worten sprang er hoch in die Luft, schlug einen Purzelbaum, Hals über Kopf, Kopf über Hals, Flip! Flop! und landete mit den Füßen auf dem Boden. Murshkar sah, dass der Mann ein Gaukler war, die in dieser Gegend *rejtösik* hießen, und hielt es für besser, mit seiner Geige abzusteigen.

»Also gut, was soll ich für euch spielen?«, fragte er.

»Ihr könnt ein Winterlied oder ein Sommerlied spielen, oder ein Blumenlied oder eines, zu dem die jungen Mädchen tanzen. Aber Ihr dürft erst dann wieder aufhören, wenn ich meine Reise mache.«

Marshkar fing also an zu spielen, zuerst ganz langsam und dann immer schneller und schneller, bis so viele Noten aus diesem *boshomengo* kamen, dass die Bäume Blätter sprießen ließen, und die Vögel in ihnen zu zwitschern anfingen. Der *rejtösik* huschte zu einem Busch hinüber, um ein paar Dinge herauszuholen, die er darin versteckt hatte, und kam dann wieder zurück – er hatte eine ziemlich merkwürdige Art, sich zu bewegen, als würden seine Füße nicht ganz den Boden berühren. Nicht weit von der Stelle, wo Murshkar stand, setzte er sich auf den Boden und fing an, die Dinge, die er für seine Reise benötigte, zurechtzulegen. Als erstes nahm er eine Schweinsblase zur Hand und zog sie über einen uralten Topf, der vom dritten Tag der Schöpfung stammen musste, dann angelte er sich ein dünnes Rohr – oder einen Stock, da bin ich mir nicht ganz sicher – und schob es durch ein kleines Loch in der Schweineblase, bis es von innen gegen den Topf stieß.

Na, und wie ausgemacht, hört Murshkar nicht auf zu spielen, die Vögel sangen sich die Seele aus dem Leib, und der *rejtösik* fing an, sich im Takt der Musik zu wiegen. Dann spuckte er sich in die Hände, rieb sie, faltete sie auf dem Kopf und kniff gleichzeitig die Augen so fest zusammen, dass sie wie die vertrockneten Brustwarzen eurer alten Großmutter aussahen. Doch er hörte plötzlich wieder auf zu schaukeln und saß eine Minute lang kerzengerade und völlig regungslos mit zusammengekniffenen Augen da, dann nahm er die Hände vom Kopf, legte die linke leicht auf den Topf, damit er sich nicht verschob, und steckte sich den Finger der anderen Hand in den Mund. Als er ihn eingespeichelt hatte, zog er ihn wieder heraus und strich sachte damit über das Rohr. Was für Töne er damit hervorbrachte! – Das Bremsgeräusch eines Wohnwagen-Rads oder das Summen eines Schwarms von aggressiven Bienen. Murshkar konnte sein eigenes Spiel nicht mehr hören, getraute sich aber nicht aufzuhören.

Inzwischen hatte der *rejtösik* zu singen angefangen, falls man das so nennen konnte, zuerst mit tiefer Stimme und Worten – falls es überhaupt Worte waren –, die Murshkar nicht verstand, oder die für ihn keinen Sinn ergaben. Oh, er legte sich wirklich ins Zeug, dieser *rejtösik*; er sang immer lauter und lauter und bebte am ganzen Leib. Mal hörte er sich an wie ein Hund, mal wie eine läufige Katze oder er wieherte wie ein Pferd, muhte, krähte, brüllte, jaulte, heulte und schnaubte, bis seine Halsadern wie dicke, straffe Schnüre hervortraten und ihm der Schweiß aus allen Poren schoss. Schließlich und endlich sang er folgende Worte, bei denen Murshkar dann zu spielen aufhörte, da er wusste, der *rejtösik* war jetzt auf seiner Reise.

Bruder Storch, Schwester Taube
Eure Füße bluten –
Nicht meine Augen sind's gewesen
Es waren die Hände dieser Kinder mit den wilden Haaren.

Auf geht's, Kinder der Magyaren!
Fesselt ihnen mit Musik die Füße!
Trommelt, trommelt! Ihr Kinder der Magyaren!
Geht und heilt die Wunden mit Violinen!

Hier versteck ich mich, in alten Liedern
Aii! In alten Gesetzen versteck ich mich!

Genau in diesem Augenblick öffnete der *rejtösik* die Augen, aber die Augäpfel waren nach hinten in den Kopf gerollt, und Murshkar sah nur noch das Weiße, was ihn zu Tod erschreckte, glaubt mir!

»Warte! Wo bist du?«, fragte Murshkar, zitternd vor Angst.

»Weit weg von hier ... dort, wo der Mond ist«, sagte der *rejtösik*, und seine Stimme kam tatsächlich aus weiter, weiter Ferne.

»Oh! Und was siehst du dort?«, rief Murshkar.

»Feuer«, sagte der *rejtösik* nach einer kleinen Pause. »Und ich seh auch Knochen und brennende Räder und einen weißen Himmel. Und die Sonne ist weder fern noch nah, sondern steckt tief in ihm drin.«

»Siehst du eine Frau für mich?«, fragte Murshkar nicht sehr hoffnungsfreudig.

»Arrrrr ... mehr Feuer, Menschen, die brennen! Ich höre Schreie.« Und um es zu beweisen, stieß er einen markerschütternden Schrei aus, der aus weiter Ferne kam, als wäre er in einer tiefen Höhle. Murshkar wäre am liebsten weggerannt, doch konnte er sich nicht von der Stelle rühren, nicht einen Millimeter. Der *rejtösik* hatte wieder zu singen angefangen, aber die Stimme war so weit weg, dass Murshkar sich neben ihn knien musste, so nahe er sich traute, um folgende Worte zu vernehmen:

Spül dir die Augen mit Johanniskraut
Hehe! Hau ab, du Ausgeburt der Hölle!
Spring übers Feuer mit der Braut,
Hehe! Hau ab, du Ausgeburt der Hölle!

Die Pfingstrose ist dreimal so rot,
Hehe! Hau ab, du Ausgeburt der Hölle!
Winterhochzeit ist des Winters Tod
Hehe! Hau ab, du Ausgeburt der Hölle!

Schnee und Eisprinzessin du,
Hehe! Hau ab, du Ausgeburt der Hölle!
Schneegeborner Sohn, zweifach dir verloren,
Hehe! Hau ab, du Ausgeburt der Hölle!

Ob Pferdefleisch ob Menschenherz,
Hehe! Hau ab, du Ausgeburt der Hölle!
Fressen wird er dich, wenn er's denn kann,
Hehe! Hau ab, du Ausgeburt der Hölle!

Der *rejtösik* begann zu zittern und zu beben, sein Gesicht wurde gräulich, und er rieb wieder das Rohr in der Schweineblase. Mit zusammengepressten Augen wippte er ein paar Sekunden lang vor und zurück und machte noch ein paar Tiergeräusche, bis er schließlich wieder zurück war und gellende Schreie ausstieß. Wumm! Er riss die Augen auf, sprang auf die Füße, tanzte um Murshkar herum, machte einen Handstand nach dem andern, ein Rad nach dem andern, und sang dabei: »Mach schon, König, mach! Auf geht's!« Und er sammelte seine Requisiten ein und war verschwunden – vielleicht war er hinter einem Baum oder in den Himmel aufgestiegen oder in die Erde gefahren (Bäume gab's kaum in dieser Gegend). Genaueres kann ich nicht sagen.

Der gute alte Murshkar stand noch eine Zeit lang verwundert und immer noch eingeschüchtert herum, bis er sich dann sagte, dass er genug Zeit verloren habe, und sich wieder auf sein Pferd schwang und wie eine Kanonenkugel davon schoss, denn er wollte die Sonne noch überholen, bevor sie in ihrer Höhle am Ende der Welt versank.

Er ritt und ritt, nahm kaum einen Bissen zu sich und machte in keiner Stadt Halt. Jeden Morgen veranstaltete er aufs Neue sein Wettrennen mit der Sonne, um jede Nacht erschöpft unter den Sternen einzuschlafen. Ich weiß nicht, wie viele Tage er geritten ist, aber die Sonne verlor allmählich ihre Kraft, und Murshkar war gewöhnlich schon ein, zwei Stunden unterwegs, bevor sie aus ihrer Höhle hervorkroch. Eine Zeit lang leistete sie ihm jeden Tag Gesellschaft und erzählte ihm lange Geschichten von seltsamen Orten, die sie auf ihren Reisen gesehen hatte, doch ihr Stimme wurde immer älter und schwächer, und schließlich verlor sie sie ganz. Danach gingen Murshkar und die Sonne getrennte Wege.

Er wagte, Luna, die Mondgöttin, anzusprechen, die immer wieder seinen Weg kreuzte und einsam und dünn und scheu und kalt war. Sie kehrte ihm aber nicht den kalten Rücken zu, sie versteckte nur ihr Gesicht hinter Schleiern, und erst nach vielen Abenden, nachdem er sich oft mit ihr unterhalten hatte, zeigte sie ihm schließlich ihre Augen, die schwarz und hohl waren und sagte (in einer, für ein Mädchen eigentümlich tiefen Stimme): »Du ...«

»Ich?«, fragte Murshkar.

»Ja, du«, sagte Luna. »Wohin geht der stramme Ritt?«

»Ich bin ein Prinz«, erwiderte Murshkar. »Ich muss mir eine Frau suchen und darf keine Zeit verlieren.«

»Ah«, sagte Luna. »Nimm mich mit, Wanderer. Komm, heirate mich!«

»Aber ich kenn dich doch kaum«, sagte Murshkar. »Hast du eine Mitgift?«

»Weiße Blumen und Wasser«, sagte Luna. »Die Nacht ist meine Mutter, und ich bin die Prinzessin der Spiegelungen.«

»Und würdest du mit mir kommen?«, fragte Murshkar.

Luna zog sich einen Nebelschleier vors Gesicht und versuchte, zu erröten. »Mein Reich ist hier oben, hier herrscht das ewige Dunkel der Nacht. Ich kann nicht von hier weggehen.«

Murshkar seufzte. »Nun, da lässt sich nichts machen. Wir können aber trotzdem zusammen durch die Nacht reiten, nur heiraten kann ich dich nicht.«

»Ich seh schon, das war mir klar«, antwortete Luna fröstelnd. Sie begann mit den Zähnen zu klappern, und die Bäume antworteten, indem sie alle ihre Blätter abschüttelten. Die Erde zog sich zusammen.

Murshkar wurde es kalt. Er knöpfte sich die Jacke bis oben hin zu und ritt schweigend weiter. Und als er hochblickte, war Luna verschwunden.

Eines Morgens (nicht am nächsten Morgen) kam Murshkar an einen Fluss, dessen gegenüberliegendes Ufer nicht zu sehen war, so dicht war der Nebel. Er suchte eine Fähre, konnte aber keine entdecken und folgte deshalb dem Fluss, bis schließlich eine Mühle auftauchte, deren Rad sich drehte, und aus deren Schornstein Rauch kam.

»Hallo!«, rief er: »Ist da jemand?«

Ein Mann trat aus der Tür. Er war untersetzt und breitschultrig und hatte buschiges, rotes Haar. Er trug eine Schürze, an der er sich die Hände abwischte.

»Einen schönen guten Morgen, mein Freund«, sagte Murshkar.

»Wie's beliebt«, sagte der Mann und musterte ihn von oben bis unten.

»Sagt mir bitte, wo ich mich hier befinde?«, fragte Murshkar.

»An der Grenze zum Reich des ewigen Eises, es gibt nur diesen einzigen Übergang, ich kassiere hier Zoll.«

»Ich komm von weit her«, sagte Murshkar, »und ich sterbe vor Hunger.«

»Habt Ihr Geld?«, fragte der Mann. »Wenn Ihr welches besitzt, dann tretet ein.«

Murshkar band also sein Pferd an einen Stein mit einem Kreuz darauf und folgte dem Mann in seine Mühle. Über einer Feuerstelle kochte ein Wassertopf; Murshkar setzte sich daneben, um sich aufzuwärmen.

»Wie viel Geld habt Ihr bei euch?«, fragte der Mann.

An nichts Böses denkend, holte Murshkar, der einfach nur eine natürliche Neugierde hinter der Frage vermutete – so grün war er hinter den Ohren! – prompt seinen Beutel mit den Dukaten heraus und leerte ihn auf dem Tisch aus. Als der Mann das ganze Gold sah, sprang er wie von einer Tarantel gestochen auf. »Unglaublich!«, schrie er und machte sich in der Küche zu schaffen; in Windeseile hatte er für Murshkar und sich selbst ein Gedeck aufgelegt, einen Sack Kartoffeln geschält und in den Topf mit dem kochenden Wasser geworfen, der überm Feuer hing. »Ich bin in einer Minute wieder da«, sagte er und ging nach draußen, während Murshkar weiterzählte. Gleich darauf kam er auch mit ein paar großen Fleischstücken zurück, die er ebenfalls in den Topf warf (es war unglaublich, was alles in diesen Topf ging!), dann setzte er sich neben Murshkar und legte ihm leutselig den Arm um die Schulter.

»Hmm, hmm! Ihr seid ein schmucker, junger Mann!«, rief er aus. »Was hat euch hierher verschlagen? Ihr seid doch nicht von hier?«

»Ich bin ein Prinz auf der Suche nach einer Frau, einer Prinzessin.«

»Der Teufel soll mich holen!«, rief der Rothaarige und klopfte Murshkar auf die Schulter, »wenn Ihr hier nicht genau richtig seid!«

»Oh, oh!«, rief Murshkar. »Ich wünsch mir nichts mehr als das, denn mein Vater ist alt und gebrechlich, und ich darf keine Zeit verlieren!«

»Ich hab da keine Zweifel«, sagte der Mann und beobachtete, wie Murshkar kleine Stöße mit Dukaten in seinen Beutel schubste. »Der Herrscher über das Reich des Ewigen Eises würde sich mächtig freuen, euch zu sehen. Er hat nämlich eine Tochter, die Kalte Sophie, die schönste Prinzessin, die Ihr oder ich, oder wer auch immer je gesehen hat. Jawohl, junger Herr! Und sie wartet schon seit Ewigkeiten darauf, dass ein gutaussehender Bursche wie Ihr (der außerdem noch ein Prinz ist!) auftaucht und sie befreit ...«

»Befreit?«, rief Murshkar.

Der Rothaarige machte ein ernstes Gesicht (ich könnte heulen, wenn ich daran denke) und schüttelte betrübt den Kopf. »Ach, es ist wirklich ein Jammer und eine Schande. Aber seit sieben langen Jahren liegt ein Fluch auf ihr.«

»Ein Fluch?« Murshkar stockte der Atem. »Was für ein Fluch?«

Der Rothaarige rollte mit den Augen und sagte: »Sie wurde in einer schrecklichen Zeit geboren, damals herrschte im ganzen Königreich ein große Hungersnot, und der König hatte kein Geld, um ihr ein Ende zu machen. Und als Erlik, der König der Unterwelt, auftauchte und ihm im Austausch für die Prinzessin das ganze Gold anbot, das die Zwerge innerhalb von zwölf Jahren bergen würden, ging er auf den Handel ein und versprach dem Zwerg, dass er ihm die Prinzessin zur Frau geben würde. Als aber die zwölf Jahre vorbei waren und Erlik kam, um sie zu holen, schrie sie: Eher soll mir der Kopf von den Schultern fallen, als dass ich euch heirate! Als der Zwerg das hörte, wurde er fürchterlich wütend und vollführte einen richtigen Veitstanz. Ganz wie du willst! brüllte er – und hopplahopp landete ihr Kopf in ihrem Schoß.«

»Oh!«, stöhnte Murshkar.

Der Rothaarige hob den Finger. »Aber sie war nicht tot. Ganz und gar nicht. Ihr Kopf lag einfach nur blinzelnd und glucksend in ihrem Schoß. Wenn sie aber den Mund öffnete, kamen keine Worte heraus, und wenn sie versuchte, ihn mit ihren kleinen Händen auf ihren Hals zu setzen, so brannte das schlimmer als ein Höllenfeuer – so schlimm, dass sie ihn sofort wieder absetzte. Und das ist bis heute so.«

Das war mehr als Murshkar ertragen konnte. »Wie kann man den Fluch brechen?«, fragte er, offensichtlich bereit, sofort zur Tat zu schreiten.

Der Mann rutschte noch etwas näher an ihn heran und kniff ihn ins Ohr. »Ich befürchte, ich bin der Einzige, der das weiß«, meinte er vertraulich. »Wie viel Gold, sagtet Ihr, habt Ihr bei euch?«

»Ich hab überhaupt nichts gesagt«, sagte Mushkar. »Aber wenn Ihr's partout wissen wollt – alles in allem sind es dreihundertdreiunddreißig Taler.« Der Rotharige legte die Arme um ihn und küsste ihn inbrünstig auf die Nase, dann sprang er auf und rief: »Das reicht! Das haut gerade so hin.« Er lief zur Feuerstelle, nahm den Topf hoch und setzte ihn auf den Tisch. »Essen wir«, sagte er, »und Ihr erfahrt von mir, was Ihr tun müsst.«

Von diesem Augenblick an ging alles so schnell, dass Murshkar nicht wusste wie ihm geschah. Sein Beutel mit dem Geld verschwand, und er machte sich an das Stew (das sehr heiß und sättigend war, auch wenn es, gelinde gesagt, äußerst komisch schmeckte, während ihm der Rothaarige Folgendes erzählte:

»Als erstes müsst Ihr die Fähre suchen, die euch auf die andere Seite des Flusses bringt. Dort ist eine Straße, die nur in eine Richtung geht. Der folgt Ihr, bis Ihr zu einer Stadt kommt, die am Fuß eines Berges liegt. Dieser Berg ist eine Festung, eine der uneinnehmbarsten, die es gibt, und tief in ihrem Innern, in ihrer geheimsten Kammer, schmachtet die Kalte Sophie mit dem Kopf im Schoß ...«

(All das hat er natürlich mit sehr viel mehr Worten ausgeschmückt. Der Rothaarige schien ebenso ausgehungert wie Murshkar, der ihn häufig gar nicht verstehen konnte, weil er sich den Mund so vollgestopft hatte. Am merkwürdigsten war jedoch, dass er jedes Mal, wenn er einen Bissen zu sich nahm, etwas davon ins Feuer warf, wo neben dem Zischen und Brutzeln auch noch andere unheimliche Geräusche zu hören waren – wie das Klappern von Hufen auf weichem Boden oder das wehklagende Wiehern eines Pferdes, dem das Ohr abgebissen wird.) Mit vollem Mund fuhr der Rothaarige fort:

»Wenn Ihr allein in die Festung eindringen wollt, schafft Ihr es gerademal bis zu dem ersten der neun Tore, die alle verriegelt und verrammelt sind und von bissigen, weißen Hunden bewacht werden (manche sagen auch, die Hunde seien schwarz), jeder zehnmal weißer (oder zehnmal schwärzer) als der andere.«

»Und was soll ich dann machen?«, fragte Murshkar entmutigt.

Der Rothaarige stopfte sich ein Stück Fleisch in den Mund, das so groß wie ein Kopf war, und spuckte den Saft ins Feuer, wo er blubbernde Geräusche machte. »Also gut«, sagte er (und schlang das halbzerkaute Fleisch hinunter), »heute ist der erste Tag des zwölften Monats, stimmt's? Ihr müsst also spätestens übermorgen in der Stadt sein. Die Vorbereitungen für das große Fest der Goldgräber sind dann voll im Gange. Einmal im Jahr ist die Festung für die ganze Bevölkerung zugänglich, und es wird den ganzen Tag über gefeiert. Das ist auch der einzige Tag, an dem man die Prinzessin sehen kann.«

Als er das hörte, spitzte Murshkar die Ohren, wie man sich denken kann. Der Rothaarige leckte seine Schüssel aus. »Wenn Ihr in die Stadt kommt, seht Ihr überall Tafeln, auf denen das Fest angekündigt wird, und Köche und Gaukler gesucht werden. Ihr solltet euch als Geiger einstellen lassen: Man wird euch dann zu dem großen Ball im innersten Saal zulassen. Und dort wird die Prinzessin an der Seite ihres Vaters sitzen. Schon sieben Mal ist sie mit dem Kopf im Schoß da gesessen. Und sie hat nie auch nur ein einziges Mal gelächelt.«

»Aber wie kann ich den Fluch brechen?«, fragte Murshkar ungeduldig.

»Alles hübsch der Reihe nach«, sagte der Rothaarige und räumte mit einer ausholenden Armbewegung den Tisch ab, um wieder näher an Murshkar heranzurücken. »Wenn alle Gäste versammelt sind und kurz bevor das Bankett eröffnet wird, taucht Erlik auf. Er kommt jedes Jahr an diesem Tag zurück und hält um ihre Hand an, und wenn sie nachgeben würde, würde er auch den Fluch aufheben. (Wer weiß, vielleicht liebt er sie ja wirklich.) Doch sie senkt jedes Mal die Augen, wenn sie ihn kommen sieht, und wenn er mit ihr spricht, tut sie so, als würde sie ihn überhaupt nicht hören. Ihr armer Vater kann machen, was er will, es nützt alles nichts. Der Zwerg verlässt daraufhin wütend den Saal, und der Fluch ist bis zum nächsten Jahr ungebrochen.«

»Das hab ich verstanden«, sagt Murshkar, »aber was soll ich machen?«

»Also wenn er dieses Mal wieder auf sie zukommt ...«

»Wie soll ich wissen, dass er das ist?«, unterbricht ihn Murshkar.

Der Rothaarige kichert, als hätte er in seinem ganzen Leben noch nie etwas so Komisches gehört. »Macht euch da mal keine Sorgen, mein Freund. »Ihr werdet ihn auf jeden Fall erkennen. Wenn er also auf die Prinzessin zukommt, und bevor er überhaupt ein Wort sagen kann, müsst Ihr nach vorne treten und den schnellsten Tsardas spielen, den Ihr kennt. Ihr spielt immer schneller und schneller und nähert euch gleichzeitig unauffällig der Prinzessin. Wenn der Zwerg die Musik hört, wird er anfangen zu tanzen, er kann gar nicht anders, und wenn er einmal damit angefangen hat, hört er nicht mehr damit auf, nicht so lange die Musik spielt. Er tanzt sich geradewegs aus dem Schloss hinaus und zurück in sein Loch, und er hält erst inne, wenn er den Mittelpunkt der Erde erreicht hat. Was euch betrifft, so müsst Ihr, wenn Ihr neben der Prinzessin steht, in die Knie gehen und euren Kopf so nahe wie möglich an den Ihren heranbringen (Ihr dürft aber nicht aufhören zu spielen) und ihr diese Worte ins Ohr flüstern:

Eisprinzessin lass es tauen,
damit er wegschwimmt, dieser Zwerg.
Aus der Ferne konnt' ich dich erschauen,
heirate mich, verlass den Berg.
Setz dir deinen Kopf auf, Eisprinzessin,
Wir heiraten heute, also lauf, Mädel, lauf!

»Und die Prinzessen wird dann auch sofort ihren Kopf in die Hand nehmen und ihn da hinsetzen, wo er hingehört; der Zwerg ist weg, und der Fluch ist gebrochen. Aber Ihr müsst aufpassen! Wenn Ihr auch nur einen Augenblick aufhört zu spielen, dann wird er aufhören zu tanzen und verwandelt euch an Ort und Stelle zu Stein.«

Murshkar erhob sich. »Ich danke euch«, sagte er. »Wenn das alles ist, zieh ich sofort los. Ich hab keine Zeit zu verlieren.« Und schon war er aus der Tür.

Draußen schaute er sich nach seinem Pferd um. Aber er konnte es nirgendwo sehen. Er fing an zu pfeifen und zu rufen, doch seine Stimme wurde von dem grauen Nebel verschluckt, und niemand antwortete ihm. Sein Magen fing an zu rumoren, und er fühlte, wie ihm übel wurde. Er rannte ins Haus zurück, wo der Rothaarige beim Geldzählen war.

»Wo ist mein Pferd?«, schrie Murshkar in Panik.

Der Rothaarige blickte hoch, grinste boshaft und zuckte mit den Schultern. »Woher soll ich das wissen?«, fragte er so unschuldig wie ein Neugeborenes. Aber genau in diesem Augenblick kamen aus dem Kamin die kläglichen Laute eines wiehernden Pferdes. Murshkar zuckte zusammen, und ein Schauer lief ihm über den Rücken.

»Was habt Ihr mit meinem Pferd gemacht?«, brüllte er.

Der Rothaarige klopfte sich auf den Bauch und rülpste. Er stand auf und wirkte plötzlich sehr viel kleiner. Er fing an zu lachen, und sein Gesicht wurde so rot wie sein Haar. Murshkar wusste nicht, was er tun sollte und fragte noch einmal, dieses Mal eher bittend: »Was habt Ihr mit meinem Pferd gemacht, sagt es mir, ich bitte euch?«

Der Rothaarige sah plötzlich überaus gemein und drohend, ja, schon dämonisch aus, und als er den Mund aufmachte, klang er wie ein Pferd: »Was habt Ihr für so wenig Gold erwartet?«

Daraufhin wurde Murshkar fuchsteufelswild. Zornentbrannt blickte er um sich und schnappte sich eine Axt, die neben der Tür lag und stürzte sich auf den kleinen Mann, entschlossen, ihn in tausend Stücke zu zerhacken. Aber der Bursche versank urplötzlich im Boden, plopp, einfach so! und er riss die ganze Mühle, den Besen, die Mühlsteine, die Säcke, das Mehl (falls sie welches enthielten) und auch das Feuer mit sich. Und danach stand Murshkar mutterseelenallein auf einem nackten Stückchen Erde neben dem Fluss. Von der Mühle war rein gar nichts übrig geblieben. Und ihm war fürchterlich schlecht; der Magen drehte sich ihm um. Er taumelte zu der Stelle, wo der Rothaarige verschwunden war, und sah auf dem Boden seinen leeren Dukatenbeutel liegen; er bückte sich nicht, denn der Beutel allein nützte ihm rein gar nichts. Er konnte keinen klaren Gedanken fassen und ging zu dem Stein mit dem Kreuz hinüber. Die Zügel seines armen verlorenen gegangenen Pferdes hingen immer noch daran. Das gab ihm den Rest; er setzte sich auf den Boden und vergrub das Gesicht in den Händen und schluchzte wie er noch nie in seinem Leben geschluchzt hatte. Kein Gold, kein

Pferd! Wie sollte er jetzt eine Frau finden, eine Prinzessin? Was würde sein Vater sagen? Was für ein Narr er doch war! Er wurde von Scham und Selbstmitleid übermannt.

Aber er konnte nicht ewig sitzenbleiben. Nach einer Weile überlegte er sich, wie er am besten über den Fluss kommen könnte. Zur Festung würde er es auch zu Fuß schaffen. Er kniete sich hin, um die Zügel seines Pferdes aufzuknoten (vielleicht könnte er sie ja noch gebrauchen) und entdeckte dabei etwas Merkwürdiges. Unterhalb der Spitze des Steins, die wie ein Dach geformt war, entdeckte er drei kleine Fenster, und hinter dem Glas drei winzige Bilder. Neugierig setzte er sich auf den Boden, um sie sich genauer anzuschauen.

Auf dem ersten Bild waren drei Männer zu sehen, zwei von ihnen trugen Bärte, der des Älteren mit der Robe war weiß, der des Jüngeren, der beinahe unbekleidet war, dunkel. Der Dritte war noch ganz jung, eigentlich noch ein Knabe, und steckte in einem Nadelstreifenanzug, der wie eine Uniform aussah. Und alle drei saßen nebeneinander auf Thronsesseln, und um sie herum flatterten kleine dicke Kinder mit Flügeln.

Das zweite Bild sah ganz anders aus. Der junge Mann in dem Nadelstreifenanzug lag dieses Mal auf dem Boden, und der Rothaarige von der Mühle hatte sich vornüber gebeugt und die Hände um seinen Hals gelegt. Murshkar lief es kalt den Rücken runter.

Das dritte Bild war am unspektakulärsten. Es zeigte wieder den jungen Mann, dieses Mal kniete er auf dem Boden und betete. Darunter stand in einfacher Schrift: *Wanderer, kommst du an diesem Stein vorbei, dann bete für meine Seele.*

Und das tat Murshkar auch, obwohl er noch nie in seinem Leben gebetet hatte (es war gar nicht so einfach wie es aussah). Aber er dachte, wenn er dieser Aufforderung nicht nachkommen sollte, hätte er sie auch nicht gesehen.

Und dann machte er sich auf die Suche nach einer Fähre, die ihn auf die andere Seite des Flusses bringen sollte. Es war ein langer Weg, und er hätte beinahe die Furt verpasst, die, wie sich herausstellte, unter einer Klippe an der Biegung des Flusses war, so dass man sie von der Straße aus nicht sehen konnte. Als er sie passierte, hörte er plötzlich eine Stimme, die seinen Namen rief, und schaute sich um, um sie zu lokalisieren.

Vom Rand der Klippe blickte er direkt nach unten in die Tiefe. Ein großer Mann mit weißem Bart und wallendem Haar (wie der alte Mann auf dem Stein) stand auf einem kleinen Landungssteg, an dem ein Floß befestigt war.

»Komm runter, Murshkar«, rief der Mann.

»Wie denn?«, rief Murshkar zurück.

»Wie auch immer«, antwortete der Mann ungeduldig. »Soll ich dich holen?«

»Nein«, sagte Murshkar beschämt. »Ich find schon den Weg.«

Und er fand ihn auch.

»Beeil dich«, sagte der Mann, der schon dabei war, das Floß abzustoßen.

Murshkar sprang auf. Er schaute sich um. Der Fluss, der von oben so friedlich ausgesehen hatte, zischte und schäumte um das Floß herum, und ein dichter Nebel verhüllte das Ufer, obwohl sie nur einen Meter davon entfernt sein konnten. Murshkar konnte nicht einmal seine Füße oder den Rand des Floßes sehen. Er bekam es mit der Angst zu tun und drehte sich nach dem Fährmann um, sah aber nur das Gesicht des Mannes, das zu schweben schien und merkwürdig glühte.

»Hab keine Angst«, sagte der Mann. »Bleib einfach ruhig stehen, oder setz dich hin, wenn du musst.«

»Woher wisst Ihr eigentlich, wie ich heiße?«, fragte Murshkar.

»Ich nehm immer nur einen Passagier mit«, antwortete der Mann. »Wär's ein anderer gewesen, hätte er auch anders geheißen, stimmt's?«

»Ja, klar«, sagte Murshkar, etwas verwirrt, »aber ...«

»Aber du bist es«, sagte der alte Mann. »Mach dir keine Gedanken und lass die Fragerei. Dafür hast du noch genug Zeit, wenn du erst mal dort bist, wo du hin willst, und das machst, was du dir vorgenommen hast.«

Murshkar sagte also nichts mehr, und der Mann musste sich wohl weggedreht haben, denn außer dem Nebel sah er nichts mehr, und er fühlte auch nichts unter seinen Füßen, als wäre selbst das Floß aus Nebel.

Dann hörte er plötzlich, wie der Mann rief: Spring! und ohne zu zögern machte er einen großen Satz. Er landete (nach unglaublich langer Zeit!) auf einer Straße hoch über dem Fluss. Es schneite. Verwundert blickte er um sich; unter ihm verlor sich der vereiste Fluss wie ein breites Metallband in der Ferne, von dem Floß und dem Fährmann war nichts mehr zu sehen. Murshkar hauchte sich in die Hände, um sie zu wärmen, und steckte sie dann tief in seine Taschen; zitternd vor Kälte versuchte er sich zu orientieren. Aber er konnte die Sonne nicht entdecken: Wohin er auch blickte, überall nur undurchdringlicher, grauer Himmel.

Er ging also einfach los und lief und lief. Und der Himmel änderte sich nie, er wurde weder heller, noch dunkler, und es ließ sich unmöglich sagen, wie spät es war, und es gab auch keinen, den Murshkar hätte fragen können. Das Herz rutschte ihm in die Hose (was verständlich war!), und er zweifelte sogar daran, ob er überhaupt irgendwo war, hilflos fühlte er sich seinen Selbstzweifeln und Selbstvorwürfen ausgesetzt. Was für ein Narr er doch gewesen war! Erst das Geld und dann das Pferd – sein armes Pferd! – und nun das. Oh, eins war sicher, er würde nie eine Frau finden. Warum überhaupt diese weite Reise? Die Tränen rollten ihm über die Wangen und fielen als kleine Eisklümpchen von seinem Kinn ...

(In der Ferne schlägt es Mitternacht von einer Turmuhr: Der alte Mann lauscht und blickt Stefan an).

Vielleicht würde sie ein anderer Wanderer zertreten (falls es je einen gibt), der etwas weiter weg seine eigenen Klümpchen hinterließ. Oder sie würden im Frühling schmelzen, und es würden Beeren daraus, winzige weiße, bittere Beeren, die salzig schmeckten und von den Vögeln gefressen würden.

Ha! Wen kümmern schon die Tränen, die ein Verzweifelter auf einer winterlichen Straße vergießt? Der letzte Glockenschlag hallt noch kurz nach und verklingt: Ein leichter Wind kommt auf. Der alte Mann klopft sich auf die Knie. »So, das war's«, sagt er. »Wir müssen morgen früh los. Wenn du mehr wissen willst, muss du dir selbst einen Schluss ausdenken: Für eine Geschichte wie diese gibt es mehr als nur ein Ende ...«

OMPHALOS-STEINE

Murshkar, flüstert er, und es wird ihm schwer ums Herz.

Murshkar, sagt er laut, und die Nachtluft drängt und schubst ihn wie ein strenger Verweis.

Murshkar, ruft er ins Dunkel.

Und plötzlich taucht das Gesicht eines Kindes vor ihm auf, das dunkel glühende Gesicht einer Zwölfjährigen, die ihn anlächelt. Er spürt, wie sie ihre Lippen gegen seine Stirn presst, und dann lösen sich ihre beiden Gesichter in einer warmen Spiegelung auf dem endlichen Pool der Erinnerung auf.

DER GLASBERG

Eine weite, sommerliche Landschaft, in der das Auge ungehindert schweifen kann; der Boden ist hellgrün und gelb und von schwarzen Furchen durchzogen. Murshkar geht zu Fuß; er hat einen Brotring dabei und bückt sich nach jedem zweiten Schritt, um ein Kraut herauszureißen und darauf herumzukauen.

Verwundert stellt er fest, dass die Sonne tatsächlich ein kleines Loch in den Himmel gebohrt hat. Er blickt auf seine Hände; sie sehen aus wie Mehlpampe. Er berührt die Fingerspitzen, sie zerfließen ineinander und werden immer dicker, wie Kerzenstummel. Er lässt das Brot von einem Arm auf den andern gleiten.

Er setzt sich auf den Boden und versucht mit Gewalt die Finger zu spreizen. Ohne Erfolg. Er nimmt sich also die eine Seite des Brots vor (es schmeckt wie Pappe): Der Rest fällt auf den Boden und hoppelt über die leeren Felder davon. Keine Vögel hier, denkt er, doch in diesem Augenblick taucht ein ganzer Schwarm auf und lässt sich auf einem Hügel in der Nähe nieder. Der Hügel verwandelt sich in eine Art Halde, aus der schwarzer Staub hochwirbelt.

Mit einem Mal ist die Luft von einem fürchterlichen Kreischen und Grunzen erfüllt: Auf der anderen Straßenseite, direkt hinter ihm, wimmelt es von Tausenden von panischen, wild durcheinander rennenden Schweinen: Es ist ein einziges Meer von Schweinen jeder Art und jeder Größe.

Zögernd nähert er sich ihnen: Sie bilden eine einzige Fleischmasse, eine Flut von Körpern. Er hört ein raues Lachen, fährt zusammen und erkennt den Rothaarigen, der knietief in einer riesigen Blutlache steht und blindlings mit einem langen Messer zustößt und Fleischstücke aus den Leibern reißt. Murshkar stößt einen erstickten Schrei aus, seine Arme fangen an zu kribbeln, und seine Beine geben nach. Eine Sekunde später steht der Rothaarige mit gegrätschten Beinen über einem Berg von Tierkadavern, blutüberströmt, als hätte man ihn in hellrotes, flüssiges Licht getaucht. Er fängt an zu lachen, und sein Lachen wird immer schriller, bis es schließlich nicht mehr wie ein Lachen, sondern wie das Wiehern eines Pferdes klingt. Aus dem Haufen lodert eine Flamme empor, die zu einem riesigen Lagerfeuer wird: Murshkars Haut prickelt; ein heftiger Schauer durchläuft ihn; er streckt die Hände aus, sie sind zwar geschrumpft, aber die Finger sind wieder getrennt. Eine dicke Säule aus Feuer und Rauch steigt empor und fällt dann zu einem Schutthaufen zusammen. Ein Aschenregen driftet in eine schwarze Stille.

Murshkar geht durch die verkohlten Reste: Unter seinen Füßen zersplittern Knochen, und Asche wirbelt hoch auf wie ein Schwarm Schmetterlinge. Er erspäht seine Geldtasche, schnappt sie sich erfreut und schaut hinein: Sie ist mit kleinen glühenden Kohlestückchen gefüllt. Er fischt eines davon heraus und legt es sich auf die Hand, um sein Gewicht zu prüfen. Es ist kalt und schwer und glänzt wie ein Stern oder ein Glasauge. Er lässt es fallen und denkt: Es gibt keinen Gral.

Eine Wolke segelt vorbei und zwängt sich in das kleine Sonnenloch, wie ein Schwamm in ein Rohr. Murshkar spürt, dass ihm wärmer wird. In der Ferne senkt sich der Himmel wie eine große, blaue Markise herunter, bis er den Horizont erreicht hat. Auf ihr ist ein Glasberg abgebildet, und Murshkar kann den Blick bis in sein Innerstes wandern lassen, wo unendlich weit entfernt und winzig die Prinzessin sitzt und weint, den Kopf im Schoß.

Entschlossen geht er darauf zu: Der Berg kommt ihm entgegen ... Die Straße durch die hügeligen Felder wird immer abschüssiger. Von allen Seiten strömt eine bunt gekleidete Landbevölkerung herbei, die Taschentücher schwenkt und sich mit Essen vollstopft. Er riecht den Honig und hört die Fliegen summen. Der Berg kommt näher ...

Dann sitzt er plötzlich wieder auf einem Pferd, seinem Pferd, und hält seine Geige wie eine Fahne hoch, und sie ist tatsächlich ein rotgelber Wimpel mit einem Schwalbenschwanz. Kapellen spielen.

Er passiert die gläserne Wand.

Menschen drängen sich um ihn, versuchen, sich an ihm festzuklammern, und streuen Blumen auf seinen Weg. Ein blauer Regen beginnt zu fallen, Plakate schälen sich von den Wänden, seine Mutter küsst seine Stiefel. In einem Giebelfenster entdeckt er seinen Vater, er sieht blutjung aus und nickt ihm zu, seine Zähne schimmern weiß. Tauben bilden Schwärme. Auf dem Pflaster hallen die Hufe seines Pferdes wie Pistolenschüsse.

Ein Seufzer geht durch die Menge – aaah! – und sie sinkt auf tausend Knie. Fensterläden fliegen auf, Dächer belauben sich und wachsen über seinem Kopf zusammen. Sein Pferd rast los, gleitet auf zarten Hufen, Häuserfassaden verschwimmen … und plötzlich öffnen sich riesige Tore, die aber so nahe vor seinen Augen sind, dass sie wie die Türen einer Puppenstube aussehen, und er segelt durch sie hindurch, allein. Während seines Flugs schließt er einen Augenblick die Augen, um sie sofort wieder zu öffnen: Sein Blick fällt auf die Prinzessin. Ihre Schönheit blendet ihn, es ist nicht die Schönheit der Jugend, sondern eine Schönheit, der die Zeit nichts anhaben kann. Seine Augen brennen, sein Haar hat sich aufgerichtet.

Er sieht, dass er sich in einer großen Halle mit Wänden aus gewobenen Lanzen und einer gewölbten, mit Schildern bepflasterten Decke befindet. Von allen Seiten führen riesige Portale herein, so riesig, dass sie ganzen Legionen Eintritt gewähren könnten. In der Halle selbst stehen Hunderte von langen Tischen, die sich unter dem Gewicht von gerösteten Tieren, großen Weinfässern und der Ernte des ganzen Jahres biegen. In der Mitte der Halle steht ein Tisch von der Größe eines Bühneplateaus, das größer ist als alle Tische zusammen, und auf ihm liegt ein gigantischer, mit Eichenlaub geschmückter, gebratener Fisch in einer Zinnwanne von der Größe eines Schlachtschiffs. Um die Tische reihen sich die Bänke, die dem Gewicht der Gäste kaum standhalten können: dieser bunten Menge von Männern und Frauen und Kindern jeder Couleur. Murshkar blickt sich um: Überall scheint er Freunde zu erkennen, verweilt er aber länger auf einem Gesicht, beginnt es zu verschwimmen oder zu verblassen. Er ist in einem herzlichen Willkommenstrubel, einem wahren Begrüßungstaumel, gefangen. Sein Bild wird von tausend Spiegeln, unzähligen Samowaren, goldenen Lächeln, einer Welt voller blanker, glänzender Augen zurückgeworfen.

Zimbeln werden gegeneinander geschlagen. Murshkar verspürt den stumpfen Grünspangeschmack der Blasinstrumente auf der Zunge: Sein Mund wird trocken. Die Fußbodendielen gehen auseinander, und ein zähnefletschender Erlik erscheint mit einem Hammer in der Hand. Es ist Loh oder Lokowandt, der jetzt tatsächlich auch ein Zwerg ist. Er stolziert an Murshkar vorbei, ohne ihn zu erkennen, und baut sich breitbeinig vor der Prinzessin auf. Eine große Schale rutscht vom Tisch, und Orangen rollen über den Fußboden. In der Halle erhebt sich ein Gemurmel, das wie eine Litanei die Halle erfüllt.

Hannes Däumler (Paul Speer?) tritt kühn nach vorne. Einen Augenblick lang steht er direkt neben Murshkar, der seinen Atem und seinen Mund wie eine Zitronenscheibe am Ohr spürt. Ein wonniges Gefühl durchströmt ihn.

Lokowandt-Erlik stampft mit dem Fuß auf: Kronleuchter erzittern, Licht knistert. Die Prinzessin dreht den Kopf in ihrem Schoß mit dem Gesicht nach unten und steckt sich die Finger in die Ohren. Der König verbirgt sein Gesicht. Hannes stößt einen Schrei aus und macht einen Satz nach vorne: Der Zwerg wirbelt herum und hält ihm seine Spitzhacke entgegen: Er erstarrt und verwandelt sich in Stein. Auch alle anderen in der Halle scheinen sich plötzlich in Statuen verwandelt zu haben; Murshkar weiß, dass er jetzt an der Reihe ist. Er klemmt sich die Geige unters Kinn und lässt die ersten Töne anklingen. Lokowandt starrt ihn an, und der Pickel fällt ihm aus der Hand. Murshkar besteht nur noch aus Fingern und Armen. Die Prinzessin hebt den Kopf und lächelt schwach. Der Zwerg öffnet den Mund, und seine Augen sprühen Blitze. Hannes' Statue kippt um und zerbirst zwischen den Orangen. Murshkar spielt schneller als eine Windmühle, schneller als die Speichen eines rollenden Rades. Lokowandt knirscht mit den Zähnen und fängt erst mit dem einen, dann mit dem andern Fuß zu stampfen an. Die Statuen klatschen im Rhythmus der Musik. Murshkar ist überall und beobachtet sich gleichzeitig auch selbst; er wird schneller und schneller und schneller: Die Wände rücken näher. Lokowandt heult und tanzt; sein rotes Haar züngelt wie Flammen, und aus seinen Ohren kommen rohe Schweißperlen.

Ohne auch nur eine Sekunde innezuhalten kniet sich Murshkar neben die Prinzessin und flüstert ihr seine eigenen Worte ins Ohr: Worte, die ausgesprochen und sofort wieder vergessen werden. Ah! Die Prinzessin nimmt ihren Kopf in beide Hände und drückt ihn sich fest auf die Schultern. Ein Lächeln verzaubert ihr Gesicht. Murshkar gibt ihr einen kräftigen Kuss auf die Stirn. Die Decke der Halle fliegt davon. Vom Boden prallt ein Steinsplitter ab und trifft den Zwerg genau zwischen die Augen. Er blutet, jault auf und zischt wie Kanonenkugel über die Köpfe weg. Hannes springt auf die Beine und umarmt Murshkar, dessen Geige in hundert silberne Sperlinge zerspringt. Die Prinzessin erhebt sich und nimmt seinen Arm. Dröhnender Applaus; Wasser füllt seine Ohren ...

Sie fliegen auf dem Floß, der Nebel hat sich aufgelöst, und die Erde ist weder über ihnen, noch unter ihnen. Der alte Mann mit dem weißen Bart dreht sich nach Murshkar um und fragt: »Ist dir jetzt klar, warum ich deinen Namen wusste?«, und Murshkar sagt »ja« und sieht, dass der alte Mann in der Tat sein Vater ist.

»Da schau!«, sagt sein Vater. Murshkar dreht sich um. Hinter ihm stehen zwei junge Männer, die sich ähnlich und auch wieder nicht ähnlich sind.

»Sind das meine Brüder?«, fragt Murshkar, der sich nicht erinnern kann.

Die Prinzessin lächelt. »Es sind unsere Söhne«, sagt sie, und sie sieht niemandem mehr ähnlich, nur noch sich selbst.

Sie fahren in einem rotgelben Wohnwagen über Haarschwellen. Hülsen explodieren. Neben ihnen sind tote, große, prähistorische Fische aufgereiht, die auf ihren Schwänzen stehen: ein Zaun aus Pinien um eine dunkle Insel. Aber in ihrer Mitte flackert ein kleines Feuer, und seine Flammen werden immer größer, bis es so hell wie die Sonne ist; es verströmt eine unglaubliche Wärme.

Sie passieren wieder eine Barriere aus Glas und kehren zurück.

NACHWORT

NACHWORT

»Wir brauchen aber die Bücher,
die auf uns wirken wie ein Unglück, [...]
ein Buch muß die Axt sein
für das gefrorene Meer in uns.«

Franz Kafka[1]

NACHWORT ZU CHARLES HALDEMANS ROMAN THE SUN'S ATTENDANT: A DIPTYCH (1963)

Im Sommer 1964 rezensierte der New Yorker Dichter und Übersetzer Richard Howard zwei im Jahr zuvor erschienene Romane unter dem Titel »Two Firsts« in der Zeitschrift *Partisan Review,* Susan Sontags *The Benefactor* und Charles Haldemans *The Sun's Attendant: A Diptych.* Während Sontags erster Roman bereits 1966 auf Deutsch publiziert wurde, hat es ein halbes Jahrhundert gedauert, bis Haldemans Erstling nun in deutscher Ausgabe vorliegt. An Richard Howard kann es nicht gelegen haben, denn der Dichter, der 1970 den *Pulitzer Prize* für seine Lyrik und 1984 den *National Book Award* für seine Übersetzung von Baudelaire's *Les Fleurs du Mal* gewonnen hat, lobte Haldemans Werk als eine »großartige Leistung« und verglich *The Sun's Attendant* mit einem Gemälde.[2] Doch es war wohl ein kubistisches und kein realistisches Bild, das Howard vorschwebte, denn Haldemans Roman hat ein offenes Ende, präsentiert mithin keine eindeutige Lösung, sondern nur Einzelteile, die der Leser selbst zusammenfügen muss. Und im Gegensatz zu einem Puzzle, in dem alle Teile nur einen einzigen richtigen Platz haben, ist Haldemans Roman eher eine Collage, die am Ende mehr als eine Interpretation zulässt. Mit Blick auf die fünfziger Jahre im Nachkriegsdeutschland, wo ein Teil der Handlung angesiedelt ist, urteilt Howard unmissverständlich: Die deutsche Gesellschaft werde zusammengehalten von einem Kitt, der aus Schuld, Leichtgläubigkeit und großem wirtschaftlichen Gewinn bestehe.[3]

Warum aber hat es ein halbes Jahrhundert gedauert, bis nun endlich eine deutsche Ausgabe erscheint? Dafür gibt es vielleicht Gründe, und Mutmaßungen darüber seien erlaubt. Wer heute zurückblickt, muss sich in Erinnerung rufen, dass der Auschwitz-Prozess in Frankfurt im Dezember 1963 begann und die Urteile erst im August 1965 gesprochen wurden. Ein breiteres Bewusstsein für persönliche Schuld unter Deutschen wurde wohl erst durch ihn in Gang gesetzt. Zudem muss man sich die politische Situation vor Augen halten. Die Gefahr einer Konfrontation der Supermächte war keine theoretische, sondern eine praktische Gefahr zwischen Berlinblockade (1948), Mauerbau (1961) und der Kubakrise (1962). Auch wenn es punktuell Versuche gab, die

Schuldfrage zu erörtern, war die deutsche Gesellschaft vor allem bemüht, die Errungenschaften des Wirtschaftswunders auszukosten. In Zeiten der akuten Gefahr für den Frieden in Europa schien die Frage nach der deutschen Schuld an den Verbrechen während des Zweiten Weltkriegs in Deutschland zumindest hintanzustehen. In vielen anderen Ländern Europas und in den USA war das anders, wie die zahlreichen zwischen 1963 und 1966 publizierten Ausgaben des Romans zeigen.[4]

Ferner mag für sein Nichterscheinen in diesen Jahren eine Rolle gespielt haben, dass es sich bei *The Sun's Attendant* um einen Schlüsselroman handelt. Charles Haldeman war Mitte der fünfziger Jahre nach Heidelberg gekommen, um dort an der Universität zu studieren. Im Studienjahr 1955/56 war er als Gasthörer eingeschrieben, zum Wintersemester 1956 wurde er als ordentlicher Student der Literatur (Romanistik, Anglistik, Germanistik), Philosophie und Kunstgeschichte immatrikuliert. In dieser Zeit begegnete der Autor der Witwe des jungen deutschen Dichters Rainer Maria Gerhardt (1927–1954), und mit ihr verband ihn eine jahrelange Freundschaft. »Für Renate« lautet die Widmung von *The Sun's Attendant*. Renate Gerhardt war beeindruckt von Haldemans literarischer Verarbeitung der gemeinsamen Heidelberger Studienzeit, war jedoch vollkommen unvorbereitet und fühlte sich gleichzeitig erschlagen, als sie den Roman in den Händen hielt. Ihr Ehemann Rainer Maria Gerhardt war 1954 mit nur 27 Jahren freiwillig aus dem Leben geschieden, und nun kam Haldemans Schlüsselroman. Als private Lektüre war das Werk vermutlich schon schwierig genug – eine deutsche Ausgabe von Haldemans Roman hätte das tragische Schicksal von Rainer Maria Gerhardt wohl Thema öffentlicher Debatten werden lassen. Insofern mag auch Rücksicht auf seine Freundin aus Studientagen in Heidelberg dafür gesorgt haben, warum Mitte der sechziger Jahre keine deutsche Ausgabe auf den Markt kam. Nur kurz angemerkt sei hier, dass es seit einigen Jahren eine schön gestaltete Ausgabe der Werke von Rainer Maria Gerhardt gibt, der Anfang der fünfziger Jahre angetreten war, der modernen Lyrik eine Bresche zu schlagen.[5] Mit Hilfe seiner Frau Renate hatte der musikalisch talentierte Gerhardt Ezra Pound übersetzt, Robert Creeley in Südfrankreich besucht, die Bekanntschaft mit Charles Olson gemacht und eine programmatische Zeitschrift herausgegeben, die Gerhardt *fragmente* nannte – und in *The Sun's Attendant* den Titel *Bruchstücke* trägt.

Das große Interesse an Haldemans Roman in Europa und Amerika dürfte im Herbst 1963 auch mit einer Besprechung zu tun haben, die pünktlich zur Frankfurter Buchmesse erschien. Der anonyme Rezensent des seit 1902 erscheinenden *Times Literary Supplement* in London schrieb damals: »Es kommt nur sehr selten vor, dass man einen neuen Roman eines noch unbekannten Autors mit dem Gefühl absoluter Befriedigung zu Ende liest. Noch viel seltener passiert es, dass man einem Werk begegnet, das den Leser nötigt, den Roman sofort ein zweites und sogar drittes Mal zu lesen.«[6] Mit diesen Zeilen begann die Besprechung, die noch im ersten Absatz hinzufügte, der Roman hinterlasse beim Leser eine »rätselhafte Erregung.« Schließlich bescheinigte der Rezensent dem Autor, über einen »überaus originellen Verstand und ungewöhnliches Talent zu verfügen«.[7] Was in der eingangs erwähnten New Yorker Besprechung von Richard Howard ein Jahr später auch zum Ausdruck kommt, klingt im *Times Literary Supplement* im Oktober 1963 schon an: »Haldemans Methode besteht eher darin, die Fantasie anzuregen und neugierig zu machen als ein perfekt abgeschlossenes Ganzes abzuliefern.«[8] Spätestens beim abschließenden Urteil des unbekannten *TLS*-Kritikers wird sich so mancher Lektor *The Sun's Attendant* notiert und als potentielles Werk für das eigene Verlagshaus vorgemerkt haben: »Auch wenn *The Sun's Attendant* in kein gängiges Schema passt, kann man das Werk wärmstens begrüßen.«[9]

STEFANS BRÜCKMANNS ODYSSEE ZUM *ICH*

Im Mittelpunkt von *The Sun's Attendant* steht der junge Dichter Stefan Brückmann, dem wir in den fünfziger Jahren in Paris begegnen. Dort hat Stefan von Immanuel de Bris eine leere Kladde geschenkt bekommen, die als Aufforderung gedacht ist, Wegmarken in seinem Leben zu dokumentieren, die Immanuel bisher verborgen geblieben sind und geheimnisvoll erscheinen. Dem Leser wird dieser Zusammenhang erst im zweiten Teil des Romans verständlich, welcher die Überschrift »Rechtes Paneel« trägt. Zu diesem Zeitpunkt hat der Leser allerdings schon fast die Hälfte des Werks gelesen. Nun versteht er endlich, was es mit den Tagebucheinträgen auf sich hat, mit denen er im ersten Teil (»Linkes Paneel«) konfrontiert worden ist. Stefan hat tatsächlich begonnen, die Kladde mit den Stationen seines Lebens zu füllen. So erklärt sich der Auftakt zum Roman unter dem Tagebucheintrag 10. Juni: »Nun gut, Immanuel, wie du willst. Aber vergiss nicht, deine Landkarte und deinen Kalender mitzubringen – die Handlung wird *deine* Angelegenheit sein. Und wenn dir dieses Spielchen nicht gefällt, geht fort: es könnte sein, dass es mir noch viel weniger behagt als dir.« Erst nach dieser Ermahnung gegenüber dem implizierten Tagebuchleser Immanuel folgt der »hübsche, traditionelle Anfang« mit den Umständen von Stefans Geburt im Jahr 1929 in Berlin, seiner Herkunft und Familie, seiner Zeit im Konzentrationslager, der Flucht, dann Adoption in die USA und Rückkehr nach Europa.

Zu dem Zeitpunkt, als Stefan in den fünfziger Jahren Immanuel in Paris begegnet, hat er in der Tat eine Odyssee hinter sich. Geboren als Sohn einer Berlinerin und eines Vaters, der zu den Roma gehört, wächst Stefan unter Angehörigen der Roma auf, die durch Europa ziehen. Als man in den späten 1930er Jahren entdeckt, dass er Verwandte in Berlin hat, wird er nach dem unfallbedingten Verlust der eigenen Eltern dorthin geschickt. Allerdings kümmern sich Roma in Berlin um den Jungen, und mit ihnen wird er ins Konzentrationslager transportiert. Dem Tod entgeht er dort durch einen Zufall und er lernt Hannes kennen, mit dem ihn auch eine homoerotische Leidenschaft verbindet. Kurz vor Kriegsende können die beiden fliehen, doch nur Stefan überlebt und kommt erst nach Kriegsende in einem amerikanischen Militärkrankenhaus in der Nähe von Halle wieder zu sich. Dort trifft Stefan »Moon«, einen Amerikaner, dem es nach Jahren gelingt, Stefan als *displaced person* in die USA zu adoptieren.[10] Anders als erhofft, nehmen die Leiden jedoch auch in Amerika kein Ende, denn Moons scheinbarer Altruismus entpuppt sich als egoistisch motiviert. Rassistische Gewalt und homoerotische Übergriffe begegnen Stefan auch jenseits des Atlantiks. Schließlich reist er eine Weile orientierungslos durch das Land, bis er sich entschließt, nach Europa zurückzukehren.

In Paris erkennt Immanuel de Bris Stefans poetisches Talent, versteht aber auch, dass seiner Lyrik tiefe Verwundungen zugrunde liegen. Was durch die leere Kladde angeregt wurde, nämlich die Suche nach den eigenen Wurzeln, findet ihre Fortsetzung im Anschluss an eine Reise mit Immanuel nach Heidelberg, von der Immanuel allein nach Paris zurückkehrt. Stefan bleibt in Heidelberg. Dort begegnen ihm allerlei Studenten und Wissenschaftler, Deutsche und Amerikaner, Kriegsheimkehrer und ehemalige Exilanten. Der gordische Knoten löst sich erst, als Stefan in einem Café Zeuge einer akrobatischen Darbietung von Kindern wird, die offenbar zu einer Gruppe Roma gehören. In deren Camp am Rande des Neckar endet Stefans Reise mit einer märchenhaften Erzählung eines älteren Roma, die anzudeuten scheint, dass Stefan angekommen ist. Er überwindet am Schluss eine unsichtbare Schranke aus Glas, »zurückkehrend«, wie das letzte Wort des Romans lautet.

ROMANSTRUKTUR UND -TITEL

Im Tagebucheintrag vom 30. September im ersten Teil finden wir einen Hinweis auf die Struktur, die dem Roman zugrunde liegt. In einer Traumvision sieht Stefan für einen Moment – wie in einem Palimpsest – das Gesicht seines Freundes Hannes durchschimmern. Dieser Hinweis wird im letzten Teil des Romans wieder aufgenommen, denn die Episode, in der die Witwe Barbara Speer in Berlin dem Verleger Georg Loh zum ersten Mal begegnet, um ihm ihr Manuskript von Paul Speers Dichtung vorzulegen, ist mit »Palimpsest« überschrieben. Und unzweideutig ist der letzte Satz in diesem Kapitel – Stefan erkennt in Georg Loh einen seiner Peiniger aus dem Konzentrationslager. Die Botschaft des Romans lautet: die Vergangenheit ist nicht vergangen, weder für Stefan auf der persönlichen Ebene noch für Deutschland auf der gesellschaftlichen. Dem Land begegnet man in der frühen Nachkriegszeit am besten mit offenen Augen, die die Gegenwart erkennen, ohne die durchschimmernde Vergangenheit zu ignorieren.[11]

Von der Antike bis zum Mittelalter wurden Schriftstücke mehrmals beschrieben, weil Pergament kostbar war. Durch die jüngste Beschriftung ließ sich oft noch der zuvor verfasste Text lesen. Man kennt diesen Effekt von Schiefertafeln, die mit Kreide beschrieben werden. Und eine zusammenklappbare Schreibtafel nennt man ein Diptychon. Blickt man mit diesem Wissen auf die Seite, die dem Roman vorangestellt und mit »Inhalt« überschrieben ist, erschließt sich die Struktur von *The Sun's Attendant: A Diptych*. Der erste Teil des Romans ist mit »Linkes Paneel«, der zweite mit »Rechtes Paneel« überschrieben. Zusammengehalten werden die beiden Teile von den »Scharnieren« in der Mitte. Der erste Teil ist durch die Datierung zu Beginn der Abschnitte als Tagebuch erkennbar und betrifft Stefans Lebensweg von seiner Geburt in Berlin im Jahre 1929 bis zu seiner Begegnung mit Immanuel in Paris. Was in Paris und Heidelberg passiert, erfährt der Leser im zweiten Teil. Der mittlere überbrückt die Zeit, die Stefan von Europa nach Amerika führt und schließlich zurück nach Europa bringt.

Schauen wir auf den Titel, stellt sich die Frage, was es mit *The Sun's Attendant* auf sich hat. Zunächst ist zu beobachten, dass sich die Metapher der Sonne als Leben spendende Energie durch das gesamte Erzählgefüge zieht und schließlich im vorletzten Satz des Romans hervorragende Bedeutung erlangt. Ein kleines Feuer beginnt zu leuchten, wird dann immer größer und schließlich so intensiv wie die Sonne selbst, »und ihre Wärme ist unglaublich«. Stefan ist im Kreise seiner Roma-Familie angekommen, bereit ein neues Leben zu beginnen, heimgekommen. Begonnen hatte seine Reise im ersten Teil, als er am 10. Juni – um die Zeit der Sommersonnenwende – seinen ersten Tagebucheintrag vornahm. Absolute Kälte herrscht im Aphelium, dem Punkt der größten Entfernung eines Planeten von der Sonne. Diese Überschrift finden wir im Zusammenhang mit Stefans Ankunft im Konzentrationslager, das ihn mit den zynischen Worten »In Labore Libertas« begrüßt: Auschwitz ist unverkennbar. Die Tagundnachtgleiche oder Äquinoktium bildet das dritte und letzte Kapitel des »Linken Paneels«. Stefan erwacht im amerikanischen Militärhospital nahe Halle auf und schöpft neue Lebensenergie durch die wärmende Sonne: »Es war Sommer.« Die Eiseskälte des Krieges hat im Mai 1945 ein Ende gefunden. Der zweite Teil (»Rechtes Paneel«) beginnt am Heiligabend unter dem der Jahreszeit angemessenen Titel »Wintersonnenwende« in Heidelberg. Im Perihelium, dem Punkt der geringsten Entfernung eines Planeten von der Sonne, kehrt Stefan an seinen Geburtsort Berlin zurück. Am Ende wird seine Entscheidung für einen Neuanfang durch die »Frühjahrs-Tagundnachtgleiche« verdeutlicht, die das abschließende Kapitel bildet und sein persönliches Wiederaufblühen symbolisiert.

Man kann also Sonne und Mond als Gestirne betrachten, die sich gegenseitig bedingen und nicht ohne den anderen denkbar sind. Vielleicht darf man sie auch als astronomische Vorbilder für Freundschaften lesen, in denen man auf den anderen Acht gibt. Stefan ist in seinem Leben immer wieder Menschen begegnet, die ihm ihre Aufmerksamkeit schenkten. Sein amerikanischer Erretter trägt sogar den Spitznamen »Moon«. Sein bester Freund Hannes im Konzentrationslager ist für ihn zeitweilig die Sonne, die ihn am Leben hält. Immanuel in Paris ist derjenige, der den Anstoß für sein neues Leben gibt. Edith und Barbara helfen Stefan, seine Emotionalität wiederzuentdecken. Freundschaft ist auch das Thema, als der Verlagschef Loh in Berlin über seinen verstorbenen (Geschäfts-)Partner sagt: »Er war die Sonne und ich war sein Planet.« Eine Anspielung auf eine bedeutende Freundschaft in der Literaturgeschichte finden wir in der Diskussion unter Heidelberger Studenten, als der Name Brod fällt. Haldeman verweist hier auf die Prager Freundschaft zwischen Franz Kafka und Max Brod. Solche intertextuellen Verweise sind Teil des manchmal rätselhaften Spiels, das der Autor mit seinem Leser spielt. Titel und Struktur des Romans sind also eng miteinander verwoben. Stefans Reise zu sich selbst steht gewissermaßen unter einem guten Stern.

AUTOR UND WERK

Nicht nur Stefan Brückmann war hin- und hergerissen zwischen Europa und Amerika. Auch der Autor von *The Sun's Attendant* hatte Wurzeln auf beiden Kontinenten. Geboren wurde Charles Heuss Haldeman am 27. September 1931 in Pickens, South Carolina. Der Name Haldeman ist sein Familienname, seit Charles und sein 1934 geborener Bruder von Willard W. Haldeman, dem zweiten Ehemann der Mutter, adoptiert wurden. Der Vater der beiden Jungen, Charles Heuss, verstarb im März 1935 an einer heute leicht heilbaren Infektion in Syracuse, New York.[12] Er war 1902 in Straßburg geboren worden und im Anschluss an den Ersten Weltkrieg mit seiner Familie nach Heidelberg gezogen, wo er

Mathematik studierte. Von 1924 an arbeitete Charles Heuss als Angestellter einer Bank im Elsass, ab 1926 in New York City beim Schreibmaschinenhersteller Smith-Corona. In New York begegnete er im Jahr 1929 Frances McFall, der Tochter eines Bankangestellten aus Pickens, South Carolina.

Die junge Mutter der beiden Söhne beschloss 1935 nach dem Tod des Ehemanns, vorübergehend nach Heidelberg zu ziehen. Charles Haldeman war vier Jahre alt, als er dort in den Kindergarten kam, wo er rasch Deutsch lernte und seiner väterlichen Verwandtschaft begegnete. Zum engeren Kreis gehörte allerdings nicht die Familie des ersten Bundespräsidenten Theodor Heuss, wie schon mal gemutmaßt wurde. Zurück in den USA, heiratete Frances 1937 Willard W. Haldeman. In dieser Zeit lebten die beiden Jungen bei den Großeltern in South Carolina. Nach dem Zweiten Weltkrieg absolvierte Haldeman 1948 die High School in Pickens, S.C., studierte 1948/49 dort am Erskine College und bis Ende 1949 ein Semester am Antioch College in Yellow Springs, Ohio. Zwischen 1950 und 1954 war er in der *US Navy* und arbeitete anschließend vorübergehend in einem Buchladen in New York. Reisen durch Europa führten ihn 1955 nach Griechenland, wo er ein Zuhause finden sollte, doch zuvor studierte er vom Herbst 1956 bis zum Frühjahr 1957 an der Universität Heidelberg, an der sein Vater Charles Heuss schon studiert hatte. Zu Haldemans akademischen Lehrern zählten u.a. Hans-Georg Gadamer, Dieter Henrich, Kurt Löwith und Carl Joachim Friedrich. Bei Friedrich hörte er im Sommersemester 1956 die Vorlesung »Die totalitäre Diktatur«.[13]

Bei seiner Immatrikulation in Heidelberg hatte Charles Haldeman als Berufsziel »Freier Schriftsteller« angegeben. Dieser Berufung kam er nach. 1957 zog es ihn nach Griechenland, zunächst nach Mykonos, später nach Kreta. In Griechenland unterrichtete Haldeman Biologie und Mathematik an amerikanischen Schulen, verfasste und veröffentlichte Romane – *The Snowman* und *Teagarden's Gang* (»Für Nikos Gatsos«) – und schrieb Drehbücher, z.B. für eine Dokumentation über Ikonen (1971) und eine weitere über die Busuki in der griechischen Volksmusik (1973).[14] Unveröffentlicht blieben die Romane »Oracle in a Safe House« und »The Arkadhi Trilogy or Crisscross Row«. Weitere Spuren seines Wirkens finden sich in Amerika, wo ihm Henry Miller im Vorwort seines Werks *Big Sur and the Oranges of Hieronymus Bosch* (1957) dafür dankte, dass Haldeman aus Florida angereist war, um Miller das Buch des Kunsthistorikers Wilhelm Fraenger über Hieronymus Bosch nach Kalifornien zu bringen, und in Europa, wo sein Name hier und da Erwähnung findet. Es bleibt zu hoffen, dass Haldemans Nachlass archiviert und erschlossen wird, damit auch sein unveröffentlichtes Werk und sein Briefwechsel interessierten Forschern offen steht. Dieses Material wird weiteren Aufschluss liefern über einen Schriftsteller, der Prosa verdichtete.

Im Jahr nach seinem frühen Tod in Athen am 19. Januar 1983 im Alter von nur 51 Jahren brachte Peter Levi (1931–2000) in Oxford eine kleine Sammlung mit Gedichten von Charles Haldeman heraus.[15] In seinem elegischen Vorwort schreibt Levi über den gleichaltrigen Freund, dem er 1963 im Kreise des griechischen Dichters Nikos Gatsos (1911–1992) begegnet war: »Wenn es Charles nicht gegeben hätte, hätte man ihn erfinden, aus der Luft und Dunkelheit pflücken mögen, ein Dichter wie ein neuer Hölderlin.«

MARTIN MEYER *Halle (Saale) im März 2015*

Martin Meyer ist Mitarbeiter am Institut für Anglistik und Amerikanistik an der Martin-Luther-Universität Halle-Wittenberg.

1 Kafka in einem Brief vom 27. Januar 1904 an Oskar Pollack, zitiert in Rainer Stach, *Kafka: Die frühen Jahre* (Frankfurt/Main: S. Fischer, 2014), S. 327.

2 Richard Howard, »Two Firsts«, *Partisan Review* 31. März (1964), S. 456–461. »[...] the novel releases us, the diptych completed, nothing resolved, though everything, as in a painting, *represented*.« (461)

3 »For all its horrors, Haldeman has been able to mediate the Apocalypse: we have the sense of how young German intellectuals – like Hochhuth, say – have led their spooky lives, against the grain of a society cemented together by guilt and gullibility and great financial gains.« (459)

4 Verlegt wurde der Roman zuerst in England: *The Sun's Attendant: A Diptych* (London: Jonathan Cape, 1963); es folgten *Auringon kiertolainen: diptyykki* (Helsinki: Tammi, 1964); *Solens væbner: et diptychon* (Kopenhagen: Hasselbalch, 1964); *Il Servo del Sole* (Mailand: Mondadori, 1964); *The Sun's Attendant: A Diptych* (New York: Simon & Schuster, 1964); *Solens väpnare: en diptych* (Stockholm: Wahlström & Widstrand, 1964); *De zonnenwachter: een tweeluik* (Amsterdam: Bezige Bij, 1965); *Le Gardien du soleil* (Paris: Éditions du Seuil, 1965); *El cortesano del sol: un diptico* (Barcelona: Seix Barral, 1966); *The Sun's Attendant: A Diptych* (London: Penguin, 1966).

5 Eine Werkausgabe zu Gerhardt ist 2007 erschienen. Siehe Rainer Maria Gerhardt, *Umkreisung: Das Gesamtwerk*, hg. von Uwe Pörksen in Zusammenarbeit mit Franz Josef Knape und Yong-Mi Quester, Veröffentlichungen der Deutschen Akademie für Sprache und Dichtung Darmstadt 88 (Göttingen: Wallstein, 2007).

6 »To finish a new novel by an unknown author with a sense of complete satisfaction is rare. To come across one that compels instant second and even third readings is far rarer.« *Times Literary Supplement* (18. Oktober 1963), S. 822.

7 »It arouses the kind of puzzled excitement that can sometimes mark the entrance of an outstanding writer. At the very least, Mr Haldeman has a most original mind and a set of unusual gifts.«

8 »Mr. Haldeman's way is to stimulate and to intrigue rather than to present a perfectly rounded whole.«

9 »And if *The Sun's Attendant* cannot easily be placed, it can certainly be warmly welcomed.«

10 Das Sujet der Heimatlosen Europas ist der amerikanischen Literatur in den fünfziger Jahren durchaus bekannt und in *short stories* z.B. bei Kurt Vonnegut unter dem Titel »D.P.« (1953) und bei Flannery O'Connor in »The Displaced Person« (1955) aufgegriffen worden.

11 Andere Romane amerikanischer Autoren, die ähnlich verfahren, sind *The Cannibal* (1949) von John Hawkes und *How German Is It* (1980) von Walter Abish. Das Spektrum solcher Werke wird thematisiert in Martin Meyer, *Nachkriegsdeutschland im Spiegel amerikanischer Romane der Besatzungszeit (*1945–1955*)*, Arbeiten aus Anglistik und Amerikanistik 9 (Tübingen: Narr, 1994); zu Haldemans *The Sun's Attendant*, vgl. S. 145–61; 288f.; passim.

12 Einige Hinweise zur Biographie von Charles Haldeman gehen auf seinen Bruder Richard zurück, dem dafür hier gedankt sei.

13 Carl Joachim Friedrich (1901–1984) war in Harvard und Heidelberg als Politikwissenschaftler tätig. Sein Sohn Otto Friedrich (1929–1995) veröffentlichte einen eigenen Roman über Deutschland in der frühen Nachkriegszeit unter dem Titel *The Poor in Spirit* (Boston: Little, Brown, 1952).

14 Romane: *The Snowman* (London: Jonathan Cape, 1965; Harmondsworth: Penguin, 1968); *The Snowman* (New York: Simon & Schuster, 1965); *Teagarden's Gang* (London: Jonathan Cape, 1971). Drehbücher: *O Kosmos Ton Ikonon*, Prod. BBC/Dt. Fernsehen,

Regie: Vasilis Maros; Drehbuch: Charles Haldeman (1971); *The Bouzouki*, Prod. BBC u.a., Regie: Vasilis Maros, Drehbuch: Charles Haldeman (1973). Vgl. Trifon Tzavalas, *Greek Cinema: Documentaries and Short Movies* 1900–2000, Bd. 3 (Los Angeles: Hellenic University Club of Southern California, 2012), S. 77 und 84.

15 Peter Levi, *Aneu taphēs ouk estin anastasis* [*Without Graves No Resurrections*] (Madley, Hereford: Five Seasons Press, 1984). »If Charles had not existed, one might have invented him, plucked him from the air and darkness, a poet like a new Hölderlin.« Der erste Teil von Peter Levis *Shakespeare's Birthday* (London: Anvil Press Poetry, 1985), einer schmalen Sammlung elegischer Gedichte, ist überschrieben »For Charles Haldeman, died 19 January 1983«.

IMPRESSUM

ISBN 978-3-8493-0099-9

Deutsche Erstausgabe

Die Originalausgabe erschien erstmals 1963 unter dem Titel »THE SUN'S ATTENDANT«. Der Metrolit Verlag vertritt die Weltrechte an diesem Roman sowie an allen anderen Werken Charles Haldemans.

Gestaltung und Satz: 2x GOLDSTEIN + FRONCZEK
Druck und Bindung: CPI BOOKS GMbH, Ebner & Spiegel, Ulm

www.metrolit.de